文学经典读本系列

外国文学经典读本

郜元宝 编著

北京大学出版社

图书在版编目(CIP)数据

外国文学经典读本/郜元宝编著. —北京:北京大学出版社,2015.1
(博雅导读丛书)
ISBN 978-7-301-25203-1

Ⅰ.①外… Ⅱ.①郜… Ⅲ.①外国文学—文学欣赏 Ⅳ.①I106

中国版本图书馆 CIP 数据核字(2014)第 278086 号

书　　　　名:	外国文学经典读本
著作责任者:	郜元宝　编著
责 任 编 辑:	艾　英
标 准 书 号:	ISBN 978-7-301-25203-1/I·2838
出 版 发 行:	北京大学出版社
地　　　　址:	北京市海淀区成府路 205 号　100871
网　　　　址:	http://www.pup.cn　新浪微博:@北京大学出版社
电 子 信 箱:	pkuwsz@126.com
电　　　　话:	邮购部 62752015　发行部 62750672　出版部 62754962
	编辑部 62756467
印 刷 者:	三河市北燕印装有限公司
经 销 者:	新华书店
	965 毫米×1300 毫米　16 开本　20.25 印张　320 千字
	2015 年 1 月第 1 版　2019 年 1 月第 2 次印刷
定　　　价:	48.00 元

未经许可,不得以任何方式复制或抄袭本书之部分或全部内容。
版权所有,侵权必究
举报电话:010-62752024　电子信箱:fd@pup.pku.edu.cn

目　录

导　言 ··· 1

第一章　雨　果 ··· 1
九三年(节选) ·· 2
　沉思中的郭文 ·· 2

第二章　别林斯基 ··· 13
论俄国中篇小说和果戈理君的中篇小说(《小品集》和《密尔格拉得》)
··· 15
给果戈理的一封信 ·· 58

第三章　梭　罗 ··· 68
瓦尔登湖(节选) ·· 69
　经济篇(节选) ·· 69
　湖(节选) ··· 72

第四章　陀思妥耶夫斯基 ······································ 75
卡拉马佐夫兄弟(节选) ··· 76
　叛　逆 ·· 76

第五章　福楼拜 ··· 85
包法利夫人(节选) ··· 86
　爱玛之死 ··· 86

第六章　马修·阿诺德 ··· 101
希伯来精神和希腊精神 ·· 102

第七章　列夫·托尔斯泰 ······································ 111
复活(节选) ·· 112
　聂赫留朵夫老爷 ··· 112

  初　恋 119
   聂赫留朵夫的犯罪 121
   玛丝洛娃的哲学 131

第八章　显克微支 138
  灯塔看守人 139

第九章　契诃夫 152
  带叭儿狗的女人 153

第十章　布　宁 168
  旧金山来的绅士 169

第十一章　詹姆斯·乔伊斯 185
  悲痛的往事 186

第十二章　卡夫卡 195
  判　决
   ——献给菲莉斯·鲍小姐的故事 196

第十三章　威廉·福克纳 206
  献给爱米丽小姐的玫瑰 207

第十四章　芥川龙之介 216
  地狱变 217

第十五章　博尔赫斯 236
  小径分叉的花园 236

第十六章　乔治·奥威尔 246
  射　象 246

第十七章　艾萨克·辛格 253
  傻瓜吉姆佩尔 253

第十八章　塞林格 267
  麦田守望者(节选) 268
   师生对谈 268
   找个女孩随便聊聊 275
   和妹妹告别 283

原形毕露…………………………………………………………294
第十九章　厄普代克……………………………………………304
　　大西洋—太平洋食品商场………………………………………304

导　言

　　本书选了十九部(篇)外国文学作品。限于篇幅,短则全收,长则选择相对完整的重要章节,每部(篇)前有作家作品简介,介绍原作整体面貌或所选部分与全体之关系,后面适当开列供延伸阅读的参考文献。编者根据自己体会设计了若干思考题,激发读者与编者、读者与作者、读者与译者、读者与身边朋友的对话与交流。

　　欧美文化源远流长,论起发端,则有"两希"之说,即希腊与希伯来,其实这两大文明本身及相互关系异常复杂,流衍于文学,更其纷繁,求一二片段,以概全体,几无可能。编者姑从英国批评家马修·阿诺德名著《文化与无政府主义》中选出《希伯来精神和希腊精神》一篇为线索,而以柏拉图《裴洞篇》及圣保罗《哥林多前书》为参考,引导读者循此方向深入探究。

　　德国哲学家雅斯贝尔斯1949年推出《历史的起源与目标》一书,首倡"轴心时代"之说,认为公元前800至公元前200年之间,处于北纬30度上下的古以色列、古希腊、古印度及古代中国一起进入人类文明的"轴心时代",各大文明都出现了伟大的精神导师和"终极关怀的觉醒",突破了各自文化的原始形态,从而深刻塑造了此后西方、印度、中国和伊斯兰文化形态。那些没有实现原始文明之成功突破的古文明如古埃及和古巴比伦则迅速式微,成为文明的化石。

　　与上述无论是否经历过"轴心时代"洗礼的各大文明相比,世界各国近代文明基本都在文艺复兴之后才渐趋成熟。现在人们心目中已经显得古色苍然的英国,其文明和文学的充分成熟要到莎士比亚和弥尔顿登上文坛才谈得上。18世纪的笛福、斯威夫特、菲尔丁的小说,蒲柏等人的诗歌,约翰逊博士的辞典编纂与文学批评,则进一步发扬了莎士比亚和弥尔顿的伟大传统。维多利亚一朝(Victorian era,1837—1901)更称繁盛,随着海外殖民扩张,古代和近代的英国文学一起得到广传,历史小说大师司各特,华兹华斯和柯勒律治等"湖畔诗人",拜伦、雪莱等"恶魔诗人",女性作家简·奥斯丁和勃兰特姐妹,以及狄更斯、高尔斯华绥、毛姆、亨利·詹姆斯和以弗吉尼亚·沃尔夫为代表的"布鲁姆贝瑞文人圈"(the Bloomsbury Group)、诗人艾略特,皆有声于世,作品足称经典。本书只选了爱尔兰作家詹姆斯·乔伊斯《都柏林人》中的一则短篇《悲痛的往事》,以及曾经供职于印度殖民地的乔治·奥威尔的随笔故事《射象》。这两位都身处英国文明核心,又对此文明深具戒心,并时常反抗,但也因此愈加显出其文明之精髓。他们都被目为"异端",但究竟何为英国文学的正宗和主流,也颇难言。

盖真具创造力之文学,其绝大多数优秀作家均含"异端"色彩,亦即富于自由之精神和独立之思想,而其文明和文学之全体即由此众多"异端"汇合而成洪流。

法国文学群星璀璨,瑰丽多姿,深为中国读者所喜爱,莫里哀、伏尔泰、狄德罗、司汤达、巴尔扎克、莫泊桑、大小仲马、缪塞、波德莱尔、瓦雷里、罗曼·罗兰、加缪、萨特和"新小说派"在中国一直拥有众多读者。这里只选了同时代两位作家的代表作,即雨果《九三年》之《沉思中的郭文》一节。题目为编者所加,从中可以窥见这位法国文学巨匠对影响法国乃至全世界的"大革命"的经典思考。另外是福楼拜《包法利夫人》的结局《爱玛之死》,标题也为编者所加。《包法利夫人》是世界小说艺术巅峰之作,晶莹剔透,遍体珠玉。之所以选这场戏,并不仅仅考虑它是全书结局和高潮,更因为它似乎最能表达作者对包法利夫人的盖棺论定,以及由此透露的对当时法国社会精神状况的辛辣讽刺。另外读者也可借此了解小说艺术大师们精湛的"结尾"或"收场"之手段。

俄罗斯文明也颇晚熟,最早至罗曼罗夫王朝(1613—1917)中期的罗蒙诺索夫、冯维辛等才告奠基。俄罗斯在地缘上介于亚欧之间,文明也兼得两大洲之长,一旦萌芽,即发荣滋长,后来居上。降至19世纪,更大放异彩,涅克拉索夫、普希金、莱蒙托夫、果戈理、屠格涅夫、契诃夫等相继登场,而托尔斯泰和陀思妥耶夫斯基则更是两座巍峨的巅峰,至今令人感到钻之弥坚、仰之弥高。这里选了列夫·托尔斯泰《复活》数节,即《聂赫留朵夫老爷》《初恋》《聂赫留朵夫的犯罪》和《玛丝洛娃的哲学》,标题全是编者所加,选了陀思妥耶夫斯基《卡拉马作夫兄弟》的《叛逆》一节,略见两位大师探索人类心灵之广且深,及其艺术手法之精妙卓特。此外还选了契诃夫《带叭儿狗的女人》和十月革命后去国的布宁《旧金山来的绅士》,都是短篇,也都继承了托尔斯泰、陀思妥耶夫斯基的文学传统。

由于种种关系,在世界文学中,中国读者对19世纪俄罗斯文学的感情最为深厚,即使编者选得再多也不足以满足读者胃口。这里"破例"选了大批评家别林斯基一篇关于俄罗斯文学概观的著名长文,并附录了他晚年与果戈理决裂的公开信。正如托尔斯泰在小说艺术上无人匹敌,别林斯基在世界文学批评史上也堪称独步。编者所以选入批评文章,一则想借此弥补无法尽传俄罗斯文学雄姿之遗憾,一则也希望读者以别林斯基为楷模,做一个热爱文学而又不失自己独立判断与批评精神的够格的作家之诤友。

德国居欧洲中心,近代以来由于同时得到阿尔卑斯山南麓希腊文明和爱琴海沿岸希伯来文明之灌溉,其哲学和神学思想一直为欧洲文明之冠,文学上也先后出现了莱辛、歌德、席勒、施莱格尔兄弟、海涅、里尔克、托马斯·曼、黑塞等一大批巨擘,但本书只选了奥匈帝国时期住在布拉格的犹太裔作家弗兰兹·卡夫卡的短篇《判决》。有人说尼采结束了近代欧洲文明,卡夫卡才真正开启了现代文化新流,语虽夸张,却也指出了卡夫卡小说对现代人类心灵状况的深切把握和艺术上迥异前贤的独特创造。

波兰始终处于欧洲诸大国包围之中,多灾多难,但其文明之光焰不可小觑,这里所选显克微支代表作《灯塔看守人》最能见出波兰民族国力虽弱而精神足可傲人的特点。选文是施蛰存的白话译本,另可参见"周氏兄弟"的文言译本,或可有助一窥我国作家翻译外国世界文学两个阶段的不同策略与风格。

日本与中国一衣带水,历史上曾深受中国文化影响,但又有其流传有序的本土悠久之传统和独特之民族精神。明治维新后,日本在亚洲各国中率先学习西方,善于模仿,也勇于推陈出新,文坛上一时名彦辈出,甚至有"小希腊"之称,反过来给中国现代文化以极大滋养。这里选了芥川龙之介《地狱变》,当然只能尝鼎一脔,好在日本文学的中文翻译由来已久,成绩斐然,读者不难由此拓展,上下求索。

美国文学名家选得较多,从梭罗《瓦尔登湖》片段到威廉·福克纳短篇《献给爱米丽小姐的玫瑰》、艾萨克·辛格《傻瓜吉姆佩尔》、塞林格《麦田守望者》片段直至厄普代克短篇《大西洋—太平洋食品商场》,包含了美国文学建立自我精神之初到海纳百川、变化多端以至引领世界文学风尚的不同阶段。

中国读者知道拉美作家,是在1980年代中期,当时"拉美文学爆炸"震惊世界,中国文学也刚刚结束十多年沉寂而进入"新时期",对拉美作家格外心有戚戚焉。许多作家对拉美文学的兴趣甚至超过对欧洲和北美文学的关注,比如"寻根文学"和"先锋派作家"。这里只选了阿根廷作家博尔赫斯与中国有联系的名篇《小径分叉的花园》。

需要特别说明的是,既然是外国文学的中文翻译,严格说来就不是外国文学按照其各国语言呈现出来的本来面目,而只能是用中文翻译过来的外国文学。即便如此,本书也绝不能反映近现代以来中国人在外国文学翻译事业上取得的整体成就,比如大量的诗歌与戏剧,比如意大利、希腊、西班牙、北欧、印度和亚洲其他国家的文学,均付阙如。好在我们这里不是编文学史,也不是提供世界文学的一个完整读本,只是想引起读者进入汉译外国文学广阔天地的兴趣。仅此而已,岂有他哉。

中国近、现代文学以翻译外国文学揭开序幕,这是稍稍知道一点文学史常识的人都承认的不争事实。19世纪末20世纪初,翻译外国文学更是面临数千年未有之大变局的中国文坛的一项主要内容,许多能文之士都直接间接参与了译事。当时特点,一是译才众多,有专门的文学翻译家,有作家兼翻译家,有自己不懂外文而和别人合作的译手。二是取材极广,年代、国别、题材和体裁均不拘一格。三是目的各不相同,有的译者是有所为而从事翻译,比如为了吸取域外新的文学养料,或借他人酒杯浇自家之块垒,或纯粹为了好奇并赚取商业利润。四是翻译的渠道五花八门,或直接从原文翻译,或"转译",即借助一部外国文学作品的其他某种外文译本用中文进行再度翻译,或"重译",就是一部作品先后或同时出现了多种中文译本,或为无意的重出,或为有意的竞争。翻译方法也因人而异,有忠于原文的"直译",有杂糅译者理解的"意译",还有大量既非直译亦非意译的改写和编译——也许可以称之为"译作",即翻译兼创作。

丰富多彩的外国文学翻译为真正意义上的本土文学革新敲响了锣鼓。中国新文学草创之初,因理论先行而创作滞后的尴尬,几乎一致将目光投向外国文学的翻译,白话文写作的主要方法之一,也是直接学习外国文学,或间接学习外国文学的中文译本,或从外国文学的中文翻译行为中有所领悟。[①] 许多新文学作家都曾经是近代以来汉译外国文学作品的忠实读者,他们登上文坛之后,有的始终翻译不辍。重要作家如鲁迅,甚至把翻译外国文学视为中国文学的生命线,认为一旦停止翻译,中国文学就会"由聋而哑",断了运送精神食粮的渠道,自己说不出话来了。[②] 当代中国虽然没有像现代时期出了那么多翻译大家,但作家们借助中文译本,往往也能对自己

[①] 胡适:《建设的文学革命论》,傅斯年:《怎样做白话文》,二文均收入《中国新文学大系·建设理论集》,上海良友图书公司1935年版。
[②] 鲁迅:《准风月谈·由聋而哑》,《鲁迅全集》第5卷,人民文学出版社1981年版。

所倾心的外国文学如数家珍。

因为有这种自觉,现当代中国文学翻译在世界范围内极具特色,其规模以及对本土文学的贡献为其他国家所罕见。一百多年来出现了大量优秀的翻译人才,以及大量外国文学的汉语译本。时间上,从古希腊、罗马、希伯来和印度文学到当代世界各国文学,几乎无有遗漏。国别上,几乎囊括了所有国家的重要文学作品。许多外国文学名著在中国都拥有不止一种译本。经过数代外国文学翻译家的不懈努力,终于在中国读者面前呈现了比较完整的世界文学图景,大量不懂外文的中国读者得以透过现代汉语欣赏到世界各国不同时期、不同风格流派和不同体裁的名篇佳作,与千万里之外不同文明圈里的人们心心相印。

持续的翻译拓宽了中国文坛眼界,使中国读者的阅读兴趣从封闭的本国文学传统转移到无边无际的世界各国文学,鉴赏、创作与批评的参照系为之一变。现代中国外国文学翻译对本土文化和文学的影响,借王国维的话说,其意义盖超过汉唐佛经翻译,打开了一个全新的天地[①]。中国文学从此开始真正走进世界文学大家族,文学的世界性因素真正在中国文学里发生了。

外国文学翻译在进行过程中不断遭遇的问题,以及翻译界、创作界和批评界对这些问题的反思,也直接促成了中国文学本身的自觉。

这些问题包括:为什么要翻译?应该选择怎样的外国文学作品来翻译?在选择不同时代、不同国家和语种的外国文学进行中文翻译时,会暴露出怎样的"翻译的政治"?欧美大国的文学与被压迫的弱小民族的文学对现代中国是否存在不同价值?外国文学哪些方面容易与我们沟通,哪些方面完全不同于我们的文化和文学的传统而不易为我们所理解?怎样才是理想的翻译语言?如何解决翻译过程中引发的语言问题?中国作家自己的语言追求和翻译文体之间的关系如何?翻译过来的"外国文学"仍然是外国的,还是已经融入汉语文化圈而成为中国文学的一部分?用现代汉语翻译过来的"外国文学"和现代中国作家自己的文学创作的关系究竟怎样?对这些问题的思考,不仅构成现代中国人在阅读任何一部翻译的外国文学作品时无法摆脱的阐释学所谓"前理解",也成为现代中国人看待本土文学创作的一面镜子。

[①] 王国维:《论近年学术界》及《论新学语之输入》,参见《王国维遗书》第三册《静庵文集》,上海书店出版社1983年版。

读者倘能带着这些问题进入具体作品的阅读，相信更能发生阐释学所谓"视界的融合"，与作者、译者进行更深度的精神对话。

郜元宝
2014 年 12 月 10 日

第一章　雨　果

维克多·雨果（1802—1885），19世纪法国作家，其长篇小说《海上劳工》《悲惨世界》《巴黎圣母院》《笑面人》和《九三年》不仅是法国文学的瑰宝，也是世界文学史上的奇观。《九三年》是他最后一部长篇小说，背景是18世纪末的法国大革命。1793年是法国大革命的关键时期，1789年革命建立的年轻的法兰西共和国面临着国内国际多重威胁，《九三年》讲述的是共和国志愿军和旺代地区由潜返的流亡贵族领导的反革命叛乱的斗争，雨果以雄浑有力的笔致，充分展现了对立双方的思想观念、组织部署、情感意志、领袖人物以及广大群众的精神风貌，详细地记叙了双方在政治、军事方面的此消彼长，生动形象的描绘和抽象的思考糅合在一起，建立了形象记叙和理性解说并行不悖的历史小说新模式。雨果在政治上同情革命，反对贵族和外国干涉者的复辟和颠覆活动，清楚地认识到法兰西共和国的敌人的凶横残暴，但他也没有回避自己所看到的共和国的混乱和偏失，比如政治领袖们个人的性格缺陷、相互关系的紧张和扭曲、革命所无法避免的血腥和残暴以及游离盲目的群众心理。在血与火的历史峡谷中，他认为因了弱者的存在而出现的人道主义原则，因了弱者的存在而在革命者和反革命者灵魂深处所唤醒的人类的同情和怜悯，才是更可宝贵的，甚至由此提出了"在绝对正确的革命之上有一个绝对正确的人道主义"的说法。

《九三年》这一主题思想，集中反映在小说第三部第六卷"沉思中的郭文"一节。郭文虽然出身贵族，但拥护革命，在大革命时代战功赫赫，很快晋升为共和国年轻的军事指挥者。他的当面之敌恰巧是他的叔祖、老侯爵朗德纳克，这个顽固的保皇党人，从英国秘密潜回法国，以其超凡的毅力、出色的军事才能和果断凶猛的个人魅力迅速将旺代地区的叛乱力量组织起来，成为共和国极其危险的敌人。侯爵的乌合之众最终被郭文的部队打败了，但就在一败涂地之际，老侯爵还是绝处逢生，从重重包围中奇迹般地逃脱了。他已经获得自由，可以纠集溃散的部属卷土重来，但因为要救被他当作人质藏在着火的古堡里的三个孩子，毅然放弃了自由，甘愿被郭文抓住，利用自己的有利地位先将孩子救出,再坦然就擒。这件事改变了郭文对他的看法,也将郭文推到了万分困难的境地:是僵化地遵从革命的逻辑将已经从善的革命的敌人送上断头台从而使革命蒙羞,还是遵从人道主义的原则宽恕舍身救人的革命的敌人、显示革命更加完美的一面却因此被激烈的革命者宣布为革命的敌人?郭文在这个无法解决的问题面前陷入了沉思,雨果用他夹叙夹议的文体,活泼有力地展示了发生在郭文头脑中这场上帝和魔鬼之间的较量。

九三年(节选)

沉思中的郭文

他的沉思是深不可测的。

他亲眼看见一个闻所未闻的转变发生了。

朗特纳克侯爵变了样子。

郭文亲眼看见这个变化。

他从来不会相信这种事情能够在错综复杂的事变中发生,不管这是怎么样的事变。他从来想象不到这样的事情能够出现,即使在梦中也没有想到。意外事件是高傲专横而且戏弄人类的,现在这件意外事件抓住了郭文,把持住他。在郭文的面前,一件不可能的事竟成为事实,成为看得见,摸得到,无可避免,不能动摇的事实。

他,郭文,对这件事怎样想法呢?

躲避是不可能的;必须拿出结论来。

一个问题摆在他面前,他不能够避而不答。

这个问题是谁提出来的?

是事变提出来的。

也不仅仅是事变提出来的。

因为事变是能够变化的,正义是永远不变的,事变向我们提出问题的时候,永远不变的正义就催促我们回答。

云层的后面有星星,云层给我们的是暗影,星星投射给我们的是亮光。

我们不能躲避亮光,正如我们不能躲避暗影一样。

郭文正在遭受一次审问。

他被法官提讯。

被一个可怕的法官提讯。

这个法官就是他的良心。

郭文觉得自己整个动摇了。他的最坚定的决心,他的最虔诚的诺言,他的不可挽回的决断,这一切都在他的意志的深处动摇了。

他的心灵在震动。

他越是回想他刚才所看见的事情,他越是觉得迷乱。

郭文是一个共和党人,他相信自己是绝对正确的,而且也的确是如此。可是一个更高级的绝对正确性刚才出现了。

在绝对正确的革命之上,还有一个绝对正确的人道主义。

刚才发生的事情是不容许人故作不知的;这件事很严重;郭文曾经亲身参与这件事;他当时曾经在场;他不能够抽身逃避;虽然西穆尔登对他说:"现在这一切和你都没有关系了",可是他的内心有这样一种感觉,好像一棵树被人从树根上拔掉一样。

一切人都有一个基础;这个基础一动摇,就产生深沉的烦恼;郭文正在感受着这种烦恼。

他用两只手紧紧夹住脑袋,仿佛要从脑袋里榨出真理来。对于这样一种情形要想获得一个正确的观念,不是一件容易的事;把一件复杂的事情简单化是困难的;他的面前有一大堆可怕的数字,他必须得出一个总数来;他要算一个命运的加法,这是多么使人晕眩的事!他尝试着;他尽力设法弄清楚这是怎一回事;他努力把思想集中,压制他自己觉到的内心的阻力,把事实经过简要地复述一遍。

他把事实一一摆在自己面前。

在极端重要的场合下,自己向自己作一个报告,自己追问自己到底要走哪一条路,是前进呢?还是后退呢?这种事情谁没有遇到过呢?

郭文刚才亲眼看见一个奇迹出现。

在地上的斗争进行着的时候,同时发生了天上的斗争。

那就是善和恶的斗争。

一个凶猛的心灵打败了。

正由于这个人具有一切的坏处,残暴、错误、盲目、无理的固执、骄傲、自私,郭文刚才所看见的才是奇迹。

人道战胜了这个人。

人道战胜了不人道。

用什么方法呢？用什么方式呢？人道怎样打倒一个愤怒和仇恨的巨人呢？人道用的是什么武器？是什么军械？是摇篮。

一道强烈的光线使郭文感到一时眼花缭乱。在激烈的内战中，在集中一切怨恨和复仇的动乱时代中，正当乱世达到最黑暗最疯狂的时候，正当罪恶放出它的全部火焰，仇恨发出它的全部黑暗的时候，正当斗争发展到一切都变成炮弹，正当混战激烈到这样的地步，使人再也不知道正义在哪里、诚实在哪里、真理在哪里的时候，突然间，不可知——心灵的神秘的警告者——使那股伟大的不朽的光线，在人生的光明和黑暗上面，大放灿烂的光芒。

在错误和正确两者的恶斗上面，在深处的真理的面孔突然一下出现了。弱者的力量突然插了进来。

我们看见那三个出世未久的可怜的小生命，他们既不懂事，又被遗弃，又是孤儿，又没有人伴着他们，他们还在牙牙学语，只懂得微笑，同时又还有内战、以牙还牙的法则、可怕的报复逻辑、谋杀、大屠杀、兄弟自相残灭、愤怒、怀恨等等在威胁他们，可是在对付这一切恶魔的斗争中，他们胜利了；我们看见为了犯罪而放的可耻的大火流产了，失败了；我们见那些残暴的阴谋被破获了，受挫折了；我们看见那种古代封建的残暴，年深日久的不能动摇的轻蔑，所谓为着军事必需的经验，那种为着国家利益的理论，所有那些从残暴的老人脑中产生的专横的成见，在这几个还没有开始生活的稚子的清明眼光下消失了；这是很自然的事，因为还没有开始生活的稚子没有做过坏事，他就是正义、真理、洁白，天上无数的天使在小孩子的身上活着。

这是一幕很有用的景象，是一个忠告、一个教训。那些主张战争应该毫无怜悯地进行的热狂的战士，在所有这些罪恶中，在谋害、疯狂、暗杀、复仇的火焰当中，死神拿着火炬临场的时节，突然看见全能的纯洁在这一大队罪恶上面站了起来。

纯洁战胜了。

我们可以说：不，内战不存在，野蛮的行为不存在，仇恨不存在，罪恶不存在，黑暗不存在；因为要消灭这些妖魔鬼怪，只要有童年这种曙光就够了。

从来没有在任何斗争中，能够像这次斗争一样清楚地看见魔鬼和上帝。这次斗争的战场是一个人的良心。

那就是朗特纳克的良心。

现在斗争又开始了，也许比上一次斗争更猛烈，更有决定意义，这次斗争的战场是另一个人的良心。

那就是郭文的良心。

人是怎样的一个战场啊！

我们都受我们的思想的支配，我们的思想是神，是鬼怪，也是巨人。

这些可怕的战士们时常把我们的心灵践踏在脚下。

郭文在沉思。

朗特纳克侯爵被包围了，被封锁了，被判罪了，被通缉了，像马戏班的一头野兽一样被关起来了，像钉子一样被钳子夹住了，他的老巢现在变成他的监狱，他被关在里面了，他被铁和火的城墙从四面八方团团围住了，然而后来他居然脱逃了。他创造了这个脱逃的奇迹。在这样的战争中，脱逃也许是最难完成的杰作，他竟完成了这件杰作。他又得到了森林，可以在那里筑垒固守，他又得到了乡土，可以在那里作战，他又得到了暗影，可以在那里藏身。他又变成那个可怕的独往独来的人，那个凶恶的流浪者、神出鬼没的队伍的首长、地下军队的领袖、森林的主人了。郭文得到了胜利，可是朗特纳克得到了自由。从此以后，朗特纳克有的是安全，是无限广阔的道路，是数不尽的避难所。他成为一个抓不到的、找不着的、近不了身的人。一只狮子已经落下陷阱，又逃走出来。

可是，他自己又进来了。

朗特纳克侯爵自愿地、自动地，完全根据自己的选择，离开了森林、阴影、安全、自由，回到最可怕的危险里去，第一次，郭文看见他毫无畏惧地冒着葬身的危险冲进大火里面，第二次，他从那个梯子下来，只身投入敌营；对于别的人，这个梯子是救命梯，对于他却是一个丧命梯。

他为什么要这样做呢？

为了救三个孩子。

现在人们怎样处理这个人呢？

送他上断头台。

那么这个人所救的三个孩子是他自己的吗？不是。是他一家的吗？不是。是他同一阶级的吗？不是。为了三个可怜的小孩子，偶然遇见的弃儿，不相识的、衣服破破烂烂的、赤着脚的孩子，这位获救的、自由的、得胜的——因为逃掉了也是一种胜利——贵族、亲王、老头，竟冒尽一切危险，付出一切代价，不惜一切牺牲，高傲地救了这几个孩子，同时也交出了他自己的头颅，这个头颅直到目前为止是可怕的，现在变成无限庄严，他把这颗头颅献出来。

人们怎样办呢？

接受他的头颅。

朗特纳克侯爵要在别人的生命和他自己的生命之间作一个选择；在这个庄严的选择中，他挑选了自己的死亡。

人们同意他死亡。

人们就要砍掉他的头颅。

对于英雄的行为，这是怎么样的一种报酬啊！

用一种野蛮的手段去回答一种慷慨的行为！

革命居然也有这种弱点！

这是对共和国怎样的一个贬值啊！

正当这个充满着成见和奴役他人思想的人突然转变，回到了人道的圈子里来的时候，那些为了解放和自由而斗争的人们却仍然继续内战，仍然维持流血和兄弟自相残杀的常规！

那个宽恕、舍身成仁、赎罪、自我牺牲的至高无上的神圣法则，对于那些为错误而战的斗士反而存在，对于那些为真理而战的兵士却不存在！

怎么！不肯为仁义作斗争！甘心在这个斗争中失败，本来是强者，却甘心做弱者，本来是胜利者，却甘心做杀人凶手，使人说保王党方面有人救了小孩，共和党方面有人屠杀老人！

这位伟大的军人、八十岁的壮士、解除了武装的战士，与其说是俘获的，不如说是偷来的，他是正在做好事的时候被捉的，是经过他自己同意而被缚的，人们将要看见他额上还带着为了一件伟大的牺牲而流的汗珠走上断头台，就像被人奉祀为神的伟人走上神坛一样！他的头颅将要放在断头台的刀下，那三个被救的小天使的灵魂，将要环绕着这颗头颅飞翔而且为它呼号！在执行这个对于刽子手们是不名誉的刑罚的时候，人们将要看见这个人的脸上浮着笑容，共和国的脸却羞耻得通红！

而这一切要在身为领袖的郭文面前实现！

他本来可以阻止这件事，他却袖手旁观！他将要满足于这样一个专横的借口："现在这一切和你都没有关系了！"他也不这样想，认为在这样的情形下放弃自己的职权就是同谋！他也看不出在这样一件大事情中，动手的人和袖手旁观的人比较，袖手旁观的人更坏些，因为他是懦夫！

可是他不是已经说过要把这个人处死吗？他，郭文，仁慈的人，不是宣布过朗特纳克不属于宽大之列而且他要把朗特纳克交给西穆尔登吗？

这颗头颅是他欠下的。那么，他应该把这颗头颅交出来以清债务。这就对了。

不过现在这颗头颅是不是还跟过去一样呢？

直到目前为止，在郭文的眼中，朗特纳克只是一个野蛮的战士、帝制和封建制度的盲目拥护者、屠杀俘虏的人、被战争纵容的杀人凶手、嗜血的人。这样一个人郭文不怕他；他是随意把人处死的人，郭文也要把他处死；他是怀着深仇的人，他会发现郭文也怀着深仇。没有比这更简单的了，道路已经划好，跟着这条道路走是容易的，一切都安排妥当，他要杀掉杀人的人，他是在恐怖的直线上走路。出乎意料之外，这条直路却转了弯了，转过一个意想不到的弯子以后一片新天地出现了，一个变化发生了。一个意想不到的朗特纳克登台了。一个英雄从这个恶魔身上跳了出来；不光是一个英雄，还是一个人。不光是一个灵魂，还是一颗心。在郭文面前的不再是一个杀人者，而是一个救人者。郭文被一股神圣光辉的洪流冲倒了。朗特纳克用善良的雷电击倒了他。

可是变了样子的朗特纳克并没有使郭文转变！怎么！这一股光流的打击居然没有反应！过去的人跑在前面，将来的人竟落在后面！野蛮和迷信的人突然张开两翼高高地飞翔，俯视着那个怀抱理想的人在下面泥泞和黑暗中爬行！郭文将要匍伏在那条残暴的旧车辙上，而朗特纳克将要到崇高的境界里建立功业去了。

还有另外一件事。

他们的家族！

让别人流血，就等于自己流血，那么，朗特纳克所要流的血，难道不是郭文自己的血吗？他的祖父已经死了，可是他的叔祖父还活着；这个叔祖父就是朗特纳克侯爵。难道那位已经在坟墓里的祖先，不会起来阻止他的兄弟进去吗？难道他不会命令他的孙儿从此以后要尊敬叔祖父的白发王冠么？因为侯爵的白发王冠，也就是他自己的顶上的圆光的亲姊妹呀。难道在郭文和朗特纳克之间，没有一个鬼魂在愤怒地注视着吗？

革命的目的难道是要破坏人的天性吗？革命难道是为了破坏家庭，为了使人道窒息吗？绝不是的。一七八九年的出现，正是为了肯定这些崇高的现实，而不是为了否定它们。推翻封建堡垒，是为了解放人类；废除封建制度，是为了建立家庭。创造者就是权力的出发点，权力是蕴藏在创造者身内的，除了创造者就再也没有别的权力；因此蜂后的地位是完全合法的，她创造了她的人民，她既是母亲，就应该是皇后；因此人类的王权是荒谬的，国王既不是创造者，就不能够做统治者；因此帝制必须废除，共和国必须建立。这一切到底是什么？是家庭，是人道，是革命。革命就是人民的掌握统治权;归根结底,人民,就是人。

现在所要知道的,就是朗特纳克已经回到人道的圈子里来了,郭文是不是也会回到家族里来。

也就是要知道叔祖父和侄孙是不是会在更高级的光明里会见,还是侄孙要用开倒车来回答叔祖父的进步。

郭文和他的良心的悲壮的论战,结果是提出了上面这样的问题,而且答案仿佛也从问题本身得出来了:挽救朗特纳克。

对的。可是法兰西呢?

到了这里,这个使人晕眩的问题突然换了一个面目。

怎么! 法兰西陷入了绝境! 法兰西被出卖了,被打开了大门,被毁坏了城墙! 法兰西没有了堑壕,德国人就渡过莱茵河;她没有了城墙,意大利人就跨过阿尔卑斯山,西班牙人就越过比利牛斯山。她还剩下一个庞大的深渊,那就是大西洋。这个深渊是帮助她的。她可以凭依着它,那么这个被整个大海支持着的巨人就可以和整个大陆斗争。这样的形势是百攻不破的。可是现在不然了,她不会有这样有利的形势了。这个大西洋已经不再是她的了。在这海洋里有英国人。当然,英国人没法子渡海过来。可是现在有一个人要给她搭一条桥,要向她伸出手来,要对庇特、克莱格、康华里斯、邓塔斯和那些海盗们说:"来呀!"这个人要高声呼喊:"英国,把法兰西拿去吧!"这个人就是朗特纳克侯爵。

这个人已经被捕。经过三个月的追击、搜索和激烈的战斗之后,这个人终于被俘了。革命的巨手已经抓住了这个可诅咒的人;九三年的紧握的拳头已经抓住这个保王党凶手的衣领;由于经常参与人事的神秘的天意,这个弑亲者现在正在他自己家里的土牢里等待刑罚;封建贵族被关在封建的地牢里;他自己的堡垒的石墙起来反对他,而且把他关闭在里面,阴谋出卖祖国的人被他自己的家宅出卖了。显然这一切是上帝安排的。正义的时刻已经到来;革命已经逮住了这个人民公敌;他再也不能够作战,再也不能够斗争,再也不能够害人了;在这个旺代里,有许多人手,可是只有他一个是脑袋;他完了,内战也就完了;现在逮住他了,这个结局是悲剧性的,也是值得高兴的;经过那么多次的屠杀之后,他被俘了,这个杀人的人,现在也轮到他死了。

可是有人要救他!

西穆尔登(就是说九三年),逮住了朗特纳克(就是说君主政治);可是有人要把这个捕获物从铜爪里放出来! 朗特纳克的身上集中着一切灾害的萌芽,可是这种灾害的萌芽有人却认为是"过去"的事,朗特纳克侯爵现在是在坟墓里,那扇沉重的永恒的门已经在他身后关上了,可是外面有人要把门打开!这个社会的害虫已经死了,叛变、兄弟残杀、野蛮的战争,都跟着他死了,可是有人要使他复活!

啊!这个死人的头会怎样狞笑啊!

这个幽灵会说:"很好,我又活了,蠢材!"

他要怎样地重新开始他的丑恶工作啊!朗特纳克要怎样高兴地怀着深仇重新投入仇恨和战争的深渊啊!明天,人们又要看见房屋被焚烧,俘虏被屠杀,受伤的被害死,妇女被枪毙!

而且,归根结底,这件对郭文富有吸引力的行为,郭文有没有把它过分夸大呢?

三个小孩在危难中;朗特纳克救了他们。

可是谁使他们陷入危难的呢?

难道不是朗特纳克吗?

谁把这几只摇篮放在大火里面呢?

难道不是伊曼纽斯吗?

他是侯爵的副官。

应该负责的是领袖。

因此,纵火的和杀人的都是朗特纳克。

他到底做过什么值得人钦敬的事呢?

他没有坚持到底。只不过这样罢了。

他在筹划了罪行之后,自己又退缩了。他自己吓着了自己。那个母亲的喊声唤醒他内心的过时的慈悲心,这种慈悲心是人类共同生活的残余,一切人心里都有,连心肠最硬的人也有。他听见了这喊声才往回走。他已经走入黑暗中,再退回到光明里来。在造成了罪行之后,他又自动破坏了那罪行。他唯一的功劳只不过是做坏人没有做到底。

为着这一点小事,就把一切都还给他!还给他空间、田地、平原、空气、白昼;还给他森林,让他利用来进行盗匪活动;还给他自由,让他利用来奴役他人;还给他生命,让他利用来制造死亡!

至于说到要跟他讲和,要和这个傲慢的灵魂取得谅解,提议在一定的条件下释放他,问他是否同意在保证他的生命安全的条件下他从此以后放弃一切敌对行为和叛变行为,这种建议将是一个多么大的错误,将使他得到何等有利的地位,将要遇到他的怎样的轻蔑,他将要用怎样的回答来狠狠地回敬这个建议,他会说:"把无耻留给你们自己,杀死我吧!"

对付这样一个人,除了把他杀死或者释放之外,的确没有其他办法。这个人站在山顶上;他随时准备好起飞或者牺牲;他自己本身就同时是鹰隼和悬崖。多么奇异的灵魂。

把他杀掉吗?良心多么不安!把他放走吗?责任又多么重!

朗特纳克一旦恢复自由,旺代的战争又得从头打起,就像对付一条没有把头砍掉的七头蛇一样。一转瞬间,由于这个人消失而熄灭了的火焰,就会像流星飞行一样重新燃烧起来。朗特纳克的目的是要像盖棺材板一样把君主政治盖在共和国上面,把英吉利盖在法兰西上面,除非他完成了这个可恶的计划,他绝不会罢休。救了朗特纳克就是牺牲了法兰西;朗特纳克获得了生命,就是无数重新被卷入内战漩涡的无辜的男、女、儿童的死亡;就是英国人的登陆、革命的倒退、城市的被洗劫、人民的被蹂躏、布列塔尼的流血,也就是把牺牲者送回到老虎的爪子下面。郭文在这种种不能肯定的理由和自相矛盾的理论中,模糊地看见他的面前出现了这样一个问题:放虎归山。

然后问题又恢复了它的最初的面目;西绪福斯的石头又落下来了,这石头不是别的,正是一个人内心的斗争:朗特纳克到底是一只老虎吗?

也许他曾经是一只老虎,可是他现在还是吗?郭文在内心的反复斗争下晕眩了,思想兜来转去,像一条蛇。毫无疑问,即使经过严格的考察,谁还能够否认朗特纳克的义举,他的斯多噶式的克己精神,他的伟大无私的德行吗?怎么!在张大着巨嘴的内战前面来证明人道主义!怎么!在低级真理的斗争中把高级真理搬出来!怎么!证明在王权之上、革命之上、人世的一切问题之上,还有人心的无限仁慈,还有强者对弱者应尽的保护责任、安全的人对遇难的人应尽的救护责任、一切老人对一切儿童应有的慈爱!证明这些崇高的行为,而且牺牲自己的头颅来证明!怎么!身为一个将军,竟放弃了战略、战争和复仇!怎么!身为一个保王党,竟拿起一把天秤,一端放上法国国王,放上历时十五个世纪之久的君主政治,要重新恢复的旧法律,要重新建立的旧社会,另一端放上三个无名的乡下小孩,而且认为这三个天真的小孩比国王、王座、王权和十五个世纪的君主政治更重!怎么!这一切都不算什么吗?怎么!做了这件事的人还算是一只老虎而且还要被人当作野兽来看待?不!不!不!这个刚才用一种神圣行为的亮光照亮了内战的深渊的人不是一个恶魔!拿着屠刀的人变成了一个光明的天使。地狱里的魔鬼又变成了天上的晓星。朗特纳克用一件牺牲的行为赎回了他的种种野蛮行为;他失去了自己的肉体,却救了自己的灵魂;他又变成无罪的人了;

他给自己签发了赦罪书。难道宽恕自己的权利就不存在吗?从今以后他是一个可敬的人了。

朗特纳克刚才证明了自己是非常人。现在该轮到郭文了。

郭文有责任用行动来答复他。

善的情感和恶的情感的斗争,使目前的世界混乱不堪;朗特纳克征服了这种混乱,从其中把人道抬出来,现在轮到郭文从其中把家庭抬出来了。

他要怎么办呢?

郭文要辜负上帝对他的信任吗?

不。他喃喃地对自己说:"让我们救朗特纳克吧。"那么很好。去吧,去为英国人服务吧。投降吧。投到敌人那边去吧。救朗特纳克,出卖法兰西吧。

他战栗起来。

"做梦的人啊,你这个办法不是办法!"郭文看见黑暗中有斯芬克斯的阴险的微笑。

这种情形好像是一个可怕的十字路口,各种互不相容的真理都到这里停下来对质,人类的三种最崇高的观念:人道、家庭、祖国,在这里互相瞠视。

这些声音轮流发言,每一个所说的都是真理。怎么选择呢?每一个仿佛都把智慧和正义结合起来,说:"这样做。"真的应该这样做吗?是的。不是。理论是一种说法,感情又是另一种说法,两种说法是互相矛盾的。逻辑只是理智,感情往往是良心;前者是从人类本身来的,后者是从天上来的。

因此感情比较不易明了,却有更大的说服力。

可是严峻的理智又有多么大的力量啊!

郭文踌躇了。

这是令人无法选择的残忍的难题。

郭文的面前是两个深渊。让侯爵送命呢?还是救他?他必须投入这一个深渊,或者另一个深渊。

这两个深渊中,哪一个是他的责任呢?

(选自雨果《九三年》,郑永慧译,人民文学出版社1957年版。)

【思考题】

1. 使郭文陷入沉思的问题,以及雨果展示郭文的沉思的文字,都很抽象,虽然雨果竭力使它们变得具体而生动,但毕竟不同于一般注重形象的文学描写。试据此讨论文学描写模式的多样性。

2. 联系前面朗特纳克舍己救人的一段描写,以及后来郭文释放朗特纳克、受审和被处决,谈谈你对雨果借郭文之口说出的"在绝对正确的革命之上有一个绝对正确的人道主义"这句话的理解。

3. 如果你已经通读整篇小说,请回答:朗特纳克是在什么情况和什么心理驱使下劫持三个小孩作为人质的?他既然杀了那么多人,为什么到头来又对自己劫持的三个小孩动了恻隐之心?雨果这样写,是否为了服务于自己的观念而使得人物前后矛盾?

【拓展阅读】

郑永慧:《〈九三年〉译序》,见雨果《九三年》,郑永慧译,人民文学出版社1957年版。

第二章　别林斯基

维萨里昂·格里戈里耶维奇·别林斯基(1811—1848)出生于帝俄时代一个海军军医家庭,1829 年进入莫斯科大学,因撰写具有反专制色彩的戏剧《德米特里·卡列宁》被学校开除。1834 年发表《文学的幻想》,开始批评家的生涯。1839 年前往圣彼得堡,先后主持《祖国纪事》文学批评栏和《现代人》杂志,不到十年发表了大量评论文章,为俄国 19 世纪批判现实主义文学奠定了理论基础。

别林斯基出身寒微,生活简朴,差不多靠自学成才。他经由饱受西方教育的俄国知识分子学习经院哲学的思想,包括德国观念论及其俄国追随者们枯燥而抽象的哲学,但他受人尊敬的主要不是哲学,更多是激情。"在我,思考、感受、理解和受苦乃是一回事",他认为真正的理解并不来自纯粹理性而来自直觉洞察。思考和激情的融合贯穿了别林斯基一生。他以特有的理智与道德激情接纳西方现代社会的核心价值:个性和自我的理念。他坚信正是这个核心价值使人成为人,给人以权利和尊严。他说,"我只有感受到个体的自我在受苦才能感受到宇宙的存在","个体自我的命运比全世界的命运更重要"。他凭借这种通过复杂思想斗争获得的价值观念与周围现实争斗,猛烈地抨击专制统治和农奴制,抨击贫穷、迫害、酗酒、官僚的冷酷、对弱小者(包括妇女)的欺凌。

别林斯基短暂一生主要的工作是文学批评。他的文学论述与道德判断密不可分。他相信在尼古拉一世统治下唯一的自由只能用笔争取。作为一个影响力巨大的批评家和思想家,别林斯基有生之年一直将文学作为社会良心来捍卫,把俄国文学视为自己的生命。他向文学所要求的首先是"真实"。这不仅是忠实地反映现实(他痛恨仅仅取乐、逃避或唯美的作品),还要提供"真实的"理念——正确的道德意识(最重要的是对个体尊严的关怀)。正如他在有名的致果戈理的公开信中所说,公众"总是可以原谅作家写出一本坏书(美学上糟糕的书),但绝不会原谅作家写出一本有害的书(观念和道德上糟糕的书)"。别林斯基认为果戈理的《致友人书简》有害,因为它"放弃了唤醒人们争取人的尊严的努力,而在多少世纪的漫长历史中,人的尊严一直被践踏在污泥浊水中"。

《文学的幻想》追溯18世纪古典主义以来俄国文学的简史,凸现民族性和现实主义两大问题。《论俄国中篇小说和果戈理君的中篇小说》将文学划分为"理想的诗"和"现实的诗",肯定果戈理作为"现实生活的诗人"的意义。《亚历山大·普希金作品集》将普希金定义为俄国民族诗人,提出了俄国现实主义文学的若干基本原则。在关于40年代俄国文学的几篇气势雄伟的年度概观中,别林斯基对真实、典型、形象思维、人民性、天才、激情等一系列文学和美学问题进行了深刻阐述。1846年果戈理发表《与友人书简》,倡导恭顺、调和的社会理想,激起别林斯基的愤怒,时在德国养病的他奋笔疾书,写下了著名的《致果戈理的公开信》,赫尔岑称这封信是充满不妥协的战斗精神的别林斯基的"精神遗嘱"。

作为俄国文学史上最伟大的批评家、思想家之一,别林斯基和稍后的另外两个批评家车尔尼雪夫斯基和杜勃罗留波夫一起,深刻影响了包括中国在内的现代世界文学批评。"别车杜"被许多人视为世界文学批评史上难以逾越的高峰。

《论俄国中篇小说和果戈理君的中篇小说》写于1835年,显示了典型的别林斯基风格。他总是把作家作品放在整个俄罗斯文学史和社会发展进程中加以考察,从一个作家某部或某几部作品出发,逐渐扩展开来,顺理成章地涉及整个社会、政治、历史和人性问题,加上别林斯基特有的思辨和道德激情,其文学批评因此成了社会批判、美学分析、哲学探索、道德拷问的综合体,既细致入微、鞭辟入里,又高屋建瓴、吞吐万象。《致果戈理的公开信》写于1946年,并不拘泥于对文学作品美学和历史的分析,而是单刀直入,直指本心,始终围绕果戈理《与友人书简》中的社会理想和宗教立场展开论辩,但仍然显示着别林斯基式的思想洞察力和道德批判的火热激情。对比这两篇针对同一个作家、前后褒贬不一的文学批评文章,可以更清晰地感受到别林斯基的立场与胸怀。

论俄国中篇小说和果戈理君的中篇小说①

(《小品集》和《密尔格拉得》)

一

俄国文学尽管微不足道,甚至尽管其存在是可怀疑的,现在被许多人认作空中楼阁,却受到过无数外来的与固有的影响,以倾向的纷繁复杂见称。这和我这篇文章的题目有着直接关系,所以我要简明扼要地把一些最主要的影响和倾向指明出来。我们的文学从烦琐主义时期开始,因为它伟大的奠基人②的倾向,与其说是艺术的,毋宁说是学术的;这种倾向,作为他对艺术的错误理解的结果,也反映在他的诗歌里面。他的庸碌无能的追随者们,主要是苏玛罗科夫和黑拉斯科夫这两个人的强大的威望,支持了、持续了这种倾向。这两个人丝毫没有罗蒙诺索夫之才,却享有不少于他,或者比他更多的威望,给年轻的文学染上了浓厚玄学的色彩。甚至杰尔查文不幸也太迁就这种倾向,因此,大大地伤害了他的独创性,成为他的盛名之累。由于这种倾向的结果,文学被划分为"颂诗"和"叙事诗或称英雄诗"。特别是后者,被人尊为诗才的煊赫的表现,创作活动的王冠,一切文学的基调,每个民族和全体人类的艺术活动的终极目标③。《彼得利雅达》产生了和自己很配称的孩子——《罗西雅达》和《弗拉季米尔》,这两篇东西又产生了一些冗长的描写彼得之类的诗,此外是臭名昭彰的《亚历山德罗伊达》……后来只听得说,我们的抒情诗人怎样醉心于写颂诗,借用他们之中一个人的说法,在响亮的颂诗里面争先恐后地使得河跳,山奔……这是主要的,具有特征的倾向;那时和在那以后,还有一些别的倾向,虽然没有这样强大:克雷洛夫产生了无数寓言作家,奥泽罗夫产生了悲剧作家,茹科夫斯基产生了谣曲作家,巴丘希科夫产生了哀歌作家。总之,每一个杰出的才能总会使一群庸碌的

---

① 本文于1835年发表在《望远镜》上,署名维·别林斯基。
② 系指罗蒙诺索夫。
③ 这种可笑亦复可怜的倾向,是这样强大,并且持续得这样长久,竟有许多文学家在1813年劝告写过镂字琢句的《波罗金诺原野上的题铭》的伊凡庆-皮萨列夫去写——你们想是什么?——叙事长诗!……——原注

作家闻笛声而起舞。浓重烦琐主义的时期还没有结束，还在它的极盛时代，卡拉姆辛创立了新的学派，给文学制定了新的倾向，这种倾向开始时把烦琐主义加以约制，后来就彻底击溃了它。这便是这倾向的主要的和最大的功绩，作为一种反拨，是必要而且有益的，但作为错误的倾向，却是有害的，所以在完成任务之后，反过来又要求另外一种强有力的反拨。由于卡拉姆辛的巨大而独断的影响及其多方面的文学活动，这种新倾向长久地支配着艺术、科学以及思想和社会教育的进程。这倾向的特色是感伤主义，这是十八世纪欧洲文学特色的片面反映。当这感伤主义倾向正在绚烂繁盛的时候，茹科夫斯基倡导了文学的神秘主义，那特点就是和虚妄的幻梦结合在一起的空想，但事实上不过是稍微提高了的、改良了的、革新了的感伤主义罢了，虽然产生了许多庸碌的模仿者，但到底是向前迈进了一大步①。从十九世纪二十年代中叶起，创作活动倾向中的这种单调性完全结束了：文学沿着繁复的道路奔驰前进。虽然普希金的强大的影响（顺便提到一下，他在我们文坛荒凉的地平线上，跟杰尔查文、格里鲍耶陀夫一起，构成永垂光辉于万世的唯一的诗歌星座），也曾赋予我们这一时期的文学某种一般的特征，可是第一，普希金本身，在作品的色调和形式方面就是太多样的；其次，旧权威的影响还没有失掉它的作用；以及此外，在和欧洲文学接触之后，我们熟悉了艺术的新的体裁和新的特色。跟普希金的长诗一起，出现了长篇小说、中篇小说、戏剧；哀歌加强了；同时，谣曲、颂诗、寓言、甚至牧歌和田园诗也没有被忘记。

今天完全不是这样：今天，整个我们的文学都变成了长篇小说和中篇小说。颂诗、叙事长诗、故事诗、寓言，甚至所谓，或者更确切点说，从前所谓的浪漫主义长诗，泛滥过、淹没过我们文坛的普希金风的长诗，——这一切，现在都不过是给人提醒那快乐的早已逝去的时代的遗物罢了。长篇小说打倒了一切，吞没了一切，而和它一同来到的中篇小说，却把这一切的痕迹也给铲平了，连长篇小说也恭敬地让开路，让中篇小说走到前面去。什么书最被人爱读和争购？长篇小说和中篇小说。什么书使文学家旦夕间致富，获得房屋和田产②？长篇小说和中篇小说。我们的一切文学家，有天禀的和没有天禀的，从最高的文学贵族直到旧货市场上骚扰不停的骑士们，写的是些

---

① 我讲到茹科夫斯基，考虑的是他给文学带来的倾向，却不是评价他的文学功绩，是指他的谣曲和少数创作，却不是指我们文学应该引以为荣的他的一般译品而言。——原注
② 布尔加林曾用稿费买过田产。

什么书？长篇小说和中篇小说。真是怪事！可是这还没有完呢：什么书记述着人类生活、道德规律和哲学体系，总而言之，所有一切学问？长篇小说和中篇小说。

这种现象是什么原因造成的呢？谁，什么天才，什么强大的才能，形成了这种新倾向呢？……这不能归罪于某一个特殊的人：原因是在于时代精神，在于一种一般的、可以说是全世界的倾向。

固然，这里也可以看到外国文学的影响，这是非常自然的，因为凡是参与教养有素的人类生活的人，不可能置身于一般的心智运动之外。至少，这不是某一个人的成功或强大威望的结果，而是一般需要的结果。固然，我们还没有忘记——纵然只限于书名——我们长篇小说的鼻祖《伊凡·维齐庚》；可是它只是因为出版的时间，而不是由于内部优点，才成为长篇小说的鼻祖。并不是由于它的成功，才引得大家都来写长篇小说，可是它反映了一般的需要。总得有一个人带头的。加之，问题不在于：长篇小说能不能在俄罗斯获得成功？这问题早已解决了，因为那时司各特长篇小说的译本已经像洪流一样地流遍了俄国。问题在于：用俄文写并且从俄国生活撷取题材的俄国长篇小说，能不能在俄罗斯获得成功？布尔加林君恰巧比别人先解决了这个问题：这便是一切。

长篇小说在今天还是有力量的，也许，将长期或永久地保持从许多艺术体裁中获得的，或者更确切点说，征服来的可敬的地位；可是，今天在所有一切文学中，中篇小说是一切欣赏者和写作者注意和活动的独一无二的对象，我们日常不可缺少的食粮，我们废寝忘食地耽读的必备之书。此外还有第三种诗歌体裁，应该在我们时代中跟长篇小说和中篇小说鼎足而三；那就是戏剧，虽然它的成功是被长篇小说和中篇小说的成功所掩蔽的。作为这一般倾向的结果，长篇小说和中篇小说在我们文学中也变成了占优势的诗歌体裁；我再说一遍，这与其说是盲目模仿、某一强大天才的优势、或者对某一创作的非凡成就的迷恋的结果，毋宁说是一般需要和时代支配精神的结果。

把一切文学引到长篇小说和中篇小说形式里面来的这一般需要和时代支配精神，是怎样形成的呢？

诗歌，可以说是用两种方法，来概括和再现生活现象的。这两种方法互相对立，虽然引向同一个目标。诗人或者根据全靠他对事物的看法、对生活在其中的世界、时代和民族的态度来决定的他那固有的理想，来再造生活；或者忠实于生活的现实性的一切细节、颜色和浓淡色度，在全部赤裸和真实中来再现生活。因此，诗歌可以说是分成两个部门——理想的和现实的。

我们来说明一下。

任何民族的诗歌,开始时总是和生活协调,但和现实性冲突的,因为对任何一个幼年的民族说来,正像对幼年的人说来一样,生活常常是和现实性敌对的①。生活的真实,无论对于幼年的民族或者幼年的人说来都是不可理解的;生活的高度的朴素和自然不能使他的头脑明白,也不能使他的感情满足。成年的民族和成年的人认为是庄严的生活和最崇高的诗的东西,在他看来,就会是一种痛苦的、凄凉的幻灭,人在感到这种幻灭之后,再活下去也没有味道了。把虚假的颜色剥光了、赤裸了之后,在他看来,生活就是枯燥的、沉闷的、萎靡的和苍白的散文,仿佛真实与现实不能跟诗歌并存似的;仿佛太阳如果只是一个简单的黑暗的圆球,而不是腓勃斯②的华美的马车,就不会这样堂皇和灿烂;仿佛蔚蓝的天穹如果不是星光荧荧的奥林波斯山,不朽众神的居处,而是我们视线所不能及、容载着大千世界的一片广阔无边的空间,就不会这样美丽;最后,仿佛地球,人类的居处,如果不躺在阿特拉斯③的双肩上,而是栖息、运动在空气的海洋里,不是被什么人的手支撑着,而是服从简单的引力规律,就不会这样神妙!……以希腊人为代表的原始的人类,就是这样充沛着沸腾的力量,尽量发挥着新鲜而生动的感情和年轻而旺盛的想象,用崇高的神秘的力量的影响解释了物质世界的现象。他也就是这样解释了道德的现象,使这些现象屈服在不可抗拒的力量的影响之下,他把这种力量叫做命运。对于希腊人说来,没有大自然的法则,也没有人类的自由意志。这说明了为什么他认为平凡生活圈子里的一切,用简单原因所能解释的一切,够不上称为诗,是艺术的贬低,总之,是卑劣的本性,——这是十八世纪法国人愚蠢地理解、荒唐地加以采用的一种说法。对于他说来,具有自由意志、情欲、感情和思想、苦痛和欢乐、希望和失望的人是不存在的,因为他还没有感觉到自己个性的存在,因为他的我消失在民族的我里面,这民族的概念在他的诗中颤动着,呼吸着。他的抒情诗并不带有对世界的看法的烙印,探试世界秘密的努力的痕迹,里面没有阴暗的沉思,忧郁的梦想;干脆只是庄重的感激的赞美诗,或者是热烈的欢乐的颂诗,不自觉的"哈拉"④的表现,因为他看大自然,用的是情人的眼光,不是思想家

---

① 此处把"生活"和"现实性"分开来说,前者是指表面的生活现象,后者则是生活的真实。
② 太阳神,亦即阿波罗之别名。
③ 阿特拉斯是希腊神话中的巨神,因反抗宙斯失败,被罚在世界极西处用头和手撑住天。
④ 出于希腊文,意谓"抚爱"。

的眼光,爱它,却不加以研究,完全对它满足,被它所诱引。他在注视自然时,交错在他心头的不是问题,却是喜悦,他把这喜悦倾吐在感激的赞美诗、疯狂的颂赞或者庄严的颂诗里面。这是他的抒情诗;现在再来看看他的叙事诗和戏剧。某一个个别的人的生活和命运——这样朴素而又平凡的长篇小说,对他算得了什么呢?给他皇帝、人神、英雄吧!私生活的画面,连同它的忧虑和繁忙、高贵和可笑、悲哀和快乐、爱情和仇恨,——这样琐屑、详尽而又庸俗、卑贱的中篇小说,对他算得了什么呢?在他面前展开民族与民族斗争的画面,给他看有天国居民参加在内、按照独断的命运之神的意图和计划而收场的战斗和流血吧!长篇小说和中篇小说,在他看来是平庸的,——给他庞大的、壮美的、充满奇迹的长诗,他的具有一切浓淡色度的全部生活反映、显现在里面,像蓝天和白云反映、显现在无边海洋的澄清平静的镜子里一样的长诗吧,——给他《伊利亚特》吧!……可是神妙的时代正在过去,人自愿与不自愿地和现实生活接近起来,代替长诗,他要求着戏剧。可是即使在这时,他也不背叛自己:他仅仅是离开一下过去,却没有忘怀于它,没有对它冷淡,没有和它斩断牵绊。他已经开始注视生活,可是对它不能满足,不想把它移植到诗歌里面,而是想把诗歌移植到它里面。他把现时置之不顾,到过去里面去给自己的戏剧寻找灵感;因此,他的戏剧不是我们的、不是莎士比亚风的戏剧,现实生活、热情和人的意志斗争的表现,——不:这是一种神秘的宗教仪式,阴郁的宗教剧,命运的僧侣和先知,总之,这是悲剧,具有帝王和英雄的壮伟气魄的、崇高而高贵的悲剧,戴面具和穿厚底靴的悲剧。它的角色必须是皇帝、人神、英雄,头上戴着王冠、花冠或钢盔,手里拿着王笏、剑或盾牌,身上穿着波浪一样披垂的长袍;内容必须是和某一民族的命运或某一伟大事件密切相关的整整一代皇帝、人神和英雄的宿命,因为平民百姓的命运和私生活的细节会凌辱它的帝王的壮伟气魄,损毁它的宗教的特色;因为民族想在舞台上看到自己,自己的生活,而不是人,人的生活。他写戏剧,也正像写长诗一样,从生活中仅仅汲取崇高的高贵的东西,把一切平凡的、普通的、日常的东西统统抛开,因为他的生活是在广场、战场、神殿、法庭,那里才是他的诗歌,却不是在家庭圈子里;他的悲剧的人物必须用崇高的、高雅的、诗的语言说话,因为他们都是皇帝、人神、英雄;他的合唱队必须用神秘的、阴郁的、同时是庄严的语言来表现,因为它是可怕命运的意志的喉舌、注释者。

原始民族的诗歌的特色便是这样;希腊人的诗歌便是这样。

可是,幼年对于人不是永久的,对于民族不是永久的,对于人类也不是永久的；跟在后面的是青年，然后是成年，于是老年就来到了。诗歌也有它的生长，那总是和民族的生长并行着的。理想诗歌的时期以民族生长的幼年和青年阶段而告终，到了那时，艺术必须改变自己的特色，否则只有死灭。我们新人类的艺术，像下面所要看到的，发生的是第一种情形；古代人类的艺术，则发生的是后一种情形，因为一个民族，如果诗歌开始时是理想的，是它的理想生活的结果，它就无法转变到现实诗歌方面去。它顽强地、反乎天性地、在精神上和形式上执着于过去，它像一个永远丧失对神妙事物的信心的老于世故的人那样，竭力给诗作加上理想的色调。可是，它的诗歌既然和生活不协调，——这种现象无论如何是不应该有的，——那么，它为了矮小而装高跷，为了没有青年人的天然颜色而涂抹胭脂，为了声音不洪亮而拼命鼓气，神妙变成冷淡的讽喻，英雄主义变成堂·吉诃德式的行为，这还有什么可奇怪的吗？希腊诗歌，当它结束了自己的行程，还在亚历山德里闪动着苍白的影子的时候，便是这样。可是，经常发生这种情况的是这样的一些民族，他们的诗歌不是从生活里发展出来，而是模仿的结果：这些诗歌总是对标本加以模拟的效颦之作；它们的壮伟、高贵和理想性，好比是在杂耍场门口俨然摆来摆去的穿俗艳的花边袍子和戴纸冠的小丑。拉丁文学和法国古典文学(主要是戏剧)便是这样。法国古典悲剧的虚假的高贵和壮美，不过是像小市民混进贵族社会，仆人穿老爷的衣服，乌鸦披上孔雀毛，对希腊人作猢狲的效颦而已，因为这些东西和生活是不调和的。可是，这一点，在长诗里面表现得特别显著。《伊利亚特》是民族所创作的，里面反映着希腊人的生活，它对于他们是一部神圣的书，宗教和道德的源泉，——所以，《伊利亚特》是不朽的。可是请问，看老天爷的份上，这些《埃涅阿斯纪》①、《解放了的耶路撒冷》②、《失乐园》③、《梅西亚达》④，是些什么东西呢？这不是表现出或多或少强大的才能的迷失途径，或多或少把崇拜者引入迷途的智力的滥用吗？今天谁在读它们，被它们所迷醉？它们不就像老迈龙钟的老兵，人们尊敬他，不是为了技能高超，不是为了功勋卓绝，却是为了他是个衰龄老翁？它们不就像想象所造成的偏见一样，人们相信时加以尊敬，不相信时加以怜惜，而怜惜是因为向往古老，或者由于积习，或者由于懒惰和忙碌，不

---

① 作者是罗马诗人维吉尔。
② 作者是意大利诗人塔索。
③ 作者是英国诗人弥尔顿。
④ 作者是德国诗人克罗卜史托克。

能最后一次细察它们,把它们击成粉碎?……可是这是个枝节的问题:让我们言归正传吧。

古代世界的幼年结束了;对于神和奇妙事物的信念死灭了;英雄主义的精神消失了;临到了现实生活的时代,诗歌不可能再凌空虚构:它里面已经没有这种崇高的直率,这种朴素的、高贵的、平静的和庞大的壮伟,以前所以有这些东西,那原因是在艺术与生活的和谐里面,诗的真实里面。世界起了大变化,焕然一新的、精神充沛的人类走上了另外一条路。产生了人的概念,这是一种和民族分离的、独自成趣的个别的存在……行吟诗人的描写爱情的痛苦、忧闷的村女或者被囚的公主的哀怨的阴郁之歌,凯旋与胜利的歌,爱、仇、正直行为的故事——这一切都得到了响应……长诗变成了长篇小说。固然,这长篇小说是骑士风的,空想的,是曾有的和未曾有的事物、可能的和不可能的事物的混合,可是这已经不是长诗了,里面成长着真正的长篇小说的种子。终于在十六世纪,完成了艺术方面最后的改革:塞万提斯用无与伦比的《堂·吉诃德》击败了诗歌的虚伪理想倾向;莎士比亚则使诗歌和现实生活永远调和、结合了起来。他那广无涯际的、包含万有的眼光,透入人类天性和真实生活的不可探究的圣殿,捉住了它们隐藏的脉息的神秘跳动。他是一个不自觉的诗人思想家,依照道德天性永久的不可动摇的法则,依照它的最初的计划,在庞大的作品中复制了道德天性,好像他也参与制定这些法则,草拟这个计划似的。他是一个新的普罗岱,能够把活的精神吹进死的现实;他是一个深刻的分析家,能够在显然非常细末的生活环境和人的意志的行动中找出解决道德天性最高心理现象的秘诀。他在戏剧的进程中从来不借助于什么弹簧或垫脚架子;戏剧的内容,在他是按照不变的必然法则,自由地、自然地从本质里面发展出来的。真实,最高的真实——这便是他的创作的显著特点。他没有一般所理解的那种理想;他的人物,是真正的人,像他们实际的那样,应该的那样。他的每一部剧本都是一个象征,通过想象的焦点集中在艺术作品狭隘的框子里、缩图似的表现出来的世界的一部分。他没有同情,没有习惯、嗜好,没有心爱的思想、心爱的典型;他无情,有如

  一个在衙门里白了头发的沉思的录事,

这老人

  静静地凝视被告们的脸,

把善与恶看得十分平淡。①

他是真正的新艺术时期的明媚的曙光和庄严的黎明,他在新时代的许多诗人中间得到了响应,他们把被法国古典作家所贬低、凌辱的优点交还了艺术。早在十八世纪末叶,他们以歌德和席勒(两位从研究莎士比亚开始其文学生涯的伟大天才)为代表,就追步他的后尘。在十九世纪初,出现了一位渗透着他的精神的新的伟大的天才,以历史为媒介,完成了艺术与生活的结合。就这一点说来,司各特是莎士比亚第二,是那今天变成一般性和全世界性的伟大学派的首领。谁知道呢?也许,有一天,历史会变成艺术作品,取长篇小说而代之,像长篇小说取叙事诗而代之一样?……今天难道大家还不公认:神的创造物高于一切人的创造物,它是我们所想象的最神妙的长诗,高超的诗歌不是要去装饰它,而是要十足真实和正确地把它再现出来?……

这便是诗歌的另一面,这便是现实的诗歌,生活的诗歌,现实性的诗歌,最后,也就是我们时代真实的、真正的诗歌。它的显著特点,在于对现实的忠实;它不再造生活,而是把生活复制、再现,像凸面玻璃一样,在一种观点之下把生活的复杂多彩的现象反映出来,从这些现象里面汲取那构成丰满的、生气勃勃的、统一的图画时所必需的种种东西。诗作的伟大性和天才性,必须被这图画内容的容量和限度所决定。为了充分说明我所谓现实的诗歌的特性起见,我还要补充说:永生的英雄,那诗歌灵感的不变的目标,是人,自由行动的个性化的独立存在,世界的象征,世界的终极现象,为自身而存在的有趣的谜,才智的最终的问题,才智的追求的最后的谜……探究这个谜,答复这个问题,解决这个课题,必须借助于充分的自觉,这自觉便是他的生活的秘密、目标和原因!……

既然这样,那么,这现实诗歌的倾向,艺术与生活的密切的结合,主要在我们的时代里得到了发展,难道还有什么可奇怪的吗?一般说来,新作品的显著特点在于毫无假借的直率,把生活表现得赤裸裸到令人害羞的程度,把全部可怕的丑恶和全部庄严的美一起揭发出来,好像用解剖刀切开一样,难道还有什么可奇怪的吗?我们要求的不是生活的理想,而是生活本身,像它原来的那样。不管好还是坏,我们不想装饰它,因为我们认为,在诗情的描写中,不管怎样都是同样美丽的,因此也就是真实的,而在有真实的地方,也

---

① 引自普希金的诗剧《鲍里斯·戈东诺夫》中朱陀夫修道院的一场。引文与原文略有出入。

就有诗。

这样说来,在我们的时代,理想的诗歌是不可能的了?不,正是在我们的时代,它才是可能的,正应该由我们的时代来加以发展,不过不是古代人所说的那种意义罢了。古代人的诗歌,由于他们理想生活的结果,所以是理想的;我们的诗歌是由于我们时代精神的结果而存在的。当我讲到现实的诗歌的时候,我只提及了叙事诗和戏剧,却一点也没有讲到抒情诗。我们时代的抒情诗和古代的抒情诗有什么不同呢?我已经说过,在从前,这是欢乐的出于本能的倾吐,而这种欢乐是由于内心生活的充盈和过剩而造成,被生存的自觉和对外部世界的观照所激起,并且表现在祈祷和歌唱中的。在我们,和一般生活的概念不发生关系的外部自然,是没有任何意义、任何价值的,与其说被它所陶醉,宁可说我们要去理解它;我们的生活,我们对生存的自觉,与其说是我们急于加以利用的天惠,宁可说是我们所要迫切解决的课题。我们熟视生活,突入生存;生活已经不是快乐的筵席,节日般的欢腾,而是工作、斗争、穷困和苦难的经历。这苦闷,这愁怅,这沉思,同时还有我们抒情诗所浸染的这思想力,便是从这里产生的。我们时代的抒情诗人,与其说是神往和欣喜,宁可说是忧思和诉苦,与其说是恣情地欢呼,宁可说是质询和研究。他的歌是怨诉,他的颂诗是问题。如果他歌唱外部自然,他也不是被外部自然所震惊,不是赞美它,而是在里面探索自己的存在、使命和苦难的秘密。由于这一切,他觉得古代颂诗的范围太狭窄,于是把抒情诗的成分放到叙事诗和戏剧里面去。在这种情况下,自然性,和现实法则相适应的谐和,对于他都是枝节的;他仿佛早和读者约好,必须相信他的话,别在他的作品中寻求生活,而是去寻求思想。思想是他的灵感的目标。正像在歌剧中为音乐作词,构思主题一样,他也是根据幻想,为他的思想创造形式。在这种情况下,他的前程是不可限量的;他面前展开着整个现实的和设想的世界,整个想象的丰饶王国;过去与现在,历史与寓言,传说,民族的迷信与信念,地面与天空与地狱!毫无疑问,这里有他的逻辑,他的诗的真实,他所矢忠不渝的可能性与必然性法则,可是问题在于:他是自己创造这些条件的。这新的理想的诗歌渊源于古代的诗歌,因为它从古代诗歌借来了高雅之美,壮伟之美,跟平凡的会话式语言十分不同的诗意的高扬的语言,以及对一切琐屑的俗世事物的回避的态度。为了免得絮聒起见,我只想指出,例如歌德的《浮士德》、拜伦的《曼弗雷德》、密茨凯维支的《先人祭》、汤玛斯·穆尔的《拉腊·路克》、让·保尔的《神奇幻象》、歌德和席勒模仿古代的几部作品(《伊斐格尼》、《梅辛的新娘》)等等,都属于这一类作品。现在我想,我已经把我所谓理想的和现实的诗歌之间的区别解释得很明白了。

然而，有一个接触点，诗歌的两种因素在那里遭遇、汇合在一起。属于这一类的，首先是拜伦、普希金、密茨凯维支等人的长诗，在这些长诗里面，人的生活被表现得尽可能地真实，但仅仅限于最庄严的场面，最抒情的瞬间；其次，是一切年轻的、不成熟的、但沸腾着过多的精力的作品，这些作品以现实生活为对象，可是这种生活好像是被改造或改变了似的，其原因是因为作者被某种心爱的恳挚的思想所左右，或者由于他具有片面的、纵然是强大的才能，或者由于具有过分的热情，不能更深刻而彻底地渗入生活，像它原来那样，在全部真实性上理解它。席勒的《强盗》（这篇好像从年轻的精力充沛的灵魂深处喷射出来的熔岩似的火热的粗犷的颂诗）便是这样；事件、性格和情势，仿佛都是为了表现思想和情绪而构思出来似的，这些思想和情绪如此强烈地激动了作者，使他不得不嫌抒情诗的形式太狭窄了。有些人在席勒的早期作品中发现许多词藻：例如，他们指出，卡尔·摩尔向一伙强盗讲到父亲时的大段独白①，另外一个人处于相同的状况下，只须讲两三句话就可以。照我看，他连一句话也不用讲，只须默默地指一指父亲就够了，可是到了席勒笔下，摩尔却说了许多话！然而在他的话里，却一点玩弄词藻的影子也没有。问题在于：在这里说话的，不是人物，而是作者；在这整部作品里，没有生活的真实，但却有感情的真实；没有现实，没有戏剧，但却有无穷的诗；情势是虚伪的，情节是不自然的，但感情是真实的，思想是深刻的；总之，问题在于：我们必须不把席勒的《强盗》看成戏剧，生活的表现者，而是看成寄托于戏剧形式的抒情长诗，火炽的、沸腾的长诗。我们必须不把卡尔·摩尔的独白看成处在特定状况下人物感情的自然的平凡的表现，而是看成一种颂诗，这颂诗的意义和目标就在表现那对于亵渎做儿子的神圣责任的逆子的愤怒。根据这种看法，我认为，一切词藻应该会在席勒的这部作品里消失，而让位于真实的诗。

---

① 卡尔·摩尔：这老头儿的话还不能惊醒你们吗？长年昏沉的梦也会被这些话打破！啊，看哪，看哪！天性法则成了恶人手里的玩具，天性的索绊荡然无存！儿子杀了自己的父亲！

强盗们：头目怎么说？

卡尔·摩尔：不！这些话还减轻了他的罪恶！不！他不是把人杀死的：他糟蹋人，折磨人，用车轮碾死人——可是所有这些话都还不够——连地狱都会在这些罪恶面前发抖。——儿子……把自己的父亲！……啊，看哪，看哪！他丧失了感情！儿子把自己的父亲掷在这地窖里——寒冷、赤裸、饥渴！——看哪，看哪！这是我的父亲！……

凯契尔君译《强盗》第一六七页。——原注

一般说来,几乎席勒的全部作品或多或少都是类乎此的(除了《玛丽·史都华》和《威廉·退尔》),因为与其特别指出席勒是一个伟大的戏剧家,宁可说他一般是一个伟大的诗人。戏剧应该是极度平静而公正的现实的反映,作者的人格应该在里面消失,因为戏剧主要是现实的诗歌。可是,席勒甚至在《华伦斯坦》里也现身说法,只有在《威廉·退尔》里才是一个真正的戏剧家。可是,请别责备他缺乏天才或有偏颇之病;有这样一些才智之士,他们独创而又神妙,跟其余的人迥不相同,所以这世界对他们感到陌生,同时,他们也对这个世界感到陌生,他们不满足它,给自己创造了一个独特的世界,仅仅生活在那里面:席勒便是这样一个人。他顺从时代精神,想在创作中成为现实的,可是由于他的天才的趋向之故,理想性仍旧是他诗歌的主要特色。

这样说来,诗歌可以分为理想的和现实的两种。应该对哪一种更看重些,这是很难决定的。也许,彼此都不分轩轾,当它满足着创作条件的时候,就是说,当理想的诗歌和感情一致,现实的诗歌和诗歌所表现的生活的真实一致的时候。可是,后者作为我们积极的时代精神的结果而产生,似乎更能满足时代精神的支配的需要。然而,个人口味在这里是很起作用的。可是无论如何,在我们这个时代,无论哪一种诗歌都是同样可能的,同样能被大家所理解和领会的;可是,尽管如此,后一种诗歌更是我们时代的诗歌,更能被大家所理解和领会,更符合我们时代的精神和需要。现在,席勒的《梅辛的新娘》和《贞德》可以得到同情和响应;可是时代的真诚的、心爱的作品,总还是那些忠实而正确地反映着生活和现实的作品。

我不知道,为什么戏剧在我们的时代不能获得像长篇小说和中篇小说一样巨大的成功?是不是因为戏剧一定要求莎士比亚,至少也得是歌德和席勒,来写天地间罕有的名文,或者因为一般说来,戏剧才能是特别稀有的缘故?我不能解答这个问题。也许,长篇小说更适合于诗情地表现生活吧。的确,它的容量,它的界限,是广阔无边的;它比戏剧更不矜持,更不苛刻,因为它吸引人的不是局部和片断,而是整体,包容着这样的细节,这样的琐事,它们在分开看时似乎是不足道的,但和整体联系起来看,在作品的全体性上看时,却有着深刻的意义和无边的诗意;至于戏剧,它那直接或间接、或多或少总是屈服于舞台条件的狭窄的界限,却要求着行动进展的特别的迅速和活泼,不能容纳大段的细节,因为戏剧和一切其他诗歌体裁比较起来,主要是在最崇高和最庄严的形态上来表现人类生活。这样说来,长篇小说的形式和条件,用来诗情地表现一个从其对社会生活的关系中所看到的人,是更方便的，我以为它的异常的成功，它的无条件的支配权的秘密，便在这里。

可是中篇小说呢？它的价值，今天这种专横的、任性的、唯我独尊的支配权的秘密，究竟何在呢？没有它，杂志就像是一个人在大庭广众间不穿鞋子，不打领带一样，今天大家都在写它，读它，它占据着上流妇女的闺房和著名学者的书桌，最后，似乎连长篇小说都要给排挤掉——这中篇小说究竟是个什么东西呢？从前有人说过一句很精辟的话："中篇小说是人类命运的无穷长诗中的一个插曲。"这话很对；是的，中篇小说便是分解成许多部分的长篇小说；是从长篇小说中摘取出来的一章。我们是实事求是的人，我们终日不停地奔跑、忙碌，我们宝贵时间，没有工夫读大本的卷帙浩繁的书——总之，我们需要中篇小说。我们的现代生活太纷繁、复杂、零碎；我们希望它反映在诗歌中，像反映在磨光的有棱角的水晶中一样，用一切可能的形象重复出现千万次，于是我们要求有中篇小说。有一些事件，一些境遇，不够拿来写戏剧、长篇小说，但却是深刻的，在一瞬间集中了这么多的生活，在一世纪里也过不完；中篇小说抓住它们，把它们容纳在自己的狭隘的框子里。它的形式可以包罗万象——轻松的风俗素描、对于人和社会的尖刻的讽笑、灵魂的深刻的秘密以及激情的残酷的嬉戏。简短的和迅速的、轻松的和深刻的混杂在一起，它从一个对象飞渡到另外一个对象，把生活压成碎块，从这本生活的大书里扯下几页来。试把这些页张放在同一个装帧下面，这些页张会构成一部多么广阔的书，多么规模宏大的长篇小说，多么错综复杂的长诗！你那无穷无尽的《一千零一夜》，富于插曲的《摩诃婆罗多》和《罗摩衍那》，怎么能够和它相比啊！给这本书加上一个标题："人与生活"，该是多么适合啊！……

中篇小说在俄国文学中还是一个客人，但却是像刺猬一样把从前的和现在的主人从合法的住所赶出去的这样一个客人。我在本文开始时说过，现在还要再说一遍，长篇小说和中篇小说是我们文学中并非作为模仿的结果、而是作为需要的结果而出现的唯一的体裁。我想，上述的论断，对于它的产生和成功的原因已经给了足够令人满意的解释。现在，我们来看看它在我们文学中发展的进程。

二

我们的中篇小说开始得不久，真是不久，即从本世纪的二十年代起。在这之前，它是由于奇想和时髦而从海洋彼方搬来、强制地移植在本国土壤上的异邦植物。也许,正因为这样,所以它没有扎下根。卡拉姆辛得马卡罗夫①之助,首先招呼这位客人,这客人打扮入时,涂脂抹粉,有如俄国商妇,哭哭啼啼,涕泗滂沱,有如被溺爱的神经质的孩子,浮夸而傲慢,有如古典悲剧,板起脸说教而又带着道德的腐臭,有如伪善的信女,襄理斯夫人②的女学生、好心肠的弗洛连安③的教女。一切写于二十年代之前的中篇小说,都属于这一类,幸而写的不多:茹科夫斯基的《马尔英丛树》,已故的伊慈马伊洛夫的若干中篇小说,还有……真的,我不记得还有些什么。

在二十年代中,创作真正中篇小说的最初的尝试陆续出现了。这是一般文学改革的时期,这文学改革是认识德国、英国和新法国文学以及正确理解创作法则之后的结果。虽然中篇小说在当时还没有博得真正的成功,但是至少,已经因为新颖和史无前例而吸引了普遍注意。为了不多絮聒起见,我只须指出:玛尔林斯基君是我们第一个小说大家,是俄国中篇小说的作者,或者更确切点说,它的首倡者。

我已经有机会对这个作家发表过意见了,事后思索,再考虑到一般舆论,发觉不仅没有理由放弃从前的意见,反而更加确信起来,所以现在还是想重复一下我以前说过的话。玛尔林斯基君拥有不可剥夺的显著的才能,生动的、机智的、引人入胜的叙述的才能,但他没有估计自己的力量,没有认识自己的倾向,因此,虽然才能焕发,却几乎毫无成就。在艺术活动中,有着良心这东西,许多作家会陷入极大的惶乱,如果你请他们讲讲作品的历史,就是说:促成写作这些作品的冲动,作品问世时随伴而来的状况,特别是作者写作时的精神的、心理的状态。灵感是一种痛苦的、可以说是病痛的精神状态,它的征候现在已为大家所熟知。遭罹热病的人,毫不费力、也毫无损害地可以举起千钧重担来:这在医学界,叫做精力,或者生命活动的紧张状态。一个健康的人,可以强制地把这种精力激发到某种程度,困难的是,他对此一定得花很大的代价。就这个意义上说来,灵感是一种灵魂的精力,那不是被人的意志、而是被与此无关的某种影响所唤起的,因此,它是从容不迫的,自由的。还有另外一种灵感——这种灵感是被意志、期望、目标、企图所增强的,像吃了鸦片一样。这种灵感的成果,有时在外表上显得很光彩,可是它们的光辉是金箔的光辉,却不是纯金的光辉,是时间久了会发暗的光

---

① 马卡罗夫(1765—1804),卡拉姆辛的追随者。
② 襄理斯夫人(1746—1830),带有感伤主义倾向的法国女作家。
③ 弗洛连安(1755—1794),法国寓言诗人。

辉。的确,凡是没有才能的人,连紧张的欢乐状态也是不能进入的,因为我们只能够把存在着的、肯定的、纵然有些软弱的东西紧张起来;要把感情、幻想——总之,要把才能紧张或抽紧起来,这个人首先必须在某种程度上具备这一切才成,而玛尔林斯基君正是在某种程度上具备这一切,努力要把这一切激发到最高的程度的。他的作品,除了矫揉造作之外,也夹杂有真实的纯正的美,可是谁高兴作化学的分析,而不沉醉于诗情的综合?加之,当看到许多不纯正的东西的时候,即使发现了真实的美,谁还能深信不疑地鉴赏它呢?……可是,这是就局部来说;至于讲到玛尔林斯基君作品的全体、整体,那就更难替他辩解。这不是现实的诗歌——因为里面没有生活的真实,没有像实际那样的现实,因为里面一切都是虚构的,一切都是按照或然性的估计安排的,好像是用机器制造出来似的;因为在那里面,可以看到贯串行动的线,可以看到推动行动的滑车和绳索;总之——这是戏台的内部,人工照明和白昼的光搏斗着,终于被后者所战胜。这不是理想的诗歌,因为里面没有深刻的思想,烈焰似的感情,没有抒情风格,即使有那么一点,也是被强迫的挣扎所抽紧、夸大的,甚至华美的词藻也可以作为这一点的证明,因为那决不是深刻的、痛苦的和激越的感情的结果。

　　玛尔林斯基君以写作俄国的、民族的、也就是从俄国生活圈子撷取内容的中篇小说来开始他的活动。作为尝试、探索,这些小说是好的,在当时应该受到人们的重视;可是因为作品不是创造,而是制造的,所以现在早已失去了价值。里面没有现实的真实,从而也就没有俄国生活的真实。它们的民族性,就在于填嵌俄国人名以免显然触犯事件和风俗的真实性,仿造俄国语言,滥用成语和俗谚等等,如此而已。玛尔林斯基君小说中的俄国人,说话和行动都像德国骑士;他们的语言是铿锵动听的,好像古典悲剧的独白一样,从这方面再看看普希金的《鲍里斯·戈东诺夫》——难道是这样的吗?……可是,玛尔林斯基君的中篇小说虽然对俄国诗歌的总和没有加添什么,却给了俄国文学许多好处,对于俄国文学说来,是向前迈进了一大步。当时,在我们文坛上,还存在着十八世纪、俄国的十八世纪的十足支配权;当时,一切中篇小说还都是以大团圆收场的;当时,读者会津津有味地欣赏那个出身低贱的人、吉尔·布拉斯①的第一千零一次的模仿者②的冒险经历——这人是一个无赖,从小卑劣无耻,行骗,自己受骗,勾引妇女,自己也

---

① 吉尔·布拉斯是法国人勒·萨日(1668—1747)一部同名的长篇小说里的主人公。
② "吉尔·布拉斯的模仿者"系指布尔加林所写的人物伊凡·维齐庚。

做她们的玩物,后来突然从无赖一变而为正人君子,盘算周详地用情,幸福而又阔绰地结了婚,钱囊累累,于是宣扬起那种在茅舍屋檐下、晶莹泉水旁和茂密白桦树荫下怡然自乐的恶俗道德来了。在玛尔林斯基君的中篇小说中,有着最新的欧洲的手法和特色;到处可以看出智慧、教养,到处可以发现以新颖和真实令人吃惊的个别的优美思想;再加上他的虽然不无矫揉造作、堆砌词藻之弊,却也有独创而辉煌的文体,——这样,你对于他的无限成功就不会觉得惊奇了。

差不多正当俄国读者惊异地从一个新奇转移到另外一个新奇,往往把新奇视为优点,同样地激赏普希金、玛尔林斯基和布尔加林的时候,开始出现了奥陀耶夫斯基公爵的各种文学作品。这些作品大部分是讽喻,它们的表现手法是与众不同的。它们的基本因素是教诲,特点则是幽默。这教诲不表现在格言中,却总是一种 arrière pensée①,看不见、但又感触得到的概念;这幽默不是使人善良天真地嘲笑一切看到的事物的那种愉快心情,而是对各种人类卑琐深恶痛绝的深刻的感情,以爱为泉源的隐秘而凝聚的憎恶的感情。因此,奥陀耶夫斯基的讽喻充满着生活和诗,虽然讽喻这两个字本身就是和诗南辕北辙的。记得他的第一篇中篇小说是《艾拉季》:可惜我现在手边没有这篇东西,更不敢凭过去的印象来妄下判断!我不知道它那时对我们读者发生过什么影响没有,甚至也不知道它被读者注意到没有;可是,我却知道,就当时说来,这篇中篇小说是文学意义上一个奇妙的现象;尽管它也有一切为早期作品所通有的缺点,尽管有些地方因为才能欠缺不能把迸发的情愫加以凝聚和压缩,以致有赘冗漫衍之弊,那里面却有着思想和感情,特点和形相;在那里面,第一次辉煌着俄罗斯的新客人——十九世纪的道德概念;第一次对那在神圣的俄罗斯作客太久、获得了自己独特的更为丑恶的特点的十八世纪发动了攻击。后来,由于才能的成长和成熟,奥陀耶夫斯基公爵给艺术活动开辟了另外一个方向。艺术家,这个奇妙的谜,变成了他的观察和研究的对象,这些观察和研究的成果,他并不表现在理论的判断中,却表现在活生生的幻想创造中,因为在他看来,艺术家是理智的谜,同时也是感情的谜。艺术家生活的至高无上的瞬间,艺术家存在的显著的现象,奇妙而悲痛的命运,这些都被他无比真实地掌握住,表现在深刻的诗情的象征中。后来,他抛弃了讽喻,用浸润着温暖的感情、深刻的思想和辛辣苛刻的嘲笑的纯诗的幻想代替了它。因此,别在他的作品里面寻求现实生

---

① 法文:言外之意。

活的诗情的表现,别在他的中篇小说里面寻求中篇小说,因为小说在他不是目的,却可以说是一种手段,不是本质的形式,却是便利的框架。所以,这是不足为奇的:生在我们的时代,连玉外纳①都会不写讽刺文,而写中篇小说的,因为如果有时代思想,那么,就一定也有时代形式。可是,关于这一点,我前面已经说过了;问题在于:奥陀耶夫斯基公爵不是理想世界的诗人,而是现实世界的诗人。可是,奇怪的是:有若干事实,竟不容许我们把他的艺术活动范围加以绝对的局限。我们文学界有一位别慈格拉斯内君和一位伊里涅②老公公,他们完全不是理想的人,而是过分深入地浸润在现实生活中、把它在诗情的素描里面复制出来的人;你们大概没有忘记一篇叙述尔席夫市可敬的市长的脑袋里生了怪病、市里的医生想替他割治的奇怪的故事,和一篇同样奇怪的题为《咪咪公爵小姐》的故事——我们庞杂社会的这两幅忠实的图画吧?你们猜怎么着?我觉得,这些人好像是在奥陀耶夫斯基的影响下执笔的,甚至简直就是由他口述的:不论在手法、色调和许多方面,他们之间有着这么多的共同之处……然而,这只是推测,请别以为是确断之论;也许,我也会像许多人一样弄错……

按照编年次序,我现在该讲到波戈金的中篇小说了。这些中篇小说没有一篇不是历史的,但全部都是民族的,或者更确切点说,是平民百姓的。我这么说,不是责备作者,也不是开玩笑,而是因为事实上,他的诗歌世界,是平民百姓的世界,是商人、小市民、小地主和农夫的世界,我们必须说实话,这些地方他描写得非常成功,非常真实。他非常熟悉他们的思想与感情方式,他们的家庭与社会生活,他们的习惯、风俗和关系,并且是带着特别的爱心,出色地描写了他们。他那自然、忠实、朴素地讲述自己的爱和受难的《乞丐》,可以算是情操高贵的平民百姓的典型。在《黑病》里,中等阶级的生活,连同他们半野蛮、半人性的教养,一切浓淡色度和与生俱来的胎记,用圆熟的画笔刻划了出来。一个商人严格管束妻子和儿子;虽有巨万家财,日子却过得像一个土里土气的乡下人;夸耀财富,像愚蠢的老爷夸耀门第;看了妆奁单之后,说:"老天爷的祝福少了一点";由于亲子之爱,反把亲生的儿子杀死;他害怕任何人性的思想,任何人性的感情,像害怕魔鬼的诱惑一样,只求不要触犯乃祖乃父百年来所恪守的"纯洁道德"。一个愚蠢而肥胖的商人老婆,害怕可敬的丈夫的拳头和鞭子,不敢随便跨出大门一步,不敢

---

① 玉外纳(约生存于60—140),古罗马讽刺诗人。
② 均系奥陀耶夫斯基的笔名。

在他面前说一句多余的话,甚至当他面连对儿子的母爱都得隐瞒起来。一个神父老婆,忽而在地窖里发号施令,大骂长工,忽而被好奇心所驱策,在锁眼里偷听丈夫和商人老婆的谈话,忽而在商人老婆带给她的草包上挖一个洞,想知道里面是什么东西。媒婆萨维希娜是全世界人的过房亲家、饶舌家和拉皮条的人,俄国人没有了她,好像就不能生、不能婚娶、也不能死亡似的,她贩卖别人的幸福和命运,像贩卖缎带、袖扣和羊毛袜一样;她用粗俗的双关话让胡子满面的富翁这一伙大人先生们开心。一个新娘,"矮矮的,但非常胖,腮帮鼓起,涂脂抹粉,满身珠光宝气,被各样的珍宝盛装着的姑娘"。此外,说亲啦,关于妆奁的争吵啦,一切这些卑劣的、丑恶的、肮脏的、野蛮的、非人性的生活,都以惊人的真实性被刻划了出来。还得加上这个神父,他根据布尔吉耶夫修辞学法则来表达他的最神圣、最人性的感情,漂亮的言辞中间插入一段话,大骂那个卖给他坏灯油的狡猾的掌柜,他又爱用手擤鼻涕和揩鼻涕;还有这个出身贵族、命里却注定是平民的青年,他是狼群中的一只绵羊,——这样,你就连同正面的和例外的东西一起,看到了俄国生活主要一面的一幅完整的图画。这篇小说的语言本身,像《乞丐》一样,并没有那种使这作家别的小说变得丑化的琐屑之病。因此,《黑病》是一篇十足民族的、诗情的风俗描绘的中篇小说,可是,优点也就到此为止。作者的主要目的,是要描写一个天才的、神意所指派的青年,跟命里注定的卑劣的动物性的生活进行斗争;这个目的,他没有充分地完成。可以看出,某种感情激动了作者,他有着某种心爱的恳挚的思想,可是同时,他却没有足够的才能把它复制出来;就这一点来说,读者仍旧是不满足的。原因很明显:波戈金君的才能,是描写我们下层社会风俗的才能,因此,当他忠于自己的倾向时,是引人注目的,越出范围时,立刻就失败。《市集上的新娘》好像是《黑病》的续篇,好像是第二个戴尼埃①风的画卷,这些画不断地通过低级社会生活的各个阶段显示出来,但一接触到文明的或高尚的生活,就突然中断了。总之,《乞丐》《黑病》和《市集上的新娘》,是我认为值得注意的波戈金君的三部作品;关于别的,我就不说了。

在我们的中篇小说家(然而人数是不多的)里面,波列伏依君占据着一个最重要、最卓越的位置。他的作品的显著特点是那惊人的多方面性,我们很难把它们放在一般的看法下面来衡量,因为他的每一篇中篇小说都表现着一个完全个别的世界。在《谢苗·基尔佳巴》和《画家》之间,《一个俄国

---

① 戴尼埃(1610—1690),佛来米画家。

兵的故事》和《爱玛》之间,《一袋金子》和《疯人福》之间,有什么共同和类似之处呢？固然,这些中篇小说为数不多,它们的优点也不一律,可是我们可以确信地说,每一篇都镌刻着真正才能的烙印,有些将永远成为俄国文学的装饰。在《谢苗·基尔佳巴》这用遒劲豪放的画笔画出的往昔的图画里,俄国古代生活的诗歌还是第一次在其全部真实性上被反映出来,在这篇作品里,历史学家和诗人混成了一体。其余的中篇小说,也都是以感情的温暖、优美的思想和对现实的忠实见长的。事实上,仔细一看,你就会看到常常能在生活里遇见、却很少能在作品里遇见的撷自生活的特征,就会看到性格的一贯性和独创性,以及情势的忠实性;这些特征不是根据可能性的估计,却仅仅是根据作者对于自己也许从来没有参加过、也不可能参加在内的各种情势的理解能力。门外汉,不懂得艺术秘密的人,常说:"是的,这写得很逼真,不可能是另外一种样子——作者吃了这么许多苦,因此,他是根据经验,却不是借别人的声音来写作。"这是一种荒谬的意见！如果有些诗人忠实而深刻地复制了他自己亲身经历的情欲和感情的世界,他自己的痛苦和欢乐,——这并不就是说,诗人只有当自己恋爱时,才能够火热而动人地描写爱情;只有当自己万事顺利时,才能够描写幸福;诸如此类。相反,这表示着才能的片面性与局限性,却不是才能的真实性。构成、做成一个真实的诗人的显著特征,是他具有一种由于饱受痛苦而获得的旺盛的能力,常常能和自己的思想方式无关地去理解任何人类情势。这说明了为什么诗人常常在自己的作品中自相矛盾,今天颂赞放荡的伊璧鸠鲁式的生活的魅力,明天又歌唱活跃的劳动、生活的丰功伟绩、对世俗幸福的拒斥。巴尔扎克在燕尾服上缀着金钮扣,手持包金头的手杖(穷奢极欲达于极点),生活过得像一位王子,可是同时,他关于贫穷和不幸的刻划,却以可怕的忠实性令人不寒而栗。雨果从来没有被判处过死刑,可是在他的《囚徒的末日》里,有着多么可怕的、撕裂心肺的真实啊！当然,诗人本人的生活环境,对他的作品不可能不或多或少发生一些影响;可是,这影响是有限度的,并且多半似乎是一般通则的例外。这理解生活现象的能力,波列伏依君是毫不缺乏的。在他的《画家》和《爱玛》里,有着多少真实！画家的童年,他的不自觉的对艺术的追求,对空虚的女孩子的爱,对自己作品的不满,愚蠢顽劣的俗众批评他优秀真诚的作品时他的无言的痛苦,当他发觉他的理想人物不过是跟他玩弄爱情的孩子时所感到的绝望;其次是那个老父亲,终身不满于爱子的疯癫行为,也许出于真心地诅咒他对绘画的爱好和绘画本身,最后,在临死前激动地谛视他的末一幅画,号哭着,不能够了解它;还有这个空想的女市民,神圣的、纯洁的、但在我们俄国生活中却没有任何意义和价值的人,这是一个可怜的姑娘,阔绰而显贵的伯爵夫人谄媚她,她用整个生命恢复疯子的生命,反过来也要求他的整个生命来救活自己,可是结果,从他那方面只看到冷淡的尊敬,从伯爵夫人方面也只看到忘恩负义的虚礼,施惠者的口吻,这对于高贵的心灵是比最残酷的胁迫更要难受的,——这一切都不是虚构的,估计好的,而是直接从心里倾吐出来的。《疯人福》有些地方以感情的温暖见长,但同时,也显出思想太占优势,好像作者给自己提出了一个心理学课题,想在诗的形式里面来解决它似的。因此,这里面总觉得有些欠缺;然而,个别的优异之处还是不少的。

其次,在《圣诞故事集》和《一个俄国兵的故事》里面,有着多少叫做民族性的东西,这是我们作家如此渴求而毫无所获,但一个具有真正才能的人却得来全不费力的!这是一个完全个别的世界,一个充满着热情、痛苦和欢乐的世界,一切都是人性的,但却是独特地表现在别种形式里。这里没有一句詈骂,没有一句平庸的话语,没有一点庸俗的描绘,可是却有着这么多的诗,我认为,正因为作者努力忠于真实,胜过忠于民族性,更多寻求人性的东西,而不是只寻求俄国的东西,所以结果,这民族的与俄国的东西反而不招即至。

在讲述果戈理君的小说,我这篇文章的主要题目之前,我还得讲到一个不久才引起普遍注意的小说作家——巴甫洛夫君,因为他的中篇小说是一种可喜的现象,同时也因为别处从来还没有对此发表过意见。关于《读书文库》的评论,我不想多说;《蜜蜂》对它们讲过些什么没有,我不知道;《杂谈》几乎只限于纯粹书报述评之类的说明,而从《观察家》[①]的意见中只能看到,巴甫洛夫君的中篇小说是用我们空前未有的优美的语言写成的,作者在人类心灵的繁复的大书桌里打开了许多新抽屉,——一种东方式的过实喻法的说法。

我们很难评定巴甫洛夫君的中篇小说,很难断言它们是些什么东西:是聪慧而多感的人的沉思?想象的瞬息即逝的闪烁的果实?作者生活中一个幸福瞬间、一个顺利时期的产物?环境的后果?深印在艺术家的灵魂或作品中的一种思想的结果?无条件的独立的产物?还是以创作为天职的心灵的自由吐露?……假使我说,这些中篇小说还只是巴甫洛夫君在他完全新

[①] 全名是《莫斯科观察家》,是自 1835 年到 1839 年间出版的一种杂志,先为谢维辽夫主编,从 1838 年起,由别林斯基接编,成为当时最有影响的刊物之一。

异的园地上的初步尝试，你们就会明白我的意思；在我们的文坛上，继起的长篇小说和中篇小说把第一部作品的名誉给毁掉，是多么常见的事啊！……巴甫洛夫君的写作活动还刚刚开始，可是开始得这样好，使我们不愿相信将来会有坏的收场……可是让时间来决定这个问题吧，现在却要根据少数已有的材料，率直而公正地表示我们的意见。

  巴甫洛夫君的三篇中篇小说，都标志着一个共通的特色，仅仅内容才给了它们外表上的极度的差异。不知道是不是因为它们是初次试作，带着一切初次试作的缺点呢，还是因为别的缘故，我觉得，它们没有被太多的深刻的生活真实所浸润；里面有着这种真实性，使人不得不说："好像是从自然抄袭下来的"，可是这真实性并不表现在整体中，而是表现在局部和细节中，是由于勤勉缜密地研究他所描写的世界而得来的观察的结果。在《长剑》里，有着十分逼真地被掌握住的特征：这个善良、正直、但理智和感情都很褊狭的上校，打算跟公爵小姐结婚，无意中想起军役的困苦，结婚生活的幸福，公爵的房子和花园多么好，在花园里跟姣妻挽臂同行多么愉快，诸如此类；这个公爵小姐跟她心爱的兵士坐在一起，仆人进来报告上校来到时，慢吞吞地回答一声"嗯？"她这样圆滑地应付着上校，不给他任何希望，同时也不剥夺他的希望，——这一切细腻的特征，明确的浓淡色度，证明作者用炯锐的眼光注视了生活，仔细地研究了它，看过许多，注意过许多，理会过许多；但同时，这些章节又证明它们是观察、理智和高度教养的结果，而不是才能的结果；是从现实抄袭下来的，而不是想象所创造的。因为这真实，这整体的忠实性（在细节中看来是十分显著、突出的）在哪里呢？这些不仅证明熟悉社会，并且也证明熟悉人类心灵的个别的和典型的性格在哪里呢？……找不到这些性格，或者更正确点说，它们不过被简单地勾勒出来，却没有画上阴影，因此差不多失掉了任何个性。我十分同情那个骑兵旗手的不幸，但那同情的程度，不过像我同情任何一个处于相同情势下的人，甚至一个我从来不会看见、不会认识、只听说是善良而富于高尚思想的人。请告诉我，这骑兵旗手有什么性格，有什么面貌？请告诉我，他有着怎样的思想方式，有着怎样的热情、愿望、情操、追求——总之，构成一个人、使我们能够全面地看清楚他的一切？他的行动和言语都是最一般的；从这上面可以看到等级，却看不到人、个体。公爵小姐也是同样没有性格的，因为在她身上，只看到一个具有细腻的本能的礼仪感觉的上流社会女郎，却看不出是一个能够按照自己的方式爱人的人，在一千个人里面可以把她认出来的一种人。一般说来，《长剑》是一则叙写圆熟的，在艺术方面不是以整体、而是以局部见长的逸话;我觉得,作者好像是从什么人那里听到一段逸话式的故事,就把它写成中篇小说,可是,若不直接地认识它的登场人物,就无法忠实地把他们的肖像描画出来。可是局部的章节,个别的思想,个别的描绘和刻划,是出色的,是充满诗意的;我已经指出过,许多特征被非常忠实地掌握住,偶或还闪耀着感情,特别是当作者被事实本身的诗意诱动着的时候。一般说来,《长剑》是一篇局部有着巨大的优点、巨大的美点的中篇小说;可是,它所设定的目标却显示出作者具有说故事的才能,而不是创作的才能。如果特别在和其余两篇相比时,它被许多人爱好,那么,原因是在于内容本身的诗意,这种内容即使诉诸口述也会产生强大的效果。

《命名日》比《长剑》更显出了艺术的优点。在这篇中篇小说里,有着深刻感情的辉煌的闪光,性格的鲜明的特征(特别是主要人物),有着许多情势方面的真实。这个平民音乐家,他说:"你懂得以粗暴来回答殷勤的谈吐,当人家客气地脱帽时,你稍微点一一点头,当着矜持的贵公子和讲究礼貌的大财主高踞圈椅而坐的那种愉快吗?"或者说:"我已经相当敢出现在大庭广众之间。我说'相当敢',这是意味着,我已经稳步走路,我的脚不再慌乱,虽然还没有那种美妙的姿势,像我现在把一条腿搁在另一条腿上,弯曲着,踏着地板那样……我已经能够当着众人从房间的一头走到另外一头,大声地答话;可是,我总觉得还是躲在角落里安心些;我想应对如流,却还是在每一句话后面加添'您哪'";接着是音乐家的绝望,他"躺着,凝视着耶稣受难像,想揣摩出这是什么意思",——在这一切里面,有着诗意,有着真诚的创作。

《拍卖》是一篇用潦草、但却坚实老练的笔墨写成的生动如画的素描。在这里,作者特别挥洒自如,好像比在别处更能得心应手。《命名日》是一篇美好的作品,但好像是出于偶然,好像是一阵感情的迸发;《长剑》是高级社会的素描,作者愿意、或者打算在里面找到诗意;《拍卖》是这社会生活的一段生动的转瞬即逝的插曲,他在这社会里面找到了诗意,因为他是从更真实的观点来看它的。在这里,这种世俗的、华美的、外表朴素但却有点矫饰的叙述,似乎更配称些;在这里,这种巧妙、绮丽、典雅、即使潦草也带着几分推敲锤炼味道的长复合句,也更为合宜些。一般说来,我应该指出,文体并不像一般所设想的重要:当和内容和谐时,形式总是优美的。举例不必很远;就拿登载在《观察家》(第二期)上的巴甫洛夫君的两篇近作的句子来看吧:"她是镶嵌在奇装艳服的豪华框子里的一颗宝石";或者是"星星是天空的金刚钻"。这些有什么好呢?前者是对于莎士比亚述及亚尔比昂时所用的句子的勉强的仿作,关于这个句子,我是在谢维辽夫君发表第一篇演讲以后才知道的;后者简直没有任何意义,如果有,也只是俗不可耐。至于讲到语言的精确、流畅、纯洁、明了和匀称,那么,这些特质虽然密切依赖于概念,却也依赖于习惯、实习和努力,确实可以把它们算作作者的功绩。就这一点说来,巴甫洛夫是我们极少数杰出的散文家之一。结论是:巴甫洛夫君的才能带给人无限的希望,可是它的发展以及威力的程度现在还是一个疑问,那是将由他将来的作品来决定的。

这样说来,玛尔林斯基、奥陀耶夫斯基、波戈金、波列伏依、巴甫洛夫、果戈理——这些便是俄国中篇小说史的全部历程。是的——全部,也许是十足的全部;可是,我在这里讲的是任何一点上值得注意的全部中篇小说,所谓值得注意,不仅限于艺术性,并且也考虑到那出现的时期,给文学带来的或好或坏的影响,或多或少的才能的程度,此外便是特色和倾向。我所列举的这些作家,就所有这些方面来说,都应该在俄国中篇小说史里提到,他们是中篇小说的真正的代表者。别的作者还有许多,非常之多,关于他们,我就不说了,因为他们虽然各有自己的优点,却和我这篇文章的题目无关,因此,我接着就要讲到果戈理君了。我将用他来结束俄国中篇小说史,用他来结束我这篇违反我的意志和愿望而写得太长了的文章。

当着手分析果戈理君的作品的时候,我并非无意地赘述了一般的诗歌,作为体裁看的中篇小说以及俄国的中篇小说:只要我能发挥我的意见,读者就会看到,这一切题目相互间都有着本质的关系。我觉得,要给予任何一个杰出的作者以应得的评价,就必须确定他的创作的特点,以及他在文学中应占的位置。前者只能用艺术理论来说明(当然是和判断者的理解相适应的);后者必须把作者跟写作同一类东西的别的作者作一比较。我们看到,我们还没有真正的中篇小说。玛尔林斯基君是杰出的,因为他首先暗示我们中篇小说是什么东西;奥陀耶夫斯基公爵只把中篇小说看作一种形式;波戈金君的两三篇卓有成就的作品还不能树立权威,因为它们的优点是片面的,同时也因为它们是作者的副业,研究学问之余的消遣。那么,剩下来的就只有巴甫洛夫君和波列伏依君了;可是,巴甫洛夫君还刚刚开始他的写作活动,不管开头多么好,却还不能由此对作家遽下确切不移的断语;因此,诗人小说家的首位舍波列伏依君莫属。可是,在他的中篇小说里面,或者更正确点说,在他大部分的中篇小说里面,有一个重大的缺点,关于这缺点,我曾经在应该述及的地方,故意略而未谈。这个缺点就是:在这些中篇小说里,也像在他的长篇小说里一样,虽然有着许多真诚创作、真诚艺术性的显著征兆,却可以看出理智的大量渗入,这是一种明锐的、澄清的和多方面的理智,它在艺术活动中寻求休息,对于它说来,连幻想也好像是研究人的天性和生活的工具似的。这大抵是对生活所进行的分析性观察的综合检定。让我们来看看,在我们中间是否有这样一种诗人小说家,在他看来,诗歌构成人生的目的,科学则是人生的休息,认为中篇小说是体裁,而不是形式,是一种必要而绝对的体裁,正像中篇小说之于巴尔扎克,诗歌之于贝朗瑞①,戏剧之于莎士比亚一样,他只能够是诗人,不是别的什么人,是以此为天职的诗人,不得不是诗人的诗人。我觉得,在这些条件下,就是找遍近代作家②,我们也找不到一个像果戈理君一样的人,我们能很有把握、并且毫不犹豫地称之为诗人。

我已经说过,批评的任务和对诗人作品的真正评价,非具有两个目的不可:确定被分析的作品的特点,和指出它们使作者有权在文学代表者行列中占据的位置。果戈理君小说的显著特点在于:构思的朴素、民族性、十足的生活真实、独创性和那总是被深刻的悲哀和忧郁之感所压倒的喜剧性的兴奋。这一切素质,都产生于同一个根源:果戈理君是诗人,现实生活的诗人。

你们知道我们批评界一般存在着怎样的缺点吗?它不大能够适应需要。批评家和读者是两个对谈的人:他们必须事先对于谈话所选定的对象有所约定和同意。否则,他们就很难互相了解。你分析一部作品,郑重其事地讲述创作的法则,把它们应用到作品上去,像 $2 \times 2 = 4$ 一样地证明这作品是卓越的。结果怎样呢?读者神往于你的批评,完全同意你的意见,看到美学法则的要点被你征引得的确很精当,作品是无懈可击的。可是糟糕的是:读者往往在忘记你的批评之前,早把你所颂赞的作品忘记了。怎么会这样呢?因为你所分析的作品,是精巧的搔首弄姿之作,却不是典雅的创作,也许空具美学的形式,却没有美学生活的精神。我们关于典雅的理解还是这样摇摆不定,鉴赏力还是停留在这样幼稚的阶段,我们的批评在处理方法上势非落后于欧洲不可。虽然我们有几个有闲的批评家发挥谠论,仿佛典雅法则已被我们用数学的精确性确定了似的,我却认为不然,因为一方面,这些美学家本人的作品就是以粗制滥造出名的,根本和用数学的精确性所确定的典雅法则背道而驰,另一方面,典雅法则从来不可能显出数学的精确性,因为它们以感情为根据,在那些没有典雅感受力的人们看来,永远仿佛

---

① 贝朗瑞(1780—1857),法国讽刺诗人。
② 我此处并不把普希金包括在内,他已经完成了自己的艺术活动的历程。——原注

是不合法则的。加之,如果不是从典雅创作中产生的话,典雅法则更应该从什么地方产生呢?这样的典雅创作我们已经有了许多了吗?不,让每一个人各是所是地去解释创作的条件,用事实去证实这些条件吧,这是发展典雅理论的最好的方法。一个俄国批评家的目的,与其说是扩大人类关于典雅事物的理解,毋宁说是把有关这一题目的已知的、固定的理解在祖国加以传布。别害怕、也别羞于重复陈腐之谈,不说一句新话。这个新,不像一般设想的那么轻而易举:它是在旧的结节上一点一滴积累起来的。如果你是一个具有卓见而深信自己所说的话的人,那么,旧的在你也会变成新的:你的个性和表现方法会给你的陈旧带上新颖的特点。

所以,照我的意见,亟待批评家解决的首要的和主要的问题是:这作品的确是典雅的吗?这作者的确是诗人吗?解决了这个问题,关于作品的特点和重要性自然就有了解答。

创作的能力,是自然的伟大的禀赋;创作者灵魂里的创作行为,是伟大的秘密;创作的瞬间,是伟大的圣务执行的瞬间;创作是无目的而又有目的,不自觉而又自觉,不依存而又依存的:这便是它的基本法则。如果从创作行为中把这些法则引申出来,它们将是十分明显的。

艺术家感觉到创作的要求。这要求是突然地、出乎意外地、不得许可并且完全跟他的意志无关地临到他身上来的,因为他不能指定哪一天、哪一小时、哪一分钟来进行创作活动;这便是创作的自由,便是创作对创作者的独立!创作的要求引来一种概念,它隐藏在艺术家的灵魂里面,占据它,压迫它。这概念,也许是早已熟知的一般人类概念之一;可是,艺术家不是有所抉择地、而是不由自主地摄取它,不是作为思辨理智的对象摄取它,而是对它那深刻神秘的意义充满着战栗的预感,通过自己的感情来承受它。这种行为,可以用无法迻译的法国字 concevoir 出色地表达出来。艺术家感觉在自身里面有一种被他所感受(conçue)的概念,可是如一般所说,不能够明显地看到它,由于要使它对己、对人变得可被触知而感到十分痛苦:这便是创作的第一步。假定这概念是嫉妒,那么,我们来看它在诗人的灵魂里怎样发展起来吧。他关切而痛苦地把它保持在自己感情的幽秘殿堂里,像母亲肚子里怀着胎儿一样;这概念逐渐显现在他的眼前,化为生动的形象,变成典范,于是他仿佛在浓雾里看见有着肤色黝黑、满布皱纹的前额的热情的非洲人奥瑟罗,听到他的爱、恨、绝望和复仇的粗野的号叫,看见温柔可爱的苔丝德梦娜的迷人的容貌,在寂静的深夜听到她的徒然无益的祈祷和呻吟。这些形象,这些典范,挨次地怀胎、成熟、显现;最后,诗人已经看见了他们,和他们谈话，熟知他们的言语、行动、姿态、步调、容貌，从多方面整个儿看见他们，亲眼目睹，清楚得如同白昼迎面相逢；在笔尖赋予他们形式之前就看见了他们，正像拉斐尔在用画笔把玛董娜的形象移置于画布之前，先已看见了这个天上的神造的形象一样，也正像莫扎特、贝多芬、海登在用笔把音符移写到纸上之前，先已听到了这些从灵魂里激发出来的神妙的音响一样。这便是创作的第二步。然后，诗人再把一切人都能看见并了解的形式赋予创作；这便是创作的第三步，也是最后一步。这一步不十分重要，因为它是前两步的结果。

这样说来，创作的主要的显著的标志，就是神秘的灼见，诗的梦游病。当艺术家的创作对于大家还是一个秘密，他还没有拿起笔来的时候，他已经清楚地看见他们，已经可以数清他们衣服上的褶襞，他们额上的犁刻着热情和痛苦的皱纹，已经熟识他们，比你熟识你的父亲、兄弟、朋友、母亲、姐妹、爱人更清楚些；他也知道他们将说些什么，做些什么，看见那缠绕他们、维系他们的全部事件的线索。他在什么地方看见这些人物，听到这些事件？他的创作是什么东西？是长期的多方面的经验、精细的观察、抓取类似性并揭示其鲜明特征的深刻的本领的结果吗？他的典范是些什么？难道像过去高贵而可敬的美学家们所设想和宣扬的那样，是散处自然界、为了按照预定的尺度构成特定的典型才收集在一起的各种特征吗？……呵，不是的，完全不是的！……他从来没有见过他所创造的人物，没有抄袭现实，或者可以换一种方法说：他在先知的预言的梦里看到了这一切，在诗的启示的明澈瞬间，在这只为天才所知的瞬间，用感觉的无远弗届的眼睛看到了他们。这说明了为什么他所创造的性格是这样真实、均匀、始终如一；为什么他的小说或戏剧的结构、结局、关节和进程是这样自然、逼真、自由；为什么你读了他的创作，恍惚置身于一个像神的世界一般美丽而和谐的世界；为什么你会跟它相得无间，深刻地了解它，把它牢固地保存在记忆里面。这里没有自相矛盾之处，没有虚假和推敲锤炼；因为这里不曾有或然性的估计，不曾有考量，不曾有弥补漏洞的努力，因为这作品不是制作、捏造出来的，而是在艺术家的灵魂里面，像受了存在于他内部和外部的某种崇高神秘力量的感应而创造出来的；因为在这方面说来，他本人像是一片土壤，承受着不可知的手所撒播的丰美的种子，发芽滋长，变成一棵苍郁茂密的大树……无论是哪一种体裁的作品——理想的、现实的——它总是真实的，诗情地真实的，莎士比亚的《暴风雨》是一部荒唐的作品，是作者的古怪的遐想；在里面行动着人和无形的精灵，行动着卡列班，这个怪异的创造物，魔鬼和巫女的恋爱的结晶；

可是，这部作品也是真实的，诗情地真实的；因为当你读它的时候，你会相信一切，认为一切都是自然的；因为当你读完之后，你永远忘不了它，在你眼前将永远浮现普洛士丕罗、密兰达、爱丽儿等奇妙的形象，这些用夜雾织成、浴着紫色的霞彩、被月光照耀成银色的虚无缥缈的形象。无论是哪一种体裁的作品，它总是完美而没有缺点的。可是，为什么在最富有天才的诗人的作品中，也可以看到大的优点与缺点并存呢？那是或者因为这些作品没有在灵魂里怀胎，没有瓜熟蒂落地生下，而是不足月地流产出来的，或者因为作者对艺术抱有错误的理解，抱有目的和算计，因而耍弄花巧，空谈哲理，或者因为有时在冷淡的、散文的瞬间写成，而诗的概念和理想——这些天上的秘密——却是应该在天启的明澈瞬间，可以称之为灵感的、艺术喜悦的瞬间表达出来。总之，当创作中止而劳作开始的时候，才有缺点存在。

现在，什么叫做无目的而又有目的，不自觉而又自觉，似乎很容易解释了。当诗人创作的时候，他想在诗的象征中表现某种概念，因而他是有目的，并且自觉地行动着的。可是，不管是概念的抉择或是它的发展，都不依存于他那被理智所支配的意志，因而他的行动是无目的的和不自觉的。

现在要问：什么叫做创作依存而又不依存于创作者？——诗人是他的对象的奴隶，因为不管是对象的抉择或是它的发展，他都无权过问，因为如果没有那绝对不依存于他的灵感，无论是命令、定货或是本人的意志，都不能使他创作；因而创作是自由而不依存于作者的，后者在这里既主动而又被动。可是，为什么艺术家的创作里面也反映着时代、民族和他自己的个性呢？为什么里面也反映着艺术家的生活、意见和教养的程度呢？因此，创作岂不是依存于他，他岂不既是创作的奴隶，同时又是它的主人吗？是的，创作依存于他，正像灵魂依存于有机体，性格依存于气质一样。关于这一点，最好用梦来解释。梦是一种自由但同时又依存于我们的东西。忧郁的人做可怕的、怪诞的梦；迟钝的人在梦里也在睡眠和吃东西；演员听见鼓掌，军人看见打仗，衙门书吏见人行贿，等等。艺术家也便是这样在作品中表现自己。拜伦笔下的英雄是具有非人间的热情、愿望和痛苦的傲慢的典型；霍夫曼的作品则是怪诞不经的梦，等等。

把果戈理君的作品应用到这一切上面去，如同把事实应用于理论一样，是并不困难的。我并不是说，这位诗人和莎士比亚、拜伦、席勒及其他等人是并驾齐驱的。可是在这里，问题不在于程度，不在于才能的大小，而是在于才能本身：对于天才和才能说来，尽管他们有一切不同之点，法则是相同的。请问：果戈理君的每一篇中篇小说首先给你产生一种什么印象？它不是会使你这样说吗?——"这一切是多么朴素、平凡、自然和真实,同时又是多么独创和新颖啊!"你不是会奇怪,为什么你自己不能想到这同样的概念,不能构思这些十分普通、为你所熟悉、为你所常见的同样的人物,用这些平淡、陈腐、在实际生活中使你生厌、但在诗的表现中又是赏心悦目而迷人的同样的环境来包围他们?这便是真正艺术性的作品的第一个标志。再则,你不是跟他小说中的每一个人物十分熟识,好像你早已认得他,和他相处了许久吗?你不是可以用想象去补充那幅本来已经被作者描绘得维妙维肖的肖像画吗?你不是可以给它加添一些仿佛被作者忘掉的新的特征,不是可以讲一些仿佛被作者遗漏掉的有关这个人物的逸话吗?你不是会相信那些话,断言作者说的全是实话,没有虚构混杂其间吗?这是什么缘故呢?这是因为这些创作镌刻着真才能的烙印,它们是根据不变的创作规律创造出来的。这构思的朴素、情节的率真、戏剧性的缺乏、作者所描写的事件的琐屑和平凡,都是创作的真实可靠的标志;这是现实的诗,是我们所熟悉的现实生活的诗。我丝毫也不像有些人那样惊奇,果戈理君善于无中生有,用空洞琐屑的细节使读者感到兴趣,因为我在这里根本看不到有什么手腕:手腕必须先有算计和劳作,有了算计和劳作,就没有创作,不管怎样缜密而忠实地抄袭现实,一切也都是虚假而不忠实的。一篇引起读者注意的中篇小说,内容越是平淡无奇,就越显出作者才能过人。当庸才着手描写强烈的热情、深刻的性格的时候,他可以奋然跃起,紧张起来,念出响亮的独白,侈谈美丽的事物,用辉煌的装饰、华美的形式、内容本身、圆熟的叙述、绚烂的词藻(这些都是博学、智慧、教养和生活经验的结果)来欺骗读者。可是,他如果描写日常的生活场面,平凡的、散文的生活场面,——请相信我呵,这对于他将成为一块真正的绊脚石,他那萎靡而冷淡的无精打采的作品会叫你不断地打呵欠。的确,使我们热烈地关心着伊凡·伊凡诺维奇和伊凡·尼基福罗维奇①的吵架,使我们通过这两个人对人类充满活力的讽刺的这种愚蠢、卑琐和痴傻笑得流泪——这是很惊人的;可是,后来又使我们可怜这一对白痴,真心真意地可怜他们,使我们带着深深的惆怅和他们分手,和作者一同喊道:"诸位,活在这世上真是沉闷啊!"——这才是足堪称为创作的、神化的艺术;这才是一个艺术天才,在他看来,有生活,也就有诗歌!你把果戈理君的几乎全部的中篇小说拿来看;它们的显著特点是什么?差不多每一篇都是些什么东西?都是些以愚蠢开始,接着是愚蠢,最后以眼泪收场,

---

① 果戈理的中篇小说《伊凡·伊凡诺维奇和伊凡·尼基福罗维奇吵架的故事》里的两个人物。

可以称之为生活的可笑的喜剧。他的全部中篇小说都是这样:开始可笑,后来悲伤!我们的生活也是这样:开始可笑,后来悲伤!这里有着多少诗,多少哲学,多少真实!……

在每一个人身上,都应该区别出两方面来:一般的、人类的,和特殊的、个人的;任何一个人,首先必须是人,然后才是伊凡、西多尔等等。同样,在艺术作品中也应该区别出两种特点:为一切典雅作品所共通的创作的特点,和作者的个性所带来的色调的特点。我已经约略提到了果戈理君中篇小说的第一种特点,现在要把它更详尽地考察一下;其次,我将谈到他作品的个别的特点;最后,对于他那些将来可能再单独论及的中篇小说作一粗略的瞥视,以此结束我的这篇文章。

我已经说过,果戈理君作品的显著特征,是构思的朴素、十足的生活真实、民族性、独创性——这些都是一般的特征;其次是那总是被悲哀和忧郁之感所压倒的喜剧性的兴奋,——这是个别的特征。

现实诗歌中的构思的朴素,是真正的诗歌、真正而又成熟的才能的最可靠的标志之一。拿莎士比亚的任何一个剧本,例如拿他的《雅典的泰门》来看吧:这个剧本是这样朴素、简单、缺少事件的纠葛,我们简直无法讲述它的内容。人们欺骗了一个热爱人类的人,侮辱了他的神圣的感情,剥夺了他对人类尊严的信心,于是这人就憎恨起人来了,诅咒起他们来了:这便是一切,再没有别的什么。怎么样?根据我的话,你能对这位伟大天才的伟大作品有什么理解吗?呵,一定什么都不会有!因为这概念太平常,太为大家所熟知,从索福克勒斯①的菲洛克特被乌里斯所欺而诅咒人类起,以迄于季洪·米赫维奇②被失节妇和坏亲戚所欺骗为止,在几千篇好的和坏的作品中,都早已被用滥了。可是,用以表现这概念的形式,剧本的内容和细节怎样呢?细节是这样琐屑、无聊,同时又为大家所熟知,如果我把它们复述出来,是会把你气闷死的。然而,在莎士比亚写来,这些细节却是这样隽永有味,会使你爱不忍释;这些细节的琐屑和无聊准备着可怕的灾变,会使你毛骨悚然,——森林中的一场戏,泰门在疯狂的诅咒中,在辛辣的刻毒的讽刺中,带着凝聚的平静的郁愤,来跟人类算账。再则,怎么给你形容关于一个人间零余者的噩耗在灵魂里所唤起的感觉呢!这一切可怕的、纵然不流血的悲剧,

---

① 索福克勒斯(约生存于公元前497—前406),古希腊三大悲剧家之一。
② 见乌沙科夫的中篇小说《匹尤莎》,载《读书文库》。——原注(译者按:《匹尤莎》是借小说形式对别林斯基的恶意攻讦,里面那个坏亲戚就是影射别林斯基的。)

甚至在朴素和平静中也是可怕的悲剧,是用愚蠢的喜剧、可厌的图画构成的;描写人们怎样把主人公吃光,帮他把家产败完,然后忘掉他,这些人是:

> 耻于爱情,赶走思想,
> 出卖自己的自由,
> 在偶像面前低头,
> 祈求金钱和锁链。①

这便是伟大诗人所创造的生活,或者更确切点说,生活的原型,这里没有效果,没有场面,没有戏剧性的矫饰,一切都是朴素而平凡的,像一个农夫所过的日子一样,平时吃饭、睡觉、耕地,节日是吃饭、喝酒、喝得烂醉。可是,现实诗歌的任务,就是从生活的散文中抽出生活的诗,用这生活的忠实描绘来震撼灵魂。果戈理君的诗在外表的朴素和琐屑中是多么有力和深刻啊!拿他的《旧式地主》来看吧:里面有些什么?两个不像人样的人,接连几十年喝了吃、吃了喝,然后像自古已然那样地死掉。可是,这迷人的力量是从哪里来的呢?你看到这动物性的、丑恶的、谑画的生活的全部庸俗和卑污,但你又是这样关心着小说里的人物,你嘲笑他们,但是不怀恶意,接着你跟腓利门一起痛哭他的巴甫基达②,分担他的深刻的非人间的哀伤,对那把两个蠢物的财产挥霍殆尽的无赖承继人感到无限的愤恨!接着,你这样生动地给自己想象出这出愚蠢的喜剧的演员们,这样清楚地看见他们的全部生活,虽然你从来没有到过小俄罗斯,没有见过这样的景象,没有听说过这样的生活!这是什么缘故呢?因为这是非常朴素的,因而也是非常忠实的;因为作者在这庸俗而愚蠢的生活里面也找到了诗,找到了推动并鼓舞他的主人公们的感情:这感情就是习惯。你知道什么是习惯?——关于这个奇怪的感情,普希金说过:

> 习惯得自天赋:
> 它是幸福的代用物!③

你能设想一个丈夫,伏在四十年来跟他像猫狗一样争吵不休的妻子的棺材上嚎啕痛哭吗?你懂得,对于一幢住过多年,习惯得像灵魂依附于肉体一

---

① 引自《茨冈》。
② 腓利门和巴甫基达是古代一对以敬爱驰名的夫妇,此处即指《旧式地主》里的两个人物亚芳纳西·伊凡诺维奇·托夫斯托古勃和普尔赫里雅·伊凡诺芙娜·托夫斯托古比哈。
③ 引自《叶甫盖尼·奥涅金》第二章第三十一节。

样,使你联想起简单的单调的生活、紧张的劳动和甜美的休息、甚至若干恋爱与欢乐的场面的简陋的房子,当用它来调换富丽的皇宫的时候,你也会感到黯然神伤吗?你懂得,对那条用锁链拴了十年,十年来你走过时就向你摇尾乞怜的狗,你也会感到黯然神伤吗?……呵,习惯是伟大的心理学课题,人类灵魂的伟大的秘密。对于冷漠的凡夫俗子、拘泥于世俗烦虑的人说来,习惯代替了被天性和生活环境所剥夺的人类感情。对于这种人,它是真正的至福,真正的神意的禀赋,他的欢乐和(真奇怪!)人类的欢乐的唯一的源泉!可是,对于一个真正的人,习惯是什么呢?不是命运的嘲笑吗?然而,他迁就着它,他迷恋于无聊的事物和无聊的人,当失去这些时,就感到无限的痛苦!此外,还有什么呢?果戈理君把你那深刻的人类感情,崇高的火炽的热情,和可怜的劣等人的习惯感情加以比较,说道:他的习惯感情比你的热情更有力、更深刻、更持久,你站在他面前,会瞠目不知所答,像答不出功课的学生站在老师面前一样!① ……我们卓越的行为,优美的感情的原动力,往往就隐藏在这些地方!呵,不幸的人类!可怜的生活!然而,你无论如何还是会可怜亚芳纳西·伊凡诺维奇和普尔赫里雅·伊凡诺芙娜的!你会为他们哭泣,他们只是吃、喝,然后就死掉!呵,果戈理君是一个真正的魔术家,你设想不出我是怎样生他的气,因为他差一点也使我为他们哭了,他们只是吃、喝,然后就死掉!

果戈理君中篇小说中的十足的生活真实,是和构思的朴素密切地关联着的。他对生活既不阿谀,也不诽谤;他愿意把里面所包含的一切美的、人性的东西展露出来,但同时也不隐蔽它的丑恶。在前后两种情况下,他都极度忠实于生活。在他写来,生活是一幅真正的肖像画,十分逼真地抓住一切,从人物的表情直到他脸上的雀斑;从伊凡·尼基福罗维奇的各色衣服,直到穿长统靴、身上涂满石灰、在涅瓦大街上溜达的俄国农夫;从嘴衔烟斗、手持马刀、不怕世上任何人的勇士布尔巴②的巨大的脸,直到嘴衔烟斗手擎酒杯时不怕世上任何人、甚至也不怕妖魔鬼怪的坚忍学派哲学家霍马③。"伊凡·伊凡诺维奇真是一个妙人!他很爱吃甜瓜。这是他心爱的食品。刚一吃完饭,穿着一件衬衫走到廊檐下面,他立刻吩咐加泼卡拿两只甜瓜来。自己动手切瓜,把瓜子收集在一张特备的纸上,于是开始大嚼。然后,

---

① 这些话和谢维辽夫关于习惯的意见是针锋相对的。
② 《塔拉斯·布尔巴》里的主人公。
③ 《维》里的主人公。

盼咐加泼卡拿墨水来,亲手在包瓜子的纸上题字:此瓜食于某月某日。如果有一个客人同座,就写:与某人同食……""伊凡·尼基福罗维奇非常喜欢洗澡,当他齐脖子坐在水里的时候,就叫人把桌子和茶炊放在水里,他喜欢在这样清凉的境界中喝茶。"请问,看老天爷的份上,还能比这更毒辣、更恶毒、同时也更善良和更可爱地嘲笑不幸的人类吗?……这一切都是因为太忠实了!再看腓利门和巴甫基达的生活:"看到他们相互间的爱情而无动于衷,是不可能的。他们彼此从来不说你,总是称您:'您,亚芳纳西·伊凡诺维奇;''您,普尔赫里雅·伊凡诺芙娜。'——'是您把椅子压坏的吗,亚芳纳西·伊凡诺维奇?'——'没什么,您别生气,普尔赫里雅·伊凡诺芙娜,这是我……'"或者:"这之后,亚芳纳西·伊凡诺维奇恢复了平静,走近普尔赫里雅·伊凡诺芙娜的身边,说:'普尔赫里雅·伊凡诺芙娜,也许该吃点什么了吧?'——'现在吃什么呢,亚芳纳西·伊凡诺维奇? 要就是猪油饼,罂粟包子,或者腌蘑菇!''就拿点蘑菇或者包子来好了,'亚芳纳西·伊凡诺维奇答道,于是在桌子上忽然铺上了桌布,摆出了包子和蘑菇。午饭前一个钟头,亚芳纳西又吃了一次,用旧式的银杯喝了一杯伏特加酒,吃了蘑菇、各种晒干的鱼等等下酒。十二点钟吃午饭。吃饭时,通常总是讲些和吃饭最有关系的事情。'我觉得,'亚芳纳西·伊凡诺维奇常常说,'这盆粥有点糊了;您不觉得吗,普尔赫里雅·伊凡诺芙娜?'——'不,亚芳纳西·伊凡诺维奇;您多加点油,粥就没有焦味了,或者把这香菌汁子和到粥里去。'——'好吧,'亚芳纳西·伊凡诺维奇说着,把盆子递了过来:'让我来尝尝它是什么味道……''您尝尝,亚芳纳西·伊凡诺维奇,这是多么好的西瓜。'——'您别以为,普尔赫里雅·伊凡诺芙娜,红瓤的就是好瓜,'亚芳纳西·伊凡诺维奇拿起一大片来说道:'也有红的并不好吃。'"你在这里有没有注意到亚芳纳西·伊凡诺维奇的细腻委婉,他想用各种迂回曲折的借口不让老伴看出连他自己也仿佛引以为耻的可怕的食量? 可是,我们再来看看他的更多的事迹吧。"这之后亚芳纳西·伊凡诺维奇又吃了几只梨,和普尔赫里雅·伊凡诺芙娜一起到花园里去散步。回到家里来,普尔赫里雅·伊凡诺芙娜去做自己的事情,他就坐在廊檐下面……等了不多一会儿,叫人去请了普尔赫里雅·伊凡诺芙娜来,说:'有什么东西给我吃吗,普尔赫里雅·伊凡诺芙娜?'——'有什么吃的呢,'普尔赫里雅·伊凡诺芙娜说:'要不要我去叫人给您拿点果馅饽饽来? 那是我特意给您留下的。'——'也好,'亚芳纳西·伊凡诺维奇答道。'或者,您还是吃麦粉浆?'——'也行,'亚芳纳西·伊凡诺维奇答道。这之后,两样都即刻拿了来,照例被吃得精光。在晚饭之前,亚芳纳西·伊凡诺维奇又吃了些什么……九点半钟吃晚饭……晚上,亚芳纳西·伊凡诺维奇有时在卧室①里走着,呻吟着。那时普尔赫里雅·伊凡诺芙娜问道:'您哼哼些什么,亚芳纳西·伊凡诺维奇?'——'天知道,普尔赫里雅·伊凡诺芙娜,好像肚子有点痛,'亚芳纳西·伊凡诺维奇说。'也许你吃点东西就好了,亚芳纳西·伊凡诺维奇?……'——'不知道这好不好,普尔赫里雅·伊凡诺芙娜!可是,有些什么吃的呢?'——'酸牛奶,或者有梨干的果汁。'——'好吧,反正只要尝尝。'亚芳纳西·伊凡诺维奇说。睡眼惺忪的女仆到食橱里去搜寻了一下,于是亚芳纳西·伊凡诺维奇又吃了一盘子。这之后,他通常总是说:'现在好像松动了一些。'"

你以为如何?照我看来,在这段素描里,表现了整个的人,他的整个生活,同着它的过去、现在与未来!两个老年人的夫妇之爱,亚芳纳西·伊凡诺维奇就家里突然起火一事、更可怕的是就企图投军一事对他老伴所作的一番嘲弄;善良的普尔赫里雅·伊凡诺芙娜的恐惧、抗辩、轻微的愤慨,最后是亚芳纳西·伊凡诺维奇想到居然能把妻子耍弄了一番时所体验到的踌躇自满之感!呵,这些描绘,这些特征,是如此可贵的诗的珍珠,相形之下,我们土产的巴尔扎克们的华丽词藻简直成了豌豆!……这一切都不是虚构的,不是得自道听途说,或从现实抄袭的,而是在诗的启示的瞬间用感情揣摩到的!假如我想把一切章节摘录出来,证明果戈理君抓住了并忠实地复制了所描写的生活的概念,我就非逐字逐句重录他的全部中篇小说不可。

果戈理君的中篇小说是极度民族性的;可是我不想对它们的民族性多加赘述,因为民族性算不得是优点,而是真正艺术作品的必备的条件,假使我们应该把民族性理解为对于某一民族、某一国家的风俗、习惯和特色的忠实描绘的话。任何民族的生活都表露在只被它所固有的形式之中,因而,如果生活描绘是忠实的,那就也必然是民族的。要在诗的作品中反映民族性,并不要求艺术家像普通设想的那样作深刻的钻研。诗人只须顺便看一看某种生活,它就被他摄取到了。作为一个小俄罗斯人,果戈理君从小熟悉小俄罗斯生活,可是他的诗歌的民族性并不限于小俄罗斯②。在他的《狂人日

---

① 因为详细的摘录会比本来已经够长了的本文还要长,所以我容许自己作了若干脱漏,并且为连贯起见,变动了一些字句。——原注
② 这些话是针对森科夫斯基的议论而发的,森科夫斯基认为果戈理的才能只能够写些小俄罗斯的笑谈。

记》里,《涅瓦大街》里,一个哈哈儿①也没有,全是些俄罗斯人,此外还有德国人;这些俄罗斯人和德国人被他描写得多么好啊!什么样的席勒和霍夫曼②啊!我顺便要在这里指出一下:我们实在不应该再操心什么民族性了,正像没有才能就不要再写作一样;因为这民族性很像克雷洛夫寓言里的影子③:果戈理君不以它为意,它却自己找上门来,许多人竭力追逐它,得到的却只是琐碎凡庸而已。

几乎同样的话也可以应用到独创性上面:正像民族性一样,它也是真正才能的必备的条件。两个人可能在一件指定的工作上面不谋而合,但在创作中决不可能如此,因为如果一个灵感不会在同一个人身上发生两次,那么,同一个灵感更不会在两个人身上发生。这便是创作世界为什么这样无边无际、永无穷竭的缘故。诗人从来不会说:"我写什么好呢?都被人写光了!"或者:

> 天啊,我生也何迟?

创作独创性的,或者更确切点说,创作本身的显著标志之一,就是这典型性——如果可以这样说的话,——这就是作者的纹章印记。在一位具有真正才能的人写来,每一个人物都是典型,每一个典型对于读者都是似曾相识的不相识者。你不必说:这是一个具有壮阔灵魂、强烈情欲、渊博智慧、但理性褊狭的人,他爱妻子爱到疯狂的程度,只要有一点不忠贞之嫌,就会用手去扼死她,——你可以简短扼要地说:这是奥瑟罗!你不必说:这是一个深刻地懂得人的使命和生活的目的,努力为善,但丧失了灵魂的活力,做不成一件好事,由于感到自己的无力而痛苦着的人,——你可以说:这是哈姆雷特!你不必说:这是一个信念卑劣,善意地作恶,诚实地犯罪的官吏——你可以说:这是法穆索夫④!你不必说:这是一个由于贪图好处而谄媚,仅仅由于灵魂的吸引而无私地谄媚的人——你可以说:这是莫尔恰林⑤!你不必说,这是这样的一个人:他终生不知道有任何人类思想,任何人类感情,不知道人除了寒冷、失眠、臭虫、虱子、饥渴之外还有痛苦和悲哀,除了酣睡、饱食、品茗之外还有欢乐和喜悦,人的生活中还有比吃瓜更重要的事,除了

---

① 小俄罗斯人的绰号。
② 《涅瓦大街》里的两个人物。
③ 见于寓言《影与人》:一个淘气家伙想捉影子,无论跑得多么快,也还是捉不到影子,可是等到他返身走时,影子却自己追上来了。
④⑤ 均系格里鲍耶陀夫的喜剧《智慧生痛苦》里的人物。

每天视察钱柜、仓库和畜栏之外还有职务和责任,还有比相信他是某处穷乡僻壤的第一流人物更远大的野心;呵,请别浪费这么许多句子,这么许多字眼——你可以简单地说:这是伊凡·伊凡诺维奇·彼列列平科①,或者:这是伊凡·尼基福罗维奇·杜甫果契洪②!并且,相信我,大家更快地就会明白你的。事实上,奥涅金、连斯基③、达吉雅娜④、扎列茨基⑤、列彼季洛夫⑥、赫辽斯托娃⑦、屠果乌霍夫斯基⑧、普拉东·米哈伊洛维奇·戈利奇⑨、咪咪公爵小姐⑩、普尔赫里雅·伊凡诺芙娜、亚芳纳西·伊凡诺维奇、席勒⑪、庇斯卡辽夫⑫、庇罗果夫⑬,一切这些专有名词现在不都成了普通名词了吗?并且,我的天!其中每一个都包含着多少意义啊!这是中篇小说、长篇小说、历史、长诗、戏剧、卷帙浩繁的书,简短点说:整个世界包含在一个字眼里面,只包含在一个字眼里面!较之每一个这些字眼,你所珍爱的名句:"Qu'il mourût!""Moi!"⑭"我是俄狄浦斯!"⑮算得了什么呢?果戈理君构思这种字眼是怎样的能手啊!我不想絮述许多人已经说过多次的话,我只想讲到他的这样一个小小的字眼——庇罗果夫!……老天爷!这就是整个等级,整个民族,整个国家!呵,独一无二的、无可比拟的庇罗果夫,典型之典型,原型之原型!你比夏洛克⑯更广阔无边,比浮士德更意味深长!你是一切"喜欢谈论文学、赞美布尔加林、普希金和格列奇,带着轻蔑和俏皮的讽刺讲到奥尔洛夫"⑰的人们的文化和教养的代表。是的,诸位,真是一个不可思议的字眼——庇罗果夫!这是象征,玄秘的神话,一件剪裁得十分奇妙、一千个人穿来都合身的长袍!果戈理君构思这样的字眼,说出这样的 bons mots⑱ 来,真是一位能手啊!为什么他是这样的能手?因为他独创!为什么会独创?因为他是诗人。

可是,还有另外一种从作者个性发出的独创性,这是作者用有色眼镜看世界的结果。我在前面已经说过,果戈理君的这种独创性,表现在那总是被

---

① ② 均系《伊凡·伊凡诺维奇和伊凡·尼基福罗维奇吵架的故事》里的人物。
③ ④ ⑤ 均系《叶甫盖尼·奥涅金》里的人物。
⑥ ⑦ ⑧ ⑨ 均系《智慧生痛苦》里的人物。
⑩ 奥陀耶夫斯基的同名中篇小说里的人物。
⑪ ⑫ ⑬ 均系《涅瓦大街》里的人物。
⑭ 法文:"让他死!""我!"这两句分别引自高乃依的剧本《贺拉斯》和《美迭亚》。
⑮ 引自奥泽罗夫的剧本《俄狄浦斯在雅典》。
⑯ 莎士比亚喜剧《威尼斯商人》里的人物。
⑰ 引自《涅瓦大街》。
⑱ 法文:妙语。

深刻的悲哀之感所压倒的喜剧性的兴奋里面。在这一点上,俄国的一句俗谚"始以祝福,终以哀悼"可以移赠给他的中篇小说作为题铭。事实上,当你遍阅了这一切无聊、猥琐、赤裸裸、丑恶之极的生活画面之后,尽情地对这生活大笑大骂之后,你还剩下些什么感情呢?我已经讲过了《旧式地主》——这一部名符其实的含泪的喜剧。再拿《狂人日记》来看吧,这丑陋的奇景,这艺术家奇特的怪诞的幻梦,这对于生活和人、可怜的生活、可怜的人的温厚的嘲笑,这洋溢着无穷的诗、无穷的哲学的讽刺画,这用诗的形式陈述的、在真实性和深刻性方面十分惊人的、足与莎士比亚媲美的心理的病症历史;你仍旧会对这个蠢物发笑,可是你的笑已经消溶在悲哀之中;这笑是针对一个说昏话、招人笑、引起怜悯的疯子而发的。在这一点上,我关于《伊凡·伊凡诺维奇和伊凡·尼基福罗维奇吵架的故事》也说过同样的话;我还得补充说,就这方面说来,这篇中篇小说是最为惊人的。你在《旧式地主》里看到一些无聊的、猥琐的和可怜的人,但至少是善良的、诚实的;他们相互间的爱情仅仅建立在习惯上面;但习惯总还是一种人类感情,任何爱情,任何依恋,不管建立在什么上面,总是值得同情的,因而,为什么可怜这两个老人,还是可以理解的。可是,伊凡·伊凡诺维奇和伊凡·尼基福罗维奇却是十足无聊的、猥琐的、同时又是道德上肮脏而可厌的家伙,因为在他们身上,根本没有一点人性的东西;那么,请问,当你一直读到那悲喜剧的结局的时候,为什么会那么悲痛地微笑,那么忧郁地叹息呢?这里便是诗歌的秘密!这里便是艺术的魔力!你看见的是生活,看见了生活,就不得不叹息!……

果戈理君的喜剧性或幽默,具有着特殊的特点;这是一种纯粹俄国的幽默,平静的、淳朴的幽默,作者在这里装扮成傻子的模样。果戈理君郑重其事地谈着伊凡·伊凡诺维奇的一件毛皮袄,有的傻子会认真地想到,作者真的为了没有这样一件漂亮的毛皮袄而在懊丧着呢。是的,果戈理君装扮得妙极了;虽然除非太愚蠢的人,才会不懂得他的讽刺,可是这种讥刺实在是对他非常适合的。然而,这只是一种手法,而果戈理君的真正的幽默,还是在对生活的真实的看法上面,我还得补充说,这绝对不是依靠他所表现的生活的漫画性来决定的。他甚至当沉迷在所描写的现象的诗意里面的时候,也总是一贯的,从来不背叛自己。公正是他的偶像。关于这一点的证据就是《塔拉斯·布尔巴》,这部用勇敢豪放的画笔写成的瑰丽的叙事诗,这幼年民族英雄生活的清晰的素描,这足与荷马媲美的装在狭小框子里的巨大的图画。布尔巴是一个英雄,布尔巴是一个具有铁的性格、铁的意志的人;

作者描写他的血仇的业绩，高扬到了抒情的境界，同时又成为一个最高度的戏剧家，而这一切，却并不妨碍他偶或用主人公来使你发笑。你看到那个冷酷地从母亲身边夺走孩子、亲手杀死亲生子的布尔巴，会害怕得发抖，看到他在孩子死时举行血祭，会大大地吃惊，可是看到他跟儿子斗拳，跟孩子们一起喝酒，颇以他们在此道中不让于父亲为乐，高兴他们在神学校里结结实实挨了揍，这时候你又会发笑的。这喜剧性的原因，描写的漫画性的原因，倒不在于作者具有在一切里面发掘可笑的能力和倾向，而是在于生活的真实性。如果果戈理君时常也故意地嘲弄一下他的主人公们，那也是不怀怨毒，不怀仇恨的；他懂得他们的猥琐，但并不对此生气；他甚至还喜爱它，正像成年人喜爱孩子游戏，觉得这游戏天真得可笑，但并不想参与在里面一样。可是，无论如何，这依旧是幽默，因为他不宽恕猥琐，不隐藏、也不粉饰它的丑恶，因为一方面迷醉于描写猥琐，同时也激发人们对它的厌恶。这幽默是平静的，也许这样就更容易达到目的。我得顺便指出，这里便是这一类作品的真正的道德性所在。作者在这里不插入任何箴言，任何教训；他只是像实际那样描写事物，它们究竟怎样，他管不着，他不抱任何目的地去描写他们，只为了享受描写时的愉快。继《智慧生痛苦》之后，我不知道有任何一部用俄文写成的作品，能像果戈理君的中篇小说那样具有纯洁的道德性，对世道人心发生强烈而有益的影响。呵，在这样的道德性前面，我是随时准备屈膝下跪的！的确，凡是懂得伊凡·伊凡诺维奇·彼列列平科是何等样人的人，如果有人称呼他伊凡·伊凡诺维奇·彼列列平科，他一定会生气的。作品中的道德性，应该表现在作者对于道德的或不道德的目的毫无奢求这一点上面。事实比空谈更为响亮；忠实地描写精神的丑恶，比一切攻击它的话要有力得多。然而，不要忘记：这样的描写，只有当它是无目的的时候，被创造出来的时候，才是忠实的，而只有灵感才能够创造，而灵感又只有有才能的人才能够获得，因而，只有有才能的人方才能够在自己的作品中是道德的！

这样说来，果戈理君的幽默，是一种平静的、在愤怒中保持平静、在狡猾中保持仁厚的幽默。可是，在作品中，还有另外一种严峻而露骨的幽默，它咬得你出血，刺透你的皮骨，直言无隐，用毒蛇编织的鞭子前后左右地抽打你，一种苦辣的、恶毒的、无慈悲的幽默。你们想看看它吗？我来指点给你们——请看：这里是一个跳舞会，一群徒负虚名、自命不凡的名流，为了消磨时间，他们那个永久的敌人、凶手，集合在这里，这是一群苍白的、可怕的、不像人形的人，人类和畜类的耻辱；这里就是那个跳舞会："各色各样人物在人群中徘徊着,千百种阴谋和罗网在四组舞的欢快的旋律下纠缠着、展开着;成群谄媚的陨石,围绕着倏忽一现的彗星旋转;变节者向自己的牺牲品卑贱地行礼;在这里,可以听到依附于长期深远计划的无意义的闲话;在这里,轻蔑的微笑从壮丽的脸上滑下,冻住对方恳求的脸色;在这里,黑暗的罪恶悄悄地爬行着,庄严的卑劣骄傲地带着抗拒的烙印……"可是,忽然跳舞会陷入了骚乱,人们喊道:"大水!大水!""在跳舞会的另外一端,音乐还在演奏着,那里还在跳着舞,那里还在谈论未来,那里还在想着昨天做过的和明天该做的卑劣事情,那里还有人什么也不想……可是不久传来了可怕的消息,音乐打断了,一切纷乱了……为什么这些人脸都发白了?……怎么,诸位,除了你们日常的阴谋、奸策、算计之外,这世上还能有别的东西?不对!废话!一切都会过去的!明天的日子又会降临!一切又会像先前一样继续下去!打倒敌对者,欺骗朋友,爬到新的位置上去!……可是,你们不听,你们战栗着,冷汗浸透着你们,你们害怕!真的——水一直在漫涨着——你们打开窗子呼救,回答你们的只是怒涛的呼啸,滚滚白浪像许多只激怒的猛虎一样,向光亮的窗口直扑!—— 是的!真是可怕呀!再过一分钟,你们妇人们的豪华的烟色的衣装全要湿透了!再过一分钟,你们胸前的夸耀的饰物会加添你们的重累,把你们拖到冰冷的水底!——可怕!可怕!嘲弄自然力的万能的科学方法在哪里呢?——诸位,科学在你们的长吁短叹之下麻痹了。驱除烦恼的祈祷的力量在哪里呢?——诸位,你们丧失了这个词儿的意义。——你们还剩下些什么?——死!死!可怕的死!缓慢的死!可是,放勇敢些吧,死是怎么一回事呢?——你们这些贤智的、思虑周密的、蛇一样的人呀!难道你们在深思中从来没有想到过这件事,真会是那样重要的吗?你们还是求助于自己的洞察力吧,用你们惯用的手段去对付死吧:试试看,是不是可以收买它,诽谤它?它难道不怕你们的冷酷的威吓的眼色?……"[①]

  我不想来断定,这两种幽默哪一种更为重要。提出这样的优越性的问题,是愚蠢的,正像提出颂诗优于哀歌、长篇小说优于戏剧的问题一样,因为典雅这东西,不管采取什么形相出现,就其本身说来,总是一样的。有些事物是这样恶劣,只须显示它们的原形或提起它们的名字,就能令人对它们发生无限的厌恶;可是还有一些事物,虽然本身是丑陋的,却会用光彩的外表来蒙人。有一种猥琐是粗野的、低劣的、赤裸的、无掩盖的、龌龊的、奇臭的、

[①] 引自奥陀耶夫斯基的中篇小说《幽灵的嘲笑》。

衣衫褴褛的；还有一种猥琐是骄傲的、自满的、豪华的、壮丽的，是会使最纯洁热烈的心灵对于真正的福利发生怀疑的，这种猥琐驾轻车、蔽金饰、巧辞令、娴礼仪，使你在它面前显得低微，你甚至会以为它才是真正的伟大，它才懂得人生的目的，你却是受了骗，追逐幻影而不自觉。对付任何一种猥琐，都需要一条特殊的、坚硬的鞭子，因为任何一种猥琐都是穿着三重铠甲的。对付任何一种猥琐，都需要一个奈密赛斯，因为人们有时应该从麻木不仁的昏睡中惊醒，记起人类尊严；霹雳有时应该在他们头上轰响，使他们记起造物主；在宴会时，在酒酣耳热之余，在谢肉节如痴如狂的尽情纵乐中，应该有一阵沉郁的庄严的钟声突然打破他们的疯狂迷醉，使他们记起神的殿堂，大家应该怀着忏悔之心，口唱赞美诗，向那里走去！……

　　果戈理君以《狄康卡近乡夜话》一书著名于世。这是小俄罗斯的诗的素描，充满着生命和诱惑的素描。大自然所能有的一切美好的东西，平民乡村生活所能有的一切诱人的东西，民族所能有的一切独创的典型的东西，都以虹彩一样的颜色，闪耀在果戈理君初期的诗情幻想里面。这是年轻的、新鲜的、芬芳的、豪华的、令人陶醉的诗，像爱情之吻一样……你读读他的《五月之夜》吧，在冬夜，围着火光熊熊的炉子读它，你就会忘掉冬天，连同它的严寒和风雪；你将惊叹这幸福南方的充满奇妙与神秘的、辉煌的、透明的夜；你将惊叹这年轻的苍白的美女，凶恶继母的仇恨的牺牲物，这敞开一扇窗的空寂的房屋，这荒凉的湖，月光投照在平静的水面，几排影踪缥缈的美女在绿色的岸边舞蹈……此情此景，宛如莎士比亚的《仲夏夜之梦》在你的想象中所留下的印象。《圣诞节前夜》是民族的家庭生活、他们的小欢乐与小愁苦的一幅完整而充分的图画，总之，这里包含着他们生活的全部的诗。其次，《可怕的复仇》是《塔拉斯·布尔巴》的 pendant①，这两幅巨大的图画一致显示出果戈理君的才能可能发扬到什么程度。可是，要叫我分析起《近乡夜话》来，我会永远分析不完的！《小品集》和《密尔格拉得》带着成熟的才能的一切标志。在这两本书里面，迷醉和抒情的放纵比较少，可是生活描写方面的深度和逼真就更多了。加之，他在这里扩大了活动范围，一方面并不把可爱的、美丽的、百看不厌的小俄罗斯弃置不顾，同时更到俄国中等阶层的风俗中去寻找诗。我的天，他在那里找到了多么深刻的强有力的诗啊！我们，莫斯卡尔②，连想都想不到的！……《涅瓦大街》是一篇深刻而又迷人

---

① 法文：对称物。
② 大俄罗斯人的绰号。

的作品;这是同一种生活的两个极端,崇高和可笑紧挨在一起。在这幅图画的一面,是这位穷苦的、无忧无虑和天真得像孩子一样的画家,他在涅瓦大街看到一个天仙般的女子,一个只有他的艺术想象才能够设想的神妙的创造物;他追踪她,他颤栗,他不敢呼吸,因为他还不认识她,可是已经崇拜了她,而任何崇拜总是胆怯的、战战兢兢的;他看见她善意的一笑,于是"他觉得马车全不动了,桥拉长,在拱门的地方折断,房屋倒立,岗亭和哨兵的戟,连同金字和画着的剪刀,仿佛在他的眼睫毛上发亮"。他由于陶醉和对幸福的战栗的预感,气都喘不过来,一直跟她走到一幢大厦三层楼①上,于是他看见了什么?……她还是那么美丽,那么迷人,她愚蠢而无耻地望着他,好像对他说:"喂!你要怎么样?……"他飞快地就逃走了。我不想复述他的梦,这是我们诗歌中的一颗奇妙而宝贵的珍珠,它仅次于普希金的达吉雅娜的梦;在这里,果戈理君是一个最高度的诗人。对于初次读这篇中篇小说的人说来,在这个奇妙的梦里,现实和诗、实际和幻想是这样紧密地糅合在一起,当他知道这不过是一场梦之后,一定会惊奇不止。你想象一个穷苦的、褴褛的、肮脏的画家②,在一群星章、十字勋章和各种参议官中间惶惑不知所措!他厕身其间,自惭形秽,他要走近她,他们却不断地挡住去路,这些佩戴星章和十字勋章的人们毫不迷醉、毫不颤栗地把她看待得有如金制鼻烟匣一样……经过这场梦之后,将是怎样的觉醒!经过这样的觉醒之后,怎么再能够活下去? 他的确不再生活在现实中,他整个儿沉醉在幻梦里了……终于,他的灵魂里闪出一线虚妄的、然而像虹彩一样的希望之光;他决定了忘我献身,他甚至不惜为她牺牲自己的荣誉,像为莫洛赫③牺牲一样……"我现在刚睡醒,是早上七点钟人家把我送回来的,我真喝醉了,"——她对他说,还是那么美丽、迷人……这之后,甚至在幻梦里,他还能够活下去吗?……画家不复存在,他走进了黑暗的墓窟,没有人为他流泪,世人也不知道在这颗有罪的痛苦的灵魂里演了怎样崇高而可怕的戏剧……

在这幅画图的另一面,你们看到庇罗果夫和席勒,庇罗果夫我已经谈过了,这席勒想把鼻子割掉,好节省买鼻烟的耗费;这席勒骄傲地说,他是斯瓦比亚的德国人,不是俄国猪,他在德国有一个国王;这席勒"从二十岁起,从

---

① 根据果戈理原作,应为四层楼。
② 即指庇斯卡辽夫。
③ 古代腓尼基人所信奉的以人身为祭品的火神。

俄国人还糊里糊涂过日子的时候起,已经把一生估量定了,规定在十年中攒聚五万卢布本钱,这已经像命运一样地确定而不可抗拒,因为叫德国人自食其言,是比叫官吏忘记张望上司的传达室更要困难的";最后,这席勒"规定昼夜亲妻子的嘴不得超过两次,为了不多亲一次起见,从来不在汤里放过一勺以上的胡椒"。你们还需要什么呢?这里是整个的人,他的生活的全部历史!⋯⋯那么,庇罗果夫呢?⋯⋯呵,关于他一个人就可以写上整本的书!⋯⋯你记得他对那个跟他正是天造地设一对的愚蠢的金发女郎的追逐,他跟席勒的争吵以及二人之间的关系;你记得他受了冷漠无情的奥瑟罗①何等可怕的毒打,记得在陆军中尉②的心里,沸腾着怎样的愤怒,怎样如焚的仇恨,记得他吃了蜜饯糕饼,读了《蜜蜂》之后,满腔的郁怒多么快地就烟消云散了?⋯⋯奇妙的糕饼!奇妙的《蜜蜂》!庇斯卡辽夫和庇罗果夫——什么样的对照啊!他们俩在同一天、同一小时,开始追逐各自的美女,可是他们追逐的结果是多么不同啊!呵,这对照中蕴蓄着怎样的意义!这对照产生了怎样的影响!庇斯卡辽夫和庇罗果夫,一个黄土长埋,另外一个却愉快而幸福,甚至在追逐失败和挨了一顿毒打之后!⋯⋯是的,诸位,活在这世上真是沉闷啊!⋯⋯

《肖像》是果戈理君在幻想体裁方面的一篇失败之作。在这里,他的才能衰落了,可是他即使在衰落时,也还是才能焕发的。这篇中篇小说的第一部,读后是不能不令人心醉的;的确,在这幅神秘的肖像里面,甚至有些可怕的、宿命的、奇谲的东西,有些不可遏制的魅力,使你虽然觉得可怕,却还是不由自主地要去看它。再加上无数果戈理风的幽默的图画和素描;你记得那个谈论绘画的巡长;其次是那个把女儿领去见恰尔特科夫、要他给画一张肖像的、咒骂跳舞而向往大自然的母亲,——这样一想,你就不会否认这篇中篇小说也是有优点的。可是,第二部却绝对地一无是处;在这里面,根本看不到果戈理君。这是理智在起作用,毫无想象掺杂其间的显然的蛇足。

一般说来,果戈理君是不大擅长写幻想作品的,我们完全同意谢维辽夫君的意见,他说:"令人生畏的东西不能写得太详尽;幽灵只有在扑朔迷离的时候,才是可怕的;你如果能看出幽灵是一个粘液质的圆锥体,有着代替脚用的下巴和长在头顶上的舌头,那就没有什么可怕了,可怕就变为丑陋

---

① 即谓妒忌的丈夫。
② 即指庇罗果夫。

了。"可是,同时却可以看到小俄罗斯风俗的图画①,神学校的写照(不过,有点令人想起纳列日内②的神学校来),神学校学生们、特别是哲学家霍马的肖像,这个霍马不是神学校某一年级里的哲学学生,而是精神上、性格上、生活见解上的哲学家!不可比拟的 dominus③ 霍马啊!你除了烧酒之外对一切尘世事物保持禁欲主义的冷淡,这是多么伟大!你尝够了愁苦和恐怖,差一点落到魔鬼的爪子里去,可是在深而且广的酒瓶后面你把一切都忘记了,在那瓶底里埋葬了你的刚勇和你的哲学;有人问起你所经验到的情欲,你挥挥手答道:"这世上什么卑劣的事情都会有的!"你在一夜之间白了一半头发,却还跳着特列巴克舞,那股劲儿使人见了会吐一口唾沫,喊道:"这人跳得多么长久啊!"让各人照自己的意见去判断好了,在我看来,哲学家霍马是足与哲学家斯柯伏罗达④媲美的!其次,你还记得哲学家霍马的出于无奈的旅行,记得酒店里的狂饮,这个陀罗希灌饱了黄汤之后,忽然想知道神学校里教些什么(开玩笑!),这个爱发议论的人赌咒说,"一切应该照老样子继续下去,上帝知道应该怎样安排",最后,这个白胡子哥萨克因为自己是个举目无亲的孤儿而痛哭起来……还有厨房里这些富有教益的谈话,那里"往往无所不谈,谈到谁裁了一条新裤子,地底下有些什么,谁看见了狼?"还有这些聪明人关于大自然奇景的意见?还有百人长老爷的画像?谁能把好处说尽呢?……不,尽管这篇中篇小说在幻想方面是失败的,却仍旧不失为一篇奇妙的作品。可是,就是里面的幻想部分,也只在描写幽灵的时候才显出了软弱,其他如霍马在教堂里读经、美女的复活、维的出现,都是优美绝伦的。

我还很少谈到《塔拉斯·布尔巴》,也不想加以赘述,因为否则,我就得再写一篇和小说一样长的文章……《塔拉斯·布尔巴》是整个民族生活的伟大叙事诗中的一个片断、插曲。如果在我们的时代能够产生荷马式的叙事诗的话,这就是它的最高的标本、典范和原型!……假使人们说,《伊利亚特》反映出英雄时代希腊人的全部生活,那么,上世纪的诗学和修辞学难道就能阻止我们,就其对十六世纪小俄罗斯的关系上,对《塔拉斯·布尔巴》说同样的话吗?……事实上,这不就是全部的哥萨克生活,连同他们奇

---

① 以下讲的是果戈理的另一篇中篇小说《维》。
② 纳列日内(1780—1825),俄国作家。
③ 拉丁文:先生。
④ 斯柯伏罗达(1722—1794),乌克兰哲学家。

异的文化,勇敢放荡的生活,他们的无忧无虑与懒散,坚忍与活动,粗暴的宴饮与血的袭击吗?……请问,这幅图画里面还缺什么?还有什么不足之处?这一切不都是从生活底层抓取到的吗,这里不是有整个生活的巨大脉搏在跳动着吗?这勇士布尔巴同着他的孔武有力的儿子们;这群查波罗什人,一起在广场上跳着特列巴克舞;这个哥萨克,躺在水洼里,来显示对于身上所穿的华贵衣服的蔑视,只要谁敢动他一根毫毛,就不惜向之挑战;这个团长,不由自主地说着娓娓动听、词藻华美的话,讲到必须跟伊斯兰教徒打仗,为的是"许多查波罗什人在酒店里欠了犹太人和自己哥儿们不少的钱,现在没有一个鬼再相信他们";这个母亲好像是顺便出现的,为了活着来恸哭自己的孩子,像那时的许多哥萨克妇人和母亲一样……还有犹太人和波兰人,安德烈的爱情和布尔巴的血仇,奥斯塔普的受刑,他对父亲呼吁以及布尔巴回答他:"我听着呢"[1],以及最后,年老的狂信者的英勇的死,他不曾感受可怕的折磨,因为他只感觉到对于敌对民族的复仇的渴望?……这不是叙事诗吗?……否则,什么才是叙事诗呢?……多么豪迈、奔放、锋利和奋疾的画笔!多么激越、强力的诗歌,像查波罗什营地一样,从那里"跃出狮子一样骄傲而顽强的人,向乌克兰全境泛滥出哥萨克人的意志和气度!……"

再对你们说些什么呢?也许,你们对于我所说的不大满意:有什么办法?感受并理解美好的事物,比使别人去感受并理解它,要容易得多!如果有一些读者,读了我的文章之后,说:"这是对的",或者至少说:"这里面也有些道理";如果另外一些读者,读了它之后,想把它里面所分析的作品找来读一遍,——这样,我的责任就算尽了,目的就算达到了。

可是我从上面所说的一切里面将引出怎样的一般的结论来呢?果戈理君在我们的文学中是个什么样的人物?他在里面占据怎样的位置?对于刚刚开始写作的他,作为一个刚刚开始写作的人,我们应该期待什么?我的任务不在于给诗人戴上不朽的花冠,评定文学作品的生死;如果我说过,果戈

---

[1] 然而,我并不把这"我听着呢"当作果戈理君太大的功绩,不像有些人那样认为,除了这著名的"我听着呢"之外,即使果戈理君不再琢磨出别的什么,仅此已经足够使恶意的批评趋于沉默;因为第一,美学作品不能使恶意的批评解除武装,关于这一点,被有些善意的批评尊为保罗·德科克的果戈理本人就是一个证明;其次,如果和整篇小说孤立起来,不发生联系,这著名的"我听着呢"是没有任何意义的;最后,例如把"Qu'i mourût""Moi!""啊,我是俄狄浦斯,我是罗司"之类视为崇高的话的那个时代,现在已经过去了;为什么要用新的"崇高句法"的例子来给学究装潢门面呢?——原注(译者按:这一段话是有所指的:谥果戈理以"俄国的保罗·德科克"尊号的是布尔加林和森科夫斯基;对"我听着呢"大加赞赏的是谢维辽夫。)

理君是一位诗人,那么,我已经把一切都说完了,已经无权对他下判词了。现在,在我们这里,"诗人"这个字眼已经丧失了它的意义:人们把它跟"作家"这个字眼混同起来。我们拥有许多作家,有些甚至是才禀卓著的,但诗人却没有。诗人是一个崇高而神圣的名词;这里面包含着不灭的光荣!可是,才禀是有高下之分的;柯慈洛夫、茹科夫斯基、普希金、席勒:这些都是诗人,可是他们是平等的吗?不是直到今天还在争论谁高吗:席勒还是歌德?不是一般都认为莎士比亚是独一无二、无与伦比的诗人之王吗?批评的任务便在这里:判定一个艺术家在其同辈中的高下程度。可是,果戈理君还只刚刚开始写作;因而,我们的任务,是就他的处女作以及处女作所带来的将来的希望来发表我们的意见。希望是大的,因为果戈理君拥有强大而崇高的、非凡的才能。至少目前,他是文坛的盟主,诗人的魁首;他站在普希金所遗下的位置上面。我们将留待时间去决定果戈理君怎样结束他的写作,现在只希望这位光辉灿烂的奇才长久地闪耀在我们文学的地平线上,他的活动能够和他的能力不相上下。

《小品集》里登载了两则长篇小说的片断。我们不能把这两则片断当作个别而完整的作品来判断;可是我们可以说,它们完全可以充作我上面所说的希望的保证。诗人有两种:有一些人只是能够懂得诗,并且诗歌对于他们与其说是禀赋或才能,宁可说是技能,依赖于外部生活环境之处颇多;在另外一些人来说,诗才却是积极的、构成其存在的不可分割的一部分的东西。前一种人,有时在整整一生中只会有一次表露出某种美好的诗的幻想,于是就仿佛被自己所完成的功绩的重荷压倒似的,在以后的作品中趋于衰弱、没落;这说明了为什么他们最初的作品大抵写得很出色,可是以后的作品就渐渐使已得的英名摧毁殆尽的缘故。另外一种人,却每有一部新的作品问世,就愈益提高和巩固起来;果戈理君属于后一类诗人:这就很够了!

我还忘了提到他作品的一个优点:这便是他描写心所向往的事物时洋溢着的一种抒情气质。假使他描写可怜的母亲,这个崇高而受难的人物,这个神圣的爱感的化身,在他的描写里面有着多少烦闷、忧愁和爱情!假使他描写青春的美,在他的描写里面有着多少沉醉和欢乐!假使他描写血肉相连的、他所爱慕的小俄罗斯的美,这就像一个儿子去爱抚敬爱的母亲一样!你们记得他关于第聂伯河流域广袤无垠的草原的描写吗?多么豪迈奔放的画笔!什么样的感情的放纵!在这些描写里面,有着什么样的华美和朴素!真了不起,草原,你在果戈理君笔下是多么出色呀!……

有一个杂志表示过一个非常古怪的愿望①,要果戈理君在刻划上等社会方面试试笔力;这个意见,发生在我们的时代,简直是一个可怕的时代错误!怎么!难道一个诗人能够对自己说:让我去写这个或那个,去试试这类或那类的作品?……再说,难道主题能够对作品的优点有所增减吗?难道这不是公理吗:有生活的地方,就有诗歌?可是,我的"难道"将永无穷尽,如果我想毫不遗漏地把它们全部说出来。不,让果戈理君去描写灵感所命令他描写的东西吧,让他害怕描写他的意志或批评家先生们所命令他描写的东西吧。一个艺术家的自由,是在他本人的意志和某种外部的、不依存于他的意志的东西的和谐上面,或者更确切点说,他的意志就是灵感!……②

(选自《别林斯基文学论文选》,满涛、辛未艾译,上海译文出版社1999年版。)

给果戈理的一封信

您在我的文章中看出我是一个怒气冲冲的人,您只说对了一部分:用这个形容词来表达我在阅读您的书时把我引进去的境界来说,还是过于软弱,过于温和了。可是,您断言,这是由于您对于崇拜您的才华的人发表了实际的、并非完全是谀扬的评语,这就完全不对了。不,这里有一个更为重要的原因。自尊心受到侮辱,只要一切问题都局限在这里,我在理智上还是能对这个问题保持沉默不语的,然而到得真理与人的尊严受到侮辱,这却是不能忍受的:在宗教的庇护下和鞭子的防卫下把谎言和不道德当作真理和美德来宣传,这也是难以使人沉默的。

不错,我曾经以一个和其祖国血缘相连的人用来爱祖国的希望、声誉、光荣以及爱祖国在其自觉、发展与进步的过程中的伟大领袖之一的全部热情爱过您。而您在失去得到这种爱的权利以后,至少,在暂时之间,无法保

---

① 谢维辽夫曾表示过这种愿望。
② 我很高兴,本文的题目和内容,使我可以摆脱分析《小品集》里果戈理君的学术论文的那个不愉快的责任,我不懂他怎么能够不加思索地玷污自己的文名,一至于此。难道从密勒的历史里翻译,或者更确切点说,转述、模仿几段,把自己的句子和它混杂在一起,就算是学术论文吗?……难道关于建筑的幼稚的空想,是学术吗?难道把无法相提并论的希勒哲、密勒和赫尔德拉扯在一起,也算是学术吗?……如果这样的劣作也算是学术,那么,老天爷让我们别有学术吧!这样的东西我们本来就嫌太多了。我们一方面对于诗人果戈理君的优秀才能给予充分公正的评价,同时,被同样的公正、同样的大公无私的精神推动着,也希望有谁来详细分析一下他的学术论文。——原注(译者按:后来别林斯基对于自己的这种意见有了修正,认为《小品集》里的学术论文也自有其不可磨灭的价值。)

持心境的平衡,这您是有足够理由的。我所以这样说,并非因为我的爱是对伟大才能的褒奖,而是因为在这一方面,我代表的不是一个人,而是许多人,其中的绝大多数,不论是您,还是我都没有亲自见过,而反过来说,这绝大多数人也从来不曾见过您。我没有能力使您稍微了解您的书在所有高尚的心灵里激起的愤慨,也没法使您稍微理解您的一切敌人,包括非文学方面的敌人——乞乞科夫们、罗士特来夫们、市长们……以及您熟知他们的姓名的文学上的敌人,当远远看到这本书问世的时候所发出野蛮欢忭的叫喊。您亲自看到,甚至就是那些看来跟您的书气味相投的人,也从您那本书前退避开去,即使这本书是根据深刻而真诚的信念所写出来的,它还是必然会使读者产生同样的印象。假如大家(只除去少数人,我们应当把他们看看清楚,不要因为他们的恭维而高兴非凡)把这本书当作一种为了借上天的方式以求达到尘世的目的的巧妙的、但却粗野无礼的诡计,那么,在这一点上,只能归罪于您。这件事一点也不必奇怪,值得奇怪的倒是您觉得这是奇怪的事。我以为,这是因为您只是作为一个艺术家,而不是作为一个有思想的人来深刻地了解俄罗斯,而您在那本荒唐无稽的书里想扮演一个有思想的人的角色却是失败的。这不是因为您不是一个有思想的人,而是因为多年以来您已经习惯于从您那美丽的远方来眺望俄罗斯;可是谁都知道,再没有什么比从远方来看我们竭力想要看清楚的那些事物更容易的了,因为在这个美丽的远方,您完全生活在一种与它隔绝的世界中、生活在自身之中、自己的内部或者生活在一群心境和您相同、而又无力反抗您的影响的单调的小圈子里。因此,您就不会发觉:俄罗斯看到它的得救之道不是在于神秘主义,不是在于禁欲主义,不是在于虔信主义,而是在于文明、开化和人道的进步之中。俄罗斯需要的不是教诲(这种教诲她已经听够了!),不是祈祷(她已经把它们背诵得够多了!),而是在人民中间唤醒多少世纪以来一直埋没在污泥和垃圾中的人类的尊严的感情,争取那不是遵循教会的学说、而是依照常识与正义的权利和准则,并且严格地尽可能促使它们的实现。可是代替这一方面,俄罗斯却呈现这样一个国家的一种可怕的景象:在那里人们贩卖人口,甚至连一个美国农场主所狡猾地利用的、说得如此斩钉截铁的所谓黑人不是人那样的辩护都不必有,在这个国家里,人们称呼自己不是用名字,而是用绰号:万卡、瓦西卡、斯焦什卡、巴拉什卡;此外,在这个国家里,不但人格、名誉、财产都没有保障,甚至连治安秩序都没有,而只有各种各样的官贼和官盗的庞大的帮口!今天在俄罗斯最紧要的和最迫切的民族问题,就是消火农奴制度,取消肉刑,尽可能严格地去实行至少已经有的法律。关于这一点,甚至政府自己都感觉到了(政府深切知道,地主们是怎样对待农民的,后者每年要把前者杀死多少人)。他们的那种优待白皮肤黑人的怯生生的、毫无效果的不彻底措施,还有用三梢皮鞭取代单梢皮鞭这种滑稽可笑的更迭,就是其明证。

这就是俄罗斯在其凄凉的睡梦中惊惶不安地思索着的一些问题。就是在这一个时候,一个伟大的作家通过他的奇妙艺术的和深刻真实的创作强大有力地促进俄罗斯的自觉,让俄罗斯有机会像在镜子里一样,看到了自己,——可是现在他却带着这本书而出现,他在这本书中借基督和教会的名义教导野蛮的地主向农民榨取更多的钱财,教导他们把农民骂得更凶……这难道不应当引起我愤慨吗?……即使您有意要谋害我的性命,使我对您产生的仇恨也不会比这几行可耻的文字使我产生的仇恨更深……而且,您还要别人相信您的那本书的倾向是真诚的!不,如果您真正的充满基督的真理、而不是魔鬼的教义,——那时候在您的新书中就根本不会是这样的写法。您会对地主说,他的农奴是他的基督兄弟,既然是兄弟就不能是哥哥的奴仆,因此,他就应该给他们以自由,或者至少在享受农民的劳动成果时,尽可能考虑到他们的利益,在自己的良心深处自觉地认识到过去在对待他们中自己的错误。

说到那一句话:"哎,你这张洗不干净的猪脸!"您是从一个什么罗士特来夫、一个什么梭巴开维奇口里听来的,您把它向世人传播,把它看作是有益于农民、教诲农民的一大发现吗?——他们所以不洗脸难道不是因为相信主人的话,不把自己当作人吗?还有,您从普希金的中篇小说中那个愚蠢的婆娘的那句话里①:不论是无辜的还是有罪的都应当吃一顿板子,找到您的关于俄国民族的司法和惩罚制度的理想的观念。的确,在我们的国家里常常是这样干的,虽然,更加频繁的是无罪的人挨揍,只要他拿不出钱来赎罪,而在这种场合,又有另一种俗谚:无罪的罪人!这样的一本书竟会是艰苦的内心过程、崇高的精神启示的结果!这不可能!或者是您生病了——那您得赶快就医,或者……我不把我的想法说到底!……

鞭子的说教者,无知的使徒,蒙昧主义和顽固专横的拥护者,鞑靼人生活风习的歌颂者——您这是想干什么!看一看您的脚下吧,——您正站在无底洞的边沿上……您是将正教教会作为这一类教义的靠山,这一点我还

---

① 在普希金的《上尉的女儿》的第三章里,上尉的太太在解决一个军曹与婆娘的争吵时,就说过这样的话。

能理解:教会一直是笞刑的支柱以及专制主义的帮凶,可是在这里您为什么去打扰基督呢?您在基督和一个什么教会——尤其是正教教会之间又找到了什么共同之点呢?基督第一个向人们传播关于自由、平等、博爱的教义,并且通过殉教精神印证了和巩固了他的教义的真实性。这种教义只有在教会还没有举办起来,并且还没有当作正统精神原则的基础的时候,它才是人类的救星。教会是一种僧侣们的组织,因此他们只能是不平等的拥护者、权力的阿谀逢迎者、人与人之间博爱的敌人和迫害者,一直持续到今天还是这样。可是基督教言的意义已经得到上一世纪哲学运动所揭示。这就是为什么一个什么伏尔泰能够以讽刺为武器在欧洲扑灭宗教狂热和愚昧无知的火焰,当然,他是比您的一切神父、都主教、大牧首更是基督之子,基督的骨之骨,肉之肉!难道您不知道这件事吗?要知道,现在,这对于任何一个中学生都不是什么新鲜的事情啦……因此,难道是您,《钦差大臣》和《死魂灵》的作者,把俄国教会的丑恶的神父们放得比天主教神父们还高,真心实意地、发乎内心地歌颂这些人吗?就算是您不知道后者在从前的什么时候还干过一点什么事情,可是前者却除了充当世俗政权的仆从和奴隶之外,却是从来没有干过什么好事;可是,难道您是真的不知道我们的神父们是落在使俄国社会和俄国民众的普遍的蔑视之中吗?俄国的民众讲的是什么人的卑鄙无耻的故事?讲的就是关于神父、神父的老婆、神父的女儿以及神父的长工的故事。俄国的民众把什么人称作孬种,大肚种马?神父们……神父之在罗斯对所有俄国人来说,不就是饕餮、贪欲、下贱和无耻的化身吗?好像这一切,您都闻所未闻?真是奇怪之至!按照您的意见,俄国的民众是世界上最笃信宗教的,这真是谎话!宗教性的基础就是虔诚,崇敬,畏惧上帝。可是一个俄国人一面搔着身上的痒处,一面呼叫上帝的名字。俄国人是这样来议论圣像的:用得着,拿来祈祷,要是用不上,——拿来盖瓦罐。

请您再仔细地看看,您就会看到,他们在天性上本来是彻底无神论的民族。在他们的身上还有许多迷信,可是却并没有笃信宗教的痕迹。迷信会跟着文明的成就而消失,可是笃信宗教则是要和他们长久相伴。法兰西就是一个活的例子,在那里,就是到现在,在那些开明的、有教养的人中,还有许多真诚的天主教徒,在那里,许多人在背离了基督教之后还是顽强地崇奉某一种上帝。俄国人民就不是这样的;神秘的狂热不是他们的天性;对这一点来说,他们有太丰富的常识,智慧上的明朗与坚定,俄国人民历史命运前程远大,似乎也就在这里了。笃信宗教的精神甚至就在僧侣中间也并没有生根,因为只有几个以冷漠的禁欲主义的观照相标榜的例外的个别人物,是什么东西都证明不了的。我们的大多数的神父还只是以肥大的肚子、繁琐的教诲以及野蛮的无知见称。与其去责备他们宗教上的狭隘和狂热，倒不如去赞美他们的刻板的在信仰上的漠不关心。在我们这里，笃信宗教只见于那些分离教派的身上，他们就精神方面来说是和他的人民大众大相径庭的，而在人数上在人民面前又是那么微不足道。

我不打算絮絮叨叨谈论您那俄国民众同他们的主子之间的亲密关系的赞歌。我要直言不讳说：这种赞歌不会在随便什么人那里引来同情，甚至反而在其他一些方面，在倾向上和您非常接近的人们的眼里把您贬低。说到我个人，我听凭您的良心去斟酌是否去欣赏专制政体的神圣的美（这种政体既安适、又有益），只不过您得继续有分寸地从您那美丽的远方来观照：太近了，这个政体就不那么美丽和安全了……现在我只指出一点：当一个欧洲人，尤其是一个天主教徒，被宗教情绪控制的时候，他就会成为邪恶的政权的揭发者，正像那揭发了地上的无法无天的专横的犹太人的先知一样。可是在我们这里事情却是相反：一个人（甚至一个正常的人）只要患上精神病医生叫作 religiosa mania① 的疾病，那么他立刻就会对地上的上帝比天上的烧更多的香。甚至还会做得更为过头一点，要是没看到这会败坏他在社会中的名声，真会让地上的上帝为了他曲尽犬马之劳而奖励他……我们俄国人，真是骗子的兄弟！……

我还记得，在您的那本书里，您是当作一个伟大而无可争辩的真理而斩钉截铁地说，读书对普通百姓不但没有什么好处，而且肯定有害。对这一点，我应当怎样对您说呢？如果您在把这意见写到纸上去的时候您不知道您说的是什么，愿您的拜占庭上帝原谅您的拜占庭思想。然而，也许，您会说："就算我犯了错误，我的一切思想都是谎言，可是为什么要剥夺我的犯错误的权利，不相信我犯错误是出于真诚呢？"因为——我来回答您，——这一类倾向在俄国早就不是新鲜事。甚至在不怎么长久之前，已经由布拉巧克②以及他的一伙人所尽情发挥过了。当然，在您的书里，要比他们的著作更多智慧，甚至是才华（虽然不论前者还是后者在其中都并不十分丰富），但是因此他们却以更大的毅力和更大的彻底性发挥他们和您共同的教义，大胆地达到它的最终结论，把一切都奉献给拜占庭上帝，一点东西都不留给撒旦，可是您却打算在拜占庭上帝和撒旦的面前同时上香点烛，这样

---

① 拉丁文：宗教狂。
② 布拉巧克(1800—1876)，《灯塔》杂志的主编人。

您就落入矛盾之中,例如,您捍卫普希金、捍卫文学和戏剧,只要您还要保持那种首尾一贯的正直之心,那么,按照您的观点看来,所有这一切一点都不能拯救灵魂,只能大大促使灵魂的毁灭……谁的头脑能够容纳这样的意见:说果戈理同布拉巧克是一道同风的呢?您未免把自己在俄国公众的舆论中的地位放得过于高,以致俄国公众不能相信您这一类信念是真诚的。凡是在傻瓜眼里是自然而然的事情,不可能在天才的人眼里也是如此。有一些人一直有这样的想法,您这本书是神经错乱到近于彻底疯狂状态的结果。可是他们很快放弃了这种结论,——很清楚,这本书的写成,不是一天,一星期,一个月,也许,是一年,两年,或者三年;从其中可以看到联系,从漫不经意的叙述中可以看出一种深思熟虑,在对当政掌权者的歌颂之中称心如意地安排了虔诚的作者的尘世上的地位。这就是为什么在彼得堡传播开这样的一种传闻,您写这本书,其目的似乎是要充当皇太孙①的太傅。还在这以前,您给乌瓦罗夫的那封信,在彼得堡早就为大家所知道,在信中,您忧心忡忡说,您那关于俄国的作品受到人们的曲解,接着,您对自己以前的作品表示了不满,并且宣布,只有到了自己的作品将能获得沙皇的满意的时候,到那时候,您才会对这些作品感到满意。现在,您自己来下判断吧:您这本书使得您在公众眼里,降低了您不仅作为作家,特别是作为一个人的身价,这有什么可以奇怪的呢?

据我所知道的,您看来并不完全了解俄国的读者公众。读者公众的性格取决于俄国的社会情势。在这个社会中,一种新锐的力量沸腾着,要冲决到外部来,但是,它受到一种沉重的压力所压迫,它找不到出路,结果就导致苦闷、忧郁、冷漠。只有单单在文学中,尽管有鞑靼式的检查,还保留有生命和进步。这就是为什么在我们这里作家的称号是这样令人尊敬,为什么甚至是一个才能不大的人在文学上这样容易获得成就。诗人的头衔,文学家的称号在我们这里早就使肩章上的金银线和五光十色的制服黯然失色。而这也就是为什么,在我们这里,任何一种所谓自由倾向,甚至即使是才能贫乏的人的,都特别受到大家普遍的关注的缘故,这也就是为什么一些不管是真诚地还是不真诚地,把自己奉献给正教、专制政治、国粹的伟大的才能,他们的名声立刻就会下降的缘故。普希金就是一个显著的例子,他不过是写了两三首忠于君皇的诗,并且穿上宫廷侍从的制服,他就突然失去民众的爱戴!如果您真的认为您的书之所以垮台,不是由于它的恶劣的倾向,而是由

---

① 皇太孙,即指亚历山大三世,当时他的父亲亚历山大二世还是皇太子身份。

于您似乎向大家和每个人说出了尖锐的真理,那您就大大地错了。就算是这样,您对于写作上的同行可以这样设想,可是您怎么可以将读者公众归到这一个范畴里去呢?难道在《钦差大臣》和《死魂灵》里您向读者公众所诉说的还不够尖锐,真理和才华还更少,真相还不够辛辣吗?旧派人物的确对您恼恨得要发疯,然而《钦差大臣》和《死魂灵》并不因此而消灭,可是您那本最新的书却可耻地钻进地底下去了。读者公众在这里是正确的:他们把俄国作家看成是他们的唯一的领袖,使他们不受专制政治、正教和国粹主义摆布的保卫者和救星。因此他们总是准备原谅一个作家写得不好的书,却永远不能宽恕一本极为有害的书。这证明,在我们的社会中已经存在一种清新的、健康的感觉,尽管它还处在萌芽状态之中,而同时,这也证明:这个社会是大有前途的。如果您爱俄罗斯,您就应当同我一起庆幸您的那本书的垮台!

我并非不是带着若干自满的感情告诉您:我觉得,我是稍为了解俄国的读者公众的。您的那本书使我担心:它可能对政府当局、对审查制度产生很坏的影响,但决不会对公众起什么影响。当彼得堡散布一种传说,说是政府打算把您的书印刷好几千本,并以最低廉的价格出售,我的朋友们都因而垂头丧气;可是当时我却对他们说,不管怎么样,这本书不会取得成功,人们很快就会把它忘却。实际也的确是这样,今天大家所以还记得它,是因为大家的文章都提到它,而不是由于书的本身。的确,在一个俄国人身上,尽管还不发达,但是其真理的本能却是深刻的。

您的改宗,也许,可能是真诚的,但是您这种把关于改宗的事情昭告公众都知晓,——这却是最大的不幸。对我们的社会来说,天真而善良的时代早就已经过去了。我们的社会已经理解,随便在哪里祈祷都是一样的,只有那种在其心胸中从来没有基督或者已经把基督丢失掉的人,才会到耶路撒冷去寻找基督。凡是看到别人的痛苦,他也感到痛苦,看到别人受到压迫而感同身受的人,在他的心胸里就有基督,他没有必要再步行到耶路撒冷去。您所宣扬的温顺,首先并不新鲜,第二,一方面显示您的极度的骄傲,另一方面又反映出您的人的尊严的最为可耻的屈辱。这种要做到某种抽象的完美、在温顺上高出于任何人之上的想法,可能就是骄傲或者智力低弱的结果,——在这两种情形下,就会不可避免地导致伪善、假仁假义、中国作风。何况,在您的书里,您放纵自己不但卑劣而肆无忌惮地谈论别人(这不过是不礼貌而已),而且还如此这般谈到自己——这就已经是丑恶了;因为一个人如果打了近邻的耳光,激起了愤怒,那么一个人如果打了自己的耳光,就只会激起轻蔑了。不,您只是受到了蒙蔽,而不是受到什么启迪;您既不理解我们这个时代基督教的精神,也不理解其形式。从您的书里散发出来的,并不是基督教教义的真理,而是对死亡、魔鬼和地狱的病态的恐惧!

而且,这算是哪一种语言,哪一种文句?"今日众人均变为尘芥与褴褛。"——难道您以为,说众人来代替每一个——这就是用圣经体来表达了吗?一个人把整个身心都投在虚谎里,那么智慧和天才就会弃他而去,——这是一个多么伟大的真理。如果您在您的书上不放您的名字,如果您把这本书中谈到您本人是一个作家的段落都删去,那么,什么人还会想到,这种不干不净、浮夸的单词和文句竟是《钦差大臣》和《死魂灵》作者的作品呢?

至于说到我个人,我要向您重复说一遍:您认为我的文章只是由于您把我看作您的批评家之一于是加以评论使我感到愤慨而所作的表示,您这是完全错了。假如仅只是这一件事使我发怒,那么我只会对这一点作出不满的反应,而对其他一切都会表现得心平气和,不偏不倚。可是这却是事实:您对您的崇拜者的评论糟上加糟。我理解有时候有必要对一个笨蛋猛击一掌,这个蠢东西对我的恭维和欢呼只会把我弄得可笑,但是这种事要真做到可并不容易,因为,依照某种人道原则来看,甚至就是对付那种虚伪的爱情,若是以仇怨来报答,也总是不妥的。然而您所指出的人物,纵使不是以才智卓越著称,到底也不会是愚不可及的人。这些人在激赏您的作品时,说不定,他们所表现的惊叹会远过于对这些作品的实事求是的分析,但是不管如何,他们对您的热诚是出于一种纯粹的和崇高的动机,您根本不应该把他们出卖给他们和您的共同的敌人,而且还要指责他们别有用心地歪曲您的作品的意义。当然,您是受到您那本书的主要思想的迷惑才这样做的,而且没有经过深思熟虑,可是维雅赛姆斯基,这个贵族社会的公爵,文学中的奴才,却发挥了您的思想,对您的一些崇拜者(从而,也特别对我)发表文章进行私人告密①。他这样做,大概是为了感谢您,您把他这个拙劣的押韵编诗匠抬高成为伟大的诗人,我记得,好像是为了他的那首"委顿的、好像在地上

---

① 这里是指维雅赛姆斯基的《雅寿科夫——果戈理》(刊《圣彼得堡通报》,1847年,第90—91页)。维雅赛姆斯基认为果戈理的这本书对于从一切借果戈理之名以掩盖其暴露根本秩序的人是"需要的"。别林斯基在这里公正地认为,这几乎是对他而发的私人告密。

拖着走的诗"①。所有这一切都并不妥当。至于您是否只不过等待时机,到了那时,您会给您的才能的崇拜者以公正(您怀着一种骄傲的谦逊给过您的敌人以公正),这我就不知道:我不能,是的,我承认,我也不想知道。在我的面前就是您的书,可是这不是您的意图:我读了您的书,而且读了一百遍,除了其中原来有的,我还是不能从其中找到别的什么东西,而其中原来有的东西,却深深地激怒了和侮辱了我的灵魂。

如果让我尽情抒发我的感情,这封信很快就会变成一本厚厚的大书。我从来没有想过要就这个题目写信给您,虽然我心里渴望这样做,虽然您也曾在刊物上公开声言,只要所指的是一点真理,所有的人都有权不拘礼节地给您写信。居住在俄罗斯,我不可能这样做,因为当地的"施彼金们"②拆看别人的信件不光是为了个人的畅快,还出于职务上的责任,为了告密。今年夏天开始的肺病把我驱赶到了外国,同时从 N③ 把您写给我的信转到萨尔茨堡来,而我今天就要同安年科夫一起从萨尔茨堡经美因河畔法兰克福到巴黎去。这封出乎意外地收到的您的来信使我有机会向您倾吐由于您那本书在我的心里所郁积下来的一切反对您的话。我不会吞吞吐吐,我不会故弄玄虚,这不是我的天性。就让您或者让时间本身向我证明,我对于您的结论是错误的。我对此首先感到高兴,而决不会对我向您讲过的话感到后悔。在这里涉及的不是关于我的或者您的个人问题,而是一种不但比我、甚至比您还要远远高得多的事物:在这里问题涉及的是关于真理、关于俄国社会、关于俄罗斯的问题。

这就是我的最后的结论:您曾经不幸带着一种骄傲的谦逊否定了您那些真正伟大的作品,那么,现在您应当带着真诚的谦逊否定您的最近的这本书,用一些能使人想起您的往昔的新作来赎取这本书出版带来的沉重罪过。

新历一八四七年七月十五日,于萨尔茨堡。

(选自《别林斯基文学论文选》,满涛、辛未艾译,上海译文出版社1999年版。)

【思考题】

1. 根据《论俄国中篇小说和果戈理君的中篇小说》《给果戈理的一封

---

① 别林斯基在这里引用的是果戈理《与友人书简》中《俄国诗歌的本质究竟是什么,它的特点又是什么》一章中的一句:"……维雅赛姆斯基这首渗透着辛辣的和令人压抑的俄罗斯的忧虑的滞重的、好像在地上拖着走似的诗。"
② 施彼金是果戈理的《钦差大臣》中的邮政局长。
③ 据考证,"N"系指涅克拉索夫。

信》两文,结合《尼古拉·果戈理与友人书简选粹》,你认为别林斯基对果戈理的评价先后有哪些变化?为什么会有这些变化?试与看过的朋友讨论这些变化。

2. 结合你读过的中外古今文学评论,谈谈你对别林斯基文学评论特色的理解,并将你的理解与赫尔岑的回忆录和柏林的论述相对照,看看其中差异何在。

3. 在《论俄国中篇小说和果戈理君的中篇小说》中,哪些是人人皆可获得的客观知识?哪些是别林斯基借用他人的现成理论?哪些是别林斯基对果戈理或俄国文学的独特阐述?哪些显示了别林斯基独立的理论总结?哪些属于他的道德评判?哪些是这些元素的综合?

4. 在上述三题思考讨论的基础上,指出你认为好的文学评论应该是怎样的。你本人平时是如何解读和批评作家作品的?

【拓展阅读】

1.《别林斯基文学论文选》,满涛、辛未艾译,上海译文出版社 1999 年版。

2. 赫尔岑《往事与随想》,巴金、臧仲伦译,译林出版社 2009 年版。

3. 以塞亚·柏林:《俄国思想家》,彭淮栋译,译林出版社 2001 年版。

第三章 梭 罗

亨利·戴维·梭罗(1817—1862),美国现代著名随笔作家、诗人。生于马萨诸塞州康科德城,毕业于哈佛大学,在家乡执教两年后,住到同乡、大作家爱默生家做助手(1841—1843),同时学习写作。1845 年,他独自进入无人居住的瓦尔登湖边林区,在那里一直生活到 1847 年。1849 年自费出版了他在瓦尔登湖边小屋完成的《在康科德河和梅里马克河上的一周》,书中记录了他和哥哥约翰在这两条家乡河流上旅行时的所见所闻,以及关于宗教信仰、历史、自然和文学、哲学的大胆遐想,特别是论信仰多元,论英国文学传统,论美国的商业化进程对古老生活的破坏,内容丰富而沉重,想象新鲜而奇特,具有极高的文学价值,可惜印行一千册,只卖掉一百多册,七十五册送人,自己留下七百多册。梭罗曾经诙谐地说他藏书九百,其中自著七百。同时发表的《论公民的不服从权利》一文,对英国工党、费边主义者、圣雄甘地、马丁·路德·金和罗曼·罗兰都产生过很大的影响。他绝非一个遁世者,当废奴运动领导人约翰·布郎被捕并处绞刑时,他挺身而出予以声援。梭罗死于肺结核,终年 44 岁,死后别人编辑出版了他的大量日记和《旅行散记》《缅因森林》和《科德角》等著作。《瓦尔登湖》是他生前出版的两本书中的另一本(1854),和《在康科德河和梅里马克河上的一周》一样,也是在日记的基础上加工而成,也喜欢在行文中夹杂自己的大量诗歌,也是融景物描写和思想漫游为一体,但放弃了日记形式,以单篇随笔结集。

梭罗的随笔,是英国文学传统在北美大陆新开的奇葩。他特别强调个人思想的独立,特别强调思想和语言都必须以亲身体验为基础,他的许多随笔就是为自己特立独行的生活方式提出辩护和解释,人和文达到了高度统一。他善于从对自然和人生的切近观察和体验中提出根本的思想问题,这里选出《瓦尔登湖》第一篇《经济篇》和另一篇《湖》,都是现身说法,以自己简单的衣、食、住、行和亲近自然的生活体验来反思现代人价值观念的偏误,许多说法出人意料而又令人折服。他对自然的观察更独特,大自然的一切在他眼里仿佛都大有深意,他甚至从一只不知名的水鸟的眼睛里看到了上帝的微笑。这种所谓的"超验主义",和他忠实于自我的沉思默想的性格密切相关。和许多作家一样,他生前寂寞,死后却被越来越多的人所怀念。

瓦尔登湖(节选)

经济篇(节选)

许多书,避而不用所谓第一人称的"我"字;本书是用的;这本书的特点便是"我"字用得特别多。其实,无论什么书都是第一人称在发言,我们却常把这点忘掉了。如果我的知人之深,比得上我的自知之明,我就不会畅谈自我,谈那么多了。不幸我阅历浅陋,我只得局限于这一个主题。但是,我对于每一个作家,都不仅仅要求他写他听来的别人的生活,还要求他迟早能简单而诚恳地写出自己的生活,写得好像是他从远方寄给亲人似的;因为我觉得一个人若生活得诚恳,他一定是生活在一个遥远的地方了。下面的这些文字,对于清寒的学生,或许特别地适宜。至于其余的读者,我想他们是会取其适用的。因为,没有人会削足适履的;只有合乎尺寸的衣履,才能对一个人有用。

让我们立刻说到实际问题上来,先说衣服,我们采购衣服,常常是由爱好新奇的心理所引导的,并且关心别人对它的意见,而不大考虑这些衣服的真实用处。让那些有工作做的人记着穿衣服的目标,第一是保持养身的体温,第二是为了在目前的社会中要把赤身露体来遮盖;现在,他可以判断一下,有多少必需的重要工作可以完成,而不必在衣橱中增添什么衣服。国王和王后的每一件衣服都只穿一次,虽然有御裁缝专司其事,他们却不知道穿上合身衣服的愉快。他们不过是挂干净衣服的木架。而我们的衣服,却一天天地跟我们同化了,印上了穿衣人的性格,直到我们舍不得把它们丢掉,要丢掉它们,正如抛弃我们的躯体那样,总不免感到恋恋不舍,要看病吃药作些补救,而且带着十分沉重的心情。其实没有人穿了有补钉的衣服而在我的眼里降低了身份;但我很明白,一般人心里,为了衣服忧思真多,衣服要穿得入时,至少也要清洁,而且不能有补钉,至于他们有无健全的良心,从不在乎。其实,即使衣服破了不补,所暴露的最大缺点也不过是不考虑小洞之会变成大洞。有时我用这样的方法来测定我的朋友们,——谁肯把膝盖以上有补钉的,或者只是多了两条缝的衣服,穿在身上?大多数人都好像认为，如果他们这样做了，从此就毁了终身。宁可跛了一条腿进城，他们也不肯穿着破裤子去。一位绅士有腿伤，是很平常的事，这是有办法补救的；如果裤脚管破了，却无法补救；因为人们关心的并不是真正应该敬重的东西，只是关心那些受人尊敬的东西。我们认识的人很少，我们认识的衣服和裤子却怪多。你给稻草人穿上你最后一件衣服，你自己不穿衣服站在旁边，哪一个经过的人不马上就向稻草人致敬呢？那天，我经过一片玉米田，就在那头戴帽子、身穿上衣的木桩旁边，我认出了那个农田主人。他比我上一回看见他，只不过风吹雨打更显得憔悴了一些。我听说过，一条狗向所有穿了衣服走到它主人的地方来的人吠叫，却很容易被一个裸体的窃贼制服，一声不响。这是一个有趣的问题啊，没有衣服的话，人们将能多大地保持他们的身份？没有了衣服的话，你能不能在任何一群文明人中间，肯定地指出谁个最尊贵？斐斐夫人在她周游世界，从东到西的旅行中，当她非常地接近亚洲的俄罗斯，要去谒见当地长官的时候，她说，她觉得不能再穿旅行服装了，因为她"现在是在一个文明国家里面，那里的人民是根据衣服来评价人的"。即使在我们这号称民主的新英格兰城中，只要有钱穿得讲究住得阔绰，具有了那种偶然的因素，他就受尽了众人的敬仰。可是，这些敬仰着的众人，人数真多，都是异教徒，所以应该派遣一个传教士前去。话说回来，衣服是要缝纫的，缝纫可是一种所谓无穷无尽的工作；至少，一个女人的衣服是从没有完工的一天的。

一个人，到后来，找到工作做了，其实并不要他穿上新衣服去上工的；旧衣服就行了，就是那些很久地放在阁楼中，积起了灰尘的旧衣服。一个英雄穿旧鞋子的时间倒要比他的跟班穿它们的时间长——如果说，英雄也有跟班的话——至于赤脚的历史比穿鞋子更悠久了，而英雄是可以赤脚的。只有那些赴夜宴，到立法院去的人必须穿上新衣服，他们换了一件又一件，正如那些地方换了一批又一批人。可是，如果把我的短上衣和裤子穿上身，帽子戴上鞋子穿上，便可以礼拜上帝的话，那末有这些也就够了，不是吗？谁曾注意到他的破衣服——真的已经穿得破敝不堪了，变成了当初的原料，就是送给一个乞儿也算不得行善了，说不定那乞儿还要拿它转送给一个比他更贫苦的人，那人倒可以说是最富有的，因为最后还是他什么都不要还可以过活的呢。我说你得提防那些必须穿新衣服的事业，尽可不提防那些穿新衣服的人。如果没有新的人，新衣服怎么能做得合他的身？如果你有什么事业要做，穿上旧衣服试试看。人之所需，并不是要做些事，而是要有所为，或是说，需有所是。也许我们是永远不必添置新衣服的，不论旧衣服已如何破敝和肮脏,除非我们已经这般地生活了,或经营了,或者说,已向着什么而航行了,在我们这古老的躯壳里已有着新的生机了,那时若还是依然故我,便有旧瓶装新酒之感了。我们的换羽毛的季节,就像飞禽的,必然是生命之中一个大的转折点。潜鸟退到僻静的池塘边去脱毛。蛇蜕皮的情形也是如此,同样的是蛹虫的出茧。都是内心里孜孜扩展着的结果;衣服不过是我们的最表面的角质,或者说,尘世之烦恼而已。要不然我们将发现我们在伪装底下行进,到头来必不可免地将被人类及我们自己的意见所唾弃。

我们穿上一件衣服又一件,好像我们是外生植物一样,靠外加物来生长的。穿在我们最外面的,常常是很薄很花巧的衣服,那只是我们的表皮,或者说,假皮肤,并不是我们的生命的一部分,这里那里剥下来也并不是致命伤;我们经常穿着的、较厚的衣服,是我们的细胞壁,或者说,皮层;我们的衬衣可是我们的韧皮,或者说,真正的树皮,剥下来的话,不能不连皮带肉,伤及身体的。我相信所有的物种,在某些季节里都穿着有类似衬衣的东西。一个人若能穿得这样简单,以至在黑暗中都能摸到自己,而且他在各方面都能生活得周密,有备而无恐,那末,即使敌人占领了城市,他也能像古代哲学家一样,空手徒步出城,不用担什么心思。一件厚衣服的用处,大体上可跟三件薄的衣服相同,便宜的衣服可以用真正适合顾客财力的价格买到,一件厚厚的上衣五元就可以买到了,它可以穿上好几年,厚厚的长裤两元钱,牛皮靴一元半,夏天的帽子不过一元的四分之一,冬天的帽子六毛两分半,或许还可以花上一笔极少的钱,自己在家里制一顶更好的帽子,那穿上了这样的一套自己辛勤劳动赚来的衣服,哪里还是贫穷,难道会没有聪明人来向他表不敬意吗?

当我定做一件特别式样的衣服时,女裁缝郑重其事地告诉我,"现在他们不时行这个式样了",说话中一点没有强调"他们"两字,好像她说的是跟命运之神一样的某种非人的权威,我就很难于得到我自己所需要的式样了,因为她不相信我是当真地说话的,她觉得我太粗莽了。而我,一听到这神示似的文句,就有一会儿沉思,把每一个字都给我自己单个地强调了一下,好让我明白它的意思,好让我找出他们和我有怎么样的血缘关系,在一件与我如此密切有关的事上,他们有什么权威;最后,我决定用同样神秘的方式来答复她,所以也不把"他们"两字强调。——"真的,近来他们并不时行这个式样,可是现在他们又时行这个了。"她量了我的身材,但没有量我的性格,只量了我肩窝,好像我是一个挂衣服的钉子;这样量法有什么用处? 我们并不崇拜娴雅三女神①,也不崇拜帕尔茜②。我们崇拜时髦。她纺织,剪裁,全权处理。巴黎的猴王戴上了一顶旅行帽,全美国的猴子学了样。

湖(节选)

我第一次划船在瓦尔登湖上的时候,它四周完全给浓密而高大的松树和橡树围起,有些山凹中,葡萄藤爬过了湖边的树,形成一些凉亭,船只可以在下面通过。形成湖岸的那些山太峻峭,山上的树木又太高,所以从西端望下来,这里像一个圆形剧场,水上可以演出些山林的舞台剧。我年纪轻一点的时候,就在那儿消磨了好些光阴,像和风一样地在湖上漂浮过,我先把船划到湖心,而后背靠在座位上,在一个夏天的上午,似梦非梦地醒着,直到船撞在沙滩上,惊动了我,我就欠起身来,看看命运已把我推送到哪一个岸边来了;那种日子里,懒惰是最诱惑人的事业,它的产量也是最丰富的。我这样偷闲地过了许多个上午。我宁愿把一日之计在于晨的最宝贵的光阴这样虚掷;因为我是富有的,虽然这话与金钱无关,我却富有阳光照耀的时辰以及夏令的日月,我挥霍着它们;我并没有把它们更多地浪费在工场中,或教师的讲台上,这我也一点儿不后悔。可是,自从我离开这湖岸之后,砍伐木材的人竟大砍大伐起来了。从此要有许多年不可能在林间的甬道上徜徉了,不可能从这样的森林中偶见湖水了。我的缪斯女神如果沉默了,她是情有可原的。森林已被砍伐,怎能希望鸣禽歌唱?

现在,湖底的树干,古老的独木舟,黑魆魆的四周的林木,都没有了,村民本来是连这个湖在什么地方都不知道的,却不但没有跑到这湖上来游泳或喝水,反而想到用一根管子来把这些湖水引到村中去给他们洗碗洗碟子了。这是和恒河之水一样地圣洁的水!而他们却想转动一个开关,拔起一个塞子就利用瓦尔登的湖水了!这恶魔似的铁马,那裂破人耳的鼓膜的声音已经全乡镇都听得到了,它已经用肮脏的脚步使沸泉的水混浊了,正是它,它把瓦尔登岸上的树木吞噬了;这特洛伊木马,腹中躲了一千个人,全是那些经商的希腊人想出来的!哪里去找呵,找这个国家的武士,摩尔大厅的摩尔人,到名叫"深割"的最深创伤的地方去掷出复仇的投枪,刺入这傲慢瘟神的肋骨之间?

然而,据我们知道的一些角色中,也许只有瓦尔登坚持得最久,最久地

---

① 希腊神话中,光明、快乐及壮盛之三位女神的总称。
② 罗马神话中,命运三女神之总称。

保持了它的纯洁。许多人都曾经被譬喻为瓦尔登湖,但只有少数几个人能受之无愧。虽然伐木的人已经把湖岸这一段和那一段的树木先后砍光了,爱尔兰人也已经在那儿建造了他们的陋室,铁路线已经侵入了它的边境,冰藏商人已经取过它一次冰,它本身却没有变化,还是我在青春时代所见的湖水;我反倒变了。它虽然有那么多的涟漪,却并没有一条永久性的皱纹。它永远年轻,我还可以站在那儿,看到一只飞燕坦然扑下,从水面衔走一条小虫,正和从前一样。今儿晚上,这感情又来袭击我了,仿佛二十多年来我并没有几乎每天都和它在一起厮混过一样,——啊,这是瓦尔登,还是我许多年之前发现的那个林中湖泊;这儿,去年冬天被砍伐了一个森林,另一座林子已经跳跃了起来,在湖边依旧奢丽地生长;同样的思潮,跟那时候一样,又涌上来了;还是同样水露露的欢乐,内在的喜悦,创造者的喜悦,是的,这可能是我的喜悦。这湖当然是一个大勇者的作品,其中毫无一丝一毫的虚伪!他用他的手围起了这一泓湖水,在他的思想中,予以深化,予以澄清,并在他的遗嘱中,把它传给了康科德。我从它的水面上又看到了同样的倒影,我几乎要说了,瓦尔登,是你吗?

> 这不是我的梦,
> 用于装饰一行诗;
> 我不能更接近上帝和天堂
> 甚于我之生活在瓦尔登。
> 我是它的圆石岸,
> 飘拂而过的风;
> 在我掌中的一握,
> 是它的水,它的沙,
> 而它的最深邃僻隐处
> 高高躺在我的思想中。

火车从来不停下来欣赏湖光山色;然而我想那些司机,火夫,制动手和那些买了月票的旅客,常看到它,多少是会欣赏这些景色的。司机并没有在夜里忘掉它,或者说他的天性并没有忘掉它,白天他至少有一次瞥见这庄严、纯洁的景色。就算他看到的只有一瞥,这却已经可以洗净国务街和那引擎上的油腻了。有人建议过,这湖可以称为"神的一滴"。

(选自梭罗《瓦尔登湖》,徐迟译,上海译文出版社1997年版。)

【思考题】

    1."简单而真诚地写出自己的生活",是梭罗对每一个作家提出的要求,也是《瓦尔登湖》的创作所遵循的最高原则。但他为什么说写出自己的生活,对一个作家来说,"好像是他从远方寄给亲人似的;因为我觉得一个人若生活得诚恳,他一定是生活在一个遥远的地方了"?梭罗在表达方式上追求奇崛和跳跃式的思维推进,比如当他在"生活得诚恳"和"生活在一个遥远的地方"之间划上等号时,并不曾出示他的详细论证过程,而这就需要读者费心去揣摩了。

    2. 梭罗论"服装"的一段文字用意何在?如果说他有一套完整的服装哲学的话,你能同意并遵照执行吗?你觉得这段文字有哪些话说得特别精彩?

    3. 从梭罗描写瓦尔登湖的一段文字里,我们能够想象他对于自然的感情和建立在这种感情基础上的认识吗?他诅咒现代工商业和现代人的生活追求对自然的破坏,无限留恋年轻时候和瓦尔登湖亲密无间的关系,这种心情的悲剧性本质姑且不论,使我们感动的是一种梭罗式的抒情:"我年纪轻一点的时候,就在那儿消磨了好些光阴,像和风一样地在湖上漂浮过,我先把船划到湖心,而后背靠在座位上,在一个夏天的上午,似梦非梦地醒着,直到船撞在沙滩上,惊动了我,我就欠起身来,看看命运已把我推送到哪一个岸边来了;那种日子里,懒惰是最诱人的事业,它的产量也是最丰富的。"把自己比作"和风",把船在湖面上随意飘荡比作"命运","懒惰"成了他的"事业",而且"产量也是最丰富的",这些诗一般的特殊修辞手段在《瓦尔登湖》中比比皆是,试在课堂上讨论这些修辞手段的特点和效果。

【拓展阅读】

    徐迟:《〈瓦尔登湖〉译本序》,见梭罗《瓦尔登湖》,徐迟译,上海译文出版社1997年版。

第四章　陀思妥耶夫斯基

陀思妥耶夫斯基(1821—1881)，俄国现代作家。出身于贵族之家，年轻时因参加革命团体"彼特拉舍夫斯基小组"而被捕，临刑前被沙皇赦免，改判流放。陀思妥耶夫斯基创作了不少中短篇小说，他的纪事性随笔也很有名，但主要的成就还是《穷人》《罪与罚》《群魔》《白痴》《死屋手记》等长篇小说。

多卷本长篇小说《卡拉马佐夫兄弟》于1879—1880年在刊物上发表，1881年出单行本之后不久作者即因病去世。陀氏在这部一生的总结性作品中，和在其他作品中一样，一面无情地暴露了当时俄国的各种社会矛盾，特别是底层民众所遭遇的不公与苦难，一面也广泛深入地挖掘了各阶层人性的扭曲和精神的苦闷。小说描写旧俄外省地主卡拉玛佐夫一家父子、兄弟之间表面上围绕金钱和女人而起的冲突，实际上要揭示的乃是他们灵魂世界的风暴。老卡拉玛佐夫好色、贪婪、惨无人道；大儿子米卡粗野任性；二儿子伊凡在各种现代思潮的冲突中无路可走，选择了虚无主义和犬儒哲学；小儿子阿辽沙是作者理想的人物，他虔诚地相信只有上帝之爱才能战胜一切罪恶。老卡拉玛佐夫年轻时奸污过一个穷苦的痴女，把养下的私生子斯麦尔佳科夫当作家奴，斯麦尔佳科夫在伊凡"既然无所谓善恶，就什么事都可以做"的学说暗示下，利用米卡和父亲因财产和共同的情妇发生激烈纠纷的机会，谋杀了他所嫉恨的生父。米卡涉嫌下狱，伊凡精神错乱，斯麦尔佳科夫也自杀了，只有阿辽沙仍旧相信上帝之爱。

这里选了小说第二部第二卷第四节，二哥伊凡用他收集到的许多人类特别是儿童无辜受难的事例，试图劝说阿辽沙放弃对上帝的信仰，但并没有得逞。伊凡自称是"某一类事件的爱好者和收藏者"，他也确实收集了许多这一类"事件"，而这一类"事件"被他"收集"和"收藏"之后，固然成了他向阿辽沙这样的信徒发难的材料，但同时也搅起了他自己灵魂深处无法平息的疑难，他被这些"事件"所引发的灵魂痛苦折磨着，无法解脱，这才找到阿辽沙，想在第二个人身上印证自己的怀疑，最好把别人也拖下水，那样他的怀疑的负担似乎就会减轻一些。可见他既怀疑别人的信仰,也怀疑着自己的怀疑,这就是鲁迅所说的陀思妥耶夫斯基式的"把小说中的男男女女,放在万难忍受的境遇里,来试炼他们"的典型手法。

陀思妥耶夫斯基自己认为,他所追求的是"更高意义上的写实主义",既不是一般地揭露社会矛盾,也不是一般地展示人物的心理活动的内容,而是要显示人物灵魂深处的真相。他所谓灵魂深处的真相主要是信仰的冲突,即人们在面临巨大苦难时能否坚信包括上帝在内的最高价值,人的一切犯罪行为,内心的一切痛苦和折磨,跟这种信仰的冲突之间有怎样的必然联系。他的人物被这一类根本问题苦苦纠缠着,长久地经受着精神的酷刑,而陀氏本人,正如鲁迅所说,"是人的灵魂的伟大的审问者,同时也一定是伟大的犯人",因为他所审判的对象乃是人类普遍的灵魂的过犯,他自己首先就承受着这种过犯所带来的痛苦。陀思妥耶夫斯基因此被称为"残酷的天才"。

陀氏作品的精神主题早已包含在基督教文化历史之中,但他绝非一个抽象的说教者,因为他始终关心普通人的实际生存境遇,切实地从他们的实际境遇中来逼问他们的灵魂,其宗教探询的执著和深入,与其抓住现实、抓住细节的能力,恰成正比。

卡拉马佐夫兄弟(节选)

叛 逆

"顺便说起,不久前在莫斯科有一个保加利亚人告诉过我,"伊凡·费多罗维奇继续说下去,好象没有听到他弟弟的话,"土耳其人和契尔克斯人因为害怕斯拉夫人大规模起来造反,如何在他们保加利亚境内到处行凶,烧杀淫掠,凌辱妇孺,把囚犯耳朵用铁钉钉在围墙上面,一直到第二天早晨,然后再把他们绞死,还有其它种种的情形,简直没法描写。有时常见形容人'野兽般'地残忍,其实这对野兽很不公平,也很委屈;野兽从来不会象人那样残忍,那样巧妙地、艺术化地残忍。老虎只是啃,撕,只会做这些事。它决想不到去用钉子把人们的耳朵整夜地钉住,即使它能够这样做的话。而这些土耳其人却津津有味地折磨孩子,包括用匕首从母亲的肚子里剖出婴孩,一直到当着做母亲的面把吃奶的幼儿抛向空中,再用刺刀接住。他们最感到甜蜜有味的就是当着母亲们的面。但还有这样一个使我十分感兴趣的场面。你可以想象一下：一个吃奶的孩子抱在浑身哆嗦的母亲手里，四周围着一群闯进来的土耳其人。他们想出一个寻开心的主意：他们逗弄婴孩，笑着，引他发笑，他们成功了，婴孩笑了起来。就在这时候，一个土耳其人在离孩子的脸四俄寸的地方举起手枪朝他瞄准，男孩快乐地笑着，伸出两只小手，想抓手枪，忽然那个艺术家对准他的脸扣了扳机，把他的小脑袋打了个粉碎。……很有艺术性，不是么？顺便说起，听说土耳其人是很爱吃甜东西的。"

"哥哥，你说这些话是什么意思？"阿辽沙问。

"我是想，假如魔鬼并不存在，实际上是人创造了它，那么人准是完全照着自己的模子创造它的。"

"那么说，这也就跟创造上帝一样喽！"

"你真会抠字眼，就象《哈姆雷特》中的波罗尼亚斯所说的那样，"伊凡笑着说，"你把我这句话给抓住了；好吧，我很高兴。既然人是照了自己的模子创造出上帝来的，那么你的上帝还能好到哪里去？你刚才问我，为什么我说这些话。你知道么，我是某一类事件的爱好者和收集者。你信不信，我从各种报纸上、小说上，不管什么地方，只要碰到，便把某一些故事摘记下来，收集在一起。现在已经收集了不少了。土耳其人的事自然也在收集之列，但是他们全是外国人，我还有本国人的例子，甚至比土耳其人的还要精彩。你知道，我们这里更多的是鞭打，是树条和鞭子，这是具有民族特色的，因为用钉子钉耳朵的事在我们这里是不可想象的，我们到底是欧洲人，但是树条和鞭子却是我们的，别人无法掠美。在外国现在似乎已经完全不打人，我不知道是不是风俗变好了，或是立了一种似乎不准许人打人的法律，但是他们用另外一种也和我们一样纯粹民族化的东西给自己找到了补偿，而且这种东西民族化到了似乎在我们这里也是不可想象的程度，不过从宗教运动时代起，好象我们这里也开始风行了起来，特别是在我们的上等社会里。我有一本有趣的小册子，从法文翻译的，里面说离今天不远，大约不过五年以前，在日内瓦曾经处决了一个名叫理查的坏蛋和凶手，好象还是个二十三岁的小伙子，他在临上断头台以前忏悔了自己的罪恶，信奉了基督教。这个理查是私生子，还在六岁上就被父母送给了瑞士山地上的一家牧人，由他们抚养他，预备养大了拿他当人手使。他在他们家象只小野兽似的长大，牧人们什么也不教他，相反地从七岁起就叫他看牲畜，天寒雨雪时也几乎不给他衣裳穿，不给他东西吃。不用说，他们这样做的时候谁也没有感到犹豫和自责，相反地，还认为自己完全有权这样，因为理查是被当作物件似的赠送给他们的,他们甚至并不觉得有养育他的必要。理查自己供出:他在那些年里象福音书里的浪子,哪怕拿给喂肥了卖钱的母猪吃的猪食他也想吃极了,但是连这也不给他吃,当他到猪群中去偷吃的时候,就要挨打,就这样度过了他整个的童年时代,一直到完全长大,有了力气,自己出去行窃为止。这野人到了日内瓦靠做零工赚钱,赚到钱就喝酒,生活得象一只畜生,结果是图财害命,杀死了一个老人。他被捉住,经过审理,判了死刑。那里是不讲什么温情主义的。在监狱里,牧师们,各种基督教团体的会员们,还有些慈善的贵妇人等等立刻把他包围了起来。他们在监狱里教他读书写字,开始给他讲解福音,感化他,说服他,纠缠不休,唠叨指责,软欺硬压,最后终于使他自己庄严地认了罪。他受了洗礼。他自己上书法院,说他做了恶徒,但终于是幸蒙上帝对他也赐给了光明,赐予了天福。这事轰动了日内瓦,所有日内瓦的慈善人士、虔诚教徒都骚动了。所有高尚的、有教养的人全跑到狱中,吻着理查,拥抱他:'你是我们的兄弟,天福降到你身上来了!'理查自己唯有感动得哭泣:'是的,天福降到我身上来了!早先我在童年的时代,一直为能吃到猪食而高兴,现在天福降到我的身上,我将在主的怀里死去!''是的,是的,理查,你应该在主的怀里死去,你流了别人的血,应该在主的怀里死去。你羡慕猪食,因为偷吃而被人痛打(你这样做很不好,因为偷窃是不容许的),那时候你完全不知道上帝,你并没有罪,——但是你杀了人就应该偿命。'到了最后的一天,身体衰弱异常的理查不断地哭,不住地反复说:'这是我最好的一天,我要到上帝那里去了!''是的,'牧师们,法官们和慈善的贵妇们叫道,'这是你最幸福的一天,因为你正要到上帝那里去!'所有这班人全跟在载着理查的刑车后面,向断头台走去,有的坐着马车,有的步行。他们到了断头台那里以后,对理查叫道:'死吧,我们的兄弟,死在主的怀里,因为天福也降到了你的身上!'于是理查兄弟在饱受了一番兄弟般的亲吻之后,就被拉上断头台,放在断头刀下,最后又兄弟般地砍下了他的脑袋,就为了天福也降到了他的身上。是的,这真是一件很有特色的事。这本小册子由俄国上等社会里路德教派的慈善家们译成了俄文,免费分送,供在报纸和其他出版物上刊载,以便教化俄国农民。理查这件事的好处在于它具有民族性。我们这里对于只是因为他成了我们兄弟,因为天福降到了他身上就砍去他的头一点,未免觉得离奇,但是我要重复说,我们也有我们的东西,并不比他们差。我们在殴打的时候感到一种历史性的,直接的,十分亲切的享乐。涅克拉索夫有一首诗,说到农民用鞭子抽打马的眼睛,'朝驯服的眼睛上'抽。这是谁都读过的,这是俄罗斯的特色。他描写一匹乏力的马,因为负载太多,拉着大车陷在泥里,拉不出来了。农民打它,恶狠狠地打它,打得自己也不明白自己在做什么事情,只是一味象喝醉了酒似的不停地痛打着:'不管你怎么没有力气也要拉,死也要拉!'那匹驽马竭力挣扎着,而他却开始朝这可怜的畜生的眼睛上,哭泣的、'驯服的眼睛'上狠狠地抽打。它发狂般地用尽力气挣扎,到底拉了过去。并且浑身哆嗦,拼命喘着气,歪斜着身子,跌跌撞撞地用一种又不自然、又很难看的姿势向前拉,——涅克拉索夫的这段描写真是可怕。但这只不过是一匹马,而上帝赐给我们马本来就是让我们鞭打的。鞑靼人曾经这样教过我们,还遗赠给了我们一根鞭子作为纪念。然而人也是可以打的。一位有知识、有教养的老爷和他的太太就用树条揍过他们亲生的女儿,一个七岁的小孩子,——关于这件事情我曾详细地作了记载。父亲对于树枝上有节疤这一点感到高兴,他说:'可以揍得更结实些,'于是就结结实实地揍起他的亲生女儿来。我确切知道,有些打人的人越打越起劲儿,一直达到性虐狂,真正的性虐狂的地步,越多打一下,这情形就越发展。抽打了一分钟,接着又抽打了五分钟,十分钟。越打时间越长,抽得越急,揍得越结实。孩子喊着,后来喊不出了,只是喘着气喃喃着:'爸爸,爸爸,好爸爸,好爸爸!'由于某种糟糕的偶然情况,这件事后来不体面地闹到了法庭。雇了律师。俄国老百姓早就把我们的律师叫做'等人出钱雇的良心'。律师大声疾呼地替自己的主顾辩护说:'父亲打女儿,这是家庭间十分普通的常事,为此竟弄到法庭上来,真是我们时代丢脸的事!'被说服的陪审官们退庭了,作出了无罪的判决。旁听的群众因为那个折磨小孩的人被判了无罪,竟快乐得欢呼起来。唉,可惜我不在那里,要不然我倒要提一个建议,专门设立一个纪念这位折磨者的奖学金!……真是有趣的场面。但是关于小孩子们,我还有更好的故事。关于俄罗斯的小孩,我收集了许多许多的材料,阿辽沙。有一对'很可尊敬的、有学问有教养的官宦人家'的父母,仇恨一个五岁的小女孩。你瞧我还要再次坚决地说一句:许多人有一种特性,那就是嗜好虐待小孩,专门虐待小孩。这些虐待者对其他的人显得甚至十分温和而善意,很象那些有教养、讲人道的欧洲人,却特别爱虐待小孩,甚至正是如此而爱着小孩本身。正是小孩子的柔弱无告这一点引诱着虐待者,小孩子们是无路可走、无处可诉的,他们有着天使般的信任心,这恰恰使虐待者的卑贱的血沸腾起来了。自然,每个人的身上都潜藏着野兽,——激怒的野兽,听到被虐待的牺牲品的叫喊而情欲勃发的野兽,挣脱锁链就想横冲直撞的野兽,因生活放荡而染上痛风、肝气等等疾病的野兽。这一双有教养的父母在这可怜的五岁的女儿身上施加了五花八门的虐待手段。他们棒打,鞭抽,脚踹,自己也不知道为了什么,直落得她浑身青一块紫一块。后来甚至虐待到了挖空心思的地步:在天寒地冻的时候,把她整夜关在厕所里面,又责怪她夜间不说自己要大小便(好象一个惯于做着天使般酣畅美梦的五岁孩子,这样小就能学会自己醒来说要大小便似的),就因为这事,竟用她自己的屎涂在她脸上,还逼她吃自己的屎,——而这还是母亲,她的母亲逼着她干的!这位母亲夜里听着关在厕所里的可怜孩子的呻吟,竟还能睡得着觉!你明白不明白,这个甚至还不太明白人家在怎样对待她的小小的生物,在肮脏处所,在黑暗和寒冷中,用小拳头捶着痛楚异常的小胸脯,流出善良温顺的痛苦血泪,向'上帝'哭泣,求他保护她,——你明白这种荒唐事情么,我的朋友,我的兄弟,我的虔诚驯从的小修士?你明白为什么要有这样的丑事,它是怎样造成的吗?有人说,没有这个人就不能活在世上,因为那样他就会分辨不出善恶。但如果分辨善恶需要付这么大的代价,我们又要这该死的分辨善恶干什么?因为我们的全部认识也不值这婴孩向'上帝'祈求时的一滴眼泪。我不去说大人的痛苦,他们已经吃了禁果,那就随他们去吧,让魔鬼把他们捉去就是了,但是这些孩子,这些孩子!我是在折磨你,阿辽沙,你仿佛很不自在。如果你愿意,我就不说了。"

"不要紧,我也想受点折磨。"阿辽沙喃喃地说。

"还有一个场面,我只再说一个场面吧,这是很有意思,很具特色的,而且这是刚从一本讲我国古代史料的集子里读到的,不是叫《文献》,就是叫《文物》,需要查一下,我甚至忘记在哪儿读到的了。这事情发生在农奴制最黑暗的时代,还在本世纪开始的时候,——农民解放者万岁!在本世纪初,有一位将军,是交游广阔的将军,又是富有资财的地主,但他是那种在年高退休以后,就几乎深信自己已经因功获得对自己子民的生死予夺之权的人,当时是有这类人的,自然这类人在当时也好象已经不很多了。这将军生活在他那有两千个魂灵的领地里,妄自尊大,把一些乡邻全当作自己的食客和丑角看待。狗棚里养着几百条狗,几乎有几百个狗夫,全穿着制服,骑着马。有一个农奴的男孩,还很小,只八岁,在玩耍的时候不留神抛了一块石头,把将军心爱的一只猎狗的腿弄伤了。'为什么我心爱的狗腿瘸了?'有人禀报说,是那个孩子向它扔石头,把它的腿打伤了。'啊,是你呀,'将军看了他一眼,'把他抓起来!'于是把他从他母亲手里夺了去,抓了起来,整夜关在牢房里,早晨天刚亮,将军就全副排场地出外行猎,他骑在马上,许多食客,带着狗的狗夫,猎人,全簇拥在他周围,也都骑着马。全体家奴都被叫来受训,站在最前列的是那个犯罪的小孩的母亲。男孩从监牢里被带了出来。这是秋天阴沉寒冷、雾气重重的日子,是行猎最相宜的天气。将军下令脱去男孩的衣服,于是他被剥得精光。他浑身哆嗦,吓得发了呆,叫都不敢叫一声。……将军下令说:'赶他!'狗夫就朝他喊:'快跑,快跑!'男孩跑了。……'捉他呀!'将军厉声地喊着,放出所有的猎犬向他扑去。就在母亲的眼前捕住了猎物,一群猎犬把这孩子撕成了碎块!……那位将军后来好象被判应受监护。嗯……应该把他怎么样?枪毙么?为了满足道德感而把他枪毙么?你说,阿辽沙!"

"枪毙!"阿辽沙低声地说,带着失神的,把脸都扭曲了的惨笑,抬眼看着哥哥。

"好极了!"伊凡高兴地叫起来,"您既然这么说,那么……你这小苦行修士啊!原来你的小心眼里也藏着个小小的魔鬼哩,阿辽沙·卡拉马佐夫!"

"我这话说得荒唐,但是……"

"你这个'但是'正好说对了,……"伊凡说,"你要知道,修士,这大地上太需要荒诞了。世界就建立在荒诞上面,没有它世上也许就会一无所有了。有些事我们还是知道的!"

"你知道什么?"

"我什么也不理解,"伊凡继续说,似乎在说着谵语,"而且如今我也不想去理解什么。我只想执着于事实。我早已下决心不再去理解。如果我想去理解某一事实,我就会立刻改变了这件事实,但是我决心执着于事实。……"

"你干吗老拖延着让我着急?"阿辽沙忽然悲哀地叫道,"你到底对我说不说?"

"我自然会说的,我正在把话引到这上面去。你对于我是很宝贵的,我不愿意丢掉了你,把你让给你那佐西马。"

伊凡沉默了一分钟,他的脸上忽然笼罩了愁云。

"你听我说:我所以单单谈到小孩子,就为的是明显些。关于从里到外浸透着整个地球的其它人间血泪,我一句也不说,我故意缩小了我的话题。我是一个臭虫,我谦卑地承认我一点也不理解为什么一切会这样。给了人们天堂,人们却想要自由,偷了天上的火种,他们明知道自己会遭到不幸的,可见人们是自作自受,所以也用不着怜惜他们。唉,照我看来,照我这可怜的、欧几里得式的凡俗脑子所能理解,我只知道苦痛是有的,应对此负责的人却没有,一切都是自己连锁引起的,简单明了得很,一切都在自动进行,取得平衡,——但这些全是欧几里得式的胡话,这我自己也知道,所以我不愿靠着这种胡话生活!光知道没有应该对此负责的人是不能叫我心安的,我需要报复,要不然我宁肯毁了我自己。这报复不会出现在无限远的什么地方和什么时候,而就在这地球上,就在我能够亲眼见到的时候,我对此深信不疑,我愿意自己看到,假使到了那时候我已死去,那就应该让我复活过来,因为假使一切全发生在我不在的时候那未免太令人遗憾了。我受苦受难,可不是为了把自己、把我的罪恶和痛苦当作肥料,去给别人培育未来的和谐,我愿意亲眼看见驯鹿睡在狮子身旁,被杀的人站了起来,和杀害他的人拥抱。我愿意在大家忽然明白了为什么这一切是这样的时候自己也在场。一切地上的宗教全建立在这个愿望上,而我是有信仰的。但是这里还有孩子的问题,我应该怎样安排他们呢?这是我不能解决的问题。我要不厌其烦地再重复一句——问题是很多的,但是我单单只提孩子的问题,这是因为它最能无可辩驳地说明我想要说的意思。你听着:假使大家都该受苦,以便用痛苦来换取永恒的和谐,那么小孩子跟这有什么相干呢?请你对我说说!我完全不明白他们为什么也应该受苦,他们为什么要用痛苦去换取和谐?为什么他们也要成了肥料,要用自己去为别人培育未来的和谐?人们对犯罪行为应共同负责我是明白的,对复仇也应共同负责我也明白,但是总不能要孩子们对犯罪行为共同负责呀,如果他们也为父辈们的一切罪行而和他们的父辈共同负责确是合理的,那么显然这个道理并非来自这个世界,而是我所无法理解的。有些爱开玩笑的人也许要说,小孩也总会长大成人,他们也来得及犯罪的,但是他并没有长成,在八岁时就被一群狗撕成碎块了。唉,阿辽沙,我并不是在亵渎神明!我也明白,一旦天上地下都齐声颂扬,所有活着的和活过的全高声赞美:'你是对的,主,因为你指引的道路畅通了!'的时候,这将是多么震撼宇宙的大事!当母亲和嗾使群狗撕碎她儿子的凶手互相拥抱,三人全含着泪喊叫:'你是对的,主!'的时候,不用说,人们自然是慧眼大开,一切都认识清楚了。但是难题就正出在这里:我不能接受这个。而且只要我活在世上,我就要抓紧采取我自己的措施。你瞧,阿辽沙,也许果真会发生那种情形的吧,——也许当我自己活到那个盛世,或者复活过来看到那个盛世时,我自己也会看着母亲和残害她儿子的人互相拥抱,而同大家一起齐声呼喊:'你是对的,主!'的吧?——但是不,我决不愿意到那时这样呼喊。只要还有时间,我就要抓紧保卫自己,所以我决不接受最高的和谐,这种和谐的价值还抵不上一个受苦的孩子的眼泪,——这孩子用小拳头捶着自己的胸脯,在臭气熏天的屋子里用无法补偿的眼泪祷告着:'我的上帝!'所以抵不上,就因为他的眼泪是无法补偿的。它是应该得到补偿的,否则就不可能有什么和谐了。但是你用什么办法,用什么办法来补偿它呢?难道有可能补偿么?莫非是用报复的方法?但是我要报复有什么用?使凶手入地狱对我有什么用?在已经受够了残害的时候,地狱能有什么补救呢?既然是地狱,那还有什么和谐可言呢?我愿意宽恕,我愿意拥抱,却不愿人们再多受痛苦。假使小孩子们的痛苦是用来凑足为赎买真理所必需的痛苦的总数的,那么我预先声明,这真理是不值这样的代价的。我不愿使母亲和嗾使群狗撕碎她的儿子的人最终互相拥抱!她不应该宽恕他!如果她愿意,她可以为自己宽恕,她可以宽恕折磨者给她这个作母亲的所造成的极大痛苦;但是关于她的被撕碎的孩子的痛苦,她并没有宽恕的权利,不应该宽恕折磨者,就是孩子自己宽恕了,她也不应该!既然这样,既然她们不应该宽恕,那么和谐又在哪里呢?全世界有没有一个人能够而且可以有权利宽恕?我不愿有和谐,为了对于人类的爱而不愿。我宁愿执着于未经报复的痛苦。我宁愿执着于我的未经报复的痛苦和我的未曾消失的愤怒,即使我是不对的。和谐被估价得太高了,我出不起这样多的钱来购买入场券。所以我赶紧把入场券退还。只要我是诚实的人,就理应退还,越早越好。我现在正是在这样做。我不是不接受上帝,阿辽沙,只不过是把入场券恭恭敬敬地退还给他罢了。"

"这是叛逆。"阿辽沙垂下头来轻声地说。

"叛逆么?我不愿听你说这样的话。"伊凡十分诚挚地说。"不管一个人能不能在叛逆中过生活,但我是愿意这样生活的。请你对我直说,我要求你,请你回答:假设你自己要建筑一所人类命运的大厦,目的在于最后造福人类,给予他们和平和安谧,但是为这个目的,必须而且免不了要残害哪怕是一个小小的生物,——比方说就是那个用小拳头捶胸脯的孩子吧,要在他的无法报偿的眼泪上面建造这所大厦,在这种条件下,你答应不答应做这房子的建筑师呢?请你坦白说,不要说谎!"

"不,我不能答应。"阿辽沙轻声说。

"同时你能不能那样想,就是你为他们建筑的那些人会同意在一个受残害的小孩的无辜的血上享受自己的幸福么,而且即使同意了,又能感到永远幸福么?"

"不,我不能那样想,哥哥,"阿辽沙突然两眼放光地说,"你刚才说:全世界有没有一个人能够宽恕而且有权利宽恕?但这样的人是有的,他能宽恕一切人和一切事，而且代表一切去宽恕，因为他曾为了一切人和一切物而流出了自己清白无辜的血。你忘记了他，而大厦正是建立在他的上面，大家也正是对他呼喊：'你是对的，主，因为你指引的道路畅通了。'"

（选自陀思妥耶夫斯基《卡拉玛佐夫兄弟》，耿济之译，
人民文学出版社1981年版。）

【思考题】

1. 在伊凡这一长段对话中，交叉着他对一个个生动逼真的故事的讲述和对宗教信仰问题的讨论。在有些文学理论家看来，前者属于具体描写，后者属于抽象议论，他们认为文学既然是以形象来说话，那么前者值得肯定，后者则应避免。你同意这种说法吗？你是怎样理解"文学要以形象来说话"的？你认为伊凡的描写和议论是否脱节？你是否只关心他的故事而对他的议论则感到难以消化？如果你认为议论和描写在不同作品中有不同的关系，有的彼此脱节，有的却相互融合、相得益彰，那你觉得造成这种差别的关键在哪儿？

2. 你能够充分理解伊凡所提出的问题吗？他怀疑上帝的理由是显然的，但他自己究竟想得到什么答案呢？如果你是阿辽沙，你会怎样与他辩论？为什么伊凡那么希望驳倒阿辽沙的信仰？阿辽沙的信仰妨碍了他什么？在他自己的思想中，有没有一点阿辽沙的信仰的影子？如果那仅仅是别人的信仰，如果伊凡是一个从来不知道有阿辽沙的信仰这回事的无神论者，他会那么狂热地和阿辽沙辩论吗？你如何想象伊凡在收集那些"事件"时的心情？他最后说"世界就建立在荒诞上面"，在这个"荒诞"的世界上他不信上帝的宽恕，而要找出那些应该为罪恶负责的人，对他们进行"报复"。这就是伊凡的虚无主义，它和你们平常听说的虚无主义有什么不同吗？

3. 看了这段对话，你有兴趣进一步阅读《卡拉玛佐夫兄弟》全书或陀思妥耶夫斯基的其他作品吗？你认为中国有陀思妥耶夫斯基这样的作家吗？如果有，那是谁？如果没有，为什么？

【拓展阅读】

1. 鲁迅：《陀思妥夫斯基的事》，《鲁迅全集》第6卷，人民文学出版社1981年版。

2. 鲁迅：《〈穷人〉小引》，《鲁迅全集》第7卷，人民文学出版社1981年版。

3. 巴赫金：《陀思妥耶夫斯基创作中的主人公和作者对主人公的立场》，《巴赫金文论选》，中国社会科学出版社1996年版。

第五章　福楼拜

居斯塔夫·福楼拜(1821—1880),19世纪法国小说家,世界文学史上举足轻重的重要作家之一。生于卢昂一个贵族之家,曾在巴黎攻读法学,后因病辍学,专事写作,其小说以客观而冷静的观察、精确而细致的描绘著称,这种紧紧抓住现实真相的创造性努力扭转了前此法国小说乃至世界文学偏重主观抒情的方向,开辟了一个新时代。福楼拜对艺术的认真几乎无出其右者,即以《包法利夫人》为例,精思傅会,四年乃成,原稿一千八百多页,最后删成五百来页。但福楼拜绝非一个仅仅追求精雕细镂的文字工匠,他之所以强调观察和描写的客观性与准确性,是为了能够同样客观而准确地把握人类生活的真相,尤其是尽可能冷静而真切地认识人类精神气质的某些本质性因素。《包法利夫人》是他的第一部长篇小说;第二部为《萨朗波》,描述公元前迦太基发生的雇佣兵和民众的起义;第三部《情感教育》是一部政治性很强的历史小说。此外他还发表了以宗教传说为题材的《圣安东的诱惑》《三故事》和《布·华尔和贝居舍》(未完)。

《包法利夫人》(1856年发表于《巴黎杂志》)讲述一个长于"外省"农村殷实人家的姑娘爱玛,嫁给老实愚钝无所作为的乡下医生之后,不安于室,向慕荣华,追求莫须有的爱情,最后因受高利贷者盘剥而倾家荡产、服毒自杀的故事。情节本身并不复杂,但作者对爱玛不同人生阶段的心理变化与行为表现、与爱玛的"堕落"有关的各种生活场景,都作了细腻而深刻的描绘,成功地展现了爱玛所处的社会环境和各色人等、当时法国外省社会的物质和精神生活状况,真实而细致地揭示了包括爱玛在内的法国社会各阶层的心理和灵魂,作者的冷静、客观、准确和深刻,使小说达到了"完美"的境界。爱玛这个独特的人物形象的塑造,融入了作者本人丰富的人生体验,特别是他对人类激情的悲剧性命运的独特研究,其意义已远远超过了简单的婚外恋,而指向人类精神本身。法国作家儒勒·德·戈蒂耶把福楼拜在爱玛身上所抓住的精神气质概括为"包法利主义",即"人所具有的把自己设想成另一个样子的能力",有点像中国古人所说的"心比天高,命如纸薄"。

但"包法利主义"的产生仍然有其特殊的历史、宗教、文化和现实的背景,作者的态度也绝非简单的否定和惋惜。悬搁自己的看法,尽可能多地告诉读者事实真相,尽可能详细地展示一个生命兴起和衰亡的过程,正是福楼拜的高明所在。

包法利夫人(节选)

爱玛之死①

查理听见扣押的消息,心惶意乱,赶回家来,爱玛正好出门。他喊,他哭,他晕了过去,但是她不回来。她有什么地方好去?他差全福四处寻找,郝麦那边、杜法赦先生那边、勒乐那边、"金狮"那边,不见踪影;他一阵一阵心焦,看见自己名誉扫地、财产荡尽、白尔特前程黯淡!什么缘故?……一句话也没有!他一直等到下午六点钟。他最后再也等不下去了,以为她去了卢昂,来到大路上,走了半古里,不见一个人,又等了一会儿,这才回来。

她先回来了。

"是怎么一回事?……为什么?……说给我听?……"

她坐在她的书桌前面写信,慢条斯理封口,添补日期和时间,然后以一种庄严的口吻道:

"你明天再看;从现在起,我求你一句话也不要问我!……是的,一句话也不要问!"

"可是……"

"哎呀!走开!"

她合身睡到她的床上。

她觉得嘴里有一股辛辣味道,醒过来了。她影影忽忽望见查理,又闭上眼睛。

她带着好奇的心思,看自己会不会难受。是啊!还没有动静。她听见钟走、火响、查理立在床旁呼吸。她寻思道:"啊!死真算不了一回事!我睡过去,就全完了!"她喝了一口水,朝墙翻转身子。

那种可怕的墨水气味一直有。她呻吟道:

---

① 题目为编者所加。

"我渴！……哎呀！我好渴呀！"

查理端水给她,问道：

"你到底怎么啦？"

"没有什么！……打开窗户……我出不来气！"

她忽然觉得恶心,几乎来不及到枕头底下掏手绢,就吐出来了。她赶快道：

"拿开！扔掉！"

他问她话;她不回答。她躺平了,不敢移动;单怕一动,就又呕吐。但是她觉得从脚到心像冰一样寒冷。她唧哝道：

"啊！现在开始啦！"

"你说什么？"

她拿头轻轻摇来摇去,充满痛苦,上下牙床一直张开,好像有什么很重的东西压住她的舌头一样。临到八点钟,她又呕吐起来了。

查理注意到脸盆紧底,有白粒似的东西,贴住磁面。他重复道：

"怪事！奇怪！"

但是她以一种坚定的声音道：

"不,你弄错啦！"

他于是轻轻拿手放在她的胃上,差不多是抚摸着。她尖声一叫,把他吓的直往后退。

接着她就哼唧,起初声音低微。她的肩膀直抖,脸比床单还白,痉挛的手指抠着床单。她的脉搏不匀,现在几乎细到听也听不出来了。

脸是淡蓝颜色,好像在金属水汽当中凝成的一样,汗水直往外渗。牙齿乱响;眼睛睁大,迷迷茫茫,向四下望。任凭问她什么话,只是摇头,甚至于微笑了两三次,哼唧的声音越来越响。她不要叫唤,可是不由自己,还是低声叫起来了。她认为自己好多了,马上就会起来的。但是她浑身抽搐;她喊道：

"啊！难受死人,我的上帝！"

他跪到床前道：

"说呀！你吃了什么？看在上天的份上,回答我！"

他看着她,一往情深,她先前像没有见过。她以一种微弱的声音道：

"好,那……那边！……"

他跳到书桌跟前,打开信封,大声念道："什么人也不要怪罪……"他停住不念,拿手揩揩眼睛,再念下去。

"什么！救命！来人呀！"

他能重复的只有这两个字："服毒！服毒！"

全福跑去找郝麦；郝麦在广场嚷的家家听见，勒福朗丝瓦太太在"金狮"都听见了；有人起来说给邻居知道：全村活活闹了一整夜。

查理在屋里打转，心惶意乱，期期艾艾，几乎站立不住，撞家具，抓头发，药剂师作梦也想不到会看见这种恐怖场面。

他回家给卡尼外先生和拉里维耶尔博士写信。他头昏脑胀，一连起了十五次草稿，还写不好。伊玻立特去了新堡；玉斯旦拼命踢包法利的马，踢到后来，马跑不动，只有一口气了，只好丢在居由默树林岭。

查理想翻医学辞典，字句跳动，看不清楚。药剂师道："心放静！只要服上一些猛烈的解毒药就成。是什么毒药？"

查理给他看信。原来是砒霜。郝麦又道：

"好！应该化验一下才是！"

因为他知道，遇到中毒事件，必须化验；查理不懂他的意思，回答道：

"啊！对！对！救救她……"

他说过这话，回到她一旁，倒在地毯上，头靠住床沿呜咽。她向他道：

"别哭！用不了多久，我就不再折磨你啦！"

"你为什么服毒？你凭什么非服毒不可？"

她回答道：

"我的朋友，应该这样。"

"难道你不快活？难道是我不好？可是我尽我的力来的！"

"是……对……你是好人，你！"

她慢慢拿手放在他的头发上。这种甜蜜的感觉加重他的忧愁；就在她比从前显的更爱他的时候，他却反而非丧失她不可，想到这上头，他就肝肠寸断，觉得全部生命都在崩溃。他想不出办法挽救；他不知道怎么着手，也不敢着手，因为单只立刻做出决定的迫切需要，就十足使他不知所措。

她想，一切欺诈、卑鄙和折磨她的无数欲望，都和她不相干了。现在，她什么人也不恨了。她的思想陷入迷离境地；人世的喧嚣，爱玛听见的，只有这可怜人的间歇的啼哭，柔和，模糊，好像隐隐约约的交响乐的最后回声一样。她支起胳膊肘道：

"把孩子给我带来。"

查理问道：

"你不觉得更难过，是不是？"

外国文学经典读本 | 88

"是的！是的！"

女佣人把孩子抱来。她穿着长睡衣，露出两只光脚，神情严肃，差不多还在作梦。她满脸惊奇，望着凌乱的房间。桌上点着蜡烛，照花她的眼睛，不住眨动。不用说，蜡烛让她记起新年或者四旬斋狂欢节的早晨，也是点着蜡烛，老早就喊醒她，抱到母亲床头，接受礼物，因为她说：

"妈妈，东西在哪儿？"

她见大家不作声，又说：

"我看不见我的小鞋！"

全福朝床抱她，她却一直望着壁炉那边。她问道：

"是奶妈拿走啦？"

包法利夫人听见奶妈两个字，想起她的奸情和她的灾殃，不由转开了头，似乎另有一种毒药，比嘴里的毒药还猛，惹她恶心。白尔特站在床上。

"啊！妈妈，你的眼睛多大啊！脸多白啊！看你净出汗啦……"

母亲望着她。小孩子后退道：

"我怕！"

爱玛握住她的小手吻；她挣扎不肯。查理在床后呜咽，喊道：

"够啦！把她抱走吧。"

随后病势缓和一时，看上去，她也不像先前那样难过。他听见她每说一句不关重要的话，每出一口比较匀静的气，就以为有了希望。最后，他看见卡尼外进来，扑到他的胸怀，哭道：

"啊！是你！谢谢！你真好！现在好一点了，来，看看她……"

同业的看法完全两样，像他自己说的，不必兜圈子，他干脆就开呕吐剂，把胃打扫干净。

她很快就吐起血来了。舌头也更紧了。四肢抽搐，一身棕色点子，揉揉她的脉搏，滑溜溜的，仿佛一根绷紧了的线，又仿佛一条将断未断的琴弦。

接着她就发疯一般喊叫连天。她诅咒毒药，漫骂毒药，哀求毒药尽快发作；查理比她还痛苦，一劝她喝药，她就伸出僵硬的胳膊推开。他站直了，手绢掩住嘴唇，喉咙呼呼在响，眼泪直流，哽不出声，连脚后跟也在耸动。全福在屋里乱跑；郝麦一动不动，只是大声叹气；卡尼外先生虽然照样刚强，也开始心乱了。

"活见鬼！……可是……她也用过清除剂了。病源一消灭……"

郝麦道：

"后果就该消灭；理所当然。"

包法利喊道：

"救救她！"

药剂师还在提供假定："也许这是一种有利的发作"，卡尼外不理他，正要使用鸦片解毒剂，就见传来一阵马鞭的响声。玻璃窗全在摇晃。一辆柏林式驿车，驾了三匹马，浑身是泥，直到耳朵，飞也似的，从菜场拐角，冲了过来。原来是拉里维耶尔博士到了。

天神出现也不见其会引起更大的骚动。包法利举起两手；卡尼外赶快住手；郝麦不等医生进来，先就摘下他的希腊小帽。

他属于毕莎建立的伟大外科派、目前已经不存在的哲学家兼手术家的一代，爱护自己的医道，如同一位热狂的教徒，行起医来，又热情，又明敏！他一发怒，整个医院发抖。学生尊敬他到了这步田地，牌子才一挂起，就尽力学他，这样一来，人在附近城镇，又看见他的棉"麦里漏斯"长斗篷、他的宽大的青燕尾服。硬袖解开，下来盖住一点他的胖敦敦的手——一双非常美丽的手，从来不戴手套，好像为了加快救治病人一样。他看不起奖章、头衔和科学院，又仁慈，又慷慨，周济穷人，不相信道德，却又力行道德，简直可以看成一位圣者了，如果不是头脑细致，别人怕他就像怕魔鬼一样的话。他的目光比他的手术刀还要锋利，一直射到你的灵魂深处，不管是托词也好，害羞也好，藏在底下的谎话统统分解出来。他这样活在人民当中，充满和易可亲的庄严气概——一种觉得自己饶有才能与财富的意识和四十年勤劳、无可非议的生涯形成的庄严气概。

他一进门，望见爱玛张开口，仰天躺在床上，脸像死人一样，就皱眉头。随后他一边好像听卡尼外解释，一边拿食指放在鼻孔底下，重复道：

"好，好。"

但是他的肩膀慢慢上耸。包法利注意到了。两个人你望我，我望你；这个人虽然看惯了痛苦，也忍不住流下一滴眼泪，落在他的胸饰上。

他想把卡尼外带到外间。查理跟着他。

"很严重，是不是？贴芥子膏怎么样？我不晓得怎么才好！想想办法，你救过那么多人！"

查理拿两只胳膊围住他的身子，眼睛望他，样子又凄惶，又哀求，简直要在他的胸前昏倒。

"好，我的可怜孩子，拿出勇气来！没有法子救。"

拉里维耶尔博士走开了。

"你这就走？"

"我还回来。"

他像有话吩咐车夫,卡尼外也走出来了,一样不高兴看爱玛死在自己手上。

药剂师在广场追上他们。他天性离不开名人。所以他恳求拉里维耶尔先生赏光,到他家里用饭。

他马上叫人到"金狮"去取鸽子,到肉庄去取所有的小排骨肉,到杜法赦家去取奶酪,到赖斯地布都瓦家去取鸡蛋。药剂师亲自帮着预备;郝麦太太一边系牢罩衫带子,一边道:

"先生,你得原谅才是;因为在我们这小地方,头一天不先关照一声……"

郝麦细声细气道:

"高脚玻璃杯!"

"在城里的话,我们起码可以弄到带馅儿的猪蹄子。"

"少废话!……博士,请。"

用过几口以后,他觉得应该提供一些详细情况:

"起初我们发现她咽喉呈干燥状态,后来腹部上半剧痛,呕吐不止,呈昏睡状态。"

"她怎么会服毒的?"

"我不知道,博士,我简直不晓得她从什么地方得到这种砒霜。"

玉斯旦这时正好端了一摞盘子,听见这话,不由哆嗦起来。药剂师问道:

"你怎么啦?"

年轻人一听问话,唏哩哗啦,把东西全摔到地上。郝麦喊道:

"蠢猪!笨牛!傻瓜!死驴!"

但是他猛然克制自己,回到原来的话题道:

"博士,我决计化验,首先我小心从事,拿一只细管搁到……"

外科医生道:

"顶好是拿你的手指搁进她的喉咙。"

他的同业默不作声,因为方才已经为了他的呕吐剂,私下饱受训斥,所以这位好好先生卡尼外,治跷脚时,说话滔滔不绝,气焰不可一世,今天极其谦虚,一付称赞的模样,不断微笑。

郝麦作到东道,自尊心有了满足,心花怒放,包法利的悲痛促成他的幸福,在他心上,模模糊糊,激起一片快感。而且他有博士在座,特别兴奋。他卖弄渊博,东拉西扯,说起芫青、于巴斯树、芒色尼耶树、蜂……

"我甚至于读到,有些香肠,熏过了头,人吃了就会中毒,博士,好像中电一样!我们有一位大师、著名的卡代·德·嘉西古尔、我们药剂学方面的重镇,曾经写过一篇了不起的报告,就提到来的!"

郝麦太太又出来了,端着一个燃烧酒精的摇摇晃晃的机器;因为郝麦讲究在饭桌上熬咖啡,而且事前经他亲手炒好,磨好,调好。他献糖道:

"Saccharum,博士。"

他随后把子女全叫到底下,希望听听外科医生对他们的体格的意见。

最后,拉里维耶尔先生准备走了,郝麦太太请他检查检查她丈夫。他的血变稠了,每天用过晚饭,他就打盹。

"嘻!妨害他的不是血。"

这句双关语,没有人理会,医生笑微微的,开开了门。可是药房挤满了人,他就没有方法摆脱杜法郝先生,担心太太害肺炎,因为她好对灰烬唾痰;还有毕耐先生,一来就饿;还有卡隆太太,皮肤有针扎的感觉;还有勒乐,常常头晕;还有赖斯地布都瓦,害风湿症;还有勒福朗丝瓦太太,闹胃气病。最后,三匹马出发了,人人嫌他不够和气。

布尔尼贤先生捧着圣油,走过菜场,引起公众的注意。

郝麦根据他的原则,把教士比作死人气味招引来的乌鸦。他一看见教士,就心身不畅,因为道袍让他想到寿衣,他憎恨前者,有一点由于畏惧后者。

不过他面对他的所谓使命,并不退却,所以就又陪卡尼外回到包法利那边,——拉里维耶尔先生走前,再三嘱咐卡尼外这样做来的。不是太太反对,他会连两个儿子也带过去,经经大事,将来留在脑海,也好成为一种教训、一个榜样、一付严肃的图画。

他们走进房间,里面充满悲惨的仪式。女红桌子蒙了一条白饭巾,上面一只银盘,里头有五六个小棉花球,旁边是一个大十字架,一边点着一支蜡烛。爱玛的下巴靠住胸脯,眼睛睁的老大,两只可怜的手搭在床单上,姿势又难看,又柔和,好像快死的人,直盼早拿尸布盖好自己一样。查理停住哭泣,脸色仿佛石像那样白,眼睛好像炭火一样红,面对着她,站在床尾,同时教士一条腿跪在地上,咿咿唔唔祷告。

她慢悠悠转过脸来,一眼望见教士身上的紫飘带,忽然有了笑容,不用说,她在无牵无挂之中,又体会到了早年的神秘感受,看到了正在开始的天国形象。

教士站起来取十字架;她好像一个人渴了一样,伸长颈项,嘴唇贴牢基督的身体,使出就要断气的全部气力,亲着她从来没有亲过的最大的爱情的吻。接着他就诵"愿主慈悲"和"降恩",右手拇指蘸蘸油,开始涂抹:先是眼睛,曾经贪恋人世种种浮华;其次是鼻孔,喜好温和的微风与动情的香味;再次是嘴,曾经张开了说谎,由于骄傲而呻吟,在淫欲之中喊叫;再次是手,爱接触滑润东西;最后是脚底,从前为了满足欲望,跑起来那样快,如今行走不动了。

堂长揸揸手指,拿蘸油的棉花球扔到火里,过来坐在病床旁边,告诉她:现在她应当把她的痛苦和基督的痛苦打成一片,等候上天怜悯。

劝告完了,他试着拿一支祝福过的蜡烛,放在她的手心;这象征天上的光辉,她眼看就要包在里头了。爱玛太软弱无力,手指拢不过来,不是布尔尼贤先生,蜡烛就掉在地上了。

但是她显出一种平静的表情,脸色不如先前那样白,好像仪式治好了她一样。

教士看出这种现象,说给包法利听,甚至于对他解释:主有时候认为有利于人,就延长寿命。查理记得她有一天领受圣体,也像这样快要死了。他寻思道:"也许还有指望。"

说实话,她看看四周,慢条斯理,好像一个人作梦才醒一样,然后声音清清楚楚的,要她的镜子。她照镜子照了许久,直到后来,流出许多眼泪,这才不照。她于是仰起头来,叹了一口气,又倒在枕头上。

她的胸脯立刻迅速起伏。舌头完全伸到嘴外;眼睛转动着,仿佛一对玻璃灯在逐渐发暗,终于熄灭了。不是肋骨拼命抽动,她已经可以说是死了。全福跪在十字架前;就连药剂师也曲了曲膝盖;卡尼外漫无目标,望着广场。布尔尼贤又在祈祷,脸靠床沿,黑长道袍拖在背后地上。查理跪在对面,胳膊伸向爱玛。他握她的手,握的紧紧的,她一心跳,他就哆嗦,好像一所破房子在倒坍,把他震哆嗦了一样。喘吼越来越急,教士的祷告也越来越快,和包法利的哽咽打成一片,有时候又像全不响了,只有拉丁字母暗暗哑哑,咿咿唔唔,好像哀祷的钟声一样。

人行道上忽然传来笨重的木头套鞋和手杖戳戳点点的响声。一个声音起来了,一个沙哑的声音开始在歌唱:

> 小姑娘到了热天,
> 想情郎想的心酸。

爱玛坐了起来,好像一具尸首中了电一样,头发披散,瞳仁睁大,呆瞪瞪的。

  地里麦子结了穗,
  忙呀忙呀大镰刀。
  拾呀拾呀不嫌累,
  我的小南弯下腰。

她喊道:
"瞎子!"
于是爱玛笑了起来,笑着一种疯狂的、绝望的狞笑,相信自己看见乞丐的丑脸,站在永恒的黑暗里面吓唬她。

  这一天起了大风,
  她的短裙失了踪。

一阵痉挛,她又倒在床褥上。大家走到跟前。她已经咽气了。

  说死就死,快的什么似的,不说相信,单是领会,活着的人就很难一下子做到,所以看见人死,先来的总是目瞪口呆。可是查理不同了,一见她断气,就扑到她身上喊道:
"再见!再见!"
郝麦和卡尼外把他拉到卧室外。
"要节哀才是!"
他挣扎道:
"是,我懂事,我不会闹出事来的。不过,放开我!我要看看她!她是我的太太!"
他哭着。药剂师道:
"哭吧,顺其自然,你就舒坦啦。"
查理变的比一个小孩子还软弱,由他们拉到底下厅房。郝麦先生跟着也就回家去了。
他在广场遇见瞎子。瞎子希望弄到消炎膏,逢人打听药剂师的住处,一直摸索到永镇。
"去你一边的吧!倒像我手上没有别的事一样!啊!活该,过后再来吧!"
他急急忙忙进了药房。
他要写两封信,给包法利配一付安神药水,捏造一套隐瞒服毒的谎话,写成文章,送给《烽火》登出来,还不提永镇的男男女女,等他出来问消息:原来是她做"华尼拉"奶酪,错把砒霜当糖用了。郝麦假话说完,又回到包法利家。

他发现只他一个人(卡尼外先生才走),坐在扶手椅里,靠近窗户,白痴似的,盯着厅房的石板地看。药剂师道:

"现在你该规定一下举行仪式的时间。"

"做什么?什么仪式?"

然后,声音畏缩,结结巴巴道:

"哎!不必,是不是?不必,我要留着她。"

郝麦一看话不对头,拿起摆设架上的水瓶,去浇天竹葵。查理道:

"啊!谢谢。你是好人!"

药剂师的举动引起满头满脑的回忆,他一难过,不再说下去了。

郝麦心想谈谈园艺,可以分散分散他的悲伤,就说:植物需要湿润。查理低下头来,表示赞成。

"其实,春暖花开的日子,眼看也就到了。"

包法利道:

"啊!"

药剂师无计可施,轻轻掀开玻璃窗的小帘。

"看,杜法赦先生过来啦。"

查理活像一架机器,重复他的话道:

"杜法赦先生过来啦。"

郝麦不敢同他再谈丧葬事宜;最后还是教士劝他,起了效验。

他把自己关在诊室,拿起笔来,呜咽了半晌,这才写道:

我希望她入殓时,身穿她的新嫁衣,脚著白鞋,头戴花冠。头发披在两肩。一棺两椁:一个用栎木,一个用桃花心木,一个用铅。我不要人和我谈话;我会硬挣起来的。拿一大幅绿丝绒盖在她身上。这是我的希望。就这样做吧。

包法利的浪漫观点,两位先生看了,非常惊讶。药剂师马上劝他道:

"这幅丝绒,我看未免多余。再说,开销……"

查理喊道:

"管你什么事?走开!你不爱她!出去!"

教士挽起他的胳膊,兜着花园散步。他谈起人间东西无补于事。上帝极其伟大,极其仁慈;我们就该平心静气,服从他的旨意,简直就该感谢才是。查理漫骂起来：

"你的上帝呀，我恨透了！"

教士叹息道：

"你还有反抗的心情。"

包法利走远了。他迈开大步，靠近墙边果树行走，咬牙切齿，朝天投出诅咒的视线，但是没有一个树叶摇动。

细雨蒙蒙，查理光着胸脯，临了也打冷战了，走进厨房坐下。赶到六点钟，广场传来旧铁的响声："燕子"到了。额头贴着玻璃，他看乘客一个接连一个下来。全福在客厅地上给他铺了一条褥子，他往上一躺，睡过去了。

郝麦先生虽然达观，却也尊重死人。所以他不和可怜的查理记仇，黄昏又守尸来了，带着三本书，还有一个活叶册子，写笔记用。

布尔尼贤先生也在。床已经挪到外头，床头点着两枝大蜡。

药剂师嫌空气沉静，没有多久，就编了两句悼念的话，哀怜这"不幸的少妇"。教士回答，如今只有帮她祷告，才是正经。郝麦接下去道：

"不过，二者必有其一：或者她是蒙主召归（如教会那种说法），那她根本就用不着我们祷告；或者她是至死不悟（我相信这是教士的词令），那……"

布尔尼贤打断他的话，粗声粗气驳他，说不管怎么样，都应该祷告。

药剂师反对道：

"不过上帝既然知道我们的一切需要，祷告又有什么用？"

教士道：

"什么！祷告！难道你不是基督徒？"

郝麦道：

"对不住！我佩服基督教！首先，解放奴隶，在社会树立起来一种道德理论……"

"不仅这个！所有经文……"

"嘻！嘻！说到经文，看看历史吧；人人知道，耶稣会教士窜改经文来的。"

查理进来，走到床前，慢慢腾腾，掀开幔帐。

爱玛的头歪靠右肩膀。嘴张开了，脸的下部就像开了一个黑洞一样。两个拇指还弯在手心，眼睫毛上仿佛撒了一层白粉。眼睛开始消失，像是蜘蛛在上面结网来的，盖着一种细布似的粘粘的白东西。尸布先在胸脯和膝盖之间凹下去，再在脚趾尖头臌了起来，查理觉得像有无限的体积、绝大的重量压在她身上一样。

教堂的钟正打两点。他们听见河水潺潺,从望台一旁流入黑暗。布尔尼贤先生不时大声擤鼻涕;郝麦的笔在纸上吃吃直响。他道:

"好啦,我的好朋友,对景伤情,你还是走开吧。"

查理一走,药剂师和堂长又辩论起来了。一位说:

"读伏尔泰!读霍尔巴赫!读《百科全书》!"

另一位说:

"读《葡萄牙犹太人的书信》!读前任文官尼考拉写的《基督教辩》!"

两个人争执不下,面红耳赤,同时说话,谁也不听谁说话。布尔尼贤想不到对方会这样狂妄;郝麦奇怪对方会这样愚蠢。两个人就要破口对骂了,忽然看见查理又出现了。有什么东西不断吸引他上楼。

为了看她看的清楚,他待在对面,凝神观看。也正由于凝神观看,他已经不觉得痛苦了。

他想起关于感应的故事、关于催眠术的奇迹;他向自己说:精诚所至,就许能起死回生。有一次,他甚至于朝她弯过身子,低头呼唤:"爱玛!爱玛!"声急气粗,蜡烛的火焰也让吹到墙上摇晃。

天蒙蒙亮,包法利老太太就来了;查理吻抱她,悲从中来,又哭了一场。她像药剂师一样,试着劝他撙节丧葬费用。他不但不听劝,反而大生其气,她也就只好罢休。他甚至于要她立刻进城去买必需的东西。

查理独自待了一下午;白尔特交给郝麦太太照管;全福和勒福朗丝瓦太太在楼上房间守灵。

当天黄昏,他接见吊客。他站起来,握着你的手,说不出话,随后大家挨挨挤挤坐下,在壁炉前围成一个大半圆圈,低下头,交叠着腿。他们一边摇腿,一边不时大声叹息。人人无聊到了极点,可是谁也不肯先走。

郝麦在九点钟又来了(两天以来,大家在广场看见他了),带来一堆樟脑、安息香和香草。他还带来一瓶含氯的药水,消除秽气。女佣人、勒福朗丝瓦太太和包法利老太太兜着爱玛,转来转去,这时正好给她换完衣服;她们拉下又长又硬的面网,一直盖到她的缎鞋。全福呜咽道:

"啊!我可怜的太太!我可怜的太太!"

女店家叹息道:

"看呀,她还是那样好看!谁不说,她这就要坐起来呀。"

她们接着就弯下身子,给她戴花冠。

头非举高一点不可,但是头一举高,就见嘴里流出一股黑水,好像又在

呕吐一样。勒福朗丝瓦太太叫喊道:

"啊!我的上帝!袍子,当心!"

她转向药剂师道:

"帮帮我们的忙!怎么!你还害怕!"

他耸肩膀驳她道:

"我,害怕?有你说的!我念药剂学的时候,我在市立医院看到的死人,那才叫多!我们在解剖教室配五味酒!死人吓不倒哲学家;我常常说起,我简直有意思把我的身体送给医院,供科学研究用。"

神甫一到,就问起包法利的情形;听完药剂师的回答,他讲:

"你明白,刺激还太近!"

郝麦一听这话,就恭喜他不象别人,有丧失娇妻的危险。他这话引起一场关于教士独身的争论。药剂师说:

"因为男子不要女人,就不合乎自然!有人犯罪……"

教士喊道:

"不过,老天爷!一个人结了婚,你倒说说看,怎么可以保守忏悔的秘密啊?"

郝麦攻击忏悔。布尔尼贤加以辩护,说它有恢复本性的效果,举出盗贼忽然变好的种种逸事作证明。有些军人走进忏悔间,觉得眼睛上有鳞掉下来。夫立堡有一位教士……

他的同伴睡着了。房间的空气太浊,他觉得有一点气闷,过去打开窗户,惊醒了药剂师。他对他说:

"来,闻闻鼻烟!吸吸吧,人就清醒了。"

老远什么地方,狗不断在吠。药剂师道:

"你听见狗叫唤了吗?"

教士回答道:

"据说,它们闻到死人的气味。好像蜜蜂一样,闻到死人气味就会离开蜂窝。"

郝麦没有驳斥这些偏见,因为他又睡着了。布尔尼贤先生比较壮实,呢呢喃喃,嘴唇继续动了一些时,不知不觉,下巴一搭拉,丢开他的大黑书,也就呼噜呼噜打起鼾来了。

两个人相对而坐,肚子腆出,脸皮浮肿,眉头皱紧,纷哎不已,终于在人类同一弱点之中携手了:尸首的模样像在睡觉一样,他们一动不动也比尸首强不了多少。

查理进来,没有惊动他们。这是末一回。他对她告别来了。

香草还在燃烧,浅蓝的氤氲漂到窗口,和进来的雾混合起来。天上有几颗星宿,夜很柔和。

大滴蜡烛油落在床单上,好像眼泪一样。查理望着蜡烛燃烧,可是望久了黄焰的亮光,眼睛疲倦了。

缎袍如同月光一样白,波纹似的闪闪烁烁。她穿在里头,就像人没有了一样。他觉得她离开身体,迷迷蒙蒙,化入四周的什物,和寂静、黑夜、过往的风、升起的润泽的香气成为一体。

他忽然看见她在道特的花园,坐在荆棘篱笆前面的长凳上;过了一时,又在卢昂的街上,又在他们的门口,又在拜尔斗的院落。他还听见男孩子们,快快活活,在苹果树底下,连笑带舞。房间充满她的头发的香味,她的袍子在他的胳膊底下,窣窣綷綷,发出火花一样的响声。这件袍子还是那件袍子!

他用了不少时间,这样回忆过去的种种欢乐,她的体态、她的手势、她的声调。他是一阵一阵难过,无终无了,源源不绝,仿佛潮水上涨,垄涌一片。

他起了可怕的好奇心:他一边心跳,一边慢慢腾腾,拿手指尖掀起她的面网。但是他不看犹可,一看吓的叫了起来,惊醒另外两位。他们把他拉到底下厅房。

全福随后上来,说他要一把头发。药剂师道:

"剪好了!"

她不敢剪;他拿起剪子,亲自去剪。他直打哆嗦,两鬓扎了好几个伤口。最后,郝麦硬起头皮,乱剪了两三剪刀,给她的美丽的黑头发添了几块空白。

药剂师和堂长继续进行工作,中间免不了睡一时,但是每回醒来,就你怪我,我怪你,谁也不放过谁去。于是布尔尼贤在房间洒圣水,郝麦拿一点含氯的药水倒在地板上。

全福事前在五斗柜上,给他们摆好一瓶白酒、一块干酪、一大块点心。所以临到早晨四点钟左右,药剂师熬不住了,叹气道:

"说真的,我想加加养料!"

教士勿需乎他求,出去做完弥撒回来,他们就又吃,又碰杯喝起来了,不知道为什么,还咯咯笑着:人在某些忧愁阶段之后,不由兴起一种泛泛的快活感觉,所以教士喝到末一小杯,拍着药剂师的肩膀道:

"我们会有一天互相了解的!"

(选自福楼拜《包法利夫人》,李健吾译,人民文学出版社1958年版。)

【思考题】

  1."爱玛之死"是《包法利夫人》的大结局,要理解这一段,最好联系前面的情节来看。这场戏又是全书高潮,包含了丰富内容,而最主要的莫过于写爱玛的临终心理。托尔斯泰充分展示了安娜·卡列尼娜自杀前的行为和心理,对自杀本身却一笔带过了,福楼拜则不仅用到此为止的全部篇幅叙述了爱玛致死的原因,还详细交代了她怎样买药、怎样服药、怎样回家躺在床上等候药物发作、发作以后又有怎样的痛苦表现以及在这过程中周围不同人有怎样的不同反应,可以说做到了"巨细无遗"。福氏又力求描写的准确无误,据说在写爱玛中毒时,他感到自己也中毒了——这正是他的小说艺术的精髓。有人说托尔斯泰和福楼拜对各自女主人公自杀行为的不同处理,是现实主义和自然主义的差别。如果福楼拜写爱玛之死是自然主义,那么你认为这样的自然主义和你所理解的现实主义究竟有怎样的区别?如果你认为二者并无区别,那又是为什么?

  2.请分析周围人对爱玛之死的反应,你从中可以看出爱玛的生活环境的一般特征吗?

  3.爱玛之死对她丈夫查理究竟构成了怎样的打击,以至于像他这样一贯麻木的人,无法承受丧妻之痛,不久也死去了?

  4.作者不厌其烦地描写了药剂师和牧师在爱玛灵前的对话,用意何在?他们的对话暴露了各自怎样的灵魂?

【拓展阅读】

  纳博科夫:《〈包法利夫人〉评注》,见《文学讲稿》,申慧辉等译,三联书店1991年版。

第六章　马修·阿诺德

马修·阿诺德(1822—1888),英国维多利亚时期诗人、散文家和批评家。1844年毕业于牛津大学,长期担任教育调查委员会巡视员,公务之余,勤奋写作,诗歌成就为当时文坛所公认,散文著作则涉及文学、社会、教育、宗教和政治各方面。

著名的《批评在现时代的功用》(1864)一文奠定了阿诺德在英国文学批评界的权威地位。由于他在这篇长文中毫不宽假地批评英国文学,对法国和德国文学则不吝褒辞,并由文学问题迁延至文化和民族素质、思维方式诸多领域,激起英国文化人频频反弹;阿诺德为了答复这些反弹,以系列论文和演讲的形式写成《文化与无政府状态》一书,索性将问题从文学领域扩大到社会、历史、民族和文化领域,严肃检讨英国文化的渊源、流变、优长和缺陷,其严肃认真的文化批评,既显示了自己的勇气,也说明了自己的理想。比起《批评在现时代的功用》,《文化与无政府状态》少了言辞的尖刻,但批评的分量不仅没有减少,反而有所加强。同时,阿诺德散文独特的魅力,他的渊博、宽厚、机智、幽默,也集中显示出来。阿诺德处在一个文化转变时代,传统的人文主义者正被日益专门化和商业化的作家所取代,但阿诺德既不以文牟利,也不肯自限于某个单一论域,而是努力贯通诸多领域,努力面对公共领域发言,在这个意义上,他是最后一代文化伟人。

《希伯来精神和希腊精神》是《文化与无政府状态》一书的第四章,阿诺德正面攻击的目标本来是统治当时英国社会的清教主义,但为了说明清教主义为何不再是"世界进步的主流",他不得不对英国清教主义产生的文化渊源加以历史的考察,从而接触到他所说的英国(其实也是整个欧洲)精神的两个本质构成,即希伯来精神和希腊精神。他认为希伯来精神和希腊精神虽然在终极理想上高度一致,但在实现理想的方式和由此产生的社会文化和民族个性方面则存在着巨大差异。历史上,这两种精神都曾经统领过整个欧洲义化并取得了各自的辉煌,但二者很少以各自的优胜携手并进,更多的是迭为主客、彼此排斥。阿诺德当然不是指责那些代表希伯来精神和希腊精神的巨人，他更多是针对一般社会文化现实说话。就一般社会文化现实而言，他认为存在着两种文化精神彼此冲突而不能交相为用的遗憾。希伯来精神缺少希腊精神的营养，会发生智性的不足；希腊精神缺少希伯来精神的补充，会走向德性的迷失。他认为，英国清教主义就是因为要纠正文艺复兴以来道德上的"孱弱"而走到另一极端，因为要保守"一丝不苟的严厉的道德心"，而背离了近二百年来人类文化发展的主流。不管阿诺德对英国清教主义的论述是否正确，他敢于把希伯来精神和希腊精神作为并立的两个话题而加以自由论述，其魄力和眼光，已足可令人惊叹。更可贵的是他以一个诗人和批评家的感性才能，在列举希伯来精神和希腊精神的差异时，做了许多大胆又自由的发挥，那是单纯的教义阐释或逻辑论证所无法办到的。

希伯来精神和希腊精神

我们最根本的习性在于偏爱行动而不是思考。这种倾向是我们本性的主要成分，当我们细加考察时，发现在各个方面都引出了一些大问题。

我还是先要提到威尔逊主教。主教说："一是不背离你所有的最亮的光，二是当心你没有将黑暗当成亮光。"我们英国国民朝着最亮的光行走的动能和韧劲十分可嘉，可就是不大留意是否将黑暗当成了光亮。其实光亮黑暗只是换了一种说法而已，讲的还是那句老话，即我们的强项和令人赞许的特点是活力和干劲，而不是理性。但我们仍可为这想法赋予更加一般化的形式，使之有更广泛的适用范围。那种驱向行动的能量，至高无上的责任感、自我克制和勤奋，得到了最亮的光就勇往直前的热忱——所有这些都可看成为一种力。那种驱向思想——作为正确行动之基础的思想——的智慧，那种对于随着人的发展而形成的、新的变化着的思想组合的敏感，欲彻底弄懂这些思想并对之作出完美调适的不可遏制的冲动——这些可看成为另一种力。在某种意义上我们可将这两股力看成对抗的力量（倒并非其本质使然，而是因为它们在人身上和历史中呈现出对立），可将它们看成是瓜分了大千世界的对抗势力。最显著最辉煌地展示了这两种力的两个民族可以用来为之命名，我们可分别称之为希伯来精神和希腊精神。希伯来精神和希腊精神，整个世界就在它们的影响下运转。在一个时期世界会感到一种力的吸引力更大，另一个时期则是另一种力更受瞩目。世界本应在这两极之间取得均衡,只是事实上又从来不曾做到过。

和一切伟大的精神准则一样,希腊精神和希伯来精神无疑有着同样的终极目标,那就是人类的完美或曰救赎。它们训导我们朝此目标努力的用语通常都是一致的。甚至就在它们使用不同的语言表明各自传统准则中最为重要的、相异的思想方法时(这些用语有时有明显的差异,但多为细微的差别),其终极目标的一致性仍然清晰可鉴。用我们大家最熟悉的训戒所使用的语言来说,也就是用我们最听得进去的话来说,最终的目的应是"我们得与神的性情有分"。这番话出自一位希伯来使徒之口,但我以为对于希腊精神也好、希伯来精神也好,这都是最终的目标。将两者对立起来时(事实上人们常将它们对立起来),差不多总是为了修辞性的目的。这时发言者的整个设计都是为了提升、拔高其中的一个,提到另一个只是作为陪衬,只是为了更有效地达到他的目的。显然,在我们这里,希腊精神往往落到为希伯来精神的大胜而效劳的地步。有那么一篇谈希腊和希腊精神的布道文,布道人是弗雷德里克·罗伯逊先生,只要提到这个名字就不可能不引起人们的兴趣和尊敬。他在布道文中修辞性地运用了希腊和希腊精神,为了修辞目的他必然不可能充分展示希腊精神,因此他的提法几乎到了荒唐可笑的地步,如果不是考虑到布道时有紧迫需要的缘故,这种说法本应受到谴责。另一方面,在亨利希·海涅以及和他类似的作家笔下,情形却整个地翻转过来,提到希伯来精神只是用它作为希腊精神的陪衬和对照,目的是使希腊精神的优越性更得以凸现。这两种情形都存在着不公正和歪曲之处。我说过,希伯来精神和希腊精神有着同样的目标,这目标是庄严的,令人倾心的。

尽管如此,两者追求这一目标的做法却相去甚远。希腊精神最为重视的理念是如实看清事物之本相;希伯来精神中最重要的则是行为和服从。差异是无论如何抹杀不了的。希腊人对肉体和欲望的不满在于它们妨碍了正确的思考,希伯来人则认为肉体和欲望阻碍了正确的行止。"没有异象,民就放肆;惟遵守律法的,便为有福";"敬畏耶和华,甚喜爱他命令的,这人便为有福"。这就是希伯来的幸福观。对于以热情和执著的精神追求幸福的希伯来人来说,这个观念只会让他欲罢不能;众所周知,他从律法中拉出一张诫命之网,将自己的全部生活团团围住,控制其分分秒秒,控制每一次冲动,每一个行动。希腊的幸福观则在法国大道德家的话中得到了完美的表达:"C'est le bonheur des hommes"——人何时得到幸福?当他们厌恶邪恶之时?——不;当他们日日夜夜按照主的律令进行修炼之时?——不;当他们逐日临近死亡之时？——不；当他们手拿棕树枝走在新耶路撒冷之时？——不；"quand ils pensent juste"——当他们能正确地思想，当他们的思想撞击出火花的时候，就是感到幸福之时。在希腊和希伯来观念的背后都是人生来就有的追随天道和神的意旨、追求普遍秩序的欲望，总之，是对神的热爱。但不同的是，希伯来精神一旦抓住了某些有关普遍秩序的朴素的、基本的默示，便以无比的认真和十足的干劲去领悟并遵循其中的道理，而希腊精神的特点则是以灵活的方式密切关注普遍秩序的整体运行，生怕疏漏了任何局部，生怕为了某一局部而不顾另一局部，它不会在有关普遍秩序的某种默示上驻足不前，哪怕是根本性的默示。澄澈的头脑，自由的思维，这便是希腊式的追求。希腊精神的主导思想是**意识的自发性**，希伯来精神的主导则是**严正的良知**。

　　基督教丝毫没有改变希伯来精神将行置于知之上的基本倾向。克制自我，奉献自我，追随神的而不是个人的意旨，**服从**——这是基督教的根本思想，也是我们用"希伯来精神"概而言之的那种传统准则的根本思想。只是，旧的律法和笼罩人的生活的诫命之网作为动力显然已不够强大，不够彻底，不足以达到预定的目标——耐心地并始终如一地行为端正，奉行自我克制，这时，基督教树立了耶稣基督这个克己自制的感人动人的典范，以对基督的无限崇奉来代替原先的律法和诫命。凭借着基督的榜样这新的动力，多少世纪以来，虽说基督教会的爱和虔敬之情被用来对朴素的律法进行了修改、扩充、润色，然而正如圣保罗所言，基督教"更是坚固了律法"，而这一点正是新动力的本质。基督教因得到更充实的力量来实现律法，才成就了历史上的许多奇迹，这是有目共睹的。

　　希腊精神和希伯来精神都深刻而令人赞叹地显现了人类的生活、趋势和力量，两者有着一致的终极目标——只要我们不忘这些，那么无论如何强调两者所走的路线和方式上的差异也不为过。两者分歧之巨大，如先知撒加利亚所言，"激发了锡安的众子，攻击希腊的众子！"注重行还是知，以及由此不同而引出的实际后果，都在我们民族的历史发展中留下了印记。希腊文化和希伯来文化中有大量的说法，引用这些也许会使两者看来都顺应了同一潮流，奔向同一目标。它们确实是在奔向同一目标，但是各自所乘的潮流却差之千里。不错，所罗门会赞扬"知"："人有智慧就有生命的泉源"。《新约》中也说耶稣基督是"光"，还说"真理使我们自由"。不错，亚里士多德也会贬低"知"的作用，他说过："就德行而言，三件事是必要的——知其所行，决断慎重，锲而不舍；后两件事关重大，头一件则无关紧要。"不错，就像圣雅各很不耐烦地叮咛人不要听了就忘,而应真正行道一样,爱比克泰德也告诫我们要**真正去做**我们向自己证明应做的事,要不然就挖苦我们,说我们一边大动干戈地证明撒谎是坏事,一边却又照说谎话不误,真是瞎子点灯白费蜡。不错,柏拉图说生就是学会死,他用的几乎就是《新约》或《效法基督》的语词。但这些表面的一致下面乃是深刻的分歧。所罗门的智慧是"遵行神的道,谨守律例诫命",这是"平安之道",如此才会得到赐福。《新约》中,能使我们得到神赐的平安和自由的真理,就是对基督的爱,这种爱逼着我们像他一样,为着道德的再生,将肉体连同七情六欲都送上十字架,如此便确认了律法。回过头来看亚里士多德,他谈美德时也讲道德情操,然而这些只是通向智慧的入口和途径,神的恩惠是赐予后者即智性的。我们已说过,无论希腊精神还是希伯来精神,都以分有神性为最高目标。柏拉图明言,仅有实用的美德,或并非出于获得完美卓识的动机而克己自制的人,是得不到神性的。他只将神性分与热爱纯粹知识、欲看清事物本相的人——the $\varphi\iota\lambda o\mu\alpha\theta\eta\varsigma$。

希腊精神和希伯来精神均源于人性之需,两者均致力于满足此需要。然其各自的行径、侧重点以及由各自的原则所引发的行动存在着巨大的差异,因此经过不同的手塑造的人性也就风貌迥异了。摆脱蒙昧状态,看清事物真相,并由此认识事物之美,这便是希腊精神要求于人的淳朴而迷人的理想。其素朴和魅力,使希腊文化精神及其影响下的人生获得了一种飘逸、澄澈和光彩,使之充满了我们所说的美好与光明。困难被排除在视线之外,理想之美与合理性占据了我们的全部思想。"最优秀的为尽全力完善自身者,最幸福的乃最能感到自身**正在**完善者。"苏格拉底,那个《回忆》中的真正的苏格拉底所说的这番话竟如此朴素自然,毫无雕琢,似乎能让听者也心明眼亮,充满希望。但是关于苏格拉底我还听到一种说法,据说那是卡莱尔先生的话。无论是否真的出自卡莱尔先生之口,那提法都十分贴切,可谓一语中的,挑明了希腊精神与希伯来精神的实质区分:"苏格拉底**在锡安**感到极其**安逸无虑**。"希伯来精神——下面要说的正是其了不起的力量之源——却始终浸淫在严厉的思虑中,始终存在着一种令人生畏的意识,即在锡安不可能感到安逸无虑;始终感知到阻碍人们去追求或达到苏格拉底所说的完美境界的重重困难。苏格拉底如此满怀希望地谈论完美,从希伯来的观点看,则几乎可以说他巧舌如簧。要说摆脱愚昧,看清事物真相,发现事物之美等等当然不错,但是如何才能做到呢?有件事情在挫败人们的所有努力啊。

这件事情就是罪。与希腊文化相比,希伯来文化中罪孽所占的空间实在是太大了。阻止人们实现完美的障碍充斥着整个场景,背景中的完美显得渺远,似飘起又飞卷而去。"罪"成了困难的别名;了解自我、战胜自我的困难,阻碍人们走向完美的困难,在希伯来精神中变成了有形的、活跃的实体,对人充满敌意。那是一种神秘的力量。日前,我在皮由兹博士的一次难忘的布道演说中,听到他将这神秘力量比作长在我们肩背上的丑陋不堪的赘疣,说我们要用终生的努力去憎恶之,阻遏之。《旧约》的训诫可总结为教导人们憎恨罪恶,逃离罪恶;《新约》则训导人们向罪而死。希腊精神以思想清晰、能洞察事物的本质和事物之美为人所能取得的伟大而宝贵的成就,而希伯来精神所提倡的伟大基业,则是对罪恶的清醒意识,是觉悟到人皆有罪。可想而知,顺着这两股不同的潮流走下去会形成多么巨大的差异。当人们一次又一次地走出希腊文化氛围,进入希伯来文化氛围,从柏拉图走进圣保罗,便不禁会搓揉双眼,发出疑问:人真的那么温良单纯,真的显现出高贵的神圣的品性?抑或人不过是上了枷锁的不幸的俘虏,用说不出来的叹息,拼命挣扎着想脱离这取死的身体?

看来一定是希腊的人性论出了问题,世界不可能靠这样的规范生存。然而,把话说绝,称之为谬妄,便又落入其希伯来对立面通常所犯的错误。但是它在人类发展的那个阶段提出,的确是欠妥的,不成熟的。人的德行、自制是完美之不可或缺的根基,只有筑起自律的台基,希腊人所追求的完美才会枝盛叶茂。然而做到自制对人类来说谈何容易,需要长时间的准备和训练,才能铺好达到完美的基石。于是,希腊精神中那辉煌的应许黯淡了,希伯来精神统治了世界。后来就见到了那令人惊讶的景象,对此人们常引用先知撒加利亚的精彩描述:说着不同语言的列国之民拉住一个犹太人的衣襟,说:"**我们要与你们同去,因为我们听见神与你们同在了**。"如是,那接过了并统治着原先走了歪路、已经一无可取的世界的希伯来精神,正是、而且只可能是后来发展阶段的、更加属灵的、也更加吸引人的希伯来精神,这就是基督教。基督教并不是通过遵循律法的具体条文实现克己制欲,而是通过效法一个舍己的榜样,达到奉行克己自制,摆脱恶念的束缚,从而得到拯救的目的。基督教为道德颓败的世界提供了神启的献身精神;面对人欲横流的世界,基督教示之以愿舍弃一切的人。"**我的救世主弃绝欢娱!**"乔治·赫伯特如是说。希腊多神教如此喜爱**丰饶之母维纳斯**——那孕育生命、给人欢乐的自然力,但当其追随者陷入对自身境况的不悦和厌倦,而维纳斯已无力为之解脱时,使徒那番严厉的言辞确能令人清醒,精神为之一振:"不要被人虚浮的话欺哄;因这些事,神的忿怒必临到那悖逆之子。"时光流逝,一代又一代,我们的族类,或曰其中最有活力最先进的部分,都由**受浸归入死亡**,通过肉体受苦,求得脱离罪孽。早期基督教为振奋精神而进行的苦修和肉体折磨,中世纪基督教令人为之动容的禁欲、苦行,都是这种洗罪赎愆的努力在历史上的壮烈表现。文学上的丰碑则见于圣保罗的书信,圣奥古斯丁的《忏悔录》,还有最富原创精神、最为朴实的头两卷《效法基督》。

两大精神准绳,一个注重智慧,另一个注重顺服;一个强调全面透彻地了解人的职责的由来根据,另一个则力主勤勉地履行职责;一个慎之又慎,确保不将黑暗当成了光(这又是威尔逊主教的话),另一个则是看到大的亮光就奋力向前——这两大准绳之中,自然是坚固人类道德力量、铸就必要的人格基础的准则处于优先地位。犹太人承担着宣告神的诫命的职责,强有力地阐明了"**良知**"、"**自制**"等词语所指向的境界,因此,"神的圣言交托他们"这句话所言十分精当。基督教紧随犹太教,对神谕作出更为深刻有力的阐述,产生的影响也广泛得多,因此,要说与基督教相比,古老希腊多神教世界的智慧简直是愚拙,此言并不为过。这种向善的力提携了人类,使之能完成了解自身、把握自身的命定任务;对此,尤其是对它在紧要关头大大促进道德之举,无论什么样的虔敬赞美之词都无法充分表达人的感激之情。

然而,这些力如割裂起来看,如只以其中一方就事论事,那么无论哪种力的发展演化都不能代表人类的整个发展演化过程。仰慕者总不免以一赅全,可单方面的历史并不等于人类的全部历史。希伯来精神也好,希腊精神也好,都不像其各自的景仰者总爱说的那样,是人类发展的**法则**。应当说,两者都是对人类发展的**贡献**,是辉煌的、无可估量的贡献。依照人类历史上的不同时代,依照我们与两者的不同关系来看,各自都出现过比对方显得更辉煌,更可贵,更优越的时候。现代诸国从打破希腊多神教天下的宏阔清新的运动中诞生,它们同希腊精神和希伯来精神的关系决定了它们不可避免地会俯视前者而仰视后者,会将希伯来精神当作人类发展的法则,而不仅仅当作对人类的哪怕是十分宝贵的贡献。但是,恐怕必须认识到,人的灵性其实比带动它向前的最珍贵的力还要宽阔,希伯来精神如同希腊精神一样,只是对人类整体发展的一种贡献而已。

有个伟大的理念深深地吸引了人的精神,并为之提供大好机会,出色地表现其崇高性和能量;或许,举出如何对待这样的理念的例子,会让我们对问题认识得更清楚。大家一定会觉察到,灵魂不朽作为一种普遍性的理念出现在精神面前的时候,比起对它的具体阐发显得更为宏大,更加真确,也更能使人感到满足。圣保罗在著名的致哥林多人的书信第15章中,柏拉图在《斐多篇》中,都殚精竭虑地想确立不朽的思想。大家一定会感到,希伯来使徒阐发这一伟大理念的证据和论述终究是混乱而结论不详的;那位希腊哲人则用相似和相等的类比方法来推断不朽,既显得过分的精细含蓄,又没有产生结果。希伯来和希腊的努力只得出一些不充分的解答,然而绵亘在不圆满的解之上的,是灵魂不朽这个恢弘的问题,以及发出问题的人类灵性。这个例子可以提醒我们,在其他问题上也有类似情况。

但是,在整个过程中,希伯来精神和希腊精神互相更迭,人的智性冲动和道德冲动交替出现,认识事物真相的努力和通过克己自制得到平安的努力轮番登台——人的精神就是如此前行的。两种力各有属于自己的辉煌,各有一统天下的时光。如果说伟大的基督教运动是希伯来精神和道德冲动的胜利,那么被称作"文艺复兴"的那场伟大运动就是智性冲动和希腊精神的再度崛起和复位。英国人是新教的忠诚子弟,他们对文艺复兴的了解主要来自其从属的次要的一面,即宗教改革运动。宗教改革运动常被称作希伯来复兴,要回到基督教初创时期的那种热忱和真诚。但是,宗教改革虽然无疑是文艺复兴的希伯来后嗣,是文艺复兴那炽热的激情、而不是其理智的产物,然而研究新教以及各新教教会之发展的人士一定都会感觉到,文艺复兴中那洞微探幽的希腊酵母也进入了宗教改革;研究者都会发现,要想在宗教改革运动中仔细地分出希伯来和希腊的因素是十分困难的。但我们可以确然说,凡是新教教会清晰地意识到的事情,凡是它能成功地用语言阐述出来的道理,都具有希伯来的而不是希腊的精神品格。宗教改革是强韧的,因为它真诚地回到《圣经》典籍,从内心里发愿,要按《圣经》明言的神的意旨行事。宗教改革运动又是软弱的,因为它从来不曾有意识地抓住或运用文艺复兴的根本思想,即希腊思想的那种在一切活动中都追求事物本相的法则和知识(柏拉图语)的做法。不论新教比天主教有多么直接的优越性,那也只是道德上的优越,因为在对待心灵和良心的问题上,新教怀有更大的诚意和更加认真严肃的态度——至少在其初创时如此。它自命的智性上的优越一般说来只是幻觉。以希腊精神来看,或说从思索的人而不是行动的人的角度看,新教对待《圣经》的心态与天主教对待教会的心态并无二致。想像巴兰的驴子开口说话的人和想像木雕或石雕的圣母会眨眼的人,在思想习惯上无甚差异。对于哲人来说,自称因神的教会而信同自称因神讲的道理而信者,都是一回事,因为他们并不明白自己所讲说的**神的教会**和**神的道理**究竟是什么,或如此讲说又论定了什么。

话说到16世纪时,希腊精神重返世界,又一次同经过更新和清洗的希伯来精神照面。不过,17世纪发生的事情却尚未引起足够的注意。那时希腊精神的遭遇在某些方面类似它在我们时代初始阶段的遭遇。文艺复兴是希腊精神的再次觉醒,人性无可抗拒地向自然、向认清事物本相的方向回归,并在文学、艺术和自然科学等领域中结出璀璨的成果。但如同古代多神教世界的希腊风气一样,文艺复兴在道德上也是孱弱的,道德品格松垮,道德情感冷漠,其中以意大利表现最为显著,但在法、英等国也很明显。精神失去平衡,只顾感悟和认知而不及其他,忤逆自然地缺乏情感和德行,这些也再次引起了逆反作用。下面从与我们密切相关的部分来追溯这种反动。

种族之间的差异有多大,差异之中蕴涵着多少意义,如今的科学已让世人都看到了。种族差异成分使印欧语系的民族与闪米特民族在创造力和人文历史等方面都形成了举足轻重的差别。希腊精神长于印欧民族中,希伯来精神则是闪米特民族的产物。英国是个印欧语系的民族,似乎自然属于希腊精神运动。但是,我们都能感知到不同语族成员之间在一些方面的相似性与亲和力,还有什么比这种交融更能说明人在内质上的一致性呢?英国人及其大西洋彼岸的后裔美国人同希伯来人之间存在着巨大的种族差异;尽管如此,双方同样有强烈而彰著的道德心,这种道德心以特殊的方式将双方的文化风气和人文历史扭结起来;这不就是人性相通之最强有力的标记吗?清教——那在英国,而且是英国中坚力量中如此强盛的清教传统——原本是17世纪时,我们的民族良心和道德意识对于16世纪随文艺复兴而蔓延的道德情感冷漠,行为放纵的一种反动。那是希伯来精神对希腊精神的反动;很自然地,它在具有希伯来倾向,或说对希伯来生活的主要倾向很有亲和感的民族中,体现得强健有力。英国人有卓越的印欧民族的特点:我们富有**幽默感**,幽默的天赋给我们力量,去想象并认可形形色色的多面的人生,从而能置身事外地看待自己过分的自信,笑对自己过分的坚执;尽管如此,在实际生活和道德行为方面,我们的民族仍然具有强烈的希伯来特性(这正是其力量所在):自信、坚执、专注。清教精神便是这种倾向性的体现,二百年来,它大大地左右了我们的历史进程。毋庸置疑,清教阻遏了,改变了在伊丽莎白治下成就卓然的文艺复兴运动;中断了我们称之为希腊精神的思想体系的辉煌统治和直接发展,而将统率的位置给了一个不同的思想体系。从表面看来,就像我们谈到前一次希腊精神被打败时所说过的,希腊精神再次失利正说明其自身的不完善,说明那时它如占支配地位会对世界不利。

其实不然。一千八百年前基督教对希腊精神的胜利与清教挫败文艺复兴这两次事件有重大的区别，区别之大，从初创时期的基督教和后来的新教在力量、谐美、意蕴和效用等方面的差异，便很可掂量出来。一千八百年前，希伯来精神大获全胜，早期基督教合法地真正地成为当时世界上的支配力量，人类在基督教的大发展中前进。另一次人类的大发展始于15世纪，在一段时期内，人们在希腊精神指引的大路上向前走。清教主义不再是世界进步的主流，而只是斜里插入的、阻挡主流的支流。逆反和阻挡或许是必要的，也是有益的，但不会因此就抹去了人类前进的主流同旁支的本质区别。二百年来，人类前进的大潮一直奔向认识自我和世界，看清事物真相，以及意识的自发性；而对我国的大部分人，尤其是对社会中坚来说，严厉的道德心成为其主要的冲动。他们在错误的时刻将次要当成了主要，以对待次要问题的态度对待头等大事。背离正道一定会出问题，这种违拗自然规则的做法引起了混乱，出现了伪运动，现在，我们刚开始感到来自四面八方的麻烦。在所有方面，我们的常规做法似乎正在失去灵验和信誉，失去控制，不仅对别人，甚至对自己而言都如此。混乱的迹象已到处可见，而我们想找出头绪，建立健全的秩序和权威。要做到这一点，只有与实际主宰我们的本能和力量逆向而动，认识其本来面目，洞见它们与其他本能和力量的联系，以扩大我们的整个视域，扩大我们对生活的理性把握。

（选自马修·阿诺德《文化与无政府状态》第四章，韩敏中译，三联书店2008年修订译本。原译文有38条详细脚注。）

【思考题】

1. 阿诺德在文章中对希伯来精神和希腊精神没有做一次性的定义，而是随着文章的展开，渐次论述二者的多种差异。试概括阿诺德的论述，提出你自己对希伯来精神和希腊精神的理解。

2. 在你接触过的西方文化和文学名著中，如果按照阿诺德的说法，你认为有哪些体现了希伯来精神，又有哪些体现了希腊精神？

【拓展阅读】

1.《柏拉图对话录·裴洞篇》，王太庆译，商务印书馆2004年版。
2.《新约·哥林多前书》。

第七章　列夫·托尔斯泰

　　列夫·尼古拉耶维奇·托尔斯泰(1828—1910)，俄国作家，也是世界少数几位伟大作家之一。出生于图拉省一个贵族世家，父母早逝，年轻时受到法国启蒙思想影响，曾在自己的农庄尝试提高农民生活的改革，未能成功。1851年在高加索当兵，参加过克里米亚战争，19世纪50年代开始写作。长篇代表作有自传体三部曲《童年·少年·青年》(1851—1857)、史诗性的巨著《战争与和平》(1866—1869)、《安娜·卡列尼娜》(1873—1877)、《复活》(1899)，此外还有大量优秀中、短篇小说。70年代末到80年代初，他的思想完全转到农民一边，一方面更激烈地抨击专制政治，另一方面则宣扬"道德自我完善"和"勿抗恶"的基督教精神。晚年深以思想和现实的距离为苦，1910年离家出走，途中患肺炎病逝于阿斯塔波沃车站。

　　《复活》是托尔斯泰一生的总结性作品，以忏悔的贵族聂赫留朵夫上上下下替因为他年轻时的荒唐而堕落、后来又因为他参加的陪审团的疏忽而被误判的妓女玛丝洛娃说情、说情失败之后又一路陪伴玛丝洛娃到流放地的故事为线索，一方面广泛而深刻地摄取了俄国社会的众生相，另一方面展示了聂赫留朵夫从颓靡、罪恶、虚伪到改悔、向善和重新振作的精神复活的过程，其体察世态人情的眼光、描绘心灵冲突的笔力、篇章结构的匠意以及止于至善的精神祈求，都到了炉火纯青、无以复加的化境，是世界文学史上不可多得的经典之作。这里选的是《复活》中的四段。

复活(节选)

聂赫留朵夫老爷[①]

正当玛丝洛娃随着押解兵走了很长的路,累得筋疲力尽,快要走到地方法院那所大厦的时候,她养母的侄子德米特里·伊凡诺维奇·聂赫留朵夫公爵,当初诱奸过她的那个人,正躺在一架高大的、铺着羽绒褥垫的、被单已经揉皱的弹簧床上,穿着干净的、胸前皱褶熨得很平的荷兰细麻布睡衣,敞开领口,吸着纸烟。他的眼睛呆望着前面出神,他在思索今天该办的事和昨天发生过的事。

昨天傍晚他是在家财豪富、门第显赫的柯察金家里度过的,大家都揣测他一定会跟他们家里的女儿结婚,他回想这些,不由得叹了一口气,丢掉吸剩的烟蒂,想从银烟盒里再取出一支烟,可是改变了主意,把两条光滑的白腿从床边耷拉下去,用脚找到拖鞋。他拿起一件绸料长袍披在丰满的肩膀上,迈开又快又重的步子,走到卧室隔壁的漱洗室里去,那儿满是甘香酒剂、花露水、发蜡、香水等的人工香气。他在那儿用特制的牙粉刷他那些镶补过许多处的牙齿,用喷香的含漱剂漱过口,然后开始擦洗浑身上下,再用各式各样的毛巾擦干。他先拿香皂洗手,仔细地用刷子剔净长指甲盖,凑着大理石的大脸盆洗净他的脸和粗脖子,然后走进从卧室数起的第三个房间里,那儿已经为他准备好淋浴了。他在那儿用凉水冲洗肌肉发达、脂肪丰满的白净身体,拿松软的毛巾擦干,然后穿上干净的、熨平的衬衣衬裤和一双擦得象镜子那样亮的皮鞋,在梳妆台跟前坐下,用两把梳子理顺鬈曲的小黑胡子和头上前半部已经渐渐稀疏的鬈发。

凡是他使用的物品,凡是他的化妆用品,包括内衣、服装、皮鞋、领带、别针、袖扣,一概是最高级、最昂贵的货色,雅致,朴素,耐用,贵重。

聂赫留朵夫在十来条领带和胸针当中随手拣了两样(从前做这种事是新奇有趣的,现在却完全无所谓了),然后把早已刷干净,放在椅子上的一套衣服穿在身上,于是他,虽然算不得精神奕奕,不过总算干净利索,周身喷香地走进了长方形的饭厅。饭厅里,镶木地板昨天已经由三个农民擦亮,上

[①] 题目为编者所加。

面放着橡木的大食器橱,摆着一张也很大的、可以拉开的大饭桌,桌腿雕成狮爪的形状,大模大样地叉开来,样子颇为庄严。这张桌子上铺着浆硬的、绣着巨大的家徽的薄桌布,放着装满香气四溢的咖啡的银壶、银糖缸、盛着煮开过的奶油的银壶和装着新鲜的白面包、面包干、饼干的篮子。他的食具旁边放着新收到的信件、报纸、最新一期的"Revue des deux mondes"①。聂赫留朵夫刚要拆信,忽然直通走廊的房门开了,一个上了年纪、体态丰满的女人从容平稳地走进来,身穿丧服,头戴用花边做的装饰,借以遮盖她那渐渐展宽的头发挑缝。她原是聂赫留朵夫的母亲的女仆阿格拉费娜·彼得罗芙娜,不久以前他的母亲在这个住宅里去世,如今她就留在少爷家里做女管家。

阿格拉费娜·彼得罗芙娜有好几次跟随聂赫留朵夫的母亲出国,在国外住过十来年,很有贵妇的外貌和气概。她从小在聂赫留朵夫的家里生活,在德米特里·伊凡诺维奇还叫米千卡②的时候就熟识他。

"您早,德米特里·伊凡诺维奇。"

"您好,阿格拉费娜·彼得罗芙娜。有什么新闻吗?"聂赫留朵夫打趣地问。

"柯察金公爵家里送来一封信,也不知是公爵夫人写来的,还是公爵小姐写来的。她们的女佣人早已送来了,到现在还在我的房间里等着,"阿格拉费娜·彼得罗芙娜说着,把信交给他,露出会心的微笑。

"好,等一等,"聂赫留朵夫接过信来说,注意到阿格拉费娜·彼得罗芙娜的笑容,不由得皱起眉头。

阿格拉费娜·彼得罗芙娜的笑容的含意是说,这封信是公爵小姐写来的,依阿格拉费娜·彼得罗芙娜的看法,聂赫留朵夫已经准备跟公爵小姐结婚了。阿格拉费娜·彼得罗芙娜的笑容所表达的这种推断,在聂赫留朵夫是不愉快的。

"那么我去叫她再等一下,"阿格拉费娜·彼得罗芙娜说,看见桌上扫面包屑用的刷子放得不是地方,就拿过来放在另一个地方,然后从容平稳地走出饭厅。

聂赫留朵夫拆开阿格拉费娜·彼得罗芙娜交给她的香气扑鼻的信,抽

---

① 《两世界杂志》是自1829年起在巴黎印行的文艺和政治的法语杂志,在俄国的贵族知识分子当中广泛流行。——俄文本编者注
② 德米特里的小名。

出一张边缘不齐的灰色厚纸,上面的字迹尖细而飘洒,他开始读道:

  我既然承担了帮您记住一切事情的责任,那么为尽责起见,我要提醒您:今天,四月二十八日,您得出庭去做陪审员,因此您无论如何也不能照昨天您用平素那种马马虎虎的态度所应许过的那样,陪着我们和柯洛索夫去看画展了。à moins que vous ne soyez disposé à payer à la cour d'assises les 300 roubles d'amends, que vous vous refusez pour votre cheval①,由于您没有按时出庭。昨天您刚走,我就想起了这件事。那么您不要忘记才好。

公爵小姐玛·柯察金娜。

信纸的背面附着几句话:

  Maman vous fait dire que votre couvert vous attendra jusqu'à la nuit. Venez absolument à quelle heure que cela soit.②

玛·柯。

  聂赫留朵夫皱起了眉头。这封便函是公爵小姐柯察金娜近两个月来对他不断进行的一种精致的工作的续篇,其目的在于用一根根目力看不见的细线把他和她越来越紧地拴在一起。不过凡是年纪已经不轻而又没有热恋着的男人,对结婚问题总是迟疑不决的,除此以外在聂赫留朵夫那方面,还有一个重大的原因使得他纵然下了决心,也不能立刻向她求婚。这个原因倒不在于十年前他诱奸过卡秋莎,后来把她抛弃了,这件事他已经忘得干干净净,而且他也不认为这是他结婚的障碍。这个原因却在于目前他同一个有夫之妇有私通的关系,虽然从他这方面来说,现在这种关系已经断绝,可是她还没有承认这一点。

  聂赫留朵夫见着女人很怕羞,然而恰好正是这种羞怯才在那个有夫之妇的心里引起了要征服他的愿望。那个女人是某县的首席贵族的妻子,在那个县里每到贵族选举期间聂赫留朵夫总要去一趟。那个女人果然勾引他发生了关系。一天天过去,这种关系对聂赫留朵夫来说变得越来越迷人,同时也越来越可憎。起初聂赫留朵夫抵挡不住她的诱惑,后来又感到对她负

---

① 法语:除非您愿意向地方法院缴纳一笔三百卢布的罚金,相当于您舍不得买的那匹马的价钱。——原注
② 法语:妈妈盼咐我告诉您,为您准备下的餐具会一直等您到深夜。您务必要来,不管是什么时候。——原注

疚,不得到她的同意就不能断绝这种关系。正是这个原因,才使得聂赫留朵夫认为他即使有心,也没有权利向柯察金娜求婚。

桌上正好放着那个女人的丈夫写来的信。聂赫留朵夫一见到他的笔迹和邮戳,就涨红了脸,顿时感到一种精力振奋的状态,这是他面临危险的时候总会体验到的。然而他的激动却是多此一举。那个丈夫,聂赫留朵夫的主要田产所在的县里的首席贵族,来信通知聂赫留朵夫说:五月底要召开地方自治局特别会议,他要求聂赫留朵夫务必来一趟,以便在地方自治局会议上讨论有关学校和车马大道等当前重大问题的时候 donner un coup d'éaule①,因为预料在讨论当中会遭到反动派的强烈反抗。

首席贵族是自由派,他纠合一些思想相同的人一起反对亚历山大三世在位期间②逐渐抬头的反动势力,全心全意地投入这场斗争,丝毫也不知道他的不幸的家庭生活。

聂赫留朵夫想起他由于这个人而经历过的种种痛苦的时刻。他想起有一次他以为她的丈夫已经知道这件事,准备跟他决斗,他就打定主意朝空中放枪。他还想起她跟他大闹过一场,她一时负气,往花园里池塘那边跑去,打算投水自尽,他就跑去找她。"我不能到那边去,而且在她没有答复我以前,我也不能采取任何行动,"聂赫留朵夫暗想。一个星期以前他已经给她写过一封态度坚决的信,承认自己不对,准备用各种方式弥补他的过错,不过他仍然认为他们的关系为了她好应该从此一刀两断。他目前就在等待这封信的回音,还没有得到她的答复。她没有回信倒多多少少是个好兆头。如果她不同意决裂,她早就写信来了,或者索性照她以前做过的那样亲自来了。聂赫留朵夫听说那边现在有一个军官在追求她,这使他嫉妒得难受,同时却也使他高兴,因为有了摆脱这种使他苦恼的虚伪局面的希望。

另一封信是经管他的田产的总管写来的。总管写道,他聂赫留朵夫务必亲自来一趟以便确定他的继承权,此外关于如何继续经营田产的问题也好做出决定:究竟是依然按照已故的公爵夫人生前那种办法经营呢,还是按照他以前向已故的公爵夫人提出过而如今又向年轻的公爵重提的办法来经营,也就是增加农具,并且把租给农民的土地全部收回,由自己来经营。总管写道,这样的经营方式划算得多。同时总管道歉,说是按预定计划本月初

---

① 法语:助以一臂之力。——原注
② 亚历山大三世(在位期间1881—1894)在他父亲被民意党人刺杀后登基,极力镇压革命,巩固专制政权,限制地方自治的改革。

应当汇上三千卢布，不料略微耽搁了一下。这笔钱随下一班邮车汇出。他所以推迟汇款，是因为无论如何也收不齐农民的钱，他们过于不老实，因而他不得不求助于官府，强制他们拿出钱来。这封信对聂赫留朵夫来说是又愉快又不愉快的。感到自己拥有广大的家业，那是愉快的。不愉快的是当初他年纪很轻的时候原是赫伯特·斯宾塞①的热烈的信徒，而且由于他自己是大地主，斯宾塞在"Social Statics"②一书中所提出的"正义不容许土地私有"的原理就特别使他震动。他凭青年人的耿直和果断，不但口头上说土地不能成为私有财产的对象，不但在大学里就这个原理写成论文，而且当时在实际行动上把一小部分土地发给农民了（那块土地不属他母亲所有，而是他本人从他父亲名下继承来的），因为他不愿意违背自己的信念而占有土地。现在他继承母亲的田产而成为大地主，就必须在两种办法当中选择一个：要么照十年前他处理父亲的二百俄亩③土地那样放弃他的财产，要么用默认的方式承认他以前的一切思想都是错误而虚伪的。

第一个办法他做不到，因为他除了土地以外没有任何生活资料。他不愿意去做官，可是他又已经养成奢侈的生活习惯，认为要丢掉这种生活习惯已经不可能。再者，他也感觉不到改变生活有什么必要，因为他青春时代那种信念的力量、那种果断、那种要做一番惊人事业的好胜心和愿望，已经一概不存在了。至于第二个办法，那么"占有土地是不正当的"这个明白确凿的道理原是他以前从斯宾塞的《社会静力学》里汲取来的，过了很久以后又在亨利·乔治④的著作里找到光辉的论证，现在要加以否定，在他也是无论如何办不到的。

---

① 赫伯特·斯宾塞（1820—1903），英国社会学家和实证论者。他在《社会的有机的理论》一书中为阶级的不平等和资产阶级社会关系的矛盾进行辩护，把它们比做对于有机体的生存和活动同等必要并执行各种生物学职能的生理器官的相互作用，同时他站在抽象的"正义"立场上主张无政府主义的、人人摆脱政府的自由，主张人人有权不加限制地享用一切天然的福利。——俄文本编者注
② 英语：《社会静力学》，斯宾塞的最早和最著名的作品之一（1850年出版），该书论证了土地私有制的不公正，认为不应该使某些人有权占有土地而使另外的人无权占有。后来斯宾塞放弃了这个观点。——俄文本编者注
③ 一俄亩约合我国十七亩。
④ 亨利·乔治（1839—1897），美国经济学家和社会活动家。他在他的一系列著作中，包括《土地问题》《伟大的社会形态》《进步与贫困》，发展了斯宾塞在《社会静力学》一书中所陈述的关于土地私有制的观点，阐明了土地收归国有的理论，办法是由国家征收统一的土地税。托尔斯泰是亨利·乔治的平均使用土地学说的热烈拥护者，对这个学说进行了广泛的宣传，认为它为解决俄国土地问题开辟了道路。——俄文本编者注

就因为这个缘故,总管的信才使他感到不愉快。

聂赫留朵夫喝完咖啡后,就到书房里去查一下通知,看他应该几点钟出庭,此外他还想给公爵小姐写一封回信。要到书房去就得先穿过一个画室。画室里立着一个画架,上面反放着一幅已经开了头的画。墙上挂着些画稿。他看到那幅他下过两年功夫的画,看到那些画稿,看到整个画室,心里就不由得生出一种近来常常特别强烈地出现的感觉,那就是他在绘画方面已经无力前进了。他把这种感觉解释为他的审美感发展得过于精致。话虽如此,这种感觉毕竟是很不愉快的。

七年前,他断定自己有绘画的才干而辞去了军中的职务。他站在艺术事业的高峰上,有点看不起其他的各种工作。现在事实证明他没有权利那样做。正是因为这个缘故,一切牵连到绘画的回忆都是不愉快的。他怀着沉重的心情打量画室里的种种奢华设备,带着闷闷不乐的心绪走进了书房。那是个又高又大的房间,有种种的摆设、用具和舒适的设备。

聂赫留朵夫立刻在大写字台上一个标明"紧急"字样的抽屉里找到那份通知,上面写着他必须十一点钟出庭。然后他坐下来给公爵小姐写信,说明他感激她的邀请,他会尽力赶去吃饭。可是他写完信后却把它撕碎,因为信上的口气过分亲热。他又写了一封,这一回口气却又太冷淡,几乎会得罪人。他又把信撕掉,按了按墙上一个电铃的电钮。一个上了年纪、面貌阴沉的听差从房门口走进来,他留着络腮胡子,上唇和下巴剃得光光的,腰上系着一条灰色细布围裙。

"劳驾,去叫一辆出租马车来。"

"是,老爷。"

"还有,您去告诉柯察金家那个在等回音的来人,让她替我道谢,就说我会尽力赶到。"

"是。"

"这是不礼貌的,然而回信我又写不成。反正今天我会跟她见面,没关系,"聂赫留朵夫暗想,走出书房去穿衣服。

等到他穿好衣服,走出去,到了门廊上,一辆熟悉的、装着胶皮轮胎的出租马车已经在等他了。

"昨天,您刚刚离开柯察金公爵家,"马车夫把他那晒黑的而且结实的脖子从衬衫的白领口里微微扭过来,说,"我就赶着马车到了他们家门口。看门人说:'他老人家刚走。'"

"就连这些马车夫都知道我跟柯察金家的关系，"聂赫留朵夫暗想，于是他面前又出现了近来经常在他心头盘旋而得不到解决的一个问题：应不应该跟柯察金娜结婚呢？他对这个问题如同对当前他所遇到的大多数问题一样，无论如何也没法决定究竟该照这样办还是该照那样办。

应当结婚的理由，大体说来无非是，第一，结婚除了给与他家庭的温暖和快乐，消除他的性生活的不正常以外，还使得他有可能过一种合乎道德的生活；第二，聂赫留朵夫主要把希望寄托在这一方面：家庭和子女会给他目前这种毫无内容的生活添上一种意义。这就是赞成结婚的一般理由。至于不宜结婚的理由，大体说来不外是，第一，深怕失去自由，这是一切年纪已经不轻的单身汉所共同有的顾虑；第二，对女人这种神秘的生物抱着不自觉的恐惧心理。

至于具体说来应当不跟别人而单跟米西（柯察金娜的名字是玛丽雅，可是如同上流社会某些家庭里的情形一样，她得了这样一个诨名）结婚的理由，第一是她出身于贵族血统的家庭，在各方面，从装束到谈话、走路、发笑的风度，都跟普通人有所不同，这倒不是因为她有什么超群出众的地方，而是因为她"正派"，他找不出别的字眼来形容这种品质，不过他是把它看得很重的；第二是她把他看得高人一等，因而依他看来她是了解他的。这种对他的了解，换句话说，这种对他的高尚品格的承认，对聂赫留朵夫来说，证明了她才智过人，判断正确。至于具体说来不应当跟米西结婚的理由，第一是他很可能找到一个比米西具备更多长处，因而更配得上他的姑娘；第二是她已经二十七岁，因此以前她一定有过恋爱的事，这个想法使得聂赫留朵夫很不好受。他想到那时候她不爱他，哪怕已经是以前的事，他的自尊心也还是受不了。不消说，以前她不可能知道她日后会遇见他，可是他一想到她以前可能爱过别人，却仍旧感到受了侮辱。

所以赞成的理由和反对的理由正好不相上下，至少这两类理由具有同等的力量。聂赫留朵夫不由得笑他自己，管他自己叫做布里丹的驴子①。他始终拿不定主意，不知道在两捆干草当中该选哪一捆好。

"不过，既然我没有接到玛丽雅·瓦西里耶芙娜（首席贵族的妻子）的回信，没有跟她完全断绝关系，那我也的确不能采取任何行动，"他对自己说。

---

① 相传是14世纪法国哲学家布里丹所写的一个故事：有一匹驴子，看到两捆外形和质量完全一样的干草，犹豫不决，不知道该选哪一捆好，结果反而饿死。——俄文本编者注

他想到他可以而且必须拖延一阵才能做出决定，不由得感到愉快。

初　恋①

这时候聂赫留朵夫十九岁，他一直在母亲的羽翼下长大成人，是个十分纯洁的青年。如果他梦见女人，那个女人就一定是他的妻子。凡是依他看来不可能成为他妻子的女人，对他来说就算不得女人，而是普通人。可是，有一次，那是在这年夏天的升天节②，姑姑们的一个女邻居带着自己的儿女们，到姑姑们家里来玩，其中有两个小姐、一个中学的男学生和一个在他们家里做客的、出身于农民的青年画家。

喝完茶以后，他们走到正房前面一小块已经割过草的草场上去玩"捉人"游戏。他们把卡秋莎也带去。他们玩过几回以后，轮到聂赫留朵夫和卡秋莎一块儿跑。平时聂赫留朵夫见到卡秋莎，总感到愉快，不过他的头脑里从来也没有生出过他跟她会发生什么特别关系的想法。

"哎，现在这两个人可是无论如何也捉不到了，"那个"捉人"的快活的画家说，他那两条农民的又短又结实的罗圈腿跑得很快，"除非他们自己绊倒在地上。"

"哪儿的话，您怎么会捉不着我们！"

"一，二，三！"

他们拍了三次手。卡秋莎忍不住咯咯地笑，赶紧跟聂赫留朵夫调换地位，伸出她粗糙而有力的小手握了握他的大手，一直往左边跑去，她那浆硬的裙子沙沙地响。

聂赫留朵夫跑得快。他想让画家捉不住他，就用尽全力往前跑去。后来他回过头去看一眼，却瞧见那个画家在追卡秋莎，不过她很快地迈动她那两条年轻而有弹性的腿，不肯让画家捉住，直奔左边跑去。前面是一个丁香花丛的花坛，谁也没有跑到那后面去过。这时候卡秋莎扭过头来看聂赫留朵夫一眼，向他点头示意，要他跑到花坛后面去同她会合。他领会了她的意思，就往花丛后面跑过去。不料那边，花丛后面有一条小沟，沟里长满带刺的荨麻，聂赫留朵夫不知道，一脚踏空，摔到沟里去了。他的两只手被荨麻刺破，沾满已经在黄昏前降下的露水。不过他立刻站起来，笑自己不小心，拍了拍身上的衣服，跑到一块空地上去。

---

① 题目为编者所加。
② 基督教节日，复活节后的第四十天，庆祝耶稣的升天。

卡秋莎满面笑容,闪着她那对象湿润的醋栗那么黑的眼睛,迎着他飞跑过来。他们跑到一块儿,互相握紧手。①

"我看,您别是受伤了吧?"她说,用她那只空着的手理了理松散的辫子,不住地喘气,带着笑容,微微抬起眼睛来照直地瞧着他。

"我本来不知道这儿有一条小沟,"他说,也现出笑容,而且没有松开她的手。她往他身边靠近点。他自己也不知道是怎么回事,把他的脸凑到她跟前去。她没有躲闪,他就握紧她的手,吻她的嘴唇。

"哎呀,这是怎么了!"她说,用很快的动作挣脱自己的手,从他身旁跑掉了。

她跑到丁香花丛那边,摘下两根正在凋谢的白色丁香花枝,用来拍打她那火热的脸,然后回过头去看他一眼,把两只手在身子前面灵活地来回摆动着,走回做游戏的人那边去。

从那时候起聂赫留朵夫和卡秋莎之间的关系就起了变化,形成了年青纯洁的男子和同样纯洁的少女由于互相爱慕而往往发生的那种特殊的关系。

每逢卡秋莎刚刚走进房间里来,或者甚至聂赫留朵夫只是远远地看见她的白围裙的时候,一切东西在他的眼里就仿佛都被太阳照亮,一切就都变得更有趣,更快活,更有意义,生活也变得更充满欢乐了。她也有这样的感觉。然而,不单是卡秋莎近在眼前或者相离不远的时候才会给聂赫留朵夫造成这样的影响;只要他想到世上有卡秋莎这样一个人活着,就也会对他造成这样的影响。对她来说,也只要想到有聂赫留朵夫活着,就会造成同样的影响。不论聂赫留朵夫接到他母亲写来的不愉快的信也罢,他的论文写得不顺手也罢,他生出青年人常有的那种没来由的忧郁心情也罢,他只要想起有卡秋莎在,他会见到她,那一切就统统烟消云散了。

卡秋莎在家里有许多工作要做,不过她能够把那些事一件一件做完,还腾出空闲的功夫来看书。聂赫留朵夫就把他自己刚刚读完的陀思妥耶夫斯基和屠格涅夫的书拿给她看。她最喜欢的是屠格涅夫的《静静的涧流》。他们俩偶尔相遇就谈上几句话,例如在过道上,在露台上,在院子里,有的时候还在姑姑们的老女仆玛特辽娜·巴甫洛芙娜的房间里,因为卡秋莎跟老女仆同住在一处,聂赫留朵夫偶尔到她们的小屋里去啃着糖块喝茶。有玛特辽娜·巴甫洛芙娜在场,他们谈起话来最畅快。如果只有他俩在一块儿,

---

① 在"捉人"游戏中,被追的两个人在某一地点会合,相互握手,就算赢了。

谈话却别扭得多。他们的眼睛立刻开始讲些跟他们嘴里所讲的完全不同而且重要得多的话,他们的嘴唇绷紧,心里害怕,就连忙分手了。

聂赫留朵夫初次在姑姑们家里居住的那段时期当中,他跟卡秋莎始终保持着这样的关系。姑姑们发觉了这种关系,担惊害怕,甚至写了一封信把这件事告诉聂赫留朵夫的住在国外的母亲叶莲娜·伊凡诺芙娜公爵夫人。姑姑玛丽雅·伊凡诺芙娜担心德米特里会跟卡秋莎发生暧昧的关系。不过她这种担忧是没有根据的。如同一般纯洁的人一样,聂赫留朵夫连自己也不知道就爱上了卡秋莎,他的爱情无论对他自己还是对她,就都成了避免堕落的重要保障。他不但没有在肉体上占有她的欲望,而且一想到居然能够跟她发生那样的关系,反而感到害怕。不过,颇有诗情的姑姑索菲雅·伊凡诺芙娜的忧虑倒有根据得多,她深怕德米特里爱上那个姑娘以后会凭着他那不达到目的就不罢休的果断性格,不顾她的出身和地位,毫不犹豫地跟她结婚。

如果聂赫留朵夫当时清楚地领会到他爱上了卡秋莎,特别是如果当时有人劝他说,他万万不可以而且不应该把他的命运同那样一个姑娘联系在一起,那就很容易发生这样的事:他就会凭着他直率地处理一切事情的性格做出决定,认为只要他爱上了那个姑娘,那么不管她是个什么样的人,他也没有任何理由不跟她结婚。可是姑姑们没有把她们的担忧对他说明,于是他始终也没有感到他爱上了这个姑娘,就这样离开了那儿。

他当时相信他对卡秋莎所发生的感情,只不过是那时候充满他的全身心并且也为那个妩媚快活的姑娘所分享的生活乐趣的一种表现罢了。可是,临到他动身,卡秋莎同姑姑们站在门廊上,她用满含泪水、略微斜睨的黑眼睛瞧着他,他这才体会到他正在舍弃一种美丽的、珍贵的、一去不复返的东西。他不由得感到很凄凉。

"再见,卡秋莎,我感谢你的种种好意,"他坐上马车,隔着索菲雅·伊凡诺芙娜的包发帽望过去,说。

"再见,德米特里·伊凡诺维奇,"她用亲切悦耳的声音说。她忍住满眼的泪水,跑回前厅里去,在那儿她才能够痛痛快快地哭一场。

聂赫留朵夫的犯罪①

聂赫留朵夫从见到卡秋莎的头一天起,就对她生出了他旧日对她的那种感情。他现在也跟先前那样,看见卡秋莎的白围裙就不能不激动,听见她

---

① 题目为编者所加。

的脚步声、说话声、欢笑声就不能不高兴,瞧着她那对象湿润的醋栗那么黑的眼睛,特别是在她微笑的时候,就不能不动心,主要的是他们相遇的时候,她一脸红,他就不能不发窘。他感觉到他在恋爱,不过跟先前不同,先前那种恋爱对他来说是一个秘密,他自己都不敢对自己承认在恋爱,而且相信人只能恋爱一次。现在他也在恋爱,却知道得很清楚,而且为此高兴,尽管想瞒住自己,却隐约地知道这种恋爱是怎么回事,可能发生什么样的后果。

在聂赫留朵夫身上就跟在一切人身上一样,有两个人。一个是精神的人,他为自己所寻求的仅仅是对别人也是幸福的那种幸福;另一个是兽性的人,他所寻求的仅仅是他自己的幸福,为此不惜牺牲世界上一切人的幸福。在目前这个时期,彼得堡生活和军队生活已经在他的身上引起利己主义的疯魔状态,兽性的人在他身上占着上风,完全压倒了精神的人。可是他见到卡秋莎以后,重又产生了他以前对她生出的那种感情,精神的人就抬起头来,开始主张自己的权利。于是在复活节前那一连两天当中,在聂赫留朵夫身上一刻也不停地进行着一场他自己也不觉得的内心斗争。

在他的心灵深处,他知道他应当走掉,没有必要再在姑姑们家里住下去,知道这样住下去不会有什么好结果。然而他是那么高兴,那么愉快,结果他没有对自己说这些话,却住下来了。

在基督复活节的前夜,星期六傍晚,一个司祭带着一个助祭和一个诵经士坐着雪橇到这儿来做晨祷,按他们的说法,他们是费尽气力经过水塘和干地才走完从教堂到姑姑家的那三俄里路程的。

聂赫留朵夫同姑姑们和仆人们站在一块儿做完晨祷,同时目不转睛地瞅着卡秋莎,她站在房门口,送来了手提香炉。他按照复活节的规矩同司祭,同姑姑们互相吻过三次以后,正要走去睡觉,却忽然听见玛丽雅·伊凡诺芙娜的老女仆玛特辽娜·巴甫洛芙娜在外面甬道里准备跟卡秋莎一起动身到教堂里去给复活节的甜面包和甜奶渣饼受净化礼。"我也去,"他暗想。

到教堂去,不论是坐雪橇还是坐马车,都没有好路可走。因此,在姑姑们家里如同在自己家里一样随便的聂赫留朵夫,就吩咐人把那匹供乘骑用的名叫"老兄"的马备好鞍子,他自己不再上床睡觉,却换上漂亮的军服和紧身的马裤,穿上军大衣,翻身上了那匹养得很肥、身体笨重、不住嘶鸣的老公马,摸着黑路穿过水塘和积雪到教堂去。

这次晨祷,在聂赫留朵夫此后的全部生活当中,成为一次最鲜明、最强烈的回忆。

他骑着马,蹚着水,走完漆黑的、零星点缀着几堆白雪的道路,进了教堂的院子。他那匹马一看见教堂周围的点点灯火,就竖起了耳朵。这时候,礼拜已经开始了。

有些农民认得他是玛丽雅·伊凡诺芙娜的侄子,就把他领到一块干燥的地方下马,给他把马拴好,带他走进教堂里去。教堂里已经满是过节的人了。

右边都是农民:老年人穿着土布长衫和树皮鞋,脚上裹着干净的白色包脚布;青年人穿着粗呢的新长衫,腰上系着颜色鲜艳的宽腰带,脚上穿着高腰皮靴。左边都是农妇,头上扎着红绸巾,上身穿着棉绒的坎肩,配着大红的衣袖,下身穿着蓝色的、绿色的、红色的或者杂色的裙子,脚上穿着打了铁掌的半高腰靴子。站在她们后边的,是衣服朴素的老太婆,扎着白头巾,身穿灰色长外衣和旧式的毛织裙子,脚上穿着普通鞋或者新树皮鞋。这两群人中间夹杂着一些衣服考究、头发上抹了油的孩子。农民们在胸前画十字,鞠躬,然后把头发甩到后面去。女人们,特别是那些老太婆,都用黯淡无光的眼睛盯住一个有许多蜡烛照着的圣像,捏紧她们并拢的手指头,有力地点一下额头上的头巾,再点两个肩膀和肚子;她们嘴里不出声地念叨,弯腰站着,或者跪下。孩子们学大人的样子,一见有人在瞧他们,就起劲地做祷告。那些缠着金色螺旋纹的大蜡烛,以及从四面八方把它们围住的许多小蜡烛,照得金黄的圣像壁象是起了火。枝形大烛架上插满了蜡烛。从唱诗班那边传来业余歌手的欢畅的歌声,其中夹杂着粗重的男低音和尖细的儿童最高音。

聂赫留朵夫走到前边去。上等人站在教堂的正中,其中有一个地主带着他的妻子和穿着水兵制服的儿子,有警察分局局长,有电报员,有一个穿着高腰皮靴的商人,有一个佩戴着徽章的村长。读经台右边,在地主太太身后,站着玛特辽娜·巴甫洛芙娜,穿着亮闪闪的淡紫色连衣裙,戴着坠流苏的白色披巾。卡秋莎跟她站在一起,穿一件白色连衣裙,胸前缝着皱褶,系一根浅蓝色腰带,黑头发上扎着一个红花结。

一切都欢乐,庄严,畅快,美丽。司祭们穿着发亮的银丝线衣,挂着金十字架。另外还有一个助祭,还有些诵经士,穿着节日的银丝线和金丝线祭服。业余歌手穿着节日的盛装,头发上擦了油。节日赞美歌的欢乐的音调,听起来象是舞曲。司祭们举着插了三支蜡烛、装点着花朵的烛架,不停地为人们祝福,不住反复叫道:"基督复活了!基督复活了!"一切都美丽,然而最美丽的却是穿着白色连衣裙、系着浅蓝色腰带、黑头发上扎着红花结、眼睛快活得发亮的卡秋莎。

聂赫留朵夫感到她虽然没回过头来，却看见他了。这是他在经过她的身边，往祭坛那边走过去的时候看出来的。他本来没有什么话要对她说，不过他想了想，在走过她身边的时候说：

"姑姑说，她在做完晚弥撒以后就开斋了。"

如同平时她见到他一样，她的青春的血涌上了她整个那张可爱的脸。她的黑眼睛微微抬起来，笑着，欢欢喜喜，天真地瞅着聂赫留朵夫。

"我知道，"她说，微微一笑。

这时候，一个诵经士拿着铜咖啡壶①，从人群里挤过来，走过卡秋莎身边，眼睛没有看着她，他的祭服的衣襟却擦着她了。这个诵经士分明出于对聂赫留朵夫的尊敬，要从他旁边绕过去，才擦到了卡秋莎。聂赫留朵夫却暗自觉得奇怪：他，这个诵经士，怎么会不明白这儿的一切东西，以至全世界的一切东西，都只是为了卡秋莎才存在的，人对世界上的一切东西都可以怠慢，独独不能对她这样，因为她就是万物的中心。为了她，圣像壁的黄金才光芒四射，枝形大烛架和那些烛台上的所有蜡烛才大放光明；为了她，人们才发出欢乐的歌声："主的复活节来了，欢乐吧，人们。"世界上凡是好的东西，一切好东西，都是为了她才存在的。他觉得卡秋莎好象也明白这一切都是为了她才存在的。这样的感觉是聂赫留朵夫瞧着她那带皱褶的白色连衣裙裹着的苗条身材，瞧着她那张聚精会神、喜气洋洋的脸的时候生出来的。他从她脸上的表情看出来，她的灵魂里恰好也唱着他的灵魂里所唱的那种歌。

在早弥撒和晚弥撒中间的那段时间里，聂赫留朵夫走出了教堂。人们都给他让路，对他鞠躬。有的人认得他，有的人却问："他是谁家的？"他在门廊上站住。乞丐们围上来，他就把钱夹里所有的零钱统统散给他们，从门廊的台阶上走下去。

天色已经很亮了，可是太阳还没升上来。人们散布在教堂周围的坟地上。卡秋莎还待在教堂里，聂赫留朵夫就停下来等她。

人们仍旧陆续走出来，他们的皮靴底上的钉子把石板踩得叮叮地响。他们走下台阶，分散到教堂的院子里和墓园里去。

玛丽雅·伊凡诺芙娜的做糖果点心的厨师是一个龙钟老者，这时候摇

---

① 在俄国教堂里，铜咖啡壶用来装圣水。——英译本注

着颤巍巍的头,拦住聂赫留朵夫,按复活节的规矩跟他互相吻了三次。他的妻子是老太婆,戴着一块绸子的三角头巾,头巾下边露出她那皱皮的喉核,这时候从手绢里取出一个染得红里透黄的鸡蛋,送给聂赫留朵夫。这当儿有一个年青力壮、满面笑容的农民走过来,身上穿一件崭新的外衣,拦腰系一根绿色的宽腰带。

"基督复活了①,"他说,眼睛里闪着笑意,走到聂赫留朵夫跟前,带来一股农民身上所特有的好闻的气味。他把鬈曲的胡子送上来,搔得聂赫留朵夫的脸上发痒,再把他那有力的嫩嘴唇对着聂赫留朵夫的嘴唇吻了三次。

正当聂赫留朵夫跟这个农民亲吻,然后收下他所送的一个深棕色鸡蛋的时候,玛特辽娜·巴甫洛芙娜的亮闪闪的连衣裙和那个黑发上扎着红花结的、可爱的头出现了。

她立刻从走过她面前的人们的头顶上望过来而瞧见了他。他看见她脸上放光了。

她跟玛特辽娜·巴甫洛芙娜一块儿走出来,在门廊上站住,散给乞丐们一些钱。有一个乞丐已经烂掉了鼻子,痊愈后只剩下一块红疤,这时候走到卡秋莎跟前来。她就从手绢里拿出一个什么东西,送给他,然后凑到他跟前去,吻了他三次,没有表现出一丝一毫的厌恶神情,正好相反,她的眼睛仍旧快活地放光。正当她吻那个乞丐的时候,她的眼睛遇到了聂赫留朵夫的目光。她仿佛在问:这件事她做得好吗,做得对吗?

"做得对,做得对,亲爱的,样样都好,样样都美,我爱你。"

她们两个人走下门廊的台阶,他就往她那边走过去。他并没打算行复活节亲吻礼,只不过是想跟她挨得近一点罢了。

"基督复活了!"玛特辽娜·巴甫洛芙娜说,低下头,微笑着,她的口气似乎在说:今天我们大家都平等了。她把手绢揉成一小团,擦干净她的嘴,把嘴唇送到他跟前去。

"真的复活了,"聂赫留朵夫回答说,吻她。

他看了卡秋莎一眼。她脸红了,同时向他这边走过来。

"基督复活了,德米特里·伊凡诺维奇。"

"真的复活了,"他说。他们互相吻了两回,仿佛拿不定主意该不该再吻一次,后来又似乎决定应该再吻一回才对,他们就又吻了第三回,两个人

---

① 这是正教徒在复活节见面时候的一种套话。一个说:"基督复活了。"对方就回答道:"真的复活了。"

都微微地笑了。

"你们是要去找司祭吗？"聂赫留朵夫问。

"不，我们就在这儿坐一忽儿，德米特里·伊凡诺维奇，"卡秋莎说，好象刚刚做完一种愉快的工作似的用她的整个胸膛沉重地呼吸着，抬起她那对温顺的、贞洁的、热爱的、略微有点斜睨的眼睛照直瞧着他的眼睛。

男女之间的爱情总有一个时候达到顶点，到了那个时候这种爱情就没有什么自觉的、理性的成分，也没有什么肉欲的成分了。这个基督复活节的夜晚，对聂赫留朵夫来说，就是这样的时候。每逢他现在回忆卡秋莎，虽然他跟她在各种场合见过面，可是这段时候的情景总是盖过其他的一切时候。她那生满平滑发亮的黑发的小脑袋，她那件带着皱褶、严实地包紧她的苗条身材和不高的胸脯的白色连衣裙，她脸上泛起的红晕，她那对由于一夜没有睡觉而微微斜睨的、温柔的、亮晶晶的黑眼睛，总之她周身上下，都表现出两个主要的特征：她用她那清白贞洁的爱情不但在爱他（这是他已经知道的），而且在爱所有的人和所有的东西，也不但是爱世界上所有美好的事物，而且还爱她刚才吻过的那个乞丐。

他知道她心里有那样的爱情，因为那天夜里和第二天清晨他感到他的心里也有那样的爱情，而且感到他和她在那样的爱情里合而为一了。

唉，要是一切都停留在那天夜里发生的那种感情上，那多么好啊！"是的，整个那件骇人听闻的事是在基督复活节那个夜晚过去以后才发生的！"现在他坐在陪审员议事室里的窗子旁边，暗自想着。

聂赫留朵夫从教堂回到家里以后，跟他的姑姑们一块儿开斋，并且按照在军队里养成的习惯，为了提一提神而喝了白酒和葡萄酒，然后回到他自己的房间里，连衣服也没有脱，立时就睡熟了。一阵敲门声把他惊醒。他从敲门声中听出是她来了，就坐起来，揉一揉眼睛，伸了个懒腰。

"卡秋莎，是你吗？进来吧，"他下了床说。

她把房门略微推开一点。

"开饭了，"她说。

她仍旧穿着那件白色连衣裙，不过头发上的花结不在了。她看一下他的眼睛，喜笑颜开，倒好象她是来对他报告一个不同寻常的喜讯似的。

"我马上就去，"他回答说，拿起梳子，想梳一下头发。

她站在那儿没走。他发觉了这一点，就丢下梳子，往她那边走过去。可是这当儿她很快地扭转身，迈开她平素那种又轻又快的步子，踩着过道上的长地毯走去。

"我这个人真傻,"聂赫留朵夫对自己说,"我为什么不把她留住呢?"

他就跑着在过道上追她。

究竟他打算把她怎么样,他自己也不知道。不过,他觉得,她到他的房间里来的时候,他本来应该做一件什么事,做一件大家在这种情形下都会做的事,可是他没有做。

"卡秋莎,你等一下,"他说。

她回过头来看他。

"您有什么事?"她暂时停住脚,说。

"没什么事,不过……"

他鼓起劲来,想起在这类情形下,一切男子处在他的地位通常会有什么举动,就伸出胳膊去搂住卡秋莎的腰。

她站住没动,瞧着他的眼睛。

"别这样,德米特里·伊凡诺维奇,别这样,"她说,涨红了脸,几乎流出了眼泪,然后她用她的又硬又有力的手推开他那只搂住她的胳膊。

聂赫留朵夫放她走了。一时间他不但感到别扭、害臊,而且感到厌恶自己。他本来应当相信他自己才对,可是他不明白这种别扭和羞臊正是他灵魂里的最善良的感情在寻求出路,反而认为这说明他笨,他应该按照大家所做的那样去做。

他就再一次追上她,又搂住她,吻她的脖子。这一吻完全不同于前两次的吻,也就是以前在丁香花丛后面那不由自主的一吻和今天早晨在教堂那儿的又一次接吻。这一吻是可怕的,这一点她也感觉到了。

"您这是干什么呀?"她叫起来,从她的声调听来,倒好象他打碎一件无限珍贵的东西,无法挽回了似的。她躲开他,加快步子跑掉了。

他走进饭厅里。他的装束考究的姑姑们、一个医师和一个女邻居,已经在一张放冷荤菜的小桌旁边站着。一切都那么平常,可是聂赫留朵夫的灵魂里却起了风暴。凡是别人对他说的话,他一概没有听懂,他回答的话也是文不对题。他心心念念想着卡秋莎,回味他刚才在过道里追上她以后的那一吻。他没心去想别的事情。每逢她走进房间里来,他没用眼睛看她,却全身心都感觉到她就在身边,他必得极力按捺自己才能不抬起眼睛来看她。

吃过饭后,他立刻回到他自己的房间里,心情极为兴奋,在房间里久久地走来走去,仔细地听着这所房子里的响声,等着她的脚步声。在他身上活着的兽性的人,现在不但已经抬起头来,而且把他第一次做客期间,以至今天早晨在教堂里的时候还在他身上活着的那个精神的人踩在脚下,那个可怕的兽性的人如今独自霸占了他的灵魂。尽管他不住地跟踪她,可是那一整天他都没有能够找到机会跟她单独见面。多半她在躲他。不过到了傍晚,事有凑巧,她不得不到他住着的房间的隔壁房间里去。医师留在这儿过夜了,卡秋莎得为这个客人布置床铺。聂赫留朵夫听见她的脚步声,就放轻脚步,屏住呼吸,仿佛打算干什么犯罪的事似的,跟着她走进那个房间里去。

她已经把她的两只胳膊伸进一个干净的枕头套里,用手揪住枕头的两个角,这时候回过头来看他一眼,微微一笑,然而这不是以前那种欢畅快乐的笑容,却是战兢兢的、可怜样的笑容。这个笑容仿佛在对他说:他要做的事是恶劣的。他一时间愣住了。现在还有挣扎的余地。他对她的真实的爱情的声音,虽然微弱,可是毕竟响起来了,正在对他述说她,述说她的感情,述说她的生活。然而,另外一个声音却在说:注意,你要错过你自己的享乐,你自己的幸福了。这第二个声音盖过了第一个声音。他就坚决地走到她跟前去。可怕的和无法抑制的兽性感情已经把他抓住了。

聂赫留朵夫搂住她不放手,硬要她在床上坐下。他觉得另外还有别的什么事要做,就在她的身旁坐下。

"德米特里·伊凡诺维奇,好人,劳驾,放开手吧,"她用可怜的声调说。"玛特辽娜·巴甫洛芙娜来了!"她叫道,挣脱了身子。果然有一个什么人往门口这边走过来。

"那么我晚上去找你,"聂赫留朵夫说。"你不是一个人在屋里吗?"

"您在说什么呀?万万使不得!您别这样。"她只是口头上这样说,她那激动慌张的全身却说出了另外一些话。

走到门口来的果然是玛特辽娜·巴甫洛芙娜。她走进房问里,胳膊上搭着一条被子,用责备的目光看聂赫留朵夫一眼,生气地责备卡秋莎不该拿错被子。

聂赫留朵夫默默地走出去。他甚至没有感到害臊。他凭玛特辽娜·巴甫洛芙娜的脸色看得出她在责难他,明白她对他的责难是对的,知道他自己做的事恶劣,然而兽性的感情已经从他往日对她的优美的爱情下面挣脱出来,控制住他,独自称霸,不承认其他的任何感情了。现在他知道,应该怎样做才能满足这种感情,正在想方设法照那样做。

整个傍晚他失魂落魄,一忽儿走到姑姑们的房间里去,一忽儿又走出来,回到他自己的房间里,后来又在门廊上站住,脑子里只盘算着一件事,那就是怎样才能跟她单独见面。可是,不但她在躲避他,玛特辽娜·巴甫洛芙娜也极力不许她离开身边。

整个傍晚就这样度过去,深夜来了。那个医师去睡觉了。姑姑们躺下安歇了。聂赫留朵夫知道玛特辽娜·巴甫洛芙娜目前在姑姑们的卧室里,只有卡秋莎一个人待在女仆房间里。他就又走出去,在门廊上站住。门外漆黑,潮湿,温暖。整个空中弥漫着白茫茫的大雾,在春天,这样的雾消融着残雪,或者正是因为残雪在融化,才升起了这样的雾。正房前边,百步开外,在陡坡底下有一条河,传来一种奇怪的响声:那是冰层在碎裂。

聂赫留朵夫从门廊上走下去,踩着结了冰的雪走过泥塘,来到女仆房间的窗子跟前。他的心在胸膛里跳得那么响,他自己都听见了。他时而屏住呼吸,时而费力地深深吐一口气。女仆房间里点着一盏小灯。卡秋莎独自坐在桌旁,正在沉思,眼睛呆望着前面。聂赫留朵夫一动不动地瞧了她很久,想看一下她自以为没有人瞧着她的时候会做些什么。有两分钟光景,她坐在那儿不动,然后抬起眼睛来,微微一笑,仿佛责备自己似的摇一摇头,然后变换一个姿势,把两条胳膊猛地往桌上一放,呆呆地望着前面。

他站在那儿瞧着她,不由自主地听着他自己的心跳声和从河上传来的古怪的响声。那边,在河上,在雾里,正在进行一种不停的、缓慢的工作,不知是一个什么东西时而呼哧呼哧地喘气,时而咔嚓一声裂开,时而哗啦一声倒下来,时而薄冰象玻璃似的碰得玎玲玎玲地响。

他站在那儿,瞧着卡秋莎的心事重重的、由于内心斗争而苦恼的脸。他不由得怜惜她,然而,说来奇怪,这种怜惜反而加强了他对她的欲念。

这种欲念已经完全控制住他。

他敲敲窗子。她仿佛触了电似的,全身一震,脸上露出害怕的神情。然后她跳起来,走到窗前,把她的脸凑近窗玻璃。甚至在她伸出两个手掌,象护眼罩似的放在她的眼睛两旁,然后认出他的时候,那害怕的神情也仍旧没有离开她的脸。她的脸色异常严肃,他以前从没见过她的脸象这个样子。直到他微微一笑,她也才微微一笑,而且仿佛只是为了迎合他才微笑的,她心里并没有笑意,而只有恐惧。他对她招手示意,要她到院子里来找他。可是她摇头,意思是说不,她不出去。她仍旧站在窗子那儿不动。他再一次把他的脸凑近窗玻璃,想对她喊一声,叫她出来,可是这时候她回过头去看房门口,分明有人在叫她。聂赫留朵夫就从窗子跟前走开了。雾那么浓,离开房子只有五步远就看不见窗子,只有黑糊糊的一大团东西,从中照出一片似乎很大的红色灯光。河上仍旧发出奇怪的喘气声、窸窣声、爆裂声、冰块相碰的玎玲声。院子里,不远的地方,在迷雾中,有一只公鸡啼起来,附近就有别的公鸡接应,随后远处村子里传来互相打岔而又合成一片的鸡鸣声。四下里,除了那条河以外,十分肃静。这时候已经是第二遍鸡叫了。

聂赫留朵夫在房子的墙角那儿来回走了两趟,有好几次把脚踩进泥塘里去,后来又走到女仆房间的窗子跟前。灯仍旧点着,卡秋莎又独自一个人靠着桌子坐定,好象心里七上八下拿不定主意似的。他刚刚走到窗子跟前,她就瞧他一眼。他敲了敲窗子。她也没细看是谁在敲窗子,就立刻从女仆房间里跑出去。他听见门扣咔地一响,然后外边的房门吱吱扭扭地开了。这时候他已经在门道的旁边等她,一句话也没说,立刻伸出胳膊去搂住她。她偎紧他,扬起她的头,用她的嘴唇去迎接他的吻。他们站在门道的一个墙角后边,那儿的雪已经化掉,土地是干的。他周身充满一种煎熬着他的、没有得到满足的欲望。忽然,外边的房门又咔地一响,又吱吱扭扭地开了,传来玛特辽娜·巴甫洛芙娜生气的声音:

"卡秋莎!"

她抽身离开他,回到女仆房间里去。他听见门扣一声响,扣上了。这以后一切都归于沉寂,窗子里的红光不见了,只剩下大雾和河上的闹声。

聂赫留朵夫往窗子跟前走过去,然而什么人也没看见。他敲窗子,也没有人应声。聂赫留朵夫绕到前门的门廊上,走回正房里去,可是睡不着觉。他就脱掉靴子,光着脚,顺着过道往她的房门口走过去,她的房间同玛特辽娜·巴甫洛芙娜的房间紧挨着。起初他听见玛特辽娜·巴甫洛芙娜发出平稳的鼾声。他正想往前走,忽然玛特辽娜·巴甫洛芙娜咳嗽起来,翻了个身,她的床吱吱嘎嘎地响。他的心停住跳动,他呆站了大约五分钟。等到一切又沉寂下来,平稳的鼾声又响起来,他就极力把他的脚踩在不嘎吱嘎吱响的地板上,往前走去,来到她的房门口。任什么声音也听不见。她分明没有睡着,因为她的呼吸声听不到。他刚刚压低喉咙叫一声"卡秋莎",她就跳下床,走到房门口来,劝他走掉,她的声调依他听来仿佛在生气似的。

"这象什么话?哎,怎么可以这样?您的姑姑会听见的,"她嘴上这样说着,而她的全身却在说:"我整个都是属于您的。"

只有这句话聂赫留朵夫才听明白了。

"得了,你开一忽儿门吧。我求求你,"他说着这些毫无意义的话。

她不出声,然后他听见一只手摸索着找门扣的声音。门扣咔地一响,他就顺着推开的门缝溜进去。

这时候她穿着又粗又硬的布内衣,裸露着胳膊;他抓住她,抱起她来,把她带走。

"哎呀!您这是干什么呀?"她小声说。

可是他不睬理她的话,把她抱到他自己的房间里去。

"哎,别这样,放开我吧,"她说,可是她的身子更偎紧他了。

等到她周身发抖,一声不响,也不搭理他说的话,从他那儿走掉了,他就走出去,来到门廊上,站住不动,极力思索刚才发生的这件事的意义。

外边亮得多了。下边,河面上,冰块的崩裂声、磕碰声、喘息声越发响起来,而且在原有的各种响声之外,还添上了流水的潺潺声。大雾开始往下降,下弦月从雾幕后面升起来,朦胧地照着一个乌黑而可怕的什么东西。

"这到底是怎么回事:我所遇到的究竟是很大的幸福呢,还是很大的不幸?"他问自己。"这种事是素来就有的,大家都是这样做的,"他对自己说,然后就回去睡觉了。

玛丝洛娃的哲学①

过了一分钟玛丝洛娃从旁门的门口走进来。她踩着轻软的步子一直走到聂赫留朵夫跟前站住,从眉毛底下看了他一眼。她的黑头发,象前天似的,鬈曲着飘在额头上,她那张不健康的脸浮肿而苍白,然而俊俏,十分镇静,只是黑亮的、斜睨的眼睛在臃肿的眼皮底下特别炯炯有光。

"你们可以在这儿谈话,"副狱长说,然后走到一旁去。

聂赫留朵夫往靠墙摆着的一条长凳那儿走过去。

玛丝洛娃带着疑问的神情瞧副狱长一眼,然后仿佛感到惊讶似的,耸一耸肩膀,跟着聂赫留朵夫走到长凳那儿,理一下裙子,在他旁边坐下来。

"我知道,要您宽恕我是困难的,"聂赫留朵夫开口说,可是又停住嘴,觉得眼泪在妨碍他说话,"不过,如果过去的事已经不能挽回,那么现在我要尽我所能尽的一切力量去做。请您告诉我……"

"您是怎么找着我的?"她问,没有回答他问的话。她那对斜睨的眼睛瞧着他,而又好象没有瞧着他。

"我的上帝啊!帮助我吧,教导我应该怎样做!"聂赫留朵夫对自己说,瞧着她那张大大变样而且如今已经不招人喜欢的脸。

"前天您受审的时候,"他说,"我在做陪审员。您没有认出我吗?"

---

① 题目为编者所加。

"没有,我没有认出来。我也没有功夫认人。再者我连看也没看,"她说。

"您不是有过一个孩子吗?"他问,感到自己的脸涨红了。

"谢天谢地,他当时就死了,"她简短而气愤地回答说,掉过眼睛去不看他。

"怎么会死了?什么缘故死的?"

"当时我自己也病着,差点死掉,"她说,没有抬起眼睛来。

"可是我的姑姑们怎么会放您走的?"

"谁肯用一个有了孩子的女仆呢?她们一看出我有身孕,就把我赶走了。可是,何必再说这些呢。我什么都不记得,全忘光了。那件事早就了结了。"

"不,没有了结。我不能把那件事丢开不管。哪怕现在,我也要赎我的罪。"

"没有什么可赎的。以前发生过的事,已经发生了,而且也过去了,"她说。然后,他万万没有料到,她忽然看他一眼,微微一笑,那是一种令人不愉快的、可怜样的媚笑。

玛丝洛娃再也没有料到会见到他,特别是现在,在此地。正是因为这个缘故,他的出现起初才使她感到震动,逼得她想起了她从来也不去回想的事。起初她模模糊糊地想起一个充满新奇美妙的感情和思想的世界,这是那个爱着她而又为她所爱的漂亮青年为她打开的。后来她想起他的不可理解的残忍,想起一长串的屈辱和苦难,而这些都是紧跟在那种令人心醉的幸福之后,并且是从那里面源源不断地产生出来的。她感到痛苦。可是她又无力理解这种事,于是她现在也照往常那样去做,往常她总是把这些回忆赶走,用她的堕落生活的那种特殊的迷雾盖上那些回忆,目前她也就这样做。起初她把目前坐在她面前的这个人同她以前爱过的那个青年合成一个人,不过后来她看出这样做太痛苦,就不再把这两个人联系起来。如今,这个装束整齐、养尊处优、胡子上洒着香水的老爷,对她来说,已经不是她所爱过的聂赫留朵夫,而只是这样的一种人:这种人在需要的时候就把她那样的人拿来使用一下,而她那样的人也必须尽量利用他们来为自己谋利益。就是因为这个缘故,她才对他媚笑。她沉默了一下,心里盘算着该怎样利用他才对。

"那件事早就了结了,"她说。"现在我被判决,要去做苦工了。"

她说出这句可怕的话的时候,嘴唇颤抖起来。

"我知道,我相信您是没罪的,"聂赫留朵夫说。

"当然我没罪。难道我会做贼,或者做强盗?据我们这儿的人说,办案子全靠律师,"她接着说。"他们说,这得上诉。不过,据说这很费钱……"

"是的,一定的,"聂赫留朵夫说。"我已经找过律师了。"

"不要舍不得花钱,要请一个好律师,"她说。

"凡是我能做到的,我都要去做。"

随后是沉默。

她又象刚才那样微笑了一下。

"我想跟您要一点……钱,要是您乐意的话。不多……十个卢布就成,不必再多了,"她忽然说。

"行,行,"聂赫留朵夫发窘地说,伸手去取他的钱夹。

她很快地瞧一眼副狱长,他正在房间里走来走去。

"您不要当着他的面给我,要等他走开了再给,要不然他会拿走的。"

等到副狱长刚转过身去,聂赫留朵夫就拿出钱夹来,然而还没来得及把一张十卢布的钞票递给她,副狱长就又转回身来,脸对着他们了。他就把钞票团在手心里。

"要知道,这是一个已经死去的女人了,"他暗想,瞧着那张从前妩媚可爱,可是现在却不干不净而且臃肿的脸,以及那对斜睨的黑眼睛里射出来的不正派的亮光,那对眼睛正盯紧副狱长和聂赫留朵夫的捏紧钞票的手。一时间他心里动摇了。

昨天晚上说过话的诱惑者,如今又在聂赫留朵夫的灵魂里说话了,照例引他不去考虑他应该怎么做的问题,却去考虑另外的问题:他的行动会造成什么后果,怎样做才能对他自己有利。

"你对这个女人已经一点办法也没有了,"那个声音说,"你无非是把一块石头吊在你的脖子上罢了,这块石头会把你活活淹死,妨碍你去做对别人有益的事。你不如把钱给她,把现在你身边的钱统统给她,然后向她告别,从此跟她一刀两断,这岂不更好?"他不由自主地暗想。

然而他顿时感到现在,就在眼前,他的灵魂里正在发生一种极其重大的变化。他感到他的内心生活目前仿佛放在摇摆不定的天平上,只要稍稍加一点力量上去,就能使天平往这一边或者那一边歪过去。他真就使出他的力量来,向昨天他感到在他的灵魂里存在着的上帝求援,上帝果然立刻在他的灵魂里响应他,他决定马上把一切话都对她说出来。

"卡秋莎!我来找你是要求你宽恕我,可是你没有回答我究竟你宽恕我没有,或者你以后会不会宽恕我,"他说,忽然改称"你"了。

她没有听他讲话,却时而瞧着他的手,时而瞧着副狱长。等到副狱长转过身去,她就赶紧对他伸出一只手来,抓住那张钞票,把它塞在她的腰带里。

"您说的话可真希奇,"她说,而且依他看来,似乎在鄙夷地冷笑。

聂赫留朵夫体会到她心里有一种断然敌视他的东西,它保护着她而使她甘心做她现在这样的人,不准他去触动她的心。

可是,说来奇怪,这不但没有把他吓退,反而给他一种特别的、新的力量,促使他同她接近。他感到他必须使她在精神上清醒过来,又感到这是非常困难的,可是这件事的困难反而吸引他。他目前对她生出的这种心情,是他以前无论对她或者对别人都没有生出过的,其中一点私心也没有。他自己丝毫也不希望从她那儿得到一点什么,只是希望她不再做她眼前这样的人,希望她清醒过来,做她从前那样的人。

"卡秋莎,你为什么说这样的话呢?要知道,我了解你,我记得以前在巴诺沃的时候你是什么样子。……"

"何必提那些老事,"她干巴巴地说。

"我回想这些是为了改正我的过错,赎我的罪,卡秋莎,"他开口了,本来打算说明他要跟她结婚,可是他碰到她的目光,看出这目光里有一种那么可怕的、粗鲁的、拒人于千里之外的东西,他就说不出口了。

这时候探监的人们开始走出去。副狱长走到聂赫留朵夫跟前来,说会晤的时间结束了。玛丝洛娃就站起来,温顺地等着人把她押回监狱里去。

"再见,我还有许多话要跟您说,可是,您看,现在没法再说了,"聂赫留朵夫说,对她伸出一只手去。"我以后还会来的。"

"好象所有的话都说完了……"

她伸过一只手去,不过只是碰一下而没有握他的手。

"不,我要设法在一个可以跟您谈话的地方再跟您见面,到那时候我要说一件很重大的、对您非说不可的事,"聂赫留朵夫说。

"好,那您就来吧,"她说,微笑着,那是她希望博得男人欢心而做出来的笑容。

"对我来说,您比姊妹还要亲,"聂赫留朵夫说。

"这话可真希奇,"她又说一回,摇着头,往铁丝网的另一边走去。

在初次相见的时候,聂赫留朵夫本来预料卡秋莎见到他,知道他打算为她出力,听到他说的认罪的话,就会高兴起来,受到感动,于是又变成卡秋莎了。然而使他心惊胆战的是,他看出卡秋莎已经不存在,只剩下玛丝洛娃了。这使得他又是惊奇又是害怕。

使他感到惊奇的,主要是玛丝洛娃非但不觉得她的地位可耻(这不是指犯人的地位,她对犯人的地位是觉得可耻的;这指的是妓女的地位),甚至好象感到满意,几乎为此自豪。可是话说回来,这也不能不是这样。任何人,为了心安理得地做他的工作,就一定要把他的活动看得又重要又好。因此,凡是人,不管他的地位怎样,必然对人类的一般生活形成一种足以使得他的活动在自己的心目中显得又重要又好的看法。

通常人们总是认为盗贼、凶手、暗探、妓女必定承认自己的行业很坏,引以为耻。实际上完全相反。凡是由于命运或者由于本身的过失和错误落到某种地位上去的人,不论他们的地位多么不正当,却总会对一般生活形成一种足以使得他们的地位在自己的心目中显得又好又正当的看法。为了保持这样的看法,这种人总是本能地依附那班承认他们对生活所形成的概念,承认他们对自己的生活地位所形成的概念的人。每逢事情涉及到盗贼夸耀他们的本领,妓女夸耀她们的淫荡,凶手夸耀他们的残忍,这样的事情就总会使得我们感到惊讶。然而,这所以会使得我们感到惊讶,无非是因为那些人的生活圈子和生活气氛局限在狭小的范围里,而且主要的是因为我们处在局外罢了。不过,每逢富翁夸耀他们的财富,也就是他们的掠夺,军事长官夸耀他们的胜利,也就是他们的屠杀,统治者夸耀他们的威力,也就是他们的强暴的时候,这岂不是同一类的现象?我们所以在这些人身上没有看出他们的生活概念反常,也没有看出他们为了替他们的地位辩护而颠倒了善与恶的概念,无非是因为具有这种反常的概念的人们圈子比较大,而且我们自己也是这个圈子里的人而已。

玛丝洛娃对她的生活以及对她在世界上的地位所抱的看法也就这样形成了。她是妓女,被判决去做苦工了,可是尽管这样,她却自有她的世界观,根据这个世界观她就能够称赞她自己,甚至能够在别人面前以她的地位为荣。

这个世界观是这样:所有的男人,不论是年老的也好,年青的也好,中学生也好,将军也好,受过教育的也好,没有受过教育的也好,无一例外,一概认为最大的快乐就在于同妩媚的女人性交,因此所有的男人虽然假装在忙别的事,实际上却只巴望干这一件事。她正好是一个妩媚的女人,既可以满足,也可以不满足他们的这种欲望,所以她就成了一个重要的和必不可少的人。她过去的和现在的全部生活都肯定了这种看法的正确。

在这十年当中,不管她在什么地方,她到处都看见这样的现象:所有的男人,从聂赫留朵夫和年老的警察分局局长起到监狱里的看守们止,都需要她。至于那些不需要她的男人,她却没有看见,也不去注意。所以,依她看来,全世界无非是一伙好色之徒的渊薮,他们从四面八方窥伺她,想尽一切可能的办法,例如欺骗、暴力、金钱的收买、狡猾的圈套等,极力要占有她。

玛丝洛娃就是这样理解生活的,根据这样的生活观点她就非但不是微不足道的人,而且是极其重要的人。玛丝洛娃把这样的生活观点看得重于人世间的一切东西,她也不能不重视它,因为她一旦改变这样的生活观点,就丧失了由这种观点所取得的她在人世间的重要性。为了不失掉她在生活里的重要性,她就本能地去依附那班对生活跟她抱着同样看法的人。可是她领会到聂赫留朵夫打算把她引到另一个世界里去,她就抵制他,已经预先看出来在他招引她去的那个世界里,她一定会丧失她的这种生活地位,以及这种生活地位所给与她的自信和自尊。正是因为这个缘故,她才根本不去回忆她年纪很轻的时候的那些事情,不去回忆她同聂赫留朵夫最初的那种关系。那些回忆跟她现在的世界观格格不入,因而已经在她的记忆里一笔勾销,或者不如说埋藏在她的记忆里的一个什么地方,不去碰它,把它关得很严,封得很紧,犹如蜜蜂把一窝螟虫(幼虫)封起来,不留一点点出口,免得它们毁掉蜜蜂的全部劳动成果。所以,现在的聂赫留朵夫,在她的心目中,已经不是她从前带着纯洁的爱情爱过的那个人,却仅仅是一个她可以而且应该加以利用的阔老爷罢了,她同他只能有她同一切男人那样的关系。

(选自托尔斯泰《复活》,汝龙译,人民文学出版社1979年版。)

【思考题】

1. 这里所选的第一段文字,以高度概括而又形象的语言,清晰勾勒了渐进中年的贵族聂赫留朵夫颓靡彷徨的心态。试以自己的语言对这种心态进行再描述和再阐释,并体会作者写这段文字的用心。

2. 第三段文字叙述在军队里染上恶习、失去了天真纯洁之心的聂赫留朵夫诱奸少年时奉若天神的婢女玛丝洛娃的全过程。托尔斯泰并没有将聂赫留朵夫写成一个完全失去人性的恶魔,而是不断展示他做恶时内心深处两种声音、两股力量的搏斗,从而准确地把握了一个人堕落的细节。这种描写,不仅告诉我们聂赫留朵夫忍心害理的原因与恶果,也保留了他的人性中被压抑的那一点天良,从而为后来的改悔埋下伏笔。请你详细列举并分析在这个复杂的心理变化过程中作者所完成的一系列场景变换、细节描写与恰到好处的分析和概括的精彩微妙之处。"目睹"聂赫留朵夫的犯罪过程,你心里有怎样的反应和震动?

3.从第四段文字看,玛丝洛娃是怎样在内心深处自觉或不自觉地为自己的妓女身份辩护的?是不是每个人都像玛丝洛娃这样,只能从当下处境出发,各自编织一套自我安慰的哲学?果真如此,那么推而广之,我们又将如何看每个人的"自信"?托尔斯泰这样无情地揭穿玛丝洛娃的"自信"的虚假性,用意何在?当聂赫留朵夫主动来看望她、向她忏悔、求她宽恕、保证可以为她做力所能及的一切甚至准备与她结婚时,玛丝洛娃的心情究竟怎样?她拒绝并嘲弄聂赫留朵夫,仅仅出于对他"始乱终弃"的行为的仇恨吗?

【拓展阅读】

1.列宁:《列夫·托尔斯泰是俄国革命的镜子》,《列宁全集》第2版第17卷,人民出版社1984—1990年版。

2.契诃夫:《致米·奥·敏希科夫》(1900年1月28日),《莫斯科的伪善者们》,辽宁教育出版社1997年版。

第八章　显克微支

亨利克·显克微支（1846—1916），波兰现代著名作家。生于没落贵族家庭，曾在华沙大学语文系学习，1876 年以《波兰报》记者身份访问过北美，后经常出国旅游。第一次世界大战期间侨居国外，死于瑞士。70 年代开始创作，早期写了不少优秀的中短篇小说，80 年代转向长篇创作，著有历史小说三部曲《火与剑》《洪流》《渥洛窦耶夫斯基先生》以及《你往何处去？》《十字军骑士》。《你往何处去？》的背景是古罗马多神教与基督教的斗争，《十字军骑士》取材于 15 世纪波兰、立陶宛人民抵抗日耳曼入侵的历史。

从 18 世纪后期开始，波兰连续被邻邦俄罗斯、奥地利、普鲁士、德意志瓜分，在显克微支有生之年，波兰的痛苦一直没有减轻。显克微支一方面尽其所能在波兰国内开展慈善事业，救助贫苦的同胞，另一方面利用他日益高涨的名望来赢取国际上对波兰革命的支持。他谨慎地批评德国对旅德波兰少数民族的德意志化政策，支持波兰学生抗议德国禁止学习和使用波兰语的运动，呼吁俄国在俄控波兰公国推行改革。波兰革命期间，他还曾拥护侨居俄国的波兰反对派。他的文学创作渗透着强烈的爱国主义情感。

1905 年，显克微支因其史诗作家的终生成就获诺贝尔文学奖。在获奖演说中，他说这份荣誉对他这位波兰之子意义非凡，"她（指波兰）曾被宣布死亡，但此时证明她还活着；她曾被宣布打败，但此时她凯旋的确据已经显明。"

《灯塔看守人》是显克微支早期优秀作品之一，描写到处流浪、终于在美属巴拿马运河一座灯塔小岛安享晚年的波兰人史卡汶斯基，偶然收到波兰大诗人密茨凯维支的诗集，一读之下，不忍释手，仿佛又回到魂牵梦绕的祖国，忘了按时点亮灯塔上的航标灯，因此被革职，不得不继续过流浪的生活。这个故事巧妙而丰沛地写出了爱国主义情感如何像不灭的火种在长期远离祖国、几乎万念俱灰的老人心中不可遏制地突然复燃的过程。自发表以来，一直被奉为世界文学范围内爱国主义的经典之作，在我国已有多种译本，周氏兄弟早年的文言译本和施蛰存的白话文译文最为精彩。

灯塔看守人

一

有一次,离巴拿马不远的阿斯宾华尔岛外的灯塔看守人忽然失踪了。因为他是在暴风雨发作的时候失踪的,所以大家疑心这不幸的人是行走在灯塔所在的那个石骨嶙峋的小岛边上,被一个浪头卷去了。到了第二天,一向系在山凹里的他的小船都找不到了,于是这种猜测似乎就格外近情。灯塔看守人的职位空了出来,这是必须赶紧补派的,因为这个灯塔,对于本地的交通,以及从纽约到巴拿马来的船舶,都极为重要。蚊子湾里又多砂碛和礁石。在这些碛石中间,白天行船,已是很不容易,而到了夜间,尤其是因为在这热带的烈日所灼热的海面上常常升起浓雾,航行几乎是不可能的事。在这种时候,给许多船舶作唯一的向导的,便是这座灯塔。

找一个新的灯塔看守人,这是驻巴拿马的美国领事的任务,而且这任务竟也不小。第一,因为绝对必须在十二小时之内物色到这样一个人,第二,这个人必须是非常忠诚小心的——因此当然就决不能把第一个来应征的人便贸然录用;而最后一个理由是,根本没有人愿意应征候补。灯塔上的生活是非常艰苦的,它对于那些喜欢过懒散自由的放浪生活的南方人,可以说是毫无吸引力。这个灯塔看守人差不多就等于一个囚犯。除了星期日以外,他不能离开他这全是石头的小岛。每天有一条小船从阿斯宾华尔岛上给他送粮食和淡水来,可是马上就开了回去。在这个面积不过一亩的孤岛上,再没有别的居民了。灯塔看守人就住在灯塔里,按照着规律管理它。在白天,他悬挂各种颜色的旗帜来报道气象,在晚上,他就点亮了灯。他必须爬上四百多级又高又陡的石级,才能到达塔顶上的灯边,有时在一日中还得上下好几回,要不是这样,这也就算不得艰苦的工作了。总而言之,这是一个僧人的生活,实际上还不止此,——这简直是一个隐居苦修者的生活。因此,无怪乎那领事艾沙克·法尔冈宇列琪先生要非常着急,不知道打哪儿去找这么一个有耐性的继任人,而就在这一天,竟意想不到的有一个人来自荐继任此职,法尔冈宇列琪先生的快乐如何,也就很容易了解了。来者是一个老人,约有七十来岁,但是精神矍铄,腰背挺直,举止风度,都宛然是一个军人。他的头发已经全白,脸色黑得象一个克里奥耳人,但是看他那双蓝眼睛,可知他决不是一个南美洲人。他的脸色有些阴沉和悲哀,但却显得很正派,法尔冈李列琪先生一眼就中意了他。只要盘问他一遍就成了。因此就有了底下这番问答。

"你从什么地方来的？"

"我是个波兰人。"

"你以前在什么地方做事？"

"做过好些事，没有一定。"

"可是一个灯塔看守人是要肯长住在一个地方的。"

"我正是需要休息啊。"

"你办过公事没有？有没有公职人员的证明文件？"

这位老人就从怀里掏出一块褪色的绸子，好象从一面旧旗上撕下来的一条。他把这个绸包解开来，说道：

"这些就是证件。这个十字勋章是在一八三〇年得到的；这第二个是西班牙的勋章，我从卡罗斯党战争里得到的①；这第三个是法国勋章；第四个是我在匈牙利得到的。此后我又在美国跟南方打仗，可是这一次他们没给勋章。"

于是法尔冈李列琪先生拿起那张文件来看。

"哦！史卡汶思基？这是你的名字吗？哦！在短兵相接的时候，缴获两面旗。你真是个勇敢的兵士了。"

"我也能够做一个忠诚小心的灯塔看守人。"

"做这件事是要每天好几回爬上塔楼去的。你的腿够不够劲？"

"我就是凭两条腿穿过大平原②走来的。"

"你懂不懂海事？"

"我在一条捕鲸船上做过三年事。"

"你倒是各式各样的事情都做过了。"

"我没有懂得的就只有一个'安静'了。"

"为什么？"

老人耸耸肩膀道："这就是我的命啊。"

"不过我总觉得你去看守灯塔，似乎太老了。"

---

① 1834年，西班牙王斐迪南之弟堂·卡罗斯为了和他的侄女伊萨贝拉争取王位继承权而引起的内战。1837年，堂·卡罗斯失败，奔法国，战争方结束。当时西班牙政府募外籍兵团，史卡汶思基可能就参加了这个组织。

② 在美国东部与加利福尼亚之间的大草原，通称作"平原"。

"大人,"这个应征者忽然神情激昂地说,"我已经流浪得很疲倦了。你知道,我做过的事情也不少了。这是我心里热烈想望着的一个位置。我现在老了,我要的是休息。我得对自己说,'你得在这里耽下去,这是你的港口了。'啊,大人,这件事情现在全得仰仗你。倘到将来,恐怕不容易碰上这么个位置。现在我恰巧在巴拿马,这是多么运气!我求求你——看上帝面上,我好比一只漂泊的孤舟,万一错过了港口,它就会沉没了。如果你愿意使一个老人得到幸福——我可以对你发誓,我是忠实的,但是——我已经厌倦于这样的流浪了啊。"

老人的蔚蓝的眼睛显出一种真挚的祈恳的神色,使这位心地淳善的法尔冈孛列琪先生感动了。

"好吧,"他说,"我就录用你。你去做灯塔看守人吧。"

老人脸上透出了莫可名状的喜悦。

"谢谢你。"

"你今天就可以到灯塔上去吗?"

"可以。"

"那么再会吧。还有一句话,万一有什么失职的情形,你就得革职的啊。"

"知道。"

当晚,当太阳在地峡彼端沉下,一个阳光辉耀的白天已经消逝,马上接上了一个没有黄昏的夜晚,那新任的灯塔看守人显然已经就职了,因为灯塔已照常把明亮的光映射在海面上。夜色十分平静,是真正的热带景色,空中弥漫着澄澈的雾,在月亮四周形成了一大圈柔和而完整的彩晕,大海只因潮水升涨而微有动荡。史卡汶思基立在露台上,从下面看上去好象一个小黑点。他努力想收束他的种种思想,以接受他的新职位,但是他的心绪紧张得竟不能有秩序地思索。他此时的感觉,有些象一头被迫赶的野兽,终于在人迹所不能到的山崖或洞窟里,获得了藏身之处。他终于获得了一个安静的时期,安全之感使他满心都洋溢着说不出的幸福。现在,在这个小岛上,回想起从前种种的漂泊、不幸和失败,简直可以付之一笑。他实在象一只船,帆樯绳索都被风暴所摧折,从云端里被抛入海底里了——一只被风暴打满了波浪和水花的船,但它还是曲折前进,到达了港口。当他把这种风暴的情景,和如今正在开始的安静的未来生活相比较的时候,这种惊涛骇浪便在他心头迅速地一一映现。一部分惊险的生活,他曾对法尔冈孛列琪先生说过了;但是此外还有无数别的没有提起。原来他命运很坏,每当支起篷帐,安好炉灶，正想作久居之计，便总有大风吹来，摧倒他的木桩，熄灭他的炉火，逼得他归于毁灭。现在从灯塔的露台上看着闪烁的海波，他想起了平生所经历过的种种旧事。他曾经转战四方，而在流浪之中，又差不多什么事情都做过。由于热爱劳动和正直无私，他曾不止一次地积蓄过一些钱，但是尽管他能未雨绸缪，尽管他怎样小心谨慎，他的积蓄总是分文不剩。他曾在澳洲做过金矿工，在非洲掘过钻石，又曾在东印度做过公家的雇佣兵。他又曾在加利福尼亚经营过一个牧场，——旱灾来破坏了他，他又曾在巴西内地与土人贸易，可是他的木筏在亚马逊河上撞碎了，他孑然一身，手无寸铁，几乎是赤身裸体的，在森林里流浪了好几个星期，采拾野果为生，随时都可能葬送在猛兽的嘴里。后来，他又在阿尔干萨斯州的海仑那城中开设一家铸铁厂，不幸碰上全城大火，他的厂也付之一炬。此后他还在落矶山里给印第安人捉去，幸而遇到加拿大猎户，仿佛是个神迹似的，把他搭救出险。再后，他在一只往来于巴希亚及波尔多之间的船上做水手，又到一艘捕鲸船上充当渔师，这两条船都是出事沉没的。他在哈瓦那开过一个雪茄厂，当他生黄热病的时候，被他的合伙者卷逃一空。最后他才来到阿斯宾华尔，或许这是他失败史的终点了——因为在这个石骨嶙峋的荒岛上，还有什么能来打扰他呢？水，火或人，全都扰他不到。但是从人这方面，史卡汶思基一生并没有受到过很多的迫害；因为他所遇到的，毕竟还是善人多于恶人。

　　但是在他看来，宇宙间地、水、火、风四种原形却仿佛都在迫害他。凡是与他相识的人，都说是他的命蹇，于是解释他的种种遭遇，都以此为根据。到后来，连他自己也有些变成偏执狂了。他相信冥冥之中，有一只巨大而仇怨的手，在一切的陆地上或水面上到处跟着他。然而，他并不高兴把这种感觉说出来，只有当人家问到他，这只手可能是谁的，他才神秘地指着北极星说道："是从那个地方来的。"的确，象他这样接二连三的失败，真是古怪得很容易逼死人的，尤其是对于一个已经饱受过这些失败的人。但是史卡汶思基有的是一个印第安人的坚忍，还有一种从心地正直里来的极大的镇静的抵抗力。从前他在匈牙利的时候，曾经有过一次，因为不肯向人讨饶，不愿抓住人家意在搭救他而给他的鞍蹬，因而身上受了许多剑刺。他的不肯向忧患低头，也正是如此。他正如爬上一座高山，勤奋得象蚂蚁一样。虽然跌落了一百次，他还是安静地开始第一百零一次的攀爬。他真是一个非常少见的畸人。这个老兵士，不知经过了几多次烈火中的锻炼，苦难中的磨砺，但是却还是有着天真的童心。当古巴大疫的时候，他之所以害上黄热病，就是因为他把自己所有的许多奎宁丸完全施舍给病人，而自己不留一颗的缘故。

　　他还有这样一种卓越的品质——在这许多失意事之后,他还是满有信心,毫不失望,以为将来一切自会好转。在冬天里,他反而精神抖擞,还预言着未来的大事。他很耐心地等待着这些大事,整个夏季就在想望这些大事中过完了。但是冬季一个个的消逝,而史卡汶思基还是一无所遇,惟有头发却雪白了。终于他老了,渐渐地失去了他的精力,他的坚忍逐渐衰颓了,从前所有的沉静也变成多感了,于是这个千锤百炼的兵士竟变成为一个触处生愁的人。此外,在任何情景中,——例如看见了燕子,象禾花雀似的玄鸟,山上的雪,或是听到了旧时的悲歌,他常常会感触起深刻的乡愁,因而人也渐渐地憔悴下去。最后,只剩了一个念头在支配着他——那就是希望休息。这念头完全支配了这个老人,把他所有别的希冀和欲望全都吞没了。这个仆仆风尘的流浪人,除了想得到一角平安的地方,以静待天年之外,再也想不出有什么更宝贵,更值得希冀的事情了。或者,尤其是因为他被命运所驱策,流徙于天涯海角,使他忙碌得不遑喘息,于是以为人间最大的幸福,便只是不再流浪而已。这种菲薄的幸福,实在是他应该可以享受到的;但是因为他失意惯了,所以他的想望休息,正和一般人之想望一件绝不容易办到的事一样,因此他简直就不敢有此希望。如今在十二小时之内,他竟意外地得到了一个好象有人替他从世间百业中挑选出来的职位。所以我们就无怪乎他在晚间点亮了灯之后,就好象目眩神迷,——心中自问着这究竟是不是真的,而竟不敢回说是真的了。但同时,当老人在露台上一点钟一点钟的立下去,现实却给了他显著的证明。他呆看着,于是自己也相信其为真事了。他好象还是生平第一次看见大海。灯上的凸透镜在乌黑的大海上投射了一道巨大的三角形光亮,在这以外,老人的眼光所及,完全是远远的一片神秘而可怖的黑暗。但这遥远的黑暗好象在向着光亮奔来。长列的浪头一个接一个的从黑暗中翻滚出来,咆哮着一直扑奔到岛脚下,于是喷溅着泡沫的浪脊,在灯光中闪耀着红光,也看得清了。潮水愈涨愈高,淹没了沙礁。大洋的神秘的语声,清晰地传来,愈加响朗,有时象大炮轰发,有时象森林呼啸,有时又象远处人声嘈杂,有时又完全寂静,既而老人的耳朵里,听到了长叹的声音,或者也象一种呜咽,再后来又是一阵猛厉的大声,惊心动魄。终于海风大起,吹散了浓雾,但却带来了许多破碎的黑云,把月亮都遮没了。西风越吹越紧,海涛怒立,冲激着灯塔下的石矶,水花直舐着基墙。这是有一场风暴在远处开始发作了。昏黑而纷乱的海面上,有几点绿色的灯光正在船桅上闪烁。这些绿点儿正在忽上忽下,忽左忽右,飘摇不安。史卡汶思基走下塔顶,回到自己的卧室里。风暴开始在咆哮了。在塔外,船里的人正在与夜、黑暗及浪涛相斗争;而塔内却是安逸与平静。便是风暴的吼声也不能侵入这坚厚的墙壁,只有单调划一的时钟滴答声,在诱使这个疲倦的老人颓然入梦。

二

一小时又一小时,一日又一日,一星期又一星期地过去了。航海者都说,当海上风暴大作的时候,常常听到黑夜中有呼唤他们名字的声音。如果这大海的幽冥能够这样呼唤,那么当一个人老起来的时候,或许在另外一个更黑暗更神秘的幽冥中,也会有呼声来召唤的吧,一个人愈厌倦于生活,便愈觉得这些呼声的亲热。但是如果要听到这些呼声,就需要安静。况且,老年人大概都喜欢离群独处,好象先已有了入墓之感。对于史卡汶思基,这座灯塔也就一半等于坟墓了。没有比灯塔上的生活更单调的了。倘使有年轻人肯来担任这个职务,他们一定会随即就跑掉的。所以看守灯塔的大概都不是年轻人,而且还是些忧郁好静,不涉世务的人。如果他们中有一个人偶尔离开灯塔,身入人丛,他总是踽踽独行,好象一个酣睡初醒的人。在普通的人生中,有种种细密的观感。一个灯塔看守人所能接触的,惟有一片苍茫高远的海天,漫无圭角。上面是浑然的天,下面是浩然的水;而这个人的心灵便孤独地处于这二大之间。在这种生活中,所谓思想,简直就只是不断的默想。而且也没有一件事情能把这灯塔看守人从这种默想中惊醒过来,即使他的工作也没有这能力。今天与明天完全一样,正如串索上的两颗念珠,只有天气的交换,总算形成了唯一的不同。但是史卡汶思基却觉得这是生平最幸福的生活了。他黎明即起,早餐后,揩抹好灯上的凸透镜,于是坐在露台上,远望海景,他的眼睛永不厌倦当前的景色。在这浩大的蓝宝石似的洋面上,总看得见有好几群饱满的风帆,在阳光中闪耀,明亮得使人目眩。有时,还有许多船只,趁着所谓贸易风,排着长长的队伍,鱼贯而来,好象一串海鸥或信天翁。红色的浮筒在微波上徐徐漂荡。每天午后,总有好多浅灰色的象鸟羽似的烟,一阵一阵地从帆篷中间升起。这便是从纽约载了客人和货物到阿斯宾华尔来的轮船,航程所过,船后的浪花,曳成一条泡沫的路。在露台的那一边,史卡汶思基可以看见阿斯宾华尔全市及其忙忙碌碌的港口,港中帆樯林立,舳舻相接,再远些,便可见城中白色的屋宇及高耸的塔楼,都了如指掌。从他的灯塔顶上看来,那些小屋子就宛如海鸥的巢,船舶都如甲虫,而人在白石的大街上行走,却象点点的黑子。清晨,和缓的东风吹来了一阵喧哗的市声,就中以轮船的汽笛声最为响亮。到午后六时,港中一切动作渐次停息下来,海鸥都躲进岩穴里去;波浪渐渐衰弱,好象有些懒倦了,于是在陆地上,在海上,以及在这灯塔上,一时都归于寂静,不受任何喧扰。波浪退落之后,黄砂滩闪着光,在这汪洋大水上,宛如一个个金色的斑点,塔身在蔚蓝的天宇中,显得轮廓分明。一道道的夕阳从天宇中照射在水上,砂滩上和崖壁上。这时候,便有一种十分甜蜜的疲倦侵袭了这老人。他觉得现在所享受的休息真是最美妙的;当他一想到这种美妙的休息可以尽他继续享受下去,便觉得心满意足,毫无缺憾。

  史卡汶思基给他自己的幸福陶醉了,而且,因为一个人对于改善了的境况很容易满足,所以他渐渐地有了信仰与希望;他心想世上既有人为残废人造屋,那么上帝为什么不终于也收容了他的残废人呢?一天天过去,他对于这种思想愈加坚信了。这老人对于他的灯塔、灯、岩石、砂滩,和孤独的生活,都已渐渐熟习。而且他对于那些巢居于岩穴中的,每到薄暮时便飞集到塔顶上来的海鸥也熟习了。史卡汶思基常常将残余的食物丢给它们,不久它们都驯服了,此后每当他给它们喂食的时候,便有一大阵白翅在他周围飞扑,于是老人在这些海鸟中间走来走去,正如牧人在羊群中间一样。退潮的时候,他便走到砂滩低处,拾取潮汐所遗留下来的美味的玉黍螺和绮丽的鹦鹉螺。月明之夜,他便到塔下去捕捉那些常常成千累万地游到岩曲里来的鱼。后来,他竟深爱着这些石矶和这个小岛了。这小岛上并无树木,只是到处生着许多分泌出粘脂来的丛莽,但是远景甚美,尽足以给他弥补缺憾。下午,如果空气非常清朗,他可以看见那林木茂翳的整个地峡的全景。在这种时候,史卡汶思基就好比看到了一个大花园,——丛丛的椰树,巨大的芭蕉,夹杂着象一个个华丽的花束,纷披于阿斯宾华尔万家屋宇之后。再远一些,在阿斯宾华尔及巴拿马之间,还有一个大森林,每天清晨及薄暮,都有蒸气升腾在这上面,凝结成一重红雾。——这个森林脚下积着死水,上面缠绕着古藤老蔓,无数巨大的兰草、棕榈、乳汁树、铁树、胶树充斥其间,发出一片林海的声音;这是一个真正的热带森林。

  从望远镜中,老人非但能看见这些树木和阔大的香蕉树叶,他甚至还能看见成群的猿猴和巨大的鹳鹤,还有鹦鹉,不时成群地飞起,竟象一曲彩虹围绕在这茂林之上。史卡汶思基对于这种树林很为熟悉,因为他在亚马孙河上碎舟之后,曾在类似的林莽中流浪过好几个星期。在这种外表奇丽可亲的树林中,他看见有不知多少危险和死亡隐伏着。在夜间,他曾听到过附近有猿猴哀号,猛虎怒吼,又曾看见过蟒蛇象藤蔓一般缠绕在树身上,他还知道在这种沉寂的森林中的沼泽里,充满了电鱼和鳄鱼;他又知道在这种未开垦的荒野里,人的生活是多么艰苦,在这种地方,就是一片树叶,也比人大上十倍——总之,这是个充满了吸血的蚊虫、水蛭和巨大的毒蜘蛛的荒野。他因为对这种树林生活有过经验,亲眼看见过,亲身遭遇过,现在他能够从高处远眺这些荒野,欣赏它们的美丽,而自身不会受到它们的危害,因此就使他觉得格外快乐了。他的灯塔给他以万全的保护。只有在星期日,他才离开它几小时。那时他穿上了银钮扣的蓝色制服,胸前挂上了他那些勋章。当他走进教堂门的时候,他听见那些克里奥尔人都在窃窃私语道:"我们有了一位可敬的灯塔看守人了,他虽则是个洋鬼,却不是个异端。"①老人听了这话,昂起了他的乳白色的头,不免有些傲色。做完弥撒,他立刻就回到他的小岛上去,而且心中非常愉快,因为他对大陆还不很放心。在星期日,他还在城里买了西班牙报纸来看,或者向领事法尔冈孛列琪先生那里借看《纽约先驱报》;在这些报纸上,他急切地寻找着欧洲的新闻。所以这可怜的老人的心,虽然在灯塔上,却一直在怀念他那在另一半球上的故乡。有时,当供给他每天粮食饮水的小船来时,他也下塔去和港警约翰生闲谈。但后来他好象有些害羞了。他不再进城去看报,也不再下塔来跟约翰生谈政治了。这样地过了好几个星期,没有一个人看见他,他也不见一个人。一放在岸上的食物,过一天就不见了,灯光也仍旧每晚都照耀着,正如旭日每晨从这一片海面上升起来一样地准时不误;只有这两件事情,表示老人还住在这个塔上。显然这老人已对于人世很淡漠了。但这也不是因为怀乡之故,而是由于,他连怀乡之心都已经渐渐消失了。对于史卡汶思基,这小岛就是他整个的世界了。久而久之,他就惯常地这样想,他将一辈子都不离开这个灯塔了,因为他简直已经记不起,除此之外,世界上还有些什么。甚至,他竟变成一个神秘的人,他那双温和的蓝眼睛开始象小孩的眼睛一般呆望着,好象看定了远处的一个东西似的。当着四周这些异常单纯而伟大的景色,这老人已消失了他的一己的感觉,他的存在已经不再是一个人,而是逐渐与周围的云天沧海溶为一体了。如果问他的周围之外还有些什么,他是一点都不知道的,只是无意识地有些感觉而已。最后,他就仿佛这些天、水、岩石、塔、黄金色的砂滩、饱满的风帆、海鸥、潮汐的升降——全都化合做浑然一体,成为一个巨大的神秘的灵魂,而他仿佛就沉没在这个神秘中,感受着这

---

① 洋鬼(Yankee)是称呼美国人的俚语。美国人奉新教,克里奥尔人奉旧教,波兰人亦奉旧教。旧教徒称新教徒为"异端"。史卡汶思基被误认为美国人而奉旧教者,故尊敬之。

个自动自息的灵魂。他沉没在这中间,任其摇荡,恬然自忘其身,于是在他的逼仄的生命中,在这半醒半睡的状态中,他发现了一种伟大得几乎象半死的休息。

三

但是惊醒的时候来了。

某一天,小船送来了淡水和食物,一小时后,史卡汶思基从塔上下来,看见平时照例的那些东西之外,还多了一个粗布包裹。包上贴着美国邮票,写着:"史卡汶思基大人收。"

老人满心奇怪地解开包裹,见是几本书;他拣起了一本,看了一看,随即放下;于是他的手大大地颤动起来。他遮掩着眼睛,好象不信似的,仿佛在做梦一般。原来这本书是波兰文的——这是什么意思?这又是谁寄来的?起初,他分明已经忘记了当他初来做灯塔看守人的时候,他曾从领事那里借看《纽约先驱报》,看见报上载着纽约成立了一个波兰侨民协会,于是他立刻捐助了半个月薪俸,因为他在塔上没有什么用度。那协会里就寄赠他这几本书,以表示答谢。这些书来得并不奇突,但是老人起先却没有想到。在阿斯宾华尔,又是在他这个灯塔上,在他孤寂的时候,却来了波兰文的书籍,——在他看来,这简直是一种非常的事情,一种从古昔发出来的声息,一种神迹。现在,正如那些水手在夜里一样,他好象听见有人用很亲爱的,可是几乎已经忘却了的声音叫唤着他的名字。他闭目静坐了一会儿,几乎要以为如果把眼睛一睁开,这梦境就会立刻消逝了。

包裹摊开在他面前,被午后的阳光照得清清楚楚,这上面的一本已经翻开了。当老人伸出手去想再把它拿起来的时候,他在寂静之中听见了自己心房的跳跃。他一看,这是一本诗集。封面上用大字印着书名,底下印着作者的名字。这个名字对于史卡汶思基并不陌生;他知道是一个大诗人的名字①,他曾经在一八三〇年在巴黎读过他的著作。后来,从军于阿尔及尔及西班牙的时候,他曾经从自己本国人那里听到过这位大诗人的正在日益高扬的名字;但那时他却忙于打枪,身边简直不带一本书。一八四九年,他来到美洲,在流离颠沛的生活中,很难遇到一个波兰人,至于波兰文的书,更是一本也没有看到过。因此,他以更大的热忱,心房也跳得更活泼,翻开了第一页。这时他好象在这孤岛上,将要举行什么庄严的典礼了。实则,此刻正

---

① 这是指波兰大诗人密茨凯维支。

是很静穆的时候。阿斯宾华尔的大钟,正在鸣报下午五时。天宇清朗,净无云翳,只有几只海鸥在空中盘旋。大海好象在摇摇欲睡。岸边的波浪,都在喁喁低语,轻轻地漫上砂滩。远处阿斯宾华尔的白色房屋及离奇古怪的棕榈树丛,都好象在微笑。的确,这时候那小岛上真有一股神圣、肃穆、庄严的气氛。忽然,在这大自然的肃穆中,可以听到那老人的颤抖的声音,他正在高声吟哦,好象这样才能对他自己有更好的了解:

　　你正如健康一样,我的故乡立陶宛!
　　只有失掉你的人才知道他应该
　　怎样看重你,今天,我看见而且描写
　　你的极其辉煌的美丽,因为我正在渴望你。

　　到这里,他读不出声了。文字好象都在他跟前跳跃起来;仿佛心坎里有什么东西在爆裂,象波浪似的从他心头渐渐地汹涌上来,塞住了他的喉咙,窒息了他的声音。过了一会儿,他勉强镇定下来,再读下去:

　　圣母啊,你守护着光明的琛思妥诃华,
　　你照临在奥思脱罗亭拉摩,又保佑着
　　诺武格罗代克城及其忠诚的人民①,
　　正如我在孩提的时候,我垂泪的母亲
　　把我交托给你,你曾使我恢复了健康,
　　当时我抬起了奄无生气的眼睛
　　一直走到你的圣坛,
　　谢天主予我以重生——
　　现在又何不显神迹使我们回到家乡。

　　读到这里,心如潮涌,不能自制。老人便哽咽起来,颓然仆地,银白色的头发拌和在海砂里。他离开祖国,已经四十年了,不听见祖国的语言,也已经不知多久,而现在这语言却自己来找上他——泛越重洋而到另一半球上访他于孑然独处之中,——这是多么可爱可亲,而又多么美丽啊!使这位老人站在那里哽咽不止的,并不是什么苦痛,——而只是一种油然而起的博大的爱心,在这种爱心之前,别的一切事情都是无足轻重的。所以他只以这一场伟大的哭泣来祈求热爱的祖国给他以饶恕,他的确已经把祖国丢在一边,

---

① 这三处地方都有极著灵验的圣母像。

因为他已经这样的老,而且又住惯了这个孤寂的荒岛,所以把祖国忘记得连忆念之心都在开始消失了。但是现在,仿佛由于一个神迹似的,它竟回到他身边来,于是他的心就跳跃起来。

  过了好久,老人还躺在那里。海鸥在灯塔上空飞翔呼叫,好象在惊醒它们的老友,该当是把残食喂饲它们的时间了;所以,有些海鸥便从灯塔顶上飞下来,渐渐地愈来愈多,开始在地上啄着寻食,或是在老人头上拍着翅膀。这些翅膀的声音惊醒了他。他已经哭了个痛快,这时才得宁静与和霁;但他的眼睛却反而神采奕奕。他不知不觉的把所有的食物都丢给这些海鸟,海鸟便呼噪着冲上前来争食,他自己却又取起那本书来。夕阳已经沉到巴拿马园林背后,正在徐徐地向地峡外降到别一个大洋上去,但是大西洋上还很光亮;室外尚能看得很清楚,于是他便读下去:

    现在请把我渴望的心灵带到那些山林中,带到那些绿野上去吧。

  终于,短如一瞬的暮色沉下来,遮隐了白纸上的文字。老人便枕首于石上,闭着眼睛。于是那"守护着光明的琛思妥诃华的圣母"便把他的灵魂送回到那一片"被各种作物染成彩色斑斓的田野"①上。天上还闪耀着一长条一长条金色和红色的晚霞,他的魂梦便乘此彩云,回到挚爱的祖国,耳朵边听到了祖国的松林在呼啸,溪流也在淙淙私语。他看一切风物,都宛然如昔,一切都在问他:"你还记得吗?"他当然记得的!他看见了广大的田野,在这些田野之间,便是森林和村庄。这时天已入夜。平时在这时候,他的灯总已照耀在黑暗的海面上了;但是此刻他却正在祖国的村庄里。他的衰老的头俯在胸前,他正在做梦。种种景色,稍微有些纷乱地,都在他眼前很快地闪过。他没有看见他所诞生的屋子,因为已经给战争毁了;他也没有看见他的父母,因为当他还是一个孩子的时候,他们已经死了;但是村子里的景色,还依然如旧,好象他还是昨天才离开的,——整整齐齐的一排茅屋,窗子里都透着灯光,土阜,磨坊,相对的两个小池塘,通夜喧闹着蛙鸣。有一回,他曾经在这个村子里担任全夜守卫;现在,当时那些景象,又立刻历历呈现在眼前。一会儿他又是一个枪骑兵了,他正在那里站岗,远处便是一家小酒店,他不时向那里溜一眼。在夜的寂静中,可以听到喧哗,歌唱和叫喊的声音,还有呜呀呜呀的小提琴和低音四弦琴的声音。后来那些枪骑兵都上马疾驰而去,马蹄在石上踢出火星来,而他却骑马独自立在那儿,疲倦得很。

---

① 所引三段诗句及此处引号中语,都见于密茨凯维支所著《塔杜须先生》第一卷开头一节。

时间慢慢地过去,终于人家的灯火都熄灭了;现在,眼光所看得到的地方,尽是一片迷蒙;已而浓雾升起,显然是先从田野里开始,如一片白云包裹了大地。你可以说,这简直是一片海洋。但这实在是田野;不久你就会得在黑暗中听到秧鸡啼声,而芦苇丛中的白鹭也会叫起来了。夜色很平静,很冷——一个真正的波兰之夜!在远处,松林正在无风而自响,宛如海上的涛声。东方快发白了。真的,鸡已在篱落间啼起来,一家家的互相应和着;天上已经有鹳鸟在飞鸣而过。这枪骑兵觉得精神很爽快。有人曾经讲起过明天的战争。嗨!这将是象别的一切战争一样,挥着枪旗,呐喊着,厮杀上去的呀。青年人的血,尽管为夜寒所冻,却还如号角一般地在响着。但天已渐明,夜色逐渐衰淡下去;树林、丛莽、村庄、磨坊以及白杨,都已从黑暗中显现出来。井上的辘轳正在象塔楼上的金属旗那样吱吱地响。在鲜红的晨曦中,这是多么可爱,多么美丽的国土呀!啊,这至爱的国土,这唯一的国土!

别做事!这守望着的哨兵听见有脚步声在走近来。一定是有人来换班了。

忽然,有人在史卡汶思基头上喊道:

"喂,老头儿!起来!这是怎么回事?"

老人睁开眼来,吃惊地看着站在他面前的人。残余的梦景在他头脑里和现实斗争着,终于是这些梦景由模糊而至于消失。在他面前,站着的是港警约翰生。

"怎么啦!"约翰生问,"你病了吗?"

"没有。"

"可是你没有点灯。你得免职了。一条从圣吉洛谟来的船在海滩上出了事。亏得没有淹死人,要不你还得吃官司呢。跟我一道上船走吧,其余的话,你会得在领事馆里听到的。"

老人脸色惨白;当夜他的确没有点灯。

几天之后,有人看见史卡汶思基在一条从阿斯宾华尔开到纽约去的轮船上了。这可怜的老人已经失业了。新的流浪的旅途又已展开在他面前;风又把这片叶子吹落,让它飘零在天涯海角,簸弄着它,直到快意而后止。这几天来,老人大大地衰颓了,腰背伛曲了下来,惟有目光还是很亮。在他新的生命之路上,他怀中带着一本书,不时地用手去抚摸它,好象惟恐连这一点点东西也会得离开他。

(施蛰存译,选自《外国短篇小说百年精华》,人民文学出版社2003年版。)

【思考题】

1. 诗人北岛《回答》这样说:"告诉你吧,世界/我——不——相——信!/纵使你脚下有一千名挑战者,/那就把我算作第一千零一名。"施蛰存翻译的《灯塔看守人》描写主人公:"他正如爬一座高山,勤奋得像蚂蚁一样,虽然跌落了一百次,他还是要安静地开始第一百零一次的攀爬。"法国作家加缪哲理小说《西西弗斯神话》将西西弗斯不断失败却仍然坚持不断推石上山这一希腊神话故事上升为人类生存境遇的象征。你如何理解中西方文学中这些类似的主题?

2. 波兰大诗人密兹凯维奇的作品激起史卡汶斯基强烈的爱国心和对故乡的思念,你阅读中国古今文学作品时有无类似体验?

3. 一次故园梦游令史卡汶斯基丢了工作,失去了得来不易、似乎是理想的最后休憩之所,这值得吗?为什么有心宣扬爱国主义的作家偏要如此描写一个人因为爱国而再次受难?你能想象史卡汶斯基这样饱经沧桑的人,到了暮年还要继续流浪的心情吗?随身携带的密兹凯维奇著作多大程度上能安慰这个失去祖国的老人的心?

【拓展阅读】

显克微支:《灯台守》,见周氏兄弟合译《城外小说集》,新星出版社2006年版。

第九章　契诃夫

安东·巴甫洛维奇·契诃夫(1860—1904),19世纪末俄国批判现实主义作家,与法国莫泊桑、美国欧·亨利同为世界一流短篇小说巨匠。早年进莫斯科大学医学系,毕业后多处行医,又经常旅行,广泛接触了俄国社会各阶层,为文学创作积累了大量素材。19世纪80年代俄国书刊检查制度空前严格,契诃夫开始创作时只能写一些诙谐小品和短篇幽默故事,优秀作品有《小公务员之死》《变色龙》和《普里希别叶夫中士》。1886年开始自觉地进行严肃文学创作,《凡卡》《苦恼》和《渴睡》表现了作家对劳动者的同情,中篇《草原》出色地描绘了俄罗斯大地和人民的宽厚胸怀与忧伤气质,带有明显的散文化倾向。

1889年起,契诃夫开始创作戏剧。独幕剧《结婚》《论烟草的危害》《蠢货》《求婚》《纪念日》等轻喜剧接近早期幽默作品。《伊凡诺夫》塑造了缺乏坚定信念、经不起生活考验的80年代"零余者"形象。

声誉和地位的提高使契诃夫强烈意识到作家的社会责任感,"如果缺乏明确的世界观,就不是生活,而是一种负担,一种可怕的事情"。中篇《没意思的故事》形象地表达了这种思想。1890年4月至12月他不辞劳苦,长途跋涉至沙皇政府流放苦役犯的库页岛,采访了将近一万个囚徒和移民。库页岛之行提升了他的文学境界,对俄国专制制度有了更深刻的认识,《库页岛》《在流放中》《第六病室》等皆震撼人心。中篇小说《第六病室》控诉监狱般的沙皇专制,告别了不久前还信奉的托尔斯泰主义,列宁读后深受感动,"觉得可怕极了","好像也被关在'第六病室'"。

1898年,身患严重肺结核病的契诃夫迁居雅尔塔。在雅尔塔他常与列夫·托尔斯泰、高尔基、布宁、库普林等见面。《带叭儿狗的女人》是他迁居雅尔塔后创作的著名小说,揭露上层阶级的精神苦闷和道德堕落,也深刻触及人类情爱生活的根本困境,带有作者本人的某种迷惘。1904年6月,他因肺炎病情恶化,前往德国温泉疗养地黑森林的巴登维勒治疗,1904年7月15日病逝,遗体运回莫斯科安葬。

带叭儿狗的女人

一

据说海滩上出现了新人：一个女人，带着一条叭儿狗。德密特里·德密特里奇·古罗夫在雅尔达已经住了两个礼拜，因此已经住惯这个地方，开始对新来的人们发生兴趣了。他坐在维尔奈特的点心店里，看见海滩上有一个金发的青年女人走着，长得中等身材，戴一顶béret①；一条波美拉尼亚②种的白狗跟在她的后面跑着。

后来，在公园里，在广场上，他一天碰见她好几次。她一个人走着，老是戴着那顶béret，也老是带着那条白狗；谁也不知道她是甚么人，大家光是管她叫做"带叭儿狗的女人"。

"要是她一个人待在这儿，既没有丈夫，也没有朋友，"古罗夫暗想。"跟她认识一下，倒也不坏呢。"

他还没满四十岁，不过他已经有一个十二岁的女儿，和两个上了学的儿子。当初，他年纪很轻，在大学读到二年级的时候，人家给他找了个老婆，现在他妻子的年纪好象比他大半倍似的。她是一个高高的、直挺挺的女人，生着黑黑的眉毛，端庄而尊严；依她自己对自己的说法，她是很有见识的。她读很多的书，写起字来用简化的拼字法，管她的丈夫不叫做德密特里，却叫做吉密特里；他呢，私下里却认为她头脑不清，器量狭小，邋里邋遢；他怕她，不愿意待在家里。他早就开始对她不忠实——不止一次对她不忠实了；大概就是因为这个缘故吧，他差不多老是说女人的坏话，每逢人家在他面前谈起女人，总管她们叫做"劣等的人种"。

他觉得他已经深受惨痛的经验的教训，因此可以由着自己的性儿骂她们了，可是只要一连两天身边没有那"劣等的人种"，他却又会活不下去。跟男人们待在一块儿，他觉着烦闷，别扭，他对待男子是冷淡而拘谨的；可是每逢他跟女人待在一块儿，他就觉着自由自在，知道该对她们说甚么话，该采取甚么态度了；哪怕跟她们在一块儿的时候他默默无言，他也不觉着拘束。在他的仪表上，在他的性格里，在他整个的身心方面，有一种迷人的、尤

---

① 法国一种又圆又扁的女帽。
② 普鲁士的一州的名字。

从捉摸的东西,诱惑女人,博得女人的欢心。这一点,他是知道的;有一种力量好象也在把他吸引到她们身边去。

常常重复的、真正惨痛的经验,早就教训了他:跟上等人相好,特别是跟莫斯科人相好(她们素来是犹豫不定,动作迟缓的),起初倒还能舒舒服服的给生活解一解闷,显得是又迷人又轻松的冒险事情,过后却难免变成实实在在的、极端复杂的问题,临了就造成一种痛苦不堪的局面。可是每一次新遇见一个有趣味的女人,这经验的教训总好象溜出了他的记忆似的,他热心的要生活,一切就都变得又简单又有意思了。

一天傍晚他在公园里吃饭,那个戴着 béret 的女人慢慢的走过来,在旁边的一张桌子那儿坐下来。她的神情、她的步态、她的衣服、她的头发的样式,都告诉他说:她是上流人家的一位太太,她结了婚,她第一回到雅尔达来,而且是单身,她在这儿觉着闷得慌。……那些讲到雅尔达这类地方的不道德的勾当的故事,有很大的一部分是假的;他看不起那些故事,知道那类故事大半是只要有机会,自己也很愿意犯罪的人们捏造出来的;可是等到那个女人在离他三步远的一张桌子那儿坐下来,他却想起了那些轻松便当的艳遇和登山旅行的故事;来一回快当的、转眼就过去的风流韵事吧,跟一个连姓名也不知道的陌生女人干一回风流韵事吧——这诱惑的思想猛的抓紧了他。

他逗那条波美拉尼亚种的狗,引它走过来;等到那条狗朝他这边走过来了,他却向它摇手指头。那条波美拉尼亚种的狗就汪汪的叫起来;古罗夫又向它摇了摇手指头。

那位太太瞧他一眼,立刻垂下了眼帘。

"它不咬人。"她说,脸红了。

"我可以给它一根骨头吃吗?"他问;等到她点点头,他又和蔼的问,"您在雅尔达住得很久吗?"

"五天。"

"我在这儿可已经住满两个礼拜了。"

短短的沉默了一阵。

"光阴过得很快,可是这儿却又那么沉闷!"她说,没瞧他。

"批评这儿沉闷的话,只不过是这儿的风气罢了。一个内地人住在别辽夫(Belyov)或者日德拉(Zhidra),倒会不觉着沉闷,可是他一到了这儿啊,就要说甚么:'啊呀,好闷哟!啊呀,好大的灰尘哟!'人会以为他是从格列纳达①来的呢。"

她笑了。然后两人继续沉默的吃东西,跟生人一样,可是饭后他们却并排散步了;他俩轻松的有说有笑,只有自由自在、心满意足、不管走到哪儿去或者谈些甚么都觉着没关系的人才会这样的谈笑。他们一面散步,一面谈到海上的奇怪的亮光:海水发出柔和而温暖的淡紫色,水面上涂着月光的金色条纹。他们讲到在炎热的白昼过后,天气多么闷热。古罗夫告诉她说:他是莫斯科人;他在大学里学语文,可是他又在银行里做事;他学过一阵歌剧演唱,可是后来不干了,他在莫斯科有两所房子。……从她那儿,他听说她是在彼得堡长大的,可是自从两年前她结过婚以后,就在 S 城住下来,她在雅尔达还要住上一个月光景,她的丈夫也需要休息,说不定会来找她。她说不准她丈夫究竟是在政务会里还是在省议会里做事——想到自己的糊涂,她不由得好笑。古罗夫还听说她名叫安娜·塞尔盖叶芙娜。

后来到了旅馆,他回到自己的房间里,想念着她——断定第二天他一定会跟她见面;这是一定的,等到他上床睡下,他心想:前不久她还是一个女学生,跟他自己的女儿一样的念书;他回想她笑的时候,跟生人谈话的时候,仍旧流露着腼腆,生硬。这一定还是她生平第一回独处在这样的环境里呢——在这种环境里,人家纯粹出于一种她不会不懂的秘密动机跟踪她,瞧她,跟她谈话。他想起她那细瘦粉嫩的脖子,她那可爱的灰色眼睛。

"总之,她那样子有点招人可怜呢。"他想,睡着了。

二

自从他们相识以后,一个礼拜过去了。这一天是假日。屋了里闷热;街上呢,风卷起滚滚的尘烟,吹掉人的帽子。人成天价觉着口渴,古罗夫常常到点心店去,请安娜·塞尔盖叶芙娜喝糖水或者吃冰。人热得不知怎么好了。

傍晚风小了一点,他们出去,到防波堤去看轮船开进港来。码头上有许多人走来走去;他们聚在这儿,拿着花束,预备迎接甚么人。雅尔达的、热闹的人群有两个特色,那是一眼就看得出来的:老太太打扮得跟年轻的女人一样;将军特别多。

由于海上有风浪,轮船来迟了,太阳下山以后才来,而且在拢岸以前,打了半天转儿。安娜·塞尔盖叶芙娜从望远镜里瞧着轮船和客人,仿佛在找

---

① 英属向风群岛的一个岛名。

熟人似的；等到她扭回头来瞧古罗夫的时候，她的眼睛亮了。她说很多很多的话，问些不相连贯的问题，刚刚问过一句话，随后就忘了；后来在拥挤中，她的望远镜丢了。

热闹的人群开始走散；天色黑得很，连人的脸也看不清了。风完全停了，可是古罗夫和安娜·塞尔盖叶芙娜仍旧站在那儿，仿佛等着看船上有没有别人下来似的，安娜·塞尔盖叶芙娜这时候一言不发，闻着花朵，没瞧古罗夫。

"今天傍晚天气好一点了。"他说。"我们上哪儿去好？我们要不要坐车去兜风？"

她没答话。

这时候他注意的瞧着她，忽然间，伸出胳膊去，搂住她，吻她的嘴唇，她的花朵的潮湿的香气笼罩着她；他马上往四下里瞧了瞧，担心别有人看见他们。

"我们上你的旅馆去吧。"他轻声说。两个人就很快的走了。

房间里闷热，弥漫着她在日本商店里买来的香水的气味。古罗夫瞧着她，心想："人在世界上会遇见多么不同的人啊！"在他保留下来的、过往的记忆里，有无忧无虑的、心地善良的女人，她们欢欢喜喜的爱着，感激他给与她们的幸福，不管那幸福是多么短暂；也有象他妻子那样的女人，她们也爱，可是没有纯真的感情，只有多余的废话，矫揉造作，意气用事，神情中间流露着：这不是爱情，也不是情欲，而是一种更有意义的事情；还有两三个别的女人，很美而又很冷的女人，在她们脸上他看出一种贪求的表情——一种固执的愿望，一味要向生活争取生活所给不出来的东西；这些都是任性的、不思前想后的、专制跋扈的、不通情理的、也不再年青的女人，每逢古罗夫对她们的感情冷下来，她们的美貌就挑起他的憎恨，她们的衬衣的花边在他看来就跟鱼鳞一样。

可是在跟前这个事例里却还存在腼腆，没经验的青春的生硬态度，别扭的感觉；此外还有战战兢兢的感觉，好象忽然有人敲了一下门似的。安娜·塞尔盖叶芙娜——"带叭儿狗的女人"——对待眼前已经发生的这件事情，那态度是特别的，很严重的，倒仿佛这是她的堕落似的——看上去，真仿佛是这样；这可是古怪的，不恰当的。她的脸绷紧，憔悴；在她的脸的两边，她那长长的头发哀伤的披下来；她深思着，做出心灰意懒的姿态，就跟旧式的图画里的"成了罪人的女人"一样。

"这是不应该的，"她说。"现在你会是第一个看不起我的人了。"

桌子上有一个西瓜。古罗夫给自己切了一片,不慌不忙的吃着。随后沉默了至少半个钟头。

安娜·塞尔盖叶芙娜的神情打动人的心;她有善良纯朴、阅历很浅的女人所有的那份纯洁。孤零零的一支蜡烛在桌子上燃烧着,朦朦胧胧的照不清她的脸;不过她分明很难过。

"我怎么能看不起你呢,宝贝儿?"古罗夫问。"你不知道你自己在说甚么话了。"

"求上帝宽恕我,"她说,她的眼眶里满是眼泪。"这真可怕。"

"你好象极力要开脱自己似的。"

"开脱?不。我是个下流的坏女人;我看不起我自己,我没心替我自己洗刷。我欺骗的倒不是我的丈夫,而是我自己。也不光是现在;我欺骗自己已经很久了。我的丈夫也许是一个善良的、诚恳的人吧,可是他是一个奴才!我不知道他在那边干甚么,他做的是甚么工作,可是我知道他是个奴才!我跟他结婚的时候,我才二十岁。我给好奇心折磨得好苦;我希望过好一点的日子。'一定有一种不同的生活,'我对我自己说。我要生活!生活,生活!……我给好奇心烧得发慌……这一点,你是不会明白的,可是我对上帝赌咒:我管不住我自己了;我起了变化,甚么东西都没法约束我了。我对我丈夫说:我病了,我就上这儿来了。……到了这儿,我四处逛荡,好象迷了眼,跟疯子一样;……现在呢,我却成了一个谁都可以看不起的、庸俗的贱女人了!"

古罗夫一面听她讲话,一面已经觉着厌烦了。他给那种天真的口气,给那种十分意外的大煞风景的懊悔,惹得冒火;要不是因为她眼睛里有眼泪,他也许会认为她在开玩笑,或者在演戏了。

"我不明白,我亲爱的,"他轻声说。"你到底要怎么样呢?"

她把脸埋在他的胸口上,紧紧的依偎着他。

"相信我的话,相信我的话,我求求你……"她说。"我喜欢纯洁正直的生活,罪恶是我所厌恨的。我不知道我在干甚么。头脑单纯的人说:'魔鬼骗了我。'现在我也可以这样说我自己:魔鬼骗了我。"

"算了,算了!……"他喃喃的说。

他瞧着她那发呆的、惊吓的眼睛,吻她,温存的柔声讲话;她呢,渐渐得了安慰,她那快活的心境回来了;他俩笑起来了。

后来等到他俩走出去,海滩上已经没有人了。这城市,以及它那些柏树,很有点死气沉沉的样子,可是海水仍旧哗哗的拍打海岸;孤零零的一只驳船在海浪上摇晃,船上面有一盏灯,正在困倦的眨眼。

他们找到一辆出租的马车,就坐上车,到奥列安达(Oreanda)去了。

"刚才我在前厅瞧见了你的姓;它写在旅客牌上——冯·第节里兹,"古罗夫说。"你的丈夫是德国人吗?"

"不是的;我想他的祖父大概是德国人,不过他自己却是信奉东方正教的俄罗斯人。"

到了奥列安达,他们坐在离教堂不远的一个座位上,瞧着下面的海洋,不言不语。透过晨雾,雅尔达朦朦胧胧,看不大清;白云一动也不动的停在山顶上。树上的叶子不动弹,蟋蟀唧唧的叫着,单调而含混的海水声从下面升腾上来,述说着和平,述说着正在等候我们的、永恒的睡眠。当初没有雅尔达,也没有奥列安达的时候,那声音一定就是这样响着;现在也还是一样,等到将来我们不在人世了,它照旧会那么淡漠、那么单调的响着。这种经久不变,这种对我们每个人的生死的完全不关痛痒,也许包藏着我们会得到永恒的拯救的保证,包藏着人间生活会不断进行的保证,包藏着一切会向尽善尽美不断迈进的保证吧。古罗夫挨着一个在黎明时分显得这么可爱的年青女人坐着,给四周的仙境——海啊、山啊、云啊、空旷的天空啊——弄得心情舒畅、晕晕糊糊,不由得暗想:只要人定一定神,就可以体会到在现实中,人间万物都是美丽的,只有在我们忘记人类的尊严,忘记我们的生活的高尚目标的时候我们自己所想的或者所做的事情才不是那样的。

一个男子走到他们面前来——大概是一个看门人吧——瞧一眼他们,走了。这件小事也显得神秘而美丽。他们看见一只轮船从菲奥朵夏开来,在黎明的朝霞中熄了灯。

"草上有露水。"沉默了一阵,安娜·塞尔盖叶芙娜说。

"对了。现在也该回去了。"

他们回到城里去。

后来,每天十二点钟,他们在海滩上见面,一块儿吃午饭,吃晚饭,出去散步,欣赏海洋。她抱怨说她睡得不稳,她的心跳得厉害,她老问同样的问题,一忽儿因为忌妒而烦恼,一忽儿担心他会不充分的尊敬她。在广场上,或者花园里,遇到他们附近没有人的时候,他常常猛的把她拉到他的身边,热烈的吻她。十足的悠闲,在明亮的阳光下的接吻(同时他总要往四下里看,深怕别人看见他们),炎热,海水的气味,没事可做、衣服考究、保养得很好的人们在他眼前的川流不息——这一切使他完全变了;他不断的对安娜·塞尔盖叶芙娜说她是多么美丽,多么迷人,他火热的恋着;他一步也不肯离开她；她呢，却常常心事重重，不住的逼他承认他不尊敬她，一点也不爱她，把她不看做别的，只看做普通的女人罢了。差不多每天傍晚，相当晏了，他们还坐上马车出城，到奥列安达去，或者到瀑布那儿去；这种旅行永远顺利，那些风景总给他们留下又庄严又美丽的印象。

他们在等她丈夫来，可是他写来一封信，说是他的眼睛出了毛病，他要求他妻子赶快回家，越快越好，安娜·塞尔盖叶芙娜连忙赶回去。

"我走了，倒也是好事。"她对古罗夫说。"这是命运的手指头！"①

她坐着四轮大马车到火车站去了，他陪着她。他们坐了整整一天的马车。等到她在特别快车的车厢里占好了座，挨到第二遍铃响了，她说：

"让我再看你一回……再看一眼。象这样。"

她没流眼泪，可是难过得很，好象生了病，她的脸在颤抖。

"我会记住你……想念你，"她说。"求上帝降福给你，祝你幸福。别把我想得太坏。我们从此永别了——这是理所当然的，因为我们本来就不该见面。好，求上帝降福给你。"

火车很快的开走了，车上的灯光不久就看不见了，一分钟以后，火车的声音也没有了，仿佛一切东西都串通好，居心要赶快了结这场美梦，这种疯狂似的。古罗夫孤单单一个人站在月台上，瞧着黑暗的远处，听着蟋蟀的叫声和电线的响声，觉着自己好象刚刚睡醒似的。他思忖着，暗想：他的一生又添了一个插曲，或者一段韵事；这件事也结束了，甚么也没留下，只留下了回忆。……他感动了，凄凄惶惶，感到了微微的忏悔。这个从此再也见不到面的年青女人跟他过得并不幸福；他待她固然真心的热烈，温柔，不过在他的态度里，在他的口气里，在他的温存里，却有淡淡的讥嘲的影子，还有年纪差不多比她大一倍的幸福男子的那种粗暴的傲慢。她呢，始终说他温和、不平凡、高尚；在她心目中，他显然跟他的本来面目不同，这样说来他在无意中欺骗了她。……

这儿，在车站上，已经有秋天的清香了；这是一个寒冷的傍晚。

"现在我该回北方去了，"古罗夫一面走出车站，一面暗想。"真的该走了！"

三

在莫斯科的家里，一切都照冬天的常规办事了；炉子烧起来，早晨天还

---

① 意思是"命中注定"。

黑着,孩子们就已经在吃早饭,准备上学,嬷姆暂时点亮了灯。寒冷已经开始了。等到最初的一场雪落下来,第一天坐雪橇的时候,看见白白的大地、白白的房顶,那是很愉快的;人吸着柔和的、清凉的空气;这个季节带回来人的青春的岁月。老菩提树和桦树,蒙着重霜,变得雪白,现出一种忠厚温和的神情;它们比柏树和棕榈树更贴近人的心;有了它们,人就不再需要想到那些海啊山的了。

  古罗夫是莫斯科人,在一个晴朗的冷天到了莫斯科;每逢他穿上皮大衣,戴上温暖的手套,沿了彼得罗夫卡散步,每逢在星期六傍晚听见钟声,他最近的旅行和他所游览的地方对他就失去了一切魔力。渐渐的,他全心贯注在莫斯科的生活里,每天津津有味的看三份报纸,宣布说他并不是根据甚么主义而看报纸!他已经渴望着到饭馆、俱乐部、宴会、纪念会去,遇到招待著名的律师和演员,在医生俱乐部里跟一个教授打牌,就觉着光彩。他已经能够吃一整份的照莫斯科气派,用锅子端上来的泡菜炖肉了。……

  他心想,再过一个月光景,安娜·塞尔盖叶芙娜的影子就会在他的记忆里变得模模糊糊,只不过时不时的跟别人一样来到他的梦里,现出她那动人的笑容罢了。可是过了一个多月,真正的冬天来了,在他记忆里一切事情却仍旧清清楚楚,仿佛只不过昨天他才跟安娜·塞尔盖叶芙娜分了手似的。而且他的记忆越来越生动。每逢在傍晚的寂静中他在书房里听见他孩子温课的声音,或者每逢他在饭馆里听到歌声或者乐器的声音,或者听到烟囱里的风暴的呼啸声,忽然一切就都在他记忆里浮上来:在码头上发生的那件事,早晨以及山顶的雾,从菲奥朵夏开来的轮船,接吻。他在他那房间里走来走去,走好半天,回想那一切,微微的笑着;然后他的记忆变成了幻想,在他的幻想中过去和将来混合起来了。安娜·塞尔盖叶芙娜没到他的梦里来,可是跟着他到处走,跟影子一样,守着他。他一闭眼,就看见她,仿佛就在他眼前,有血有肉;他觉得她比以前越发出落得可爱、年青、温柔;他把自己想象得比在雅尔达的时候更漂亮。到了傍晚她从书架上、从火炉里、从墙角那儿,偷看他——他听见她的呼吸,她衣服的柔和的沙沙声。在街上,他瞧着来往的女人,想找一个模样跟她相象的人。

  他很想把他这段往事对谁讲一讲,这个强烈的愿望折磨着他。可是在家里,他没法讲到他的爱情,在外面他也找不到一个人;他总不能跟他的房客,或者跟银行里的人谈这种事啊。而且,究竟有甚么可谈的呢?当时他并没爱她,不是吗?在他和安娜·塞尔盖叶芙娜的关系当中,难道有什么美丽的地方,诗意的地方,或者有教训意义的地方,再不然,光是有趣的地方?他没有办法,只好含含糊糊的谈到爱情,谈到女人,谁也猜不出他谈那些话是甚么用意;只有他的妻子拧起黑黑的眉毛,说:"猎艳家的角色可不适宜你来扮演啊,吉密特里。"

一天傍晚,他同一个刚刚一块儿打过牌的文官走出医生俱乐部,他忍不住说:

"你再也不知道我在雅尔达认识了一个多么迷人的女人!"

文官上了雪橇,坐着走了,可是忽然扭回头来,嚷道:

"德密特里·德密特里奇!"

"甚么事儿?"

"今天晚上真有你的:鲟鱼有点臭稀稀的!"

这句话平平常常,可是不知甚么缘故却惹得古罗夫心里冒火,他觉得那些话侮慢,下流。多么粗野的态度,甚么样的蠢材!多么无聊的夜晚,多么没趣味的、单调的白天!狂热的赌博,大吃大喝,醺醉,不断的反复讲着老一套的话!没益处的工作,和老套头的谈话,耗尽人的大部分时间,大部分精力,到头来就剩下了一种剪掉了翅膀的、没一点朝气的生活,琐琐碎碎,庸庸碌碌,要逃也逃不开,要摆脱也摆脱不掉——就好象关在疯人院或者监狱里一样。

古罗夫通宵没睡,满腔的愤慨。第二天一整天,他头痛,第二天晚上他也睡不着;他在床上坐起来,想心事,或者在他房间里走来走去。他厌恶他的孩子,厌恶银行;他也没兴致出去走走,或者找人谈天。

在十二月的假期中,他准备出门旅行,就告诉他妻子说他要到彼得堡去为一个年青的朋友办一件事——于是他动身到 S 地去了。为甚么去呢?他自己也不大清楚。他要看一看安娜·塞尔盖叶芙娜,跟她谈一谈——要是可能,就约出来见一见面。

他在早晨到了 S 地,在旅馆里订下顶好的房间,房间里的地板上铺着灰色的军用毛毯,桌上有一个墨水瓶,蒙着灰尘,颜色灰白,瓶盖上装饰着一个骑马的人像,那人的手举着帽子,脑袋却掉了。旅馆的看门人总算把要紧的消息供给他了;冯·第节里兹住在老冈察尔尼街上他自己的一所房子里——那儿离旅馆不算远,他有钱,生活优裕,自己养得有马;这个城里,人人都知道他。看门人把他的姓念成"德里吉里兹"了。

古罗夫不慌不忙的动身到老冈察尔尼街去,找到了那所房子。在房对面伸展着一道灰色的长围墙,墙上钉着钉子。

"这样的围墙会吓得人跑掉。"古罗夫暗想,时而看一眼围墙,时而看一眼房子的窗子。

他心里盘算：今天是假日，丈夫大概在家。不管怎样，今天如果闯进她的家里去，搅得她心神不定，那总是不妥当的。要是他打发人给她送一封信去，信也许会落在她丈夫的手里，那可就把事情弄糟了。顶好的办法是相机行事。他沿着围墙在街上走来走去，等机会。他看见一个叫化子走进门去，就有好几条狗向他扑过来；后来，过了一个钟头，他听见了钢琴声，琴音微弱，听不清。多半是安娜·塞尔盖叶芙娜在弹琴吧。前门忽然开了，一个老太婆走出来，后面跟着那条熟悉的、白白的、波美拉尼亚种的叭儿狗。古罗夫几乎要叫那条狗，可是他的心猛烈的跳起来；在兴奋中他想不起狗的名字了。

他走过来走过去，越来越讨厌那道围墙，这时候他气愤地暗想：安娜·塞尔盖叶芙娜大概已经忘了他，也许已经跟别的男人玩乐了；这样的事在一个年青青的、从早到晚没东西可看只能看见这堵该死的围墙的女人，其实是很自然的。他回到他的旅馆房间去，在沙发上坐了很久，不知道该怎么办好，然后他吃中饭，睡了一个很长的午觉。

"这是多么愚蠢，多么恼人啊！"他醒来，瞧了瞧黑暗的窗子，暗自想道；天色已经到了黄昏。"不知甚么缘故，在这儿我倒好好的睡了一大觉。晚上我干甚么好呢？"

他坐在床上，床上铺着一条灰色的、廉价的毯子，就跟人在医院里所看见的那种毯子一样；在烦恼中，他骂他自己：

"谁叫你认识这么一个带叭儿狗的女人……谁叫你干这么一段风流韵事……。现在看你怎么办。……"

那天早晨在火车站上，一个大字的戏报吸引了他的目光。"盖伊霞"初次上演。他想到这里，就坐车到戏院去了。

"十分可能，她也许来看第一夜的公演呢。"他想。

戏院满座。她同一切内地的戏院一样，枝形灯架的上面有一团雾，楼座吵吵嚷嚷，一点也不安静；第一排的、当地的太少爷们在开戏以前总是站着，手抄在背后；在省长的包厢里，省长的女儿戴着毛皮的围巾，坐在前面的一排，省长本人却谦虚的退到帷幔后面，人们只看得见他的手；乐队调音花了不少功夫；舞台上的幕摇荡着。观众们走进来，找位子的时候，古罗夫热切的瞧着他们的脸。

安娜·塞尔盖叶芙娜也走进来了。她在第三排坐下；古罗夫一眼瞧见她，他的心就缩紧了；他清清楚楚的体会到：对他来说，全世界再也没有一个人象她那么亲近、那么宝贵、那么重要了；她，这个小女人，没有一点出众的地方，混在内地的人群里，手里拿着一个庸俗的望远镜，可是现在，她却填满他的全生命，是他的烦恼，也是他的欢喜，而且是现在他自己所渴望的、唯一的幸福；听着劣等乐队的乐声，内地的坏提琴的琴音，他心想：她是多么可爱啊。他思索着，梦想着。

一个青年男子，留着小小的络腮胡子，身材很高，有点驼背，跟安娜·塞尔盖叶芙娜一块儿走进来，在她身旁坐下；他每走一步就点一下头，好象在不断的鞠躬似的。这人多半就是她的丈夫——当初在雅尔达，她在一阵惨痛的心情中曾经骂做奴才的那个人吧。他那高高的身材、他那络腮胡子、他那一小片秃顶，果然有点奴才的媚劲儿；他的笑脸叫人看了恶心；他的纽扣眼上挂着一个甚么徽章，就跟茶房的号码牌子似的。

在第一次休息的时候，丈夫走出去抽烟；她坐着没走。古罗夫本来也坐在池座里，这时候走到她面前去，勉强微笑着，用颤抖的声音说：

"您好。"

她看他一眼，脸色立刻变白，然后又战战兢兢的瞧他一眼，不能够相信自己的眼睛了；她的两只手捏紧扇子和望远镜，分明极力撑持着，免得晕过去。两人都一声不响。她坐着；他呢，站着，给她的慌张吓坏了，不敢在她旁边坐下去。提琴和笛子本来在调音，这时候弹奏起来。他忽然觉着害怕了，仿佛所有的包厢里的人都在瞧着他们似的。她站起来，很快的向门口走去；他跟着她走，两个人糊里糊涂的穿过一些夹道，上楼下楼，穿着法官的、教师的、皇室土地局文官的制服的人们，全都戴着徽章，掠过他们的眼前。他们还看见许多女人，以及挂在钉子上的皮大衣；他们闻到了清风和臭烘烘的纸烟气味。古罗夫的心跳得厉害，他想：

"唉，天呀！为甚么这儿有这么多的人和那个乐队！……"

这当儿，他猛的想起当初他在车站送安娜·塞尔盖叶芙娜走的时候，他本来认为他们的关系已经一刀两断，他们从此不会再见面了。可是他们离着结局还有多么远哟！

在一条狭窄的、阴暗的楼梯上面，写着："此地通到剧场。"她走到那儿，站住了。

"你真把我吓坏了！"她说，喘吁吁的，仍旧脸色苍白，心慌意乱。"唉，你真把我吓坏了！我吓得半死不活了。为甚么你上这儿来？为甚么？"

"可是，你要明白，安娜，你要明白……"他低声的匆匆说。"我求求你：你要明白……"

她带了恐惧,带了恳求,带了热爱,瞧着他;她注意的瞧着他,把他的相貌更清楚的印在她的记忆里。

"我好凄苦哟,"她接着说,没听他的话。"我时时刻刻想念的,不是别人,正是你;我完全是在苦苦的思念中生活着,我打算忘掉,忘掉你;可是为甚么,唉,为什么你来啦?"

在他们上面的楼梯口上有两个中学生,抽着烟,往下看,可是古罗夫没把他们放在心上;他把安娜·塞尔盖叶芙娜搂在怀里,开始吻她的脸,她的脸蛋儿,她的手。

"你在干甚么啊,你在干什么啊!"她惊恐的叫着,把他推开。"我们疯了。今天你就走吧;马上离开这儿。……我凭了一切神圣的东西请求你,央告你。……有人上这边来了!"

有人上楼来了。

"你得走才行,"安娜·塞尔盖叶芙娜小声说。"你听见没有,德密特里·德密特里奇?我会到莫斯科去看你。我一直没快乐过;现在,我仍旧不快乐。我永远,永远也不会再快乐了!别弄得我更难过啦!我赌咒:我一定到莫斯科去!可是现在我俩分手吧。我的宝贵的、好心的、亲爱的人啊,我们非分手不可!"

她握了握他的手,开始快步的走下楼去,回头看了他一眼;从她的眼神,他看得出来她真的不快乐。古罗夫略略站了一阵,听着,然后,等到一切声音安静下来,他就找到他的大衣,走出了戏院。

四

安娜·塞尔盖叶芙娜开始到莫斯科来看他。每过两三个月,她就离开S城一回,告诉她丈夫说:她为了她所害的一种女人病要去看医生——她丈夫呢,将信将疑。到了莫斯科,她住在司拉维安斯基商场的旅馆里,立刻派一个戴红帽子的人去找古罗夫。古罗夫就来看她,莫斯科没有一个人知道这件事。

有一回,在冬天的一个早晨,他照这样去看她(昨天傍晚他不在家的时候,那个信差来找过他)。他跟他女儿同路走着,他打算送她去上学,好在是顺路。天正在下着大片的湿雪。

"今天气温是零点以上的三度,可是天却下雪了,"古罗夫对他女儿说。"可是这种气温只是在地球的表面上罢了;在大气的上层,气温就完全不同了。"

"为什么冬天没有雷雨,爸爸?"

他也解释了一下。他讲啊讲的,可是心里却时时刻刻的暗自想着:他正在去幽会,没有一个活人知道这件事,恐怕永远也不会有人知道。他有两种生活,一种生活是公开的,凡是愿意知道这种生活的人都看得见,都知道,充满了传统的真实和传统的虚伪,跟他朋友和熟人的生活一模一样;另一种生活呢,却私下里循着它的轨道进行着。由于环境的一种奇怪的、也许意外的巧合,凡是他认为重要的、有趣的、有价值的东西,凡是他真诚的感觉着、并没欺骗自己的东西,凡是构成他的生活的核心的东西,统统瞒过了别人的耳目;至于一切虚伪的东西,他用来掩盖自己、遮蔽真相的外壳,比方说,他在银行里的工作,他在俱乐部里的高谈阔论,他的"劣等的人种"的论调,他同妻子在纪念会上的出现——所有这些,却都是公开的。他凭自己来判断别人,便不相信自己所看见的事情,永远认为:大家都在秘密的遮盖下,就跟在黑夜的遮盖下那样,过着他们自己的真实的、顶有兴趣的生活。每个人的私生活都凭藉着秘密;也许一部分就是因为这个缘故,文明的人们才凄凄惶惶的要求尊重个人的秘密吧。

把女儿送到学校以后,古岁夫到司拉维安斯基商场的旅馆去。他在前堂脱掉他的皮大衣,走上楼去,轻轻的敲门。安娜·塞尔盖叶芙娜穿着那身他喜爱的灰色衣服,由于旅行和战战兢兢的等待而精疲力尽,从昨天傍晚起就一直在盼望他。她脸色苍白;她瞧着他,没露出笑容;他刚一进来,她就扑到他的胸脯上。他们吻了很久,难舍难分,仿佛有两年没见面似的。

"那么,宝贝儿,你在那边过得怎样?"他问。"有甚么消息吗?"

"等着;我马上就对你讲。……我说不出话来了。"

她没法说话;她哭了。她从他身边走开,用手绢揉着眼睛。

"索性让她哭个痛快吧。我坐下等着就是,"他想,就在一把圈椅上坐下来。

然后他按铃,叫人拿茶来。他喝茶的时候,她仍旧站在窗口,背对着他。她哭,是出于纯粹的激动,是因为凄凉的感到他们的生活实在悲惨得很;他们只能暗地里,避开外人,象贼一样的见面!难道这不是破碎的生活吗?

"得了,别哭了,宝贝儿!"他说。

他明明白白的看出来:他俩的这段爱情不会很快的就过去,他还看不见这段爱情的结局。他越来越疼爱安娜·塞尔盖叶芙娜。她呢,也恋着他。谁要是告诉她说他们的爱情早晚总有一天会结束,那在她可是没法想象的;况且,她绝不会相信!

他走到她身边,攀着她的肩膀,爱抚她,说着逗趣的话,正好这当儿,他在镜子里看见了自己。

他的头发已经开始变白。他觉着很奇怪:在过去这几年当中,他竟变得这么苍老、这么难看了。他的手所攀着的肩膀是温暖的,而且颤抖着。他对这个生命感到了怜悯,这个生命还这么温暖、这么可爱,可是离着凋谢和枯萎,恐怕也象他自己这样,已经不很远了。为什么她这样爱他呢?在女人的心目中,她好象老是跟她自己的本来面目不同;她们所爱的他,不是他本人,而是她们的想象所创造出来的、她们热切的找了一辈子的一个男子;事后,即使她们发现了自己的错误,她们也仍旧爱他。她们跟他一块儿生活的时候,没有一个人幸福过。在过去,他认识一些女人,跟她们一块儿过活一阵,然后分手了,可是他从没爱过一次;任凭你怎么说,那绝不是爱情。

直到现在,他的头发白了,他这才生平第一次实实在在的、真心诚意地爱了一个女人。

安娜·塞尔盖叶芙娜跟他互相热爱着,象彼此很亲很近的人一样,象夫妇一样,象深交的朋友一样;他们觉着他们的遇合仿佛是命中注定的,他们不懂为什么他有一个妻子,她有一个丈夫;他们仿佛是一对季候鸟,一雌一雄,却给人捉住,硬关在两个笼子里似的。他们互相宽恕他们过去所做的、使得他们害羞的事,他们宽恕眼前的一切事情,觉得他们的这种爱情已经把他们两个都改变了。

过去,遇到忧郁的时候,他总是由着自己的心意随便找一个可以讲得通的道理来宽慰自己,可是现在他不再找甚么道理了:他感到深刻的怜悯,他希望自己诚恳而温柔。……

"别哭了,我的宝贝,"他说,"你哭了好半天,你也哭得够了。……现在咱们来谈一谈,咱们来想个办法吧。"

然后他们花很长的时间商量,他们谈到怎样才可以避免这种不得不然的鬼鬼祟祟,不得不然的欺骗,不得不然的分居——他们住在两个城里,要隔很久才能相见。他们怎样才能摆脱这种不堪忍受的镣铐呢?

"怎么办呢?怎么办呢?"他问,抱着他的头。"怎么办呢?"

仿佛再过一忽儿,答案就会找到了,于是,灿烂的新生活就要开始了似的。他俩都明明白白的感到:结局还远得很,那顶复杂、顶困难的一段路现在只不过刚刚走开头呢。

(汝龙译,选自《契诃夫小说集》第4卷,安徽文艺出版社1996年版。)

【思考题】

1. 古罗夫和妻子感情不好的历史一笔带过,过于简单。是一开始就不好,还是后来慢慢变坏?小说未作交代。你觉得这是作者的疏忽,还是有意为之,引人猜测?

2. 你如何理解古罗夫身上那种"诱惑女人、博得女人的欢心"的"迷人的、无可捉摸的东西"?果真"无可捉摸"吗?试加以分析。

3. 古罗夫习惯性的外遇根源于他的夫妻关系,还是天性使然,又或者是某种环境因素所造成,比如作者所说的一种"诱惑的思想猛的抓紧了他"?

4. 作者站在古罗夫的立场,描述了过往记忆中的三种女性类型,从这种描述反过来可以看出古罗夫对待女性的态度是怎样的?

5. 安娜的心理活动、她对自己和古罗夫关系的认识(无法拒绝古罗夫的吸引又无法回避深刻的犯罪感)始终如一,也始终为古罗夫所充分了解。古罗夫对安娜的感情和认识前后有变化,开始只是好奇,后来才深陷其中不能自拔,但安娜不知道,古罗夫也并未向她诉说这种变化。安娜在明处,古罗夫在暗处,他们在感情关系上并不对等。既然如此,作者后来为什么说他们"互相热爱着,像彼此很亲很近的人一样,像夫妇一样,像深交的朋友一样"?你认为小说写到最后,两人真的达到了对等的相爱和相知吗?作者写到他们的苦恼就戛然而止了,你推测这篇故事的结局怎样?

6. 作者在简单的故事情节中不断插入心理描写——并非人物主动的心理呈现,而是作者揣摩人物心理,代为说出。这种写法很容易流露作者对人物的主观评价,读小说上半部分时,也明显可以感受到作者对古罗夫的讽刺。但古罗夫在S城戏院再次看到安娜后,作者对古罗夫的心理描写就看不到之前那种讽刺、批判甚至厌恶了,取而代之的是怜悯和同情——如果不能说其中也有某种欣赏赞许的话。你认为作者对古罗夫的感情的这种微妙变化,是理性控制下的有意为之,还是作者本人无法控制的思想感情上的前后矛盾?

7. 对照托尔斯泰《克莱采奏鸣曲》,你觉得契科夫和托尔斯泰对相同的人类困境有怎样不同的艺术表述?

【拓展阅读】

托尔斯泰:《克莱采奏鸣曲》,臧仲伦译,译林出版社2011年版。

第十章 布 宁

伊凡·布宁(1870—1953),俄罗斯作家。生于俄国中部波罗涅日一个破落贵族世家,自幼家境贫寒,中学未毕业就步入社会,做过校对、图书馆员、助理编辑等。曾受教于托尔斯泰、契诃夫、高尔基等作家,并为高尔基主办的出版社撰过稿。1909 年被选为科学院名誉院士。十月革命后对苏维埃政权持敌对立场,于 1920 年侨居法国,直到去世。

布宁的创作生涯始于诗歌。1887 年开始发表诗作,1892 年出版第一部诗集,1903 年以诗集《落叶》获莫斯科学术院普希金奖。但他的主要成就是中短篇小说。早期作品批判贵族阶级的精神空虚与堕落,又为其没落而赋挽歌,如短篇《田间》《安东诺夫卡苹果》等。1910 年中篇小说《乡村》问世,标志布宁的创作由狭窄的贵族庄园转向广阔的社会,也使他跻身第一流作家的行列。1911 年至 1913 年间,布宁创作了一系列反映农村生活的中短篇如《苏霍多尔》《欢乐的庭院》《蟋蟀》等,真实地描写了农村的落后、黑暗与农民的愚昧,情调低沉。他的一些敌视苏维埃革命的作品被誉为"反乌托邦小说"经典,开启了英国作家乔治·奥威尔等人的写作。

据布宁妻子回忆说,流亡中的他经常抱怨不能适应国外的新生活,自认属于"冈察洛夫和托尔斯泰、莫斯科和圣彼得堡的旧世界,他的艺术缪斯遗落在那个旧世界,再也寻不回来了"。尽管如此他的创作仍充满活力,除自传体长篇小说《阿尔谢尼耶夫的一生》外,还有将近 200 篇短篇小说,《米佳的爱情》《中暑》《三个卢布》《幽蝉的小径》和《巴黎》等尤为出色。

1933 年,"由于他严谨的艺术才能,使俄罗斯古典传统在散文中得到继承",布宁获诺贝尔文学奖。他也是第一位获此殊荣的俄国作家。

布宁继承了俄国古典文学写实主义传统,是中短篇小说高手。他不太重视情节与结构,而专注于人物性格的刻画和环境气氛的渲染,语言丰富华美,有"布宁式织锦"之称,被高尔基誉为"当代优秀的文体家"。

《旧金山来的绅士》写于 1915 年,是布宁最有名的短篇小说之一,讽刺了美国式发财致富和尽情享乐的思想,也揭示了人类生存根本上匮乏意义的粗俗与荒谬,流露出浓厚的宗教情绪。

旧金山来的绅士

> 哀哉,哀哉,巴比伦大城,坚固的城啊!……
>
> 《启示录》①

旧金山的一位绅士(他的姓氏,无论在那不勒斯市还是在卡普里岛上,都已无人记得)带着妻子和女儿来到旧世界②,专诚为了开怀解闷,想过上整整两年。

他坚信他有充分的权利休息,寻欢作乐,作长期舒适的旅行等等。他的这种信念是有根据的:首先,他有钱;其次,别看他已经是五十八岁的人了,他其实刚开始生活。以前他不是在生活,而只是活着,说真的,活得挺不错,但还是寄一切希望于未来。他不停地工作(这意味着什么,被他招雇来的成千上万华工心里很明白),终于发现自己已经做了许多事,快要赶上那些他一度看作自己的榜样的人了,于是决定歇一口气。他那个阶层的人,打算享受一下人生的乐趣,往往从旅行欧洲、印度、埃及开始,他决定也这么办。当然,他首先想慰劳自己多年辛苦,但也为妻子和女儿高兴。他的妻子从来不是一个多情善感的人,可是上了年纪的美国妇女都十分爱好旅行。至于说到女儿,一个身体不很强健的大小姐,旅行对她来说简直是一种必需:且不说旅行有益于健康,旅途中又焉知不会有巧遇良缘?有时你会和一位亿万富翁同桌吃喝,或者在一起欣赏壁画。

这位旧金山的绅士拟定了一个庞大的旅行计划。十二月到一月他希望享受意大利南部的阳光,参观古迹,欣赏塔兰台拉舞和江湖歌手的小夜曲,受用象他这样年纪的人特别敏感的东西——那不勒斯妙龄女郎的爱情,即使不是完全无私的爱情。他想在尼斯、蒙特卡洛度狂欢节——在这个季节,上流社会的精华都汇集到那里,正是他们支配着文明世界的一切幸福:夜礼服的式样、帝位的稳固、战争的宣布、饭店的兴隆;在那里,一些人热中于赛车和赛船的运动,另一些人热中于轮盘赌,第三种人热中于通常称之为调情

---

① 见《圣经·新约·启示录》第十八章第十节。
② 指欧洲。

的勾当,第四种人热中于射鸽——一群鸽子从鸽舍里飞出来,优美地盘旋上升,下面是翠玉般的草坪,背景是琉璃草色的大海,一刹那间,它们却变成一团团又白又软的东西,落下来砸在地上。三月初他要到佛罗伦萨,基督受难日以前到罗马,以便在那里听 Miserere①。他的计划中还有威尼斯,巴黎,塞维利亚的斗牛,英伦三岛的海水浴,雅典,君士坦丁堡,巴勒斯坦,埃及,甚至日本——自然是在归途中……旅行开始时诸事如意。

  这是十一月底,到达直布罗陀之前,他们时而在寒气袭人的暗夜中航行,时而遇着雨雪交加的风暴,但是一路平安。船上乘客很多,这有名的"大西洲号"客轮就象一座设备齐全的大饭店,有夜总会、东方浴室、本船出版的报纸。船上的生活极有规律:乘客们一大早就起床,当刺耳的号声在走廊里响起来的时候,天色还很昏暗,灰绿色的茫茫大海上,大雾弥漫,白浪滔天,黎明慢腾腾地露出它那冷漠的面孔;人们披着法兰绒睡衣喝咖啡、巧克力、可可,然后坐进大理石浴盆里洗个澡,做体操,以便唤起食欲和良好的自我感觉,做完白天的梳妆打扮之后,就去用早餐;上午十一点钟以前,可以在甲板上精神抖擞地散步,呼吸海洋上清凉的空气,或者玩掷木盘等游戏,以便再一次唤起食欲;十一点钟加餐,吃点夹肉面包,喝点肉汤;吃罢这顿加餐,大家愉快地读报,悠闲地等待午餐——比早餐更富营养,更为丰盛;接下去休息两个小时,各层甲板上都摆满了躺椅,乘客们躺在上面,身上盖着毛毯,仰望浮着白云的天空,观看有如岗峦起伏的雪浪从船边掠过,或者舒舒服服地打个盹儿;下午四点多钟,给这些精神焕发、喜笑颜开的乘客喝香喷喷的浓茶,吃点心;晚上七点钟,号声报告构成这种生存的最主要的目的,它最辉煌的时刻到了……这时,旧金山来的绅士感到生命的活力犹如潮水奔涌而上,他搓着手,奔向他那豪华的特等舱房去换装。

  晚上,"大西洲号"的多层楼舱在黑暗中睁着数不清的火眼,一大批侍役在厨房、洗碗间、储酒舱工作着。四壁之外的海洋是凶恶的,但是人们不去想它,坚定地相信船长能够驾驭它。船长有一头棕红色的头发,身躯硕大无朋,胖得出奇,穿一件镶有宽金绦带的制服,经常睡眼惺松的,活象一尊大佛像。他很少走出他那神秘的寝室,在人前露面。从上层前甲板上时时传来警笛的吼声,带着地狱的阴森气氛和恶狠狠的声势,不过晚宴席上很少有人听见,因为这警笛声被美妙的弦乐淹没了。弦乐队在一间有双排窗户的大理石厅堂里不停地、精心地演奏着。这间铺着丝绒地毯,灯火辉煌犹如节

---

① 拉丁语:天主教祷文。

日的大厅里挤满了祖胸露臂的女人,穿燕尾服或夜礼服的男人,身材匀称的侍役和恭顺的侍役领班,那个专管要酒的领班甚至在脖子上挂着链子,俨然是一位英国市长。旧金山来的绅士穿上夜礼服和浆洗过的衬衫,显得年轻多了。这个干巴巴的人个子不高,正如俗话说的,剪裁虽差,但缝得结实;他从头到脚刷得亮光光的,带着适度的活泼神情,坐在这金碧辉煌的厅堂中间,面前摆着一瓶琥珀色的约翰内斯堡酒,一排大小不一的极精致的玻璃酒杯,一束枝叶纷披的风信子花。他那张留着整齐的银白色唇髭、皮肤略呈黄色的脸上,有某种蒙古人的特征,嘴里的大金牙闪闪发光,结实的秃头是陈象牙色的。他的妻子,一个文静的大块头女人,穿着奢华,倒还与自己的年龄相称;女儿的装束复杂而又轻盈,露出无伤大雅的轻佻;她身材修长,一头秀发梳得十分可爱,呼出的气息带有紫罗兰口香丸的香味儿,几颗极娇嫩的小粉刺长在嘴边和略敷香粉的两肩之间……晚餐要进行一个多小时,饭后舞厅里的舞会便开始了。这时,男人们(其中当然包括旧金山的绅士)在酒吧间里翘着腿根据交易所的最新消息决定各国人民的命运,一面吸哈瓦那雪茄烟,一面喝甜酒,直到脸变成紫酱色。在这里侍候他们的是穿红坎肩的黑人。他们的白眼球象剥了皮的熟鸡蛋。墙外大海咆哮着,仿佛一重重黑黝黝的山峦在走动;暴风雪在变得更加沉重的缆索间拼命打着唿哨,整个船身都在颤动,同暴风雪和那些黑黝黝的山峦抗争,象犁铧似的把激荡不宁,时而沸腾着高高溅起飞沫的巨浪劈成两半。警笛被雾气阻塞,发出垂死的呻吟声。侦班人在高台上冻得发僵,过度紧张的瞭望弄得他们头晕目眩。轮船的水下部分如同既黑暗又闷热的地狱深处,也就是地狱的最后一层——第九层。这里烧着几座巨人般的大锅炉,轰隆轰隆地响,它们张开血盆大口,吞食着成堆的煤炭,一些人流着又脏又臭的汗水,裸露的上身被炉火烤得通红,不断把煤炭扔进炉膛。然而在酒吧间里,人们无忧无虑地把脚架在安乐椅的扶手上,呷着白兰地和甜酒,沉浸在香气扑鼻的烟雾之中。舞厅里朗若白昼,温暖如春,笑语盈盈,人们成双作对地旋转着跳华尔兹舞,或者弯腰曲背地跳探戈舞,乐队无休止地奏着充满哀怨的靡靡之音,总在乞求着一样东西……在这群浑身珠光宝气的人当中,有一位个子挺高、刮光了脸、样子象主教、身穿旧式燕尾服的阔佬,一位著名的西班牙作家,一位绝代佳人,还有一对出众的恋人引起大家的好奇心,这对恋人并不掩饰自己的幸福:他同她跳舞,他们事事做得恰如其分,令人倾倒。只有船长一个人知道,这对男女是为了赚钱,受劳埃德商船协会的招聘来扮演恋人的。他们时而在这条船上,时而在那条船上,已经漂泊很久了。

船到直布罗陀,使大家高兴的是太阳出来了,象早春天气。"大西洲号"客轮上出现了一位新乘客,引起大家的注意。这是某个亚洲国家的王储,要作一次化名旅行。他身材矮小,呆头呆脑,大脸盘,小眼睛,戴一副金边眼镜,粗硬的黑唇髭稀稀拉拉,就象死人脸上的一样,不大顺眼。可总的说来他是一个朴实、谦和、可亲的人。地中海上又是一派冬天的气象,特拉蒙塔那风嬉戏着猛扑上来,将一重重五颜六色的巨浪吹散,在灿烂的阳光和万里无云的晴空下,好似孔雀开屏……第二天,天空开始昏暗,地平线上雾气腾腾,陆地渐渐近了,出现了伊斯基亚岛和卡普里岛,用望远镜已经可以看见那不勒斯象许多方糖块儿撒在一件灰蓝色的东西脚下……许多女士和先生们穿上了翻毛的轻裘。唯命是从,总是轻言细语的华人侍役,这些罗圈腿,留着齐脚跟的漆黑的大辫子,长着少女般的浓密眼睫毛的少年,陆陆续续扛着毛毯、手杖、箱子、梳妆盒之类的东西朝舷梯走去……那位旧金山绅士的女儿同王储并肩站在甲板上,昨晚她幸运地认识了王储,此刻正装作出神地眺望远方,望着他指给她看的地方,听他急促而低声地讲解着什么。在这群人中间他个子小得象个孩子,相貌不仅难看,而且怪里怪气:眼镜、圆顶礼帽、英国式大衣,稀疏的唇髭象马鬃,黑黄色的细皮肤似乎是绷在他那扁平脸上的,而且又好象涂上了一层薄薄的油漆。然而姑娘在倾听他的话语,激动得不知道他对她说了些什么;在他面前,她的心由于莫名的欣喜而跳动着:瞧,他的一切都与众不同,无论是那双干瘦的手,还是那里面流着古代帝王的血液的洁净的皮肤,甚至那身虽然极其普通,但似乎分外整洁的西服都包含着一种难言的魅力。旧金山来的绅士穿了一双有灰鞋套的漆皮鞋,老拿眼睛盯着站在他身旁的绝代佳人。这是一位个子高而身段又极美的金发女郎,她的眼睛按照巴黎最时兴的式样描过,手里捏着一根银链子,牵着一只弓背脱毛的小狗,并且不停地同它讲话。女儿有点难为情,竭力不去注意父亲。

　　旧金山来的绅士一路上相当挥霍,因而深信人们会尽心侍候他吃喝,从早到晚为他奔忙,不等他开口就知道他想要什么,保证他的一切都清洁舒适,替他搬东西,雇脚力,把他的箱笼送到旅馆去。到处如此,在船上是如此,到那不勒斯当然也会如此。那不勒斯渐渐变得大起来,越来越近了。乐师们拿着闪闪发光的铜管乐器在甲板上集合,突然奏起震耳欲聋的庄严的进行曲,身材魁梧的船长穿着礼服出现在舰桥上,他象一尊大慈大悲的菩萨,对乘客们亲切地挥手致意。旧金山来的绅士同所有的人一样,觉得那骄傲的亚美利加进行曲是为他一个人吹奏的,船长也只是在祝贺他平安抵达。

"大西洲号"终于驶进港口,它那站满了人的多层大船舱停在堤岸边,接着放下了搭板。这时候,有多少戴镶金边便帽的旅馆接待人员和他们的助手,多少各行各业的经纪人,以及手里拿着一扎扎彩色明信片的流浪儿和身强力壮、衣衫褴褛的人拥上来,准备为他效劳啊!他对这群人得意地笑笑,朝着王储可能下榻的那家大饭店的小轿车走去,不慌不忙,神气十足地时而用英语,时而用意大利语说:

"Go away!① Via!②"

那不勒斯的生活立刻按它既定的程序开始了,一大早就得去昏暗的餐厅用早餐,多云的天空似乎没有豁然开朗的希望,而饭店前厅门口已经站着一群游览向导。等到淡红色的旭日开始露出笑脸,便可从高悬的阳台上远眺从头到脚被明亮的朝雾笼罩着的维苏威火山,欣赏那泛着珍珠色涟漪的海湾和地平线上隐约可见的卡普里岛,俯视泥泞的沿岸街上拉着双轮马车奔跑的小小的驴子和一队队吹吹打打,昂首阔步向前走去的小小的士兵。然后步出饭店大门,乘上小轿车,缓缓驰过走廊般的灰色街道——狭窄、拥挤,两边都是多窗的高楼——去参观博物馆:那里一尘不染,然而死气沉沉,光线柔和,令人快意,然而单调,如雪光反照一般;或者参观教堂:那里冷冰冰的,充满蜡油气味,格局千篇一律,都是在庄严的入口挂着沉甸甸的皮门帘,里面空空荡荡、寂然无声,在教堂深处铺花边的祭坛上一只七烛台幽幽地燃着红色烛火,一个老太婆孤零零地留在黑木椅中间,脚下是光滑的作墓碑用的石板,抬头可见照例出自名家之手的《拿下十字架》图。中午一点,在圣马丁诺山上用午餐,不少第一流的人物这时都到山上来,就在这里,旧金山绅士的女儿有一次险些儿晕了过去:她仿佛看见那位王储在大厅里坐着,虽然已从报上得知他在罗马。下午五点在饭店喝茶,富丽堂皇的沙龙里铺着地毯,烧着壁炉,温暖宜人。接下去又该准备进晚餐了,各层楼道里又传来那威严有力的锣声,太太小姐们又鱼贯下楼去了,她们身上的绫罗绸缎窸窸窣窣地响,穿衣镜里映出她们袒胸露臂的身影,富丽堂皇的餐厅又一次好客地敞开了大门,穿红上衣的乐师们在台上奏乐,黑鸦鸦的一大群侍役围着他们的领班,那人正以高超的手艺往盘子里盛粉红色的肉羹……晚餐又是那么丰盛。上不完的菜,喝不完的酒和矿泉水,吃不完的甜食和水果,以至每晚十一点钟前,女仆们得忙着往各个房间送热水袋,给旅客们暖胃用。

---

① 英语:走开。
② 意大利语:走开。

不巧这年十二月的天气不那么好。只要跟看门人谈起天气，他们总是抱歉地耸耸肩膀，喃喃地说他们不记得有哪一年象这个样子，虽然他们并不是头一回说这种话，并且托辞说"各地都一样的糟"：里维埃拉发生从未见过的狂风暴雨，雅典下雪，埃特纳火山整个儿被冰雪封裹，夜里闪闪发光，帕勒莫的游客都冻跑了……早晨的太阳每天给人以假象，一到中午天就阴下来，开始掉雨点，而且越下越大，气温也越来越低，饭店大门口的棕榈树变得象马口铁一般苍白，那不勒斯市显得格外肮脏和局促，博物馆过于单调乏味，肥胖的出租马车夫扔的雪茄烟头散发出呛人的恶臭，他们身上的防雨斗篷在风中象翅膀一般扇动，他们在细脖子驽马头上拼命甩鞭子不过是装个样子，清扫电车轨道的男人们的鞋子破烂不堪，光着头冒雨在烂泥中踩来踩去的黑发女人们的腿短得难看，至于从沿岸街旁边翻着泡沫的海面不断吹来潮气和臭鱼味儿，那更不必说了。旧金山来的绅士和他的太太一早起来就吵嘴；他们的女儿一会儿头痛，脸色苍白，一会儿又活跃起来，对什么都赞不绝口，这时她既美丽，又可爱，可爱的是她心中温柔复杂的情感，那是在她与其貌不扬，然而血管中流着特殊血液的人相遇之后产生的；究竟是什么唤醒了这位少女的心——金钱，地位，还是门第，毕竟无关紧要……大家一口咬定：索伦托和卡普里岛完全是另一番天地，那儿阳光明媚，温暖如春，柠檬花盛开，社会风气好些，酒也纯些。于是旧金山来的一家人决定带着他们的全部箱笼前往卡普里岛，去领略这岛上的景物，凭吊梯维里宫遗址，漫游神话一般的蓝洞石穴，听阿布鲁齐风笛手的演奏，圣诞节前，他们要唱着赞美圣母玛利亚的颂歌在岛上行吟一个月之久，然后这家人将在索伦托住下。

　　动身那天是旧金山来的一家人难忘的日子！连早晨也没有出太阳。浓雾遮住了整个维苏威火山，灰蒙蒙地压在微波万叠的铅灰色海面上。卡普里岛无影无踪，似乎从来不曾存在过。一只小火轮向那边开去，它摇晃得很厉害，旧金山来的一家人都直挺挺地躺在简陋的公共休息室的沙发上，用毛毯包住腿，因为恶心而闭着眼睛。太太觉得自己比谁都难受，她呕吐了几次，以为就要一命呜呼了。那端着漱盂跑来侍候她的女仆只觉得好笑，她长年累月，不分冬夏地在海上颠簸，从来不知道疲倦。小姐的脸色苍白得可怕，嘴里衔着一片柠檬。先生穿一件宽大的外衣，戴一顶大遮檐帽，一路咬紧牙关，仰面躺着；他面色发黑，唇髭发白，头痛欲裂。这是由于近来天气不好，他晚间饮酒过度，又常常在一些妓院中流连忘返的缘故。雨打着震颤的玻璃窗，水渗进来，滴到沙发上；狂风压着桅杆，有时卷着巨浪扑来，使船身整个儿侧向一边，这时候，底舱里便传来轰隆轰隆的声音，不知是什么东西在滚动。在卡斯特拉马雷和索伦托停靠的时候,情况好一些,但是船仍旧颠簸得厉害,海岸和岸上的悬崖、花园、意大利松、粉红色和白色的大饭店、云雾缭绕的重重青山一齐在窗外上下飞舞,仿佛荡着秋千。许多小划子围拢来,碰着船壁,三等舱的乘客急切地大喊大叫,不知什么地方传来一个孩子气闷的呼叫声——他似乎被挤倒了压在下面。潮湿的海风吹进舱来。在一只摇来晃去的平底货船上,一个男孩站在"皇家"旅馆的旗子下招徕顾家,不停地用他那含混不清的口音尖声尖气地喊道:"皇—家!皇—家旅馆!……"旧金山来的绅士觉得自己完全是一个老人(他该有这种感觉了),对所有这些"皇家"、"华丽"、"最佳"旅馆,对这些贪得无厌、身上有股大蒜气味的所谓意大利人已经感到厌恶和不耐烦了。有一次,在靠岸的时候,他睁开眼睛,从沙发上抬起半个身子,看见峭壁下挨着水边鳞次栉比的一片霉痕累累的小石头房子,周围是小木船、破布衫、洋铁罐和棕色的网,他想起这就是他来游览的意大利的真面目,失望至极……最后,黑黝黝的卡普里岛终于在暮霭中逐渐逼近,它的底部好象叫灯火钻透了,风变得温馨、柔和了,码头上灯光的倒影象金色的蟒蛇浮在平静下来的黑油般流动的波浪上向前游去……突然,机器轧轧地响起来,哗啦一声锚下了水,顿时从四面八方传来船夫争先恐后、声嘶力竭的呼喊声,旧金山来的绅士立刻松了一口气,公共休息室里的灯光更亮了,他想吃,想喝,想吸烟,想活动……十分钟以后旧金山来的一家人上了一只大平底货船,再过十五分钟他们已经走上石板铺的沿岸街,然后钻进敞亮的缆车,飕的一声沿着斜坡驶上山去,两旁闪过葡萄园的木桩,半倒的石砌围墙,湿漉漉的遍身节瘤的橘树,有些树用草帘遮了起来,树上结着亮光光的橙黄色果实,长着肥厚光滑的树叶,它们顺着山坡滑下去,在敞开的车窗外一晃而过……意大利的土地雨后放散出甜蜜的香气,意大利的每一个岛屿都有自己特殊的气息!

　　这天晚上,卡普里岛潮湿而黑暗。一刹那间,不知什么地方有了灯光,这个岛也立即活跃起来。在山顶缆车站上已经有一群人等在那里,准备竭诚接待旧金山来的绅士。和他同行的虽然还有别人,但那些人不值得一顾。其中有几个在卡普里岛上定居的俄国人,衣衫不洁,懒懒散散,戴眼镜,留胡子,破大衣的领子翻起来;还有一群长腿圆脑袋的德国青年,身穿蒂罗尔地方的服装,肩上挎着粗麻布包,他们不需要任何人效劳,以四海为家,花起钱来也不敢大手大脚。旧金山来的绅士心安理得地避开这些人。他立刻引起了注意。人们连忙过来搀扶他和他的太太小姐下车,跑在前面为他指路。接着他又被一群孩子和用自己的头顶为有身份的游客搬运箱笼的身强力壮的卡普里妇女包围起来。这是一个象歌剧舞台一样的小广场，上空悬着一盏球形电灯，在湿润的风中摇曳，妇女们的木屐敲着地面咯哒咯哒地响，孩子们象小鸟似的打唿哨、翻筋斗。旧金山来的绅士仿佛登上了舞台，从他们中间穿过，向着连成一体的楼房下面的中世纪拱门走去。出了拱门，是一条下坡的热闹小街，直通前方灯火辉煌的饭店正门，左边的平顶屋上方错错落落地伸着棕榈树叶，抬头或向前望去，漆黑的夜空里闪着蓝色的星星。又象是专为欢迎来自旧金山的客人一般，怪石嶙峋的地中海小岛上这座潮湿的小石城苏醒了，饭店老板也满面春风，在他们刚迈进门坎的时候，等候着他们的中国锣敲了起来，召唤各层楼的旅客用晚餐。

　　老板是一位穿戴得异常雅致的年轻人，他彬彬有礼，风度翩翩地对新到的客人们鞠了一躬，表示欢迎。就是这一瞬间，旧金山来的绅士大吃一惊：望着这位年轻人，他忽然想起，昨夜在搅得他不安宁的乱七八糟的梦中，他见到过这位先生，穿的正是这件圆下摆常礼服，头发也梳得这样光。他惊讶得几乎停住脚步，不过通常所说的迷信在他心里早已不复存在，就连一粒芥菜种那样大小的痕迹也没有了，他的惊讶即刻消逝。等到他走进饭店的走廊以后，他就把这梦与现实间奇怪的巧合当作玩笑讲给妻子和女儿听。女儿却不安瞥了他一眼：在这黑糊糊的异国小岛上，忧郁和可怕的孤独之感突然使她的心紧缩起来……

　　在卡普里岛上旅游的一位显贵——莱斯十七世刚刚离开，旧金山来的客人便住进了他住过的那套房间。饭店给他们派来一个最漂亮、最能干的女仆，是比利时人，腰部被紧身裹得又细又挺，头上那顶上过浆的狗牙边便帽象小小的冠冕一样；一个最出色的男仆，是西西里人，皮肤象煤炭一般黑，两眼炯炯有神；还有一个最机灵的茶房——矮小肥胖的路易吉，他一辈子干这行，换过不少地方。不一会儿，侍役领班，一个法国人，轻轻地敲了敲旧金山绅士的门。他来探问新到的客人们是否去进晚餐；如果得到的回答是肯定的，而这是毫无疑问，那么他就会报告说，今天有龙虾、牛排、龙须菜、野鸡等等。地板似乎还在旧金山绅士的脚下晃动（那只意大利破轮船把他摇得够受的），但他不慌不忙，因为不习惯而有点笨拙地亲手关好领班进来时砰地一声打开了的窗户，从这扇窗户外面飘进远处厨房里的菜香和花园里带雨的花香。他一板一眼地回答说，他们要用晚餐，他们的餐桌要放在尽里头离门口远的地方，他们要喝本地葡萄酒。他每说一句话，领班都唯唯称是，声调尽管千变万化，意思只有一个：旧金山绅士的愿望无疑是合理的，全都要不差分毫地照办。最后，领班恭恭敬敬地垂首问道：

"就这些吩咐吗,先生?"

听到一声慢条斯理的回答"yes"之后,领班又说,今晚前厅里有塔兰台拉舞,由卡梅拉和朱塞佩表演,他们是全意大利和"整个旅游界"都知名的舞蹈家。

"我在明信片上见过她,"旧金山来的绅士淡淡地说。"这朱塞佩是她的丈夫吗?"

领班回答道:"是堂兄,先生。"

旧金山来的绅士迟疑了一下,若有所思,但是什么也没有说,只点了点头,让领班走了。

然后他又象准备去举行结婚典礼一般收拾打扮起来:先把各处的电灯都拧亮,所有的镜子顿时映照出荧荧的灯光、家具和打开的箱子,接着他就刮脸,洗脸,不时地接铃叫人,这铃声在走廊上常常被他妻子和女儿的房间里传来的急不可待的铃声打断。系红围裙的路易吉以许多体胖的人特有的灵巧一溜烟似地朝铃声的方向奔去,装出一副吓得魂不附体的模样,逗得那些提着瓷桶跑过的女仆笑出了眼泪。他故意怯生生地用指关节敲敲门,象个呆子似地毕恭毕敬地问道:

"Ha sonato, signore?①"

门里一个慢条斯理的吱吱呀呀的声音颇有礼貌但又盛气凌人地说:

"Yes, come in……②"

旧金山来的绅士在这个对他说来意义如此重大的夜晚有什么感觉,又有什么想法呢?他象任何一个经历过海上颠簸的人一样,只觉得特别饿,美滋滋地想着那第一勺汤和第一口酒的味道,连这照例的梳洗也使他兴奋,不容他再去感觉和思考了。

他刮完胡子,洗完脸,安放好他的几颗假牙,在镜子前面站着,用镶银边的刷子蘸点水,抿了抿他那黄色头顶周围的一圈稀疏的珍珠色头发,把一件有奶油色丝织内衣绷在由于营养充足腰部越来越粗、上了年纪但还结实的身上,又把黑丝袜和舞鞋套在干瘪的平底脚上,往下蹲了蹲,拉好被丝织背带高高吊起的黑裤子和带凸胸的雪白的衬衫,在闪光的袖口上安好袖扣,然后再费尽力气去制服硬梆梆的领子下面那颗颈扣。地板还在他的脚下摇晃,手指尖痛得要命,那颗纽扣在喉结下面凹进去的地方有时狠狠地咬着他

---

① 意大利语:是您按铃吗,先生?
② 英语:是的,进来……

那松软的皮肤,但是他很倔强,虽然用力过度使他瞪得两眼闪闪发光,过窄的衣领卡着他的喉咙,弄得他脸色青紫,他终于完成了大业,精疲力竭地在壁镜前坐下,全身都映照在壁镜和其他镜子里了。

"啊,真可怕!"他喃喃地说,低下他那结实的秃头,既不打算弄明白,也没有想究竟是什么可怕。然后他习惯地把他那患关节炎后变得僵硬的短手指和隆起的杏仁色大指甲仔细察看了一番,又一次肯定地说:"真可怕……"

这时响起了第二遍洪亮的锣声,就象在庙宇里一般,整个楼房都起了共鸣。旧金山来的绅士连忙站起身来,用领带把衣领系得更紧一些,又将背心扣好,勒住肚子,穿上晚礼服,拉拉袖口,再一次照照镜子……他想:"这个皮肤黝黑的卡梅拉,有一双媚眼,长得象黑白混血儿一样,穿一身以橙色为基调的花连衫裙,舞一定跳得不同寻常。"他精神抖擞地走出自己的房间,踩着地毯来到隔壁他妻子的房门前,大声问她们是不是快打扮好了。

"再过五分钟!"门里传出少女的声音,银铃似的,而且兴高采烈。

"好极了。"旧金山来的绅士说道。

他沿着走廊和铺红地毯的扶梯不慌不忙地走下楼去找阅览室。侍役们见他走来,都贴墙站定,给他让路。他径自往前走去,似乎没有注意到这些人。一个吃饭去迟了的老太婆,背已经驼了,白发苍苍,但是还穿着袒胸露臂的银灰色绸衣,象只老母鸡似的急急忙忙往前赶,样子很可笑。他毫不费力地赶过了她。餐厅里人们已经聚齐,而且开始吃饭了。他走过的时候,在玻璃门旁一张小桌子前面停下来,桌子上堆着一盒盒的雪茄和埃及纸烟,他拿了一支大马尼拉雪茄,丢下三个里拉。他走过装上了玻璃窗的外廊时,顺便从敞开的窗户向外望去,感觉到黑暗中有一股清爽宜人的气流迎面吹来,隐约可见一株老棕榈树的树顶,它的枝叶在星空下伸展开来,显得无比巨大,远处传来均匀的海涛声……阅览室里舒适、安静,只有桌子上有灯光。一个头发花白的德国人站在那儿翻阅报纸,他长得象易卜生,戴一副圆圆的银边眼镜,眼睛里有一种癫狂的、吃惊的表情。旧金山来的绅士冷冷地打量他一下之后,在屋角一张很大的皮安乐椅上坐下来,挨着一盏有绿灯罩的电灯,戴上夹鼻眼镜,伸了伸被衣领卡住的脖子,便整个儿被报纸挡住了。他在几篇文章的标题上扫了一眼,读了几行关于那无尽无休的巴尔干战争的报道,然后用习惯的动作把报纸翻过来。忽然间,一行行字在他眼前冒起了金星,他的脖子发硬,眼球突出来,夹鼻眼镜也从鼻梁上飞了……他猛地向前一跌,想吸一口气,但只发出一声嘶哑的叫喊;他的下巴脱了臼,露出满嘴金光闪闪的假牙,脑袋耷拉在肩膀上,摇来晃去,衬衫的胸部鼓鼓的,整个身子歪扭着,瘫在地上,鞋后跟掀开了地毯——他似乎在同什么人作生死的搏斗。

要不是阅览室里还有那个德国人,饭店人员自会迅速而不动声色地料理这可怕的事件,他们会立即拉着旧金山绅士的脚,揪着他的脑袋,从后门把他远远送走,不让一位旅客知道出了什么事。可是那个德国人大喊大叫着从阅览室里冲出来,惊动了全楼的人。餐厅里有许多人从餐桌边跳起来,踢翻了椅子;许多人吓得面如死灰,向阅览室奔去。只听得人们用各种不同的语言问:"怎么啦?出了什么事?"谁也说不清楚,谁也不明白,因为人们至今在死面前最为惊慌,而且无论如何不肯相信它。老板在旅客中间转来转去,忙着劝那些奔跑的人安静下来,说这不过是区区小事,一位旧金山来的绅士晕过去了……但是谁也不听,许多人已经看见侍役和茶房们从这位绅士身上扯下领带、背心和揉皱的晚礼服,不知为什么还从他那穿着黑丝袜的平底脚上脱下了舞鞋,而他还在挣扎。他顽强地抗争着,无论如何不肯屈服于这突然而又粗暴地向他袭来的死。他摇着头,象要被宰似地怪叫,象醉汉一样翻白眼……人们匆匆地把他抬进四十三号——一楼走廊尽头那间最小、最坏、最潮、最冷的房间,放在床上。这时,他的女儿跑来了,披头散发,敞着宽大的便衣,露出被紧身托得高高的胸脯;跟着来的是他的妻子,躯干粗大,身体笨重,已经穿戴好准备去进晚餐,由于恐惧把嘴噘成一个圆圈……这时他的头也不再摆动了。

一刻钟以后,饭店里的秩序大致已经恢复,晚间的气氛却无可挽回地破坏了。有些人又回到餐厅里去把饭吃完,但是默不作声,面带怒容。老板时而走到这位旅客面前,时而走到那位旅客面前;他感到自己是无辜受罚,一肚子怨气,但又无可奈何,只得顾全体面地耸耸肩膀,要大家相信,他完全明白,"这有多么糟糕",而且保证要采取"一切他能够采取的措施"来结束这件不愉快的事。塔兰台拉舞只好取消,多余的电灯关了,大多数旅客到啤酒馆去了,四周静得连前厅里钟摆声都听得清清楚楚。那儿只有一只鹦鹉机械地嘟哝着什么,它正在笼子里扑腾,准备睡觉,一只爪子怪模怪样地搭在高杆上,竟然这样睡着了……旧金山来的绅士躺在一张普通的铁床上,盖着粗毛毯,一盏吊在天花板上的昏暗的灯照着他。在他那汗涔涔的冰冷的额上放着冰袋。青紫的、已经没有生气的面孔渐渐凉了。从张开的闪着金光的嘴里发出的喘息声越来越微弱,似乎不是这位旧金山来的绅士(他已经不存在了),而是另一个人在喘气。他的妻子、女儿、医生、仆人站在旁边看着他。突然,他们预料得到而又害怕的事情终于发生了——喘息声猝然停止。在众人的注视下,死者的脸慢慢蒙上了一层灰色,容貌变得清癯,而且明亮——这是他早就应该具有的美。

老板走进来。医生低声对他说:"Già é morto①。"老板冷淡地耸耸肩膀。泪流满面的太太走到他跟前,怯生生地说,现在应该把死者抬回他的房间里去。

"啊,不行,太太。"老板连忙拒绝,话说得很客气,但已没有献殷勤的腔调,而且用法语,不用英语;这几位旧金山来的旅客现在还能给他的帐房留下什么东西,他已丝毫不感兴趣。他说:"那根本办不到,太太。"他又进一步解释说:他很看重那些房间,如果照太太的意思办,那么整个卡普里岛上的人都会知道这件事,旅客们就不肯再去住了。

一直叫人纳闷地盯着老板的小姐在一把椅子上坐下,用手绢掩着嘴哭出声来。太太的眼泪立刻干了,脸涨得通红。她提高嗓门,用自己的国语提出要求,仍然不相信已经没有人再尊重她们了。老板彬彬有礼、然而高傲地打断了她的话,声言倘若太太不喜欢这饭店的规矩,那他决不敢有所挽留;接着又斩钉截铁地说,天一亮就得把尸体运走,因为已经报告警察当局,马上会有人来办理必要的手续……太太又问,在卡普里岛上能不能弄到一具现成的棺材,哪怕是普通的也好。老板说,很遗憾,不能,绝对找不到,而定做又来不及,只好另想办法……譬如他买进的英国苏打水是用又大又长的木箱包装的……木箱里的隔板可以拿出来……

夜间,饭店里的人都已入睡。四十三号房间的窗户打开了,它朝着花园的一角,那儿有一堵石砌的高墙,墙头上插着许多碎玻璃片,墙边有一株枯萎的芭蕉。人们关了电灯,锁上门走了。死者独自留在黑暗中,蓝色的星星从天上望着他,一只蟋蟀在墙缝里无忧无虑地唱着使人愁闷的歌……灯光昏暗的走廊里,两个女仆坐在窗台上补衣服。路易吉趿着鞋走来,一只手托着一大堆衣服。

"Pronto?(办妥了么?)"他用清脆的耳语关切地问道,目光指向走廊尽头那道可怕的门。接着他用空着的一只手往那个方向轻轻摆了摆,悄声喊道:"Partenza!②"好象送走了一列火车——在意大利的火车站上每逢发车时人们照例是这么喊的。两个女仆强忍着笑声,彼此把头俯在对

---

① 意大利语:已经死了。
② 意大利语:开车!

方的肩上。

然后路易吉蹑手蹑脚,连跑带跳地来到那道房门前,轻轻敲了一下,歪着脑袋,压低嗓门,毕恭毕敬地问道:"Ha sonato, signore?"

他又伸出下巴,憋着嗓子,慢条斯理而又悲哀地仿佛从屋里对自己回答道:

"Yes, come in……"

黎明时分,四十三号房间的窗外开始发白,湿润的风吹得残破的芭蕉叶沙沙作响,卡普里岛上空是一望无际的蔚蓝色的天,朝阳从远处意大利的青山后面升起,把清晰可见的索利亚罗山顶染成金色,在岛上为游客修小路的石匠们上工去了,这时候一只装苏打水的长形木箱送进了四十三号房间。不一会,这木箱已变得十分沉重,狠压着门房小厮的双膝。他乘一辆单驾出租马车,押着这木箱沿着白色的盘山公路疾驰而去,经过石砌的围墙和葡萄园,一直往下,直到海边。车夫是个身体虚弱的人,眼睛红红的,穿一件袖子嫌短的旧上衣和一双变了形的鞋子。他正在犯醉后头痛(昨天在小酒馆里掷了一夜骰子),一个劲儿抽打他那匹强壮的马,这马按西西里的方式披戴着:在扎着花绒球的笼头上和高高的黄铜辕枕两端挂着各式各样的小铃儿,叮叮当当乱响,剪得整整齐齐的额鬃里插着一俄尺长的鸟毛,马一跑起来它就颤动。车夫沉默不语,想着自己的放荡生活,想着自己的恶习,想着昨夜把装满了衣袋的铜子儿输得精光,他十分丧气。然而清晨的空气是这样新鲜,四周是大海,头上是清晨的天空,醉意随即消失,无忧无虑的心情重新占了上风,何况还有一笔意外的收入使他得到安慰,那是一位旧金山的绅士给的,此刻这位绅士的僵死的头颅正在他背后的木箱里摇来晃去……一只小火轮象甲虫一样远远停在下面柔和明净的天蓝色海水上,这海水注满了那不勒斯湾。呜最后一遍汽笛了,汽笛声在卡普里岛上四处回荡,岛上回环曲折的沙岸,一山一石都历历在目,有如处在真空之中。在靠近码头的地方,门房开着小轿车带着太太和小姐赶上了门房小厮。太太和小姐们面色苍白,由于哭泣和彻夜失眠,她们的眼睛已经凹陷下去了。十分钟以后,小火轮又翻起火花,喧闹着奔向索伦托,奔向卡斯特拉马雷,带着旧金山来的一家人永远离开了卡普里岛……岛上又恢复了和平宁静的气氛。

两千年前这个岛上住着一个人,他杀人放火,无恶不作,竟把几百万人置于自己的统治之下,这种毫无理性可言的权力以及他对刺客的恐惧使他不能自制,做尽了伤天害理的事,以至人类永远忘不了他,而那些总的说来同他一样不可理喻，一样残暴地统治着今天的世界的人也从四面八方来到这里，为了看看这个人曾经住过的建筑在该岛一个最陡的山坡上的石砌大厦的遗址。在这个美丽的早晨，为此目的来到卡普里岛的人们还在各家饭店里酣睡，而搭着红鞍子的鼠皮色小毛驴已经来到饭店门口，它们又要驮着那些睡足吃饱的美国人、德国人——男男女女、老老少少——沿着铺石板的小道进山去，一直登上蒂贝里奥山的顶峰，后面跟着行乞的卡普里老太婆，她们青筋嶙嶙的手拄着拐杖。旅客们安心的酣睡着，因为那个旧金山来的老头子的尸体已经运往那不勒斯去了，他原打算同他们一起上山去的，结果只是让他们想到了死的可怕。岛上静悄悄的，市区的商店还关着门。只有小广场上的集市在卖鱼卖菜，到这里来的都是平民，其中有个叫洛伦佐的，总是在这儿闲站着。这是一个高个子老头儿，船夫。他游手好闲，长得却很漂亮，给许多画家当过模特儿，闻名全意大利。他带来夜里捉到的两只龙虾，已经贱价卖了出去，此刻它们正在旧金山来的一家人下榻过的那家饭店的厨子的围裙里乱动呢，因而他又可以闲站到天黑了。他气派不凡地东张西望，炫耀他的破衣衫、他的陶制烟斗和压在一只耳朵上的红色无檐绒帽。这时候，沿着索利亚罗山的悬崖峭壁，踏着崖石上开凿出来的石级——古代腓尼基人之路，从阿纳卡普里下来两个阿布鲁齐山民。一个背着风笛（一只山羊皮制的大风箱加上两根笛管），外罩一件皮斗篷；另一个带着类似木制芦笛的乐器。他们走着，那欢乐、瑰丽、充满阳光的国度尽在眼底：石峰突兀的卡普里岛几乎就在脚下，浮在仙境般的蓝色大海之中，在东方灿烂的阳光辉耀下，海上的朝雾大放光彩，太阳渐渐升高，开始炙人了，在蓝色的雾霭和晨曦中还有些影影绰绰的意大利，它那远远近近层峦叠嶂的美是人类的语言无法形容的。半路上，他们两人放慢了脚步：路旁索利亚罗山石壁上的崖洞里有一尊圣母像，身穿雪白的石膏衣服，头戴经过风吹雨打生了锈的镀金冠冕，温柔慈祥地站在那里，沐浴着和煦的阳光，举目望天，向着她的荣耀的儿子永恒而幸福的居处。两个山民脱下帽子，把笛管放到嘴边，奏起了率真、谦卑而欢乐的曲子，赞美太阳，赞美清晨，赞美她——这既邪恶又美丽的世界上一切受苦人的贞洁的护佑者和她在遥远的犹太地一个穷苦牧人家里——伯利恒洞中生下的儿子……

　　而那来自旧金山的老头子的尸体正在归途中，他要回到大洋彼岸的新世界[1]，进自己的墓穴中去。经过一星期的漂泊，从一个海港仓库到另一个

---

[1] 指美国。

海港仓库,受尽屈辱和怠慢,最后又来到不久前才把他当作尊贵的客人送往旧世界的那只有名的客轮上。这回他被装进涂满焦油的棺材里,深藏在黑暗的底舱,不得同活人见面了。于是"大西洲号"又开始了漫长的海上征途。夜里它经过卡普里岛,它那渐渐消失在漆黑的大海中的灯火从岛上看来是忧郁的。然而船上的厅堂却灿烂辉煌,枝形吊灯的灯光和大理石的反光交相辉映,今夜的舞会象往常一样热闹。

  第二夜、第三夜也举行了舞会,虽然外面是狂风大雪,大海吼叫着,仿佛在唱安魂弥撒,它掀起山一般高的银白色浪花,象在志哀。船上的无数只火眼被漫天大雪遮掩,连魔鬼都难以分辨。此刻,那魔鬼正从隔开新旧世界的石门——直布罗陀山崖上注视着逐渐隐没在黑夜和暴风雪中的航船。那魔鬼是个崖石般的庞然大物,然而这心脏已经衰老的新人的得意之作——具有多层楼舱,烟囱矗立的航船却更加庞大。暴风雪冲击着它的缆索和粗大的烟囱,铺上白皑皑的一层雪。可是它坚定、沉着、威严,而且可怕。在它的顶层有几间不很明亮的舒适的房间孤零零地耸立在风雪之中,那位象一尊菩萨似的身体硕大无朋的船长正端坐在那里,高踞于全船之上,在警觉和不安中打着盹儿。他听见受风暴压抑的汽笛在悲鸣,以怒吼,但是心里坦然,因为身边有一件说到底连他自己也不明白的东西:隔壁那间类似装甲舱的大房间里时常充满神秘的杂音、颤音,蓝色的火花在一个报务员的周围发出噼噼啪啪的爆裂声,报务员面色苍白,头上带着半圈铁箍。在"大西洲号"底层的水下部分,上千普特重的大锅炉和其他各式各样的机器闪着幽暗的金属的光,咝咝地冒着蒸汽,滴着开水和油。这儿是供给轮船动力的大灶,底部被几个大得可怕的炉膛烧得通红。集结到吓人的程度的力翻腾奔突,传递到船的龙骨,进入望不到头的圆形地道。这里灯光晦暗,一根巨大的轴在油污的轴床上慢慢地,以一种要人无条件服从的威力转动着,就象一个活生生地怪物躺在大炮筒子一般的地道里。而"大西洲号"的中层,它的餐厅和舞厅却充满了光明和欢乐的气氛,盛装的人们有说有笑,鲜花馥郁,弦乐队在演奏。雇来的那一对风姿绰约的恋人又在人群、灯火、丝绸、钻石、裸露的女人肩膀的五光十色之中痛苦地扭来扭去,有时痉挛地互相碰撞一下。那美丽的姑娘似乎自知犯罪,羞涩地垂着眼帘,她的发型朴素大方;那高个儿青年的黑发象是粘在头上的,由于搽粉脸色煞白,他穿着考究的漆皮鞋和小腰身、拖长尾的燕尾服,看上去活象一只大水蛭。没有谁知道这对恋人被这种在充满哀怨的靡靡之音中强颜欢笑的痛苦折磨得早已感到不耐烦,也没有谁知道一具棺材就停放在他们脚下深处,在漆黑的底舱里,挨着阴暗、炙人的轮船的肚腹。轮船呢,正吃力地在黑夜、大海、暴风雪中挣扎着前进……

一九一五年

(选自《布宁文集》第 1 卷,陈馥译,人民文学出版社 2009 年版。)

【思考题】

1. 旧金山来的绅士计划好了要学习一切成功人士的样子,到欧洲尽情地吃喝玩乐。他财大气粗,趾高气扬,颐指气使,贪图享乐,无所不用其极,孰料半路猝死(也许中风,也许心肌梗死,小说未明确交代),棺木一路颠簸,乘来时游轮原路返回,生前备受尊敬,死后受尽羞辱。作者创作这出乐极生悲的戏剧,其社会批判和人生批判带有宗教背景,前面引用的《启示录》第十八章第十节,尸体离开意大利卡普里岛时对石壁上圣母像的描写,都显示了作者的宗教思想乃是根基于《圣经》。与小说主题相关的《圣经》内容,还可参看《传道书》论人虽可以享乐但享乐也有尽头、《雅各书》论人虽可以制定计划但最后要看这些计划是否神的旨意。仔细对照阅读,看作者是如何用自己的方式来表现上述宗教命题的。

2. 能否驾驭大场面,是对小说家艺术才能的一种考验。试分析作者如何有条不紊地叙述富人们在"大西洲号"游轮上令人目不暇接的享乐生活,并把这种醉生梦死的享乐与轮船底部可怕的大锅炉和轮船外面的惊涛骇浪同时呈现,构成一部雄壮而荒谬的交响乐。你觉得小说中还有哪些可以称之为大场面的描写?

3. 小说写到旧金山绅士之死,篇幅正好过半,接下来以同样的篇幅描写这位绅士死后所受的凌辱,这些凌辱一波未平一波又起,似乎非要等到他生前的荣耀被彻底抹杀为止。试分析作者是如何取得这一效果的。

4. 中外古今有许多描写人类旅游享受的作品,并不一定像布宁这样站在宗教立场无情地指出旅游享乐的极限。试举出一些你知道的作品,加以比较。看过这篇小说,对你的旅游观念、旅游兴趣或将来的旅游计划会有影响吗?

5. 小说一头一尾,两次浓墨重彩地写到"大西洲号"游轮,试分析这两次描写的异同。

【拓展阅读】

1.《旧约·传道书》。
2.《新约·雅各书》。
3.《新约·启示录》。

第十一章　詹姆斯·乔伊斯

詹姆斯·乔伊斯（1882—1941），爱尔兰现代作家，世界现代文学奠基者之一。生于都柏林一个中产阶级家庭，自小接受天主教教育，1898 年入都柏林大学专攻哲学和语言，1902 年毕业，因不满爱尔兰天主教会与都柏林生活，偕女友诺拉私奔至欧洲大陆，开始了终生流浪生涯，中间几次回乡探亲，1911 年后再也不曾回过爱尔兰。他先后辗转于的里雅斯特、罗马、巴黎、苏黎世，以教授英语和为报刊撰稿度日，饱受眼疾之苦，晚年几乎完全失明，但从未放弃写作。

1904 年乔伊斯开始创作短篇小说集《都柏林人》，他说该书的宗旨"是要为我国的道德和精神史写下自己的一章"。在他眼中，处于英帝国和天主教会双重钳制下的爱尔兰已经无可救药，它在精神上彻底瘫痪了，都柏林则是瘫痪的中心，他因此选择了自动流亡的生活，但其所有作品都以都柏林为背景，通过不断回忆都柏林表达了对现代人类处境的关注。《都柏林人》共有中短篇小说 15 篇，各自独立而又围绕一个共同的主题，囊括了童年、少年、成年和老年四种生命形式，艺术上最引人注目的是"处心积虑的卑琐的文体"、崭新的意识流小说形式和"顿悟"手法——他在表现都柏林人的"瘫痪"时，善于抓住他们突然意识到自己卑微、羞耻、孤独无助的瞬间，逼使其灵魂深处的秘密无须解说地袒露出来。这部 24 岁开始执笔即已显示其成熟的艺术家气质的著作带有明显的自传色彩。

乔伊斯的长篇小说《一个青年艺术家的画像》也有强烈的自传成分，写都柏林青年斯蒂芬·迪达勒斯试图摆脱家庭、宗教和狭隘的民族主义以寻求精神独立和艺术的本质。篇幅浩瀚、别出心裁、技巧奇特的长篇小说《尤利西斯》则借用古希腊史诗《奥德修纪》的框架，把主人公、广告经纪人利奥波德·布卢姆在 1904 年 6 月 16 日一天十八小时在都柏林的游荡比作希腊史诗英雄尤利西斯十年的海上漂泊，具有现代史诗特性。布卢姆之外，还有他的妻子、代表肉欲的莫莉以及代表虚无的青年斯蒂芬·迪达勒斯，小说淋漓尽致地展现了这三个人物的全部生活历史和内心世界，已经被世界文学界公认为无法超越的现代经典。长篇小说《芬尼根守夜人》是以都柏林近郊酒店老板的潜意识为线索的一部梦幻之书,《圣经》、莎士比亚、传统宗教、近代史、都柏林地方志等庞杂内容悉数被编织进去,以自由联想的形式,暗喻爱尔兰乃至全人类的历史。乔伊斯后两部巨著在获得世界性声誉的同时也因其艰涩沉重令一般读者望而却步,相比之下,《都柏林人》和《一个青年艺术家的画像》更容易为人所接受。

悲痛的往事

詹姆斯·达菲先生居住在查佩利佐德,因为他想住在离那个与他的公民身分发生联系的城市尽可能远的地方,同时也因为他觉得都柏林的其他郊区都很平庸、现代化、自命不凡。他住在一所阴沉的旧房子里,从他房间的窗口,他看得见那个已经废弃的酒厂或者那条成为都柏林城基的浅河的上游地带。他的房间没有铺地毯,高高的四壁也没有挂图片。房间里每一件家具都是他亲自购置的:一个黑色的铁床架,一个铁制的脸盆架,四只藤椅,一只衣架,一只煤斗,一个火炉围栏和炉子的生火用具,还有一张方桌,方桌上放一只两人用的写字台。装在壁橱里的书架是用白木的隔板搭起来的。床上铺着白色的被褥,一块黑色和绯红色的小地毯盖着床脚。脸盆架上方挂着一面有柄的小镜子,一盏盖着白色灯罩的灯是白天放在壁炉上的唯一装饰品。白木书架上的图书是按照图书体积大小从下而上排列的,一部英国诗人华滋华斯的全集摆在书架最低一格的一边,一本用笔记本的硬布封面装订起来的《麦努斯教义问答手册》摆在书架最高一格的一边。写字台上总是摆着纸、笔等写作用具。写字台里放着一份德国作家霍普特曼的《米夏埃尔·克拉梅尔》的译稿,剧本的舞台指导说明是用紫红色的墨水写成的,一小沓纸张用一只黄铜大头针别在一起。在这些纸张上有时写上一个句子,在某个有点讽刺意味的时刻,还在第一张纸上贴上一张《拜尔·宾斯》广告的大字标题。写字台的盖子一揭开,便有一阵淡淡的香味飘了出来,这香味来源于一些用杉木制成的新铅笔,或者一瓶胶水,或者一只搁在那里忘记吃的熟透了的苹果。

达菲先生厌恶一切显示物质上或精神上混乱的事物。中世纪的医生会断定他是一个属于忧郁型的人。他那饱经风霜的脸象都柏林街道那样黝黑。他的脑袋又长又大,留着一头干枯的黑发;黄褐色的小胡子盖不住那张缺乏友好表情的嘴巴。他的颧骨也使他的脸看起来很严厉；可是，他那双眼睛倒一点也没有严厉的样子；那双眼睛在黄褐色的眉毛下观察客观世界的事物，使人们觉得他是这样一个人：他随时随地欢迎别人改过自新，但又经常感到失望。他使自己的生活跟自己的身体保持一点距离，总是以怀疑的目光从侧面观察自己的举止行动。他有一种构思自传的奇特的习惯，时常在自己的脑子里组成一个关于自己的短句，句子的主语是第三人称的，而谓语是过去式的。他从来不施舍给乞丐，走起路来带着一根粗大的榛木手杖，步伐坚定。

许多年来，他一直在巴戈特街一家私营银行当出纳员。他每天上午乘电车从查佩利佐德来到办公室，中午去丹·伯克餐馆进午餐，吃的是一瓶淡啤酒和一小盘用竹芋粉制成的饼干。他下午四点钟下班，尔后去乔治街一家餐馆进晚餐，在那里可以避免和都柏林的公子哥儿们交往，从而感到安全。同时，那里供应的食品比较实惠，价钱也相宜。他是这样消磨晚上的时间的：要么在家里听女房东弹钢琴，要么在郊区漫游。他爱好莫扎特的音乐，因而有时去看歌剧或参加音乐会。这些活动就是他生活上仅有的消遣。

他既没有同伴，又没有朋友；既没有加入教会，又没有宗教信仰。他过着自己的精神生活，没有和别人进行思想或感情的交流，只是在圣诞节访问他的亲戚，而在他的亲戚去世之后，护送他们的遗体去墓地。他因为要按照古旧的礼节来保持自己的身分，所以才履行这两项社交上的义务；除此之外，对支配公民生活的一切传统习惯，他绝对不再作出让步。他心里有时也曾盘算在某种情况之下抢劫自己任职的银行，可是，既然这种情况从未出现过，他也就平平稳稳地生活下去，什么冒险的事情也没有发生。

有一天晚上，他在圆形大厅发现自己坐在两个女人的旁边。音乐厅里听众稀稀拉拉，气氛宁静，预示音乐会令人苦恼的失败局面即将形成。那个坐在他身旁的女人环顾冷清清的大厅一两次，然后说：

"今天晚上卖座这么差，多么可惜！对着空无一人的座位唱歌，真令人感到难堪。"

他认为那个女人说出这个评语的用意是要请他答话。他看见她似乎一点也没有尴尬的样子，感到惊讶。在他们谈话的过程中，他努力把她的形象铭记在自己的脑海里。当他听说坐在她旁边的年轻姑娘是她的女儿时，他估计这个女人的年纪大概比他小一两岁。从她的脸看起来，她过去一定很漂亮，现在还很聪明。她的脸是椭圆形的，面部轮廓非常分明。她那深蓝色的眼睛极其稳定沉着。她看东西的时候，眼睛里起初露出一种对抗的情调，可是接着瞳孔突然在虹膜里消失,使对抗的情调有点混乱,从而在一刹那间显示出一种非常敏感的性格。她的瞳孔很快地重新出现,这种披露了一半的本性又一次受到谨慎庄重的姿态所控制,在这个时候,她那件用阿斯特拉罕羔皮制成的短上衣,紧紧盖住相当丰满的胸部,再一次更明确地露出对抗的情调。

几星期后,他在厄尔斯福特斜坡街举行的一次音乐会里再一次和她见面;他趁她的女儿的注意力转移到别处的时候,抓住机会同她亲热一番。她谈话时有一两回提到她的丈夫,但她的语气并不象是对其他男人提出警告的样子。她的名字叫辛尼科太太。她丈夫的曾祖父的父亲是从意大利的里窝那移居爱尔兰的。她丈夫是一只航行于都柏林和荷兰之间的商船船长;她和她的丈夫有一个孩子。

在偶然和她第三次见面时,他鼓起勇气向她提出约会的时间和地点。她依约来到。这是他们俩许多次约会中的第一次,他们总是在晚间见面,而且总是找一些最安静的地方一起散步。然而,达菲先生讨厌不够光明正大的行为,他觉得他们俩这样偷偷摸摸地会面,不是滋味,因此他迫使她邀请他去她的家里会面。辛尼科船长对他的来访表示欢迎,请他常常光临,因为辛尼科船长以为达菲先生来访的目的是追求他的女儿。辛尼科船长在自己寻欢作乐的放荡生活中早已把他的妻子置诸脑后,弃之如敝屣,因而他绝对不疑心有人会对她发生兴趣。辛尼科船长经常出航,他的女儿又在外面教音乐课,在这种情况之下,达菲先生有很多机会可以和辛尼科太太相会,度过愉快的时光。他和她以往都不曾体验过这种冒险生活,因此谁也没有意识到这样做有什么不恰当。他的思想逐渐和她的思想纠缠在一起了。他把书借给她看,向她介绍一些观点,让她分享他的文人的生活。她倾听并且接受他的一切意见。

为了报答他提供的理论,她有时候也向他倾吐自己生活经历的一些情况。她又以几乎是母亲般的关怀,促使他毫无保留地展示自己的本性,就这样,她变成了他的"忏悔神父"。他对她说,他参加某个爱尔兰社会党的集会已经有相当长的时间。二十个态度严肃的工人在阁楼上一盏煤油灯的暗淡亮光下开会,在这种场合,他觉得自己是一个很不平凡的人物。后来,这个社会党分裂为三派,每一派都有自己的领袖,分别在本派的阁楼上开会,这么一来,他就不再参加这种集会了。他说,工人们开展讨论时胆子太小。对增加工资的问题,他们总是意见纷纷,莫衷一是。他觉得那些工人都是相貌严厉的现实主义者,他们对精确性感到忿恨,因为精确性是闲暇的产物,

外国文学经典读本 | **188**

而这种闲暇是他们无法得到的。他对她说,都柏林在几世纪内不大可能发生社会革命。

她问他为什么不把他的意见写出来。他用一种有点轻蔑的态度反问她说,写出来又有什么用,难道要同那些不能连续思考六十秒钟的爱讲漂亮话的空谈家竞争吗?让自己充当愚蠢的中产阶级的批评对象吗?愚蠢的中产阶级是把本阶级的道德观念交给警察,把本阶级的美好艺术交给歌剧团的经理的。

他经常到她在都柏林城外的小屋里去找她,他们经常在一起消磨夜晚的时光。在他们彼此的思想纠缠在一起之后,他们逐渐谈到一些比较切身的事情。她的友谊就象温暖的土壤覆盖着从外面移栽过来的植物。她曾经有许多次故意不点灯,让他们俩在黑暗中度过夜晚。黑暗的、保持着沉默气氛的房间,他们俩与世隔绝的状态,以及仍然在他们的耳畔荡漾着的音乐,把他们结合在一起。这种结合使他达到一种崇高的境界,把他性格上粗糙的部分磨掉,使他的精神生活带有感情色彩。他有时发现自己在倾听自己的声音。他觉得他在她的心目中将会上升到天使的地位。当他使自己和他的伴侣的热情性格建立起越来越紧密的联系时,他听得见一种陌生的、非个人的声音,他认得出这个声音就是他自己发出来的声音,这个声音坚持要灵魂过着无法补救的孤独生活。这个声音对他说:我们不能把自己奉献出去;我们是属于我们自己的。有一天晚上,当他们俩结束这么一场谈话时,辛尼科太太显出一种异乎寻常的兴奋情绪,居然热情奔放地抓起他的手去贴紧她的脸蛋。

达菲先生感到非常惊讶。她对他的言词的含意有了不正确的理解,这使他感到幻想破灭。在这之后,他有一星期没有去访问她。后来他写信给她,约她相会。他希望他们俩这最后一次的谈话不会被彼此过去互相倾吐的心里话所困扰,因此他约她在公园大门附近的一家小点心店会面。时值很冷的秋天,尽管天气很冷,他们俩在公园内的几条道路上来回漫步差不多三小时。他们同意彼此断绝关系。他说,每一次联系都使人感到悲哀。离开公园之后,他们默默地走到电车站。但是在到达电车站的时候,她开始浑身发抖。他看到这种情况,担心她会再一次控制不住感情,便赶快和她告别,让她独自留在电车站。几天以后,他收到了一个包裹,包裹里是他的书籍和乐谱。

四年过去了。达菲先生恢复了他的平静的日常生活。他的房间布置得有条不紊,整齐清洁,这种情况依然是他的精神状态的见证。楼下房间里的乐谱架上塞满了一些新的乐谱。他的书架上有两卷尼采的著作《扎拉图斯特拉如此说》和《快乐的科学》。他很少在书桌上的那沓纸上写东西。在他和辛尼科太太进行最后一次谈话两个月之后,他在这沓纸上所写的句子中有一句是:男人与男人之间不可能有爱情;男人与女人之间不可能有友谊。他不再去参加音乐会,唯恐会遇见她。他的父亲逝世了,银行的小伙伴退休了。他依然在每天上午乘电车进城,每天晚上在乔治街的餐馆适度地进餐,把阅读报纸当做晚餐的最后一道菜,然后徒步回家。

一天晚上,当他刚要把一小片咸牛肉和卷心菜放进嘴里的时候,他的手停了下来。他的眼睛盯住那张靠着玻璃水瓶竖立起来的晚报上的一篇报道。他把那片咸牛肉和卷心菜放回盘子里,然后把那篇报道仔细阅读一遍。接着他喝了一杯水,把他进餐的盘子推到一边,将那张晚报对折起来,双手捧着,把那篇报道读了又读。卷心菜开始在他的盘子里积了一层冰冷的白色油脂。女服务员来到他的跟前问他,是不是晚餐的菜做得不好。他说,晚餐的菜做得挺好,他说完话后,勉强吃了几口。他付了账后便离开餐馆。

他在十一月的黄昏中以迅速的步伐向前走去。他的粗大的榛木手杖有节奏地敲击着地面。浅黄色《邮报》的边缘从他那件紧身的双排扣大衣的一个侧面口袋里露了出来。当他走到那条从公园大门通向查佩利佐德的人迹稀少的大路上时,他放慢了脚步。他的手杖碰到地面时的声音减弱了。他那不很均匀的呼吸几乎变成一声声的叹息,在冬天的空气中凝结起来。他到达他的寓所时,就立刻走到楼上的卧室,从衣袋里取出那张晚报,靠着从窗外射进来的微弱光线,再一次阅读那篇报道。他读这篇报道时没有发出声音,但双唇颤动,好象神父在读弥撒序诵前的默祷那样。下面就是这篇报道:

一位夫人在悉尼广场死亡
一个令人悲痛的案件

今天副验尸官(在莱弗里特先生离开的期间)在都柏林市立医院对埃米莉·辛尼科太太的遗体进行验尸。辛尼科太太现年四十三岁,昨天晚上在悉尼广场车站被火车压死。现在的证据表明:这位死去的夫人在试图横过铁路线的时候,被上午十点钟从金斯敦开出的慢车的机车撞倒,头部和身体的右边受伤,造成死亡。

机车的司机詹姆斯·伦农陈述说,他在铁道公司任职已有十五年。他在听到列车员的哨音时,就开动火车,一两秒钟后听见叫喊声,便马上停车。当时火车行驶很慢。

火车站搬运工人普·邓恩陈述说,当火车刚要开动时,他看见一个女人试图横过铁路线,他跑过去,大声呼喊,但在他还来不及跑到她的身边时,她就碰到机车的缓冲器,跌倒在地上。

一位陪审员问道:"你看见那位夫人跌倒吗?"

证人答道:"是的。"

警官克罗里宣誓作证说,他来到现场时,看见这个死者躺在月台上,显然已经死亡。他作出安排,把尸体搬移到候车室,等待救护车到来。

第五十七号警察证实警官作证的话。

都柏林市立医院住院部副外科医生哈尔平医生陈述说,这个死者有两根下肋骨折断,右肩严重撞伤。头颅右侧在死者跌倒时受伤。对于正常的人来说,这种伤势尚不足以导致死亡。在他看来,死亡的原因也许是由于震荡和心力突然衰竭。

赫·布·佩特森·芬利先生代表铁道公司发言,说他对这个意外事故的发生深感遗憾。公司当局一向采取各种预防措施,包括在每个车站都贴出通告,并在道路的平面道口设置有专利证的弹簧门,要行人在横过铁路时,必须走天桥。这个死者习惯于在深夜时分横过铁路线,从一个月台走到另一个月台。同时,由于这个案件还有其他某些情况,因此他认为铁道公司的行政官员对这个意外事故不应该负有罪责。

居住在悉尼广场利奥维尔的辛尼科船长,即死者的丈夫,也出席作证。他陈述说,死者是他的妻子。这个意外事故发生的时候,他不在都柏林,因为他是在第二天上午才从鹿特丹回来的。他们结婚已有二十二年,一向过着幸福的生活,到了大约两年前,他的妻子开始有喝酒的嗜好,经常饮酒过度。

玛丽·辛尼科小姐说,她的母亲近来经常在夜里外出买烈酒。她作证说,她常常试图向她的母亲说明喝酒的害处,并且曾经劝她的母亲参加戒酒会。这个意外事故发生的时候,她不在家,她是一小时后才回家的。

陪审团根据医生提出的证据做出裁决,宣布免除司机伦农的一切罪责。

副验尸官宣称,这是一个令人极其悲痛的案件,同时对辛尼科船长和他的女儿表示深切的同情。他敦促铁道公司采取强有力的措施,以避免今后发生类似的意外事故。有关的人们都不负有任何罪责。

达菲先生读完这篇报道后,抬头眺望窗外阴暗惨淡的晚景。河水在那空洞无人的酒厂旁边静静地流着,在卢堪路上偶尔有灯光从房屋里照射出来。多么可怕的下场!关于她的死亡的全部情况使他感到厌恶,想起他过去曾经向她倾诉衷肠,更使他感到厌恶。报道中的俗套的、乏味的语言,表示同情的空洞的词语,新闻记者用小心谨慎的措词竭力掩盖一个平凡的、庸俗的死亡事故,这一切都使他感到恶心。她不仅降低了自己的身分,而且也降低了他的身分。他看到她的道德品质卑劣所造成的罪恶,既可耻又臭气冲天。说什么是他的灵魂的伴侣!他想到过去看见的那些蹒跚而走的不幸的人们,拿着小桶和瓶子等待酒吧间的服务员的施舍。正义的上帝,多么可怕的下场!显而易见,她没有活下去的能力,缺乏坚定的意志,成为不良嗜好的牺牲品,成为人类文明培育起来的一个废物。真想不到她居然会堕落到这么下流的境地!他对于她的情况的误解难道可能达到如此无可救药的地步吗?他回忆起她那天晚上异乎寻常的兴奋情绪,对这种情感的爆发用前所未有的严厉标准来加以衡量。因此,他现在觉得要对自己过去所采取的行动表示赞同,已经没有什么困难了。

当灯光熄灭的时候,他开始陷入往事的回忆之中,他觉得她的手接触到他的手。那篇报道带来的冲击起初使他感到恶心,现在进而使他神经紧张。他连忙穿上大衣,戴上帽子,走出户外。他跨过门槛时,一股冷空气迎面扑来,钻进了他的大衣袖子。他来到查佩利佐德桥边的小酒店,走了进去,要了一杯热腾腾的混合甜饮料。

小酒店的老板以谄媚讨好的态度端上饮料,但没有和他说话。五六个工人在酒店里讨论基德尔郡一个绅士庄园的经济价值。他们不时拿起一品脱容量的大酒杯喝酒,抽烟,经常把痰吐在地板上,有时还移动他们的大长统靴,用地板上的木屑把痰覆盖起来。达菲先生坐在凳上凝视着他们,视而不见,听而不闻。过了一会儿,他们都走了,他又要了一杯混合甜饮料,他坐在那里喝酒,消磨了很长时间。酒店里非常安静。酒店的老板懒散地靠在柜台上阅读《先驱报》,正在打呵欠。不时地听见一辆电车在外边人迹稀少的街道上嗖嗖地驶了过去。

他坐在那里,重温他和她共同度过的那一段生活历程,现在他在心里把她想象成两个交替出现的形象。他意识到:她已经死了,已经不在人世,已经变成一个记忆。他开始感到坐立不安。他问自己:他当时还能够采取别的什么行动。他当时不能同她扮演一出互相欺骗的喜剧;他当时不能公开和她同居。在他看来,他过去所采取的行动是最适当的。人们怎么能够责怪他呢?她已经离开人间,这时他才了解,她以往一夜又一夜地独自坐在房间里,过的是一种多么孤独的生活呀。他自己的生活也将是孤独的,也将会这样孤零零地一直生活到死亡来临,不在人间,变成一个记忆——如果世界上还会有人想到他的话。

他在晚上九点钟以后才离开酒店。夜间既寒冷,又阴暗。他从第一个大门走进公园,沿着干枯的树木下的那条路走过去。他穿过公园里那几条荒凉的小径,这些小径就是他们俩四年前散步的地方。在黑暗中,她仿佛就在他的旁边。他有时候好象觉得听到了她的声音,又好象觉得碰到了她的手。他站住不动,倾听着,他为什么不给她留一条活路?他为什么判她死刑?他感觉到自己的德行已经丧失殆尽。

当他走到玛迦津山顶时,他停了下来,顺着河流眺望都柏林,城里的灯光在寒夜里照得通红,令人感到舒适。他朝着山坡向下眺望,看到在山脚下,在公园围墙的阴影里,有一些躺着的人影,隐约可见,那些用金钱买来的偷偷摸摸的性爱,使他的心中充满了绝望。他那庄重的、正直的生活使他感到苦恼;他觉得自己是个被人生的盛宴排斥在外的人。有一个人似乎曾经爱上他,而他却拒绝给予她生命和幸福。他狠狠地羞辱了她,使她羞惭致死。他知道那些躺在公园围墙边的人形动物正在注视着他,希望他滚蛋。没有一个人要他;他是个被人生的盛宴排斥在外的人。他转身眺望那条闪烁着暗淡微光的河流,河水蜿蜒地流向都柏林。在河流的那一边,他看见一列货车曲曲弯弯地驶出金斯桥车站,象一条有个火红的头的小虫,顽强地、吃力地穿过黑暗。货车缓慢地行驶,消失不见了;但是他的耳朵还听得见机车吃力的、深沉的嗡嗡声,反复唱出她的名字的音节。

他转身顺着来路走了回去,机车有节奏的声音还在他的耳朵里轰鸣。他开始怀疑他记忆中的事物是否真实。他在一棵树下停下来,让耳朵里那轰鸣的节奏消失。他在黑暗中感觉不到她在身边,耳朵也听不见她的声音。他等候几分钟,倾听着,什么也听不到:夜里非常寂静。他再一次倾听着:还是非常寂静。他感觉自己是孤独的。

(选自乔伊斯《都柏林人》,黄嘉德译,上海译文出版社 1984 年版。)

【思考题】

1. 从小说的实际描写看,你觉得是什么原因造成了达菲先生封闭自私的性格——姑且这样概括他的性格(如果你有更好的概括,请提出来,并解释它的成因)?叙述者说达菲先生"过着自己的精神生活",你如何理解这句话?你可以用自己的语言描述达菲先生的日常生活吗?请尽可能多地找出作者有意安排的一些重要细节及其相互联系。

2. 达菲先生为何被辛尼科太太吸引过去,以至违反了自己的孤僻习性而主动接近她?是什么东西使他们之间刚刚建立起来的关系发生了逆转,促使达菲先生决定中断他们的关系?达菲先生因为辛尼科太太不能正确理解他的话而"感到幻想破灭",他有什么"幻想"?

3. 作者并没有明确交代辛尼科太太是自杀,还是不幸碰到交通事故而意外死亡,你觉得作者为什么要采取这种写法?

4. 请分析达菲先生在报纸上读到过去的短暂的情人死讯之后的一系列反应。你觉得达菲先生的这一系列反应是自然可信的吗?如果让你来写,会不会有所不同?

5. 达菲先生后来慢慢转变看法,认定是他"狠狠地羞辱了她,使她羞惭而死",是他判了她"死刑",是这样的吗?你觉得达菲先生是否应该以及能否为此事负责?达菲先生的上述认识是否拔高了他的形象?从辛尼科太太的角度来说,达菲先生如果当时不和她中断来往,那他应该怎样做才对?他能拯救她,像他自己所说,"给她留一条活路"吗?作者是怎样看待达菲先生的?作者在道德上完全否定了达菲先生吗?或者,作者认为达菲先生也有他值得同情的地方?又或者,在达菲先生和辛尼科太太之外,作者还另有批判的对象?

【拓展阅读】

1. 巴·略萨:《赋予平庸的生活以艺术的尊严——评〈都柏林人〉》,《谎言中的真实》,赵德明译,云南人民出版社1997年版。

2. 格非:《詹姆斯·乔伊斯:〈都柏林人〉》,《小说叙事研究》,清华大学出版社2002年版。

第十二章　卡夫卡

　　弗兰兹·卡夫卡(1883—1924)，出生于奥匈帝国所属布拉格一个讲德语的犹太中产阶级家庭，原来学做律师，完成法律专业教育之后，在一家保险公司找到职位，闲暇写短篇小说。他一直抱怨不得不把大部分精力花在"为了面包的工作上"，不能专心写作，认为写作才是上帝对他的呼召。他喜欢通过写信与人沟通。他写了数百封信给家人和女友，包括父亲、未婚妻和最小的妹妹。他和父亲之间复杂而麻烦不断的关系深刻地影响了他的写作。他还因生为犹太人而饱受煎熬，他觉得是否是犹太人对他来说毫无关系，尽管批评家们认定犹太人血统对他的写作至关重要。

　　卡夫卡生前只发表了少量作品，包括短篇故事集《凝视》《乡村医生》和一些刊登在文学杂志上的单篇如《变形记》。他打算出版的小说《饥饿艺术家》死后才得以问世。卡夫卡未完成的有长篇《审判》《城堡》和《美国》(又名《消失的男人》)，都是作为遗著出版。他的朋友马克斯·布洛德违背卡夫卡令其销毁全部手稿的遗嘱，安排出版卡夫卡的大部分遗著。阿尔贝特·加缪和让-保罗·萨特是受卡夫卡影响最大的两位作家。术语"卡夫卡式的"(Kafkaesque)已进入英语，用来描述类似卡夫卡作品中所表现的超现实处境。他的作品如《变形记》《审判》和《城堡》触及异化、身心的残酷遭遇、父子冲突、官僚政治的迷宫效应、各种神秘的变异现象，深刻地影响了存在主义思潮的诸多方面，卡夫卡因此成为 20 世纪最具影响力的作家之一，诗人 W. H. 奥顿称他是"二十世纪的但丁"。

　　卡夫卡根据德语语法的特点，有时把一句话拉长至整整一页，他使用的又并非标准的高地德语，而是受意地绪语和捷克语影响的布拉格德语，这就使他的作品的翻译异常困难。幸运的是在汉语世界已有叶廷芳、李文俊、孙坤荣等许多优秀译者的译文。

　　这里所选的短篇小说《判决》据说是卡夫卡本人最喜爱的作品，副标题是"献给菲莉斯·鲍小姐的故事"，卡夫卡 1912 年 8 月认识这位小姐，1914 年、1917 年两度与之订婚又两度解除婚约，小说则是 1912 年 9 月 22 日夜间十时至次日清晨六时一气呵成。

判　决
——献给菲莉斯·鲍小姐的故事

在最美好的春季里一个星期天的上午，年轻的商人格奥尔格·本德曼正坐在二层楼自己的房间里。他的住所是沿河一长溜构造简易的低矮的房屋中的一座，这些房屋几乎只是在高度和颜色上有所区别。他刚给居住在国外的青年时代的朋友写完一封信，漫不经心地将信装进信封，然后双肘撑在书桌上，凝望窗外的小河、桥梁和对岸淡绿色的小山冈。

他寻思着他的这位朋友，由于不满在国内的前程，几年以前他当真逃到俄国去了。现在他在彼得堡经营一家商店，开始时买卖兴旺，但后来生意显然很清淡，他归国的次数越来越少，而每逢归国来访时总要这样抱怨一番。就这样他在国外徒劳无益地苦心经营着，外国式的络腮胡子并不能完全遮盖住那张从孩提时代起就很熟悉的脸庞。他的皮肤蜡黄，看来好像得了什么病，而且病情正在发展。据他自己说，他从来不和那儿的本国侨民来往，同俄国人的家庭也几乎没有什么社交联系，并且准备独身一辈子了。

对于这样一个显然误入歧途、只能替他惋惜而不能给予帮助的人，在信里该写些什么呢？或许应该劝他回国，在家乡定居，恢复同所有旧日好友的关系——这不会有什么障碍的——，此外还要信赖朋友们的帮助？但是这样做不就等于告诉他，他迄今为止的努力都已经成为泡影，他最终必须放弃这一切努力，回到祖国，让人瞪着大眼瞧他这个回头的浪子；这不就等于告诉他，只有他的朋友才明白事理，而他只是个大孩子，必须听从那些留在国内并已经取得成就的朋友的话去行事。你愈是爱护他，却愈加会伤害他的感情。更何况使他蒙受这样的痛苦烦恼，是否就一定有什么意义呢？也许，要他回国是根本不可能的——他自己说道，他已经不了解家乡的情况。这样的话，他将不顾一切地继续留在异乡客地，而朋友们的规劝又会伤了他的心，使他和朋友们更加疏远一层。如果他真的听从了朋友的劝告回归祖国，而在国内又感到抑郁——当然不是故意这样，而是由于事实所造成的——，既不能和朋友相处，又不能没有他们，他会抱愧终日，而且当真觉得不再有自己的祖国和朋友了，那倒不如听凭他继续留在外国，岂不更好吗？考虑到这些情况，怎能设想他回来后一定会前程似锦呢？

鉴于这些原因，如果还想和他保持通信联系的话，就不能像对一个远在天涯的熟人那样毫无顾忌地把什么话都原原本本地告诉他。这位朋友已经有三年多没有回国了，说是俄国的政治局势不稳，容不得一个小商人离开，哪怕是短暂的几天都不行。他的解释完全是敷衍文章，就在这段时间内，成百上千的俄国人却安闲地在世界各地旅行。但是，对于格奥尔格自己来说，在这三年间发生了许多变化。他的母亲去世了——那是大约两年前的事，从那时起，他就和父亲一起生活——，他这亲朋友可能得悉了噩耗，在一封来信中表示了哀悼，但是毫不动情，其原因只能是，对这样不幸事件的悲痛是身居异国的人所完全无法想象的。不过格奥尔格从那时起，以全副精力从事他的商业以及所有别的事情。也许是他母亲在世时，他父亲在经营上独断独行，阻碍了他真正按自己的主意行事；也许是他的母亲过世后，他父亲虽然还在商行里工作，但已经比较淡泊，不再事必躬亲；也许是鸿运高照，意外侥幸——很可能就是如此——，不管怎么说，这两年来商行有了意想不到的发展，职工人数不得不增加了一倍，营业额增加了五倍，往后的买卖无疑会更加兴隆。

可是格奥尔格的这位朋友对这种变化却一无所知。最后一次也许就在那封吊唁信里，他曾劝说格奥尔格移居俄国，并且详述了格奥尔格家若在彼得堡设分号，前景将如何如何。他所列的数字同格奥尔格现在所经营的范围相比，简直是微不足道。可是格奥尔格一直不愿意把自己商业上的成就写信告诉这位朋友，假如他现在再回过头来告诉他，那当真会令人惊讶的。

所以格奥尔格在给这位朋友的信中，始终只写些无关紧要的、一如人们在安闲的星期天独自遐想时杂乱地堆积在记忆中的琐事。他所希望的只是不要打扰他的朋友，让他保持在出国后的长时期里所形成的对于故乡的看法，并以此来安慰自己。于是发生了这样的情形，格奥尔格在时间间隔相当长的三封信中，都写到了一个无关紧要的男人和一个同样无关紧要的女人订婚的事，结果完全违背了格奥尔格的意图，这位朋友竟开始对这件不寻常的事情发生了兴趣。

格奥尔格宁可在信中同他谈这类事情，也不愿承认自己在一个月前已经同一位富家小姐名叫弗丽达·勃兰登菲尔德的订了婚。他常常和未婚妻谈起这位朋友，以及他们在通信中这种特殊的情形。"那么他不会来参加我们的婚礼了，"她说，"然而，我是有权利认识你所有的朋友的。""我不想打扰他，"格奥尔格回答说，"不要误会我的意思，他可能会来的，至少我认为他要来，但他会觉得非常勉强、自尊心受到损害，也许他会嫉妒我，而且一定会不满意,可是又没有能力消除这种不满,于是只好孤独地再次出国。孤独——你知道这是什么意思?""是的,难道他不会通过另外的途径获悉我们结婚的消息吗?""如果那样我当然无法阻止,但是由于他的生活方式,他是不太可能知道的。""既然你的朋友都是这个样子,格奥尔格,你就根本不应该订婚。""是的,这是我们俩的过错;不过我现在不愿意再改变主意了。"她在他的亲吻下尽管气喘吁吁,却还说道:"不管怎样,我总觉得挺生气的。"这时,他真的认为,如果他把这一切写信告诉他的朋友,也不会有什么麻烦。"我就是这样的人,他也正应该这样来认识我。"他自言自语地说,"我无法把自己变成另外一种人,这种人也许比我更适宜于承当同他的友谊。"

事实上,他在这个星期天上午写的这封长信中,已经把他订婚的事告诉了他的朋友,信里这样写道:"我把最好的消息留到最后才写,我已经和一位名叫弗丽达·勃兰登菲尔德的小姐订婚了,她出身富家,是你出国以后很久才迁居到我们这里来的,所以你可能不认识。将来反正还有机会告诉你关于我未婚妻的详细情况,今天我只想说,我非常幸福;你我之间的相互关系只在这一点上起了变化:你现在有了我这样一个幸福的朋友,而不再是一个普普通通的朋友了。此外,我的未婚妻——她嘱我向你致以亲切的问候,不久还会自己写信给你的——也将成为你的真诚的女友,这对于一个单身汉来说,不会是无所谓的吧。我知道,以往你由于种种原因而不能来看我们,难道我的婚礼不正是一次可以扫除一切障碍的极好的机会吗?但是,不管怎样,你还是不要考虑太多,而只是按照你自己的愿望去做吧。"

格奥尔格手里拿着这封信在书桌前坐了很久,把脸转向窗户。小巷里一个过路的熟人跟他打招呼,他正想得出神而在微笑,刚好作为对那人的回礼。

他终于把信放入口袋,走出房间,穿过狭小的过道来到对面他父亲的房间里,他已经有好几个月没进过这个房间了。事实上,他也没有必要到父亲的房间里去,因为他在商行里经常同父亲见面,又同在一个餐厅用午餐,晚上虽然各干各的,可是除非格奥尔格出去会朋友——这倒是常事,或者去看望未婚妻,他们总要在共同的起居室里坐上一会儿,各人看自己的报纸。

格奥尔格感到非常惊讶,在这样晴朗的上午,他父亲的房间还是那样阴暗。矗立在狭窄庭院另一边的高墙在房间里投下了阴影。父亲坐在靠窗的一个角落里,这个角落装饰着格奥尔格亡母的各种各样的纪念物,他正在看报,把报纸举在眼前的一侧,以弥补一只眼睛视力的不足。桌子上放着剩下的早餐,看来他并没有吃多少。

"啊,格奥尔格!"父亲说着就站起来迎上去。走动时厚厚的睡衣敞开,下摆在身体周围飘动。——"我的父亲仍然是一个魁伟的人。"格奥尔格心里说。

"这里黑得真受不了。"他接下去说。

"是的,确实是很黑。"父亲回答。

"那你还把窗户关着?"

"我喜欢这样。"

"外面已经很暖和了,"格奥尔格说,好像是接着前面那句话,随后坐了下来。

他父亲把早餐的杯盘收拾起来,放进一个柜子里去。

"我只是要告诉你,"格奥尔格接着说,他茫然地望着老人的动作,"我在一封要寄往彼得堡的信里宣布我订婚的事。"他把信从口袋中抽出一点儿,然后又放了回去。

"为什么要写信到彼得堡去?"父亲问。

"告诉在那儿的一位朋友,"格奥尔格说着,用目光追寻他父亲的眼睛。——"在商行里他可完全是另外一种样子,"他想,"瞧他现在劈开两腿坐着,双臂交叉在胸前。"

"哦,告诉你的朋友了?"父亲以特别强调的口吻说道。

"父亲,你知道,我一开始并不想把订婚的事告诉他。主要是考虑到他的情况,并不是由于别的原因。你也知道,他是一个很难相处的人。我寻思,他也会从别处获悉我订婚的消息——这我可无法阻止—— ,虽然他离群索居,几乎没有这种可能,但是他反正决不会从我这里知道这件事情。"

"这么说你现在已经改变了主意?"父亲问道,一面把大张的报纸放到窗台上,把眼镜放在报纸上,并用一只手捂住了眼镜。

"是的,现在我已经仔细考虑过了。我想,如果他是我的好朋友,那末我幸福的婚约对他讲来也是一件值得高兴的事。因此我不再犹豫,一定要把这事通知他。可是在我发信之前,我先要把这件事告诉你。"

"格奥尔格,"父亲说,撇了一下牙齿已脱落了的嘴巴,"听我说!你为这件事到我这里来同我商量,毫无疑问你这样做是值得赞许的。但是,如果你现在不把全部事情的真相告诉我,就等于什么也没说,甚至比不说更令人恼火。我不愿意提到与此无关的事情。自从你亲爱的母亲去世后,已经出现了好几起很不得体的事情。也许谈这些事情的时候到了,也许比我们想象的要来得早一些。商行里有些事情我不太清楚，这些事情也许并不是背着我做的——现在我可不是说这是背着我做的——我精力不济了，记忆力也在逐渐衰退，有许多事情我已无法顾全。这是自然规律，其次你母亲的去世对我的打击比对你的要大得多。——但是既然我们正在谈论这件事，谈论这封信，我求你，格奥尔格，不要欺骗我。这是一件小事情，可以说是微不足道的，所以你千万不要欺骗我。难道你在彼得堡真有这样一个朋友？"

格奥尔格非常困惑地站起来。"别去管我的朋友了。一千个朋友也抵不上我的父亲。你知道，我是怎样想的？你太不注意保重你自己了。年岁可不饶人。商行里的事没有你我是不行的，这你知道得很清楚，但是如果因为做生意而损坏了你的健康，那么我明天就把它关了。这样可不行。必须改变一下你的生活方式，并且要彻底改变。你坐在这黑暗里，如果呆在起居室里就有充足的阳光。你每顿早餐都吃得很少，不好好增加营养。你坐在紧闭着的窗户旁，而对你来说是多么需要新鲜空气呀。不行，父亲！我要请个医生来，我们都遵照医嘱行事。该把房间换一换，你搬到我前面那个房间去，我搬到这儿来。你不会有什么不习惯的，你的全部东西都将一起搬过去。但是办这些事要有时间，现在你要上床睡一会儿，你非常需要休息。来吧，我帮助你脱衣服，你可以看到，我会做得很好的。或者你现在就愿意到前边的房间去，你可以暂时睡在我的床上。这是再合适不过的了。"

格奥尔格紧挨着他父亲站着，他父亲白发蓬乱的头低垂到胸前。

"格奥尔格。"父亲轻声地说，身子一动也不动。

格奥尔格立刻在父亲身旁跪了下来，在父亲疲惫的脸上，他看到一对瞳孔从眼角直定定地望着他。

"你没有朋友在彼得堡。你总是一个爱开玩笑的人，连我也想愚弄。在那儿你怎么会有朋友呢！我根本就无法相信。"

"你再好好想一想，父亲，"格奥尔格说，将他父亲从椅子上扶起来，一面乘他父亲虚弱地站着的时候替他脱掉了睡衣，"自从上次我的朋友来看我们，到现在已快三年了。我还记得，你不是很喜欢他。至少有两次我避免让你看到他，虽然他那时正坐在我的房间里。我非常清楚你为什么对他反感，我的朋友有怪癖。可是后来你和他就相处得很好了。你听他谈话，点着头，还提问，当时我还感到自豪呢。如果你想一想，你一定会回忆得起来的。他当时谈了一些关于俄国革命的令人难以置信的故事。譬如有一次，他为了营业上的事来到基辅，遇上群众骚动。他看到一个教士站在阳台上，往自己的手心里刻了一个粗粗的血淋淋的十字，还举起手来，向人群呼唤。后来你自己在某些场台还讲过这个故事呢。"

说话中间格奥尔格已经扶他父亲坐下,并且小心地替他脱掉穿在亚麻布衬裤外面的针织卫生裤,又脱掉了袜子。当看到父亲的不太清洁的内衣时,他责怪自己对父亲照顾不够。经常替父亲更换洁净的内衣是他应尽的责任。他还没有开口同未婚妻商量过,将来他们准备怎样安置父亲,因为他们心里早已有了这样的想法,父亲会独自留在老宅子里的。可是他现在迅速而明确地决定,要把父亲接进未来的新居。如果仔细考虑一下,搬进新居后再去照顾父亲;看来可能为时太晚了。

他把父亲抱到床上。当他向床前走这几步路的同时,他注意到父亲正在他怀里玩弄他的表链,于是产生了一种惊恐的感觉。他一时无法把父亲放到床上,因为父亲紧紧地抓住表链不放。

但是等到父亲刚在床上躺好时,看来一切又恢复了正常。老人自己盖上被子,还把被子盖过肩膀,他用并非不亲切的眼光仰望着格奥尔格。

"你已经想起他了,是不是?"格奥尔格问道,愉快地向他点点头。

"我现在已经盖严实了吗?"他父亲问,好像他自己无法看到,两只脚是否也盖住了。

"你躺在床上感到舒服些了吧,"格奥尔格一边说,一边把被子盖好。

"我已经盖严实了吗?"父亲又一次地问道,似乎特别急于要得到回答。

"你放心好了,你盖得很严实。"

"不!"他父亲打断了他的答话喊道,并用力将被子掀开,一刹那间被子全被掀开了,接着他父亲又直挺挺地站在床上。他只用一只手轻巧地撑在天花板上。"你要把我盖上,这我知道,我的好小子,不过我可还没有被完全盖上。即使我只有最后一点力气,但对付你是绰绰有余的。我当然认识你的朋友。他要是我的儿子倒合我的心意。因此这些年来你一直在欺骗他。难道不是这样吗?你以为我没有为他哭泣过吗?因此你把自己关在办公室里,——经理有事,不得打扰——,就是为了你可以往俄国写那些说谎的信件。但是幸亏父亲用不着别人教他,就可以看透儿子的为人。现在你以为,你已经把他征服了,可以一屁股坐在他的身上,而他则无法动弹,因为我的儿子大人已经决定结婚了!"

格奥尔格抬头望着他父亲这一副骇人的模样。父亲突然之间如此了解这位身居彼得堡的朋友,而这位朋友景况还从来没有像现在这样打动过格奥尔格。他看见他在辽阔的俄罗斯一副落魄的模样,他看见他站在被抢劫一空的商店门前,正站在破损的货架、捣碎的货品和坍塌的煤气管中间。他为什么非要到那么遥远的地方去呢!

"你看着我!"父亲喊道。几乎是心不在焉的格奥尔格奔向床前,准备忍受一切,但是在中途他又站住了。

"因为她撩起了裙子!"父亲开始用甜丝丝的声音说道,"因为她这样地撩起了裙子,这个讨厌的蠢丫头,"为了做出那种样子,他高高地撩起了自己的衬衣,让人看到了战争年代留在他大腿上的伤疤,"因为她这样地、这样地、这样地撩起了裙子,你就和她接近,就这样你毫无妨碍地在她身上得到了满足,你可耻地糟蹋了我们对你母亲的怀念,你出卖了朋友,你把父亲按倒在床上,不叫他动弹。可是他到底能动还是不能动呢?"

说完他放下撑着天花板的手站着,两只脚还踢来踢去。他由于自己能洞察一切而面露喜色。

格奥尔格站在一个角上,尽可能地离父亲远一点。长久以来他就已下定决心,要非常仔细地观察一切,以免被任何一个从后面来的或从上面来的间接的打击而弄得惊惶失措。现在他又记起了这个早就忘记了的决定,随后他又忘记了它,就像一个人把一根很短的线穿过一个针眼似的。

"但是你的朋友毕竟没有被你出卖!"他的父亲喊道,一面摆动食指以加强语气,"我是他在这里的代表。"

"你真是个滑稽演员!"格奥尔格忍不住也喊了起来,但立刻认识到他闯下了祸,并咬住舌头,不过已经太晚了,他两眼发直,由于咬疼了舌头而弯下身来。

"是的,我当然是在演滑稽戏!滑稽戏!多好的说法!一个老鳏夫还能有什么别的安慰呢?你说——你只要马上回答我,你还是我的活着的儿子——,除此以外我还剩下什么呢?我住在背阴的房间里,已经老朽不堪,周围的一批职工又是那样的不忠实。而我的儿子却欢乐地走遍全世界,因为我已经作了准备,他就很容易把生意做成,兴高采烈,忘乎所以,俨然摆出一个高尚的人那种冰冷的面孔,走过他父亲的跟前!你以为我不曾爱过你这个我亲生的儿子吗?"

"现在他的身子将往前弯曲了,"格奥尔格想道,"要是他倒下来摔坏了怎么办!"这个念头在他头脑中一闪而过。

他父亲向前弯曲身子,不曾摔倒。他又伸直了身子,因为格奥尔格没有如他希望的那样走近他。

"你站在那别动,我不需要你!你在想,你还有力量走到我这里来,只因为你不愿意过来才站在那里不动。你别搞错了!我还是要比你强得多。

如果单靠我一个人也许我不得不退缩,但是你母亲把她的力量给了我,我已经和你的朋友建立了良好的关系,你的顾客的名单也都在我的口袋里!"

"他连衬衣也有口袋!"格奥尔格寻思道,并且相信,他如果把这些谈话公诸于世,就会使父亲不再受人尊敬。他也只是在一刹那间想到这些,因为他不断地又把一切都忘记了。

"挽着你的未婚妻走到我的跟前来吧!我会让你还不知道是怎么一回事,就将她从你的身边赶走的!"

格奥尔格做了一鬼脸,仿佛他不相信这些。他父亲只是朝格奥尔格呆着的角落点点头,表示他一定会说到做到的。

"今天你真使我非常快活,你跑来问我,要不要把你订婚的消息写信告诉你的朋友。他什么都知道了,你这个傻小子,他什么都知道了!我一直在给他写信,因为你忘了拿走我的笔。因此他这几年就一直没有来我们这里,他什么都知道,比你自己还清楚一百倍呢,他左手拿着你的信,连读也不读就揉成一团,右手则拿着我的信,读了又读!"

他兴奋得把手臂举过头顶来回挥动。"他什么都知道,比你清楚一千倍!"他喊道。

"一万倍!"格奥尔格说这话本来是想嘲笑他父亲的,但是这话在他嘴里还没说出来时就变了语调,变得非常严肃认真。

"这些年来我一直注意着,等你来问这个问题!你以为,我关心的是其他的事吗?你以为,我在看报纸吗?你瞧!"说着,他扔给格奥尔格一张报纸,这张报纸是他随便带上床的。这是张旧报纸,它的名字格奥尔格是完全不知道的。

"你打定主意之前,犹豫的时间可真不短啊!先得等你母亲死了,不让她经历你的大喜日子;而你的朋友在俄国快要完了,早在三年以前他就已经十分潦倒;至于我呢,也成了眼下这副样子。你不是有眼无珠,我是怎么个状况你是看得见的嘛!"

"这样说来你一直在暗中监视我!"格奥尔格喊道。他父亲随口说道,似乎在替他惋惜,"你可能早就想说这句话了。现在这么说可就完全不合适了。"

接着,他又大声地说:"现在你才明白,除了你以外世界上还有什么,直到如今你只知道你自己!你本来是一个无辜的孩子,可是说到底,你是一个没有人性的人!——所以你听着:我现在判你去投河自尽!"

格奥尔格觉得自己被赶出了房间,父亲在他身后倒在床上的声音还一直在他耳中回响。他急忙冲下楼梯,仿佛那不是一级级而是一块倾斜的平面。他出其不意地撞上了正走上楼来预备收拾房间的女佣人。"我主耶稣!"女佣人喊道,并用围裙遮住自己的脸,可是,格奥尔格已经走远了。他快步跃出大门,穿过马路,向河边跑去。他已经像饿极了的人抓住食物一样紧紧地抓住了桥上的栏杆。他悬空吊着,就像一个优秀体操运动员;在他年轻的时候,他父母曾因他有此特长而引为自豪。他那双越来越无力的手还抓着栏杆不放,他从栏杆中间看到驶来了一辆公共汽车,它的噪声可以盖过他落水的声音。于是,他低声喊道:"亲爱的父母亲,我可一直是爱着你们的。"说完他就松手让自己落下水去。

这时候,正好有一长串车辆从桥上驶过。

(孙坤荣译,选自《卡夫卡小说选》,人民文学出版社1994年版。)

【思考题】

1. 这篇小说故事情节简单,篇幅不长,叙述流畅,但细部的转折很多,形成相当复杂的结构,如不注意细节之间的勾连,就不易领会作者构思的精妙。尝试整理整个故事发展脉络,争取能清楚而充分地向一位没看过小说的朋友转述,之后再检查自己的转述与小说本文之间存在怎样的距离,或发生了怎样的偏离。

2. 格奥尔格将父亲抱上床,发现父亲竟抓住他的表链玩弄,这使他"产生了一种惊恐的感觉"。父亲在大发雷霆之前为何有这种奇怪的举动?作者随手写出这个细节,对我们理解父亲有何帮助?格奥尔格在父亲越来越猛烈地喷发怒火的时候,偶然想起一件事,很快又忘了,作者形容这种心理状态"就像一个人把一根很短的线穿过一个针眼似的",可谓出神入化。小说中有许多类似的细节描写,尝试选出几个,仔细品味,并与看过小说的朋友讨论。

3. 父亲对格奥尔格的不满,主要针对儿子的订婚,但以订婚为中心,又历数了另外好几宗罪。试根据小说文本加以完整罗列。你认为这些罪过是否足以令一个父亲愤怒到判决儿子投河淹死?为什么?

4. 格奥尔格走进父亲房间之前,小说都是写他如何给一位流落在彼得堡的朋友写信,我们看到他心思细密,感情丰沛,头脑灵活,没有任何精神异常。在父亲怒火爆发的整个过程中,格奥尔格的反应也很正常。但为什么在父亲做出那个极端的"判决"之后,格奥尔格几乎不假思索、果真照父亲的"判决"投河自杀了?你觉得他最后这种行为是否顺理成章,还是具有某种不容易理解的神秘和怪异?

5. 一般认为卡夫卡小说有两个基本元素:细腻真切的写实和超现实的怪诞。联系《地洞》《变形记》,你认为这两个基本元素在《判决》中是如何呈现的?

6. 你觉得卡夫卡为何要把这篇奇怪的小说献给女友?他希望借这篇小说向女友(包括读者)表达怎样一种思想?

【拓展阅读】

1.《卡夫卡小说选》,人民文学出版社1994年版。

2. 本雅明:《论卡夫卡》,汉娜·阿伦特编《启迪:本雅明文选》,张旭东、王斑译,三联书店2008年版。

第十三章　威廉·福克纳

　　威廉·福克纳(1887—1962),1949 年诺贝尔文学奖得主,美国现代重要小说家之一。他是 20 世纪 20 年代兴起的"南方文学"的代表,其众多的长篇和中短篇小说以一个虚构的密西西比州"约克纳帕塔法县"为中心,互相关联,形成了类似巴尔扎克《人间喜剧》式的"约克纳帕塔法体系",以宏大的气势,反映了 19 世纪 20 年代到 20 世纪 40 年代美国南方的生活。有人说这是关于美国南方的一个传奇和寓言,代表现代文明的北方势力进入南方,彻底改变了南方的生活,这在对于新的文明怀有疑惧而对旧的制度深表眷恋的作者看来,是南方的没落和被破坏。也有人认为,福克纳揭示的悲剧并不局限于美国的南北冲突,而是现代人类普遍的道德混乱、厄运难免的困境;它是一种现实的写照,也是现代人类心灵的折射。福克纳在文学语言和叙述手法上兼收并蓄,其突出的特点是把莎士比亚式的华丽丰赡与现代文学的敏感精细结合起来,创造了一种综合性或曰详述性文体,不仅反映了客观现实的变幻莫测,更显示出主体思想感受的纷杂、混乱、紧张和沉重。

　　福克纳 20 世纪 20 年代中期开始发表作品,直到 1962 年去世,写作不辍,一生有《沙多里斯》《喧嚣与骚动》《我弥留之际》《八月之光》《押沙龙,押沙龙!》《野棕榈》《坟墓的闯入者》等 18 部长篇,同时创作了大量中、短篇小说。《献给爱米丽小姐的玫瑰》写于 1930 年,被收入各种选本,可能是他最有名的短篇,通过一则外形上属于美国"南方文学"中经常出现的哥特式的恐怖故事,展示了"约克纳帕塔法县"复杂的社会关系和乡土人情。对细节不厌其烦的深入描绘,主体情绪和阐释性语言的毫不掩蔽,故事结构的怪异夸张——福克纳成熟作品所具有的这些一般特征,在这里都已初显端倪。

献给爱米丽小姐的玫瑰

一

爱米丽·格里尔生小姐过世了,全镇的人都去送丧:男子们是出于敬慕之情,因为一个纪念碑倒下了。妇女们呢,则大多数出于好奇心,想看看她屋子的内部。除了一个花匠兼厨师的老仆人之外,至少已有十年光景谁也没进去看看这幢房子了。

那是一幢过去漆成白色的四方形大木屋,坐落在当年一条最考究的街道上,还装点着有十九世纪七十年代风格的圆形屋顶、尖塔和涡形花纹的阳台,带有浓厚的轻盈气息。可是汽车间和轧棉机之类的东西侵犯了这一带庄严的名字,把它们涂抹得一干二净。只有爱米丽小姐的屋子岿然独存,四周簇拥着棉花车和汽油泵。房子虽已破败,却还是执拗不驯,装模作样,真是丑中之丑。现在爱米丽小姐已经加入了那些名字庄严的代表人物的行列,他们沉睡在雪松环绕的墓园之中,那里尽是一排排在南北战争时期杰弗生战役中阵亡的南方和北方的无名军人墓。

爱米丽小姐在世时,始终是一个传统的化身,是义务的象征,也是人们关注的对象。打1894年某日镇长沙多里斯上校——也就是他下了一道黑人妇女不系围裙不得上街的命令——豁免了她一切应纳的税款起,期限从她父亲去世之日开始,一直到她去世为止,这是全镇沿袭下来对她的一种义务。这也并非说爱米丽甘愿接受施舍,原来是沙多里斯上校编造了一大套无中生有的话,说是爱米丽的父亲曾经贷款给镇政府,因此,镇政府作为一种交易,宁愿以这种方式偿还。这一套话,只有沙多里斯一代的人以及像沙多里斯一样头脑的人才能编得出来,也只有妇道人家才会相信。

等到思想更为开明的第二代人当了镇长和参议员时,这项安排引起了一些小小的不满。那年元旦,他们便给她寄去了一张纳税通知单。二月份到了,还是杳无音信。他们发去一封公函,要她便中到司法长官办公处去一趟。一周之后,镇长亲自写信给爱米丽,表示愿意登门访问,或派车迎接她,而所得回信却是一张便条,写在古色古香的信笺上,书法流利,字迹细小,但墨水已不鲜艳,信的大意是说她已根本不外出。纳税通知附还,没有表示意见。

参议员们开了个特别会议,派出一个代表团对她进行了访问。他们敲敲门,自从八年或者十年前她停止开授瓷器彩绘课以来,谁也没有从这大门出入过。那个上了年纪的黑人男仆把他们接待进阴暗的门厅,从那里再由楼梯上去,光线就更暗了。一股尘封的气味扑鼻而来,空气阴湿而又不透气,这屋子长久没有人住了。黑人领他们到客厅里,里面摆设的笨重家具全都包着皮套子。黑人打开了一扇百叶窗,这时,便更可看出皮套子已经坼裂;等他们坐了下来,大腿两边就有一阵灰尘冉冉上升,尘粒在那一缕阳光中缓缓旋转。壁炉前已经失去金色光泽的画架上面放着爱米丽父亲的炭笔画像。

她一进屋,他们全都站了起来。一个小模小样、腰圆体胖的女人,穿了一身黑服,一条细细的金表链拖到腰部,落到腰带里去了,一根乌木拐杖支撑着她的身体,拐杖头的镶金已经失去光泽。她的身架矮小,也许正因为这个缘故,在别的女人身上显得不过是丰满,而她却给人以肥大的感觉。她看上去像长久泡在死水中的一具死尸,肿胀发白。当客人说明来意时,她那双凹陷在一脸隆起的肥肉之中,活像揉在一团生面中的两个小煤球似的眼睛不住地移动着,时而瞧瞧这张面孔,时而打量那张面孔。

她没有请他们坐下来。她只是站在门口,静静地听着,直到发言的代表结结巴巴地说完,他们这时才听到那块隐在金链子那一端的挂表嘀嗒作响。

她的声调冷酷无情。"我在杰弗生无税可纳。沙多里斯上校早就向我交代过了。或许你们有谁可以去查一查镇政府档案,就可以把事情弄清楚。"

"我们已经查过档案,爱米丽小姐,我们就是政府当局。难道你没有收到过司法长官亲手签署的通知吗?"

"不错,我收到过一份通知,"爱米丽小姐说道,"也许他自封为司法长官……可是我在杰弗生无税可缴。"

"可是纳税册上并没有如此说明,你明白吧。我们应根据……"

"你们去找沙多里斯上校。我在杰弗生无税可缴。"

"可是,爱米丽小姐——"

"你们去找沙多里斯上校。"(沙多里斯上校死了将近十年了。)"我在杰弗生无税可纳。托比!"黑人应声而来。"把这些先生们请出去。"

二

她就这样把他们"连人带马"地打败了,正如三十年前为了那股气味的事战胜了他们的父辈一样。那是她父亲死后两年,也就是在她的心上人——我们都相信一定会和她结婚的那个人——抛弃她不久的时候。父亲死后,她很少外出;心上人离去之后,人们简直就看不到她了。有少数几位妇女竟冒冒失失地去访问过她,但都吃了闭门羹。她居处周围唯一的生命迹象就是那个黑人男子拎着一个篮子出出进进,当年他还是个青年。

"好像只要是一个男子,随便什么样的男子,都可以把厨房收拾得井井有条似的。"妇女们都这样说。因此,那种气味越来越厉害时,她们也不感到惊异。那是芸芸众生的世界与高贵有势的格里尔生家之间的另一联系。

邻家一位妇女向年已八十的法官斯蒂芬斯镇长抱怨。

"可是太太,你叫我对这件事又有什么办法呢?"他说。

"哼,通知她把气味弄掉,"那位妇女说,"法律不是有明文规定吗?"

"我认为这倒不必要,"法官斯蒂芬斯说,"可能是她用的那个黑鬼在院子里打死了一条蛇或一只老鼠。我去跟他说说这件事。"

第二天,他又接到两起申诉,一起来自一个男的,用温和的语气提出意见。"法官,我们对这件事实在不能不过问了。我是最不愿意打扰爱米丽小姐的人,可是我们总得想个办法。"那天晚上全体参议员——三位老人和一位年纪较轻的新一代成员在一起开了个会。

"这件事很简单,"年轻人说,"通知她把屋子打扫干净,限期搞好,不然的话……"

"先生,这怎么行?"法官斯蒂芬斯说,"你能当着一位贵妇人的面说她那里有难闻的气味吗?"

于是,第二天午夜之后,有四个人穿过了爱米丽小姐家的草坪,像夜盗一样绕着屋子潜行,沿着墙角一带以及在地窖通风处拼命闻嗅,而其中一个人则用手从挎在肩上的袋子中掏出什么东西,不断做着播种的动作。他们打开了地窖门,在那里和所有的外屋里都撒上了石灰。等到他们回头又穿过草坪时,原来暗黑的一扇窗户亮起了灯:爱米丽小姐坐在那里,灯在她身后,她那挺直的身躯一动不动像是一尊偶像。他们蹑手蹑脚地走过草坪,进入街道两旁洋槐树树荫之中。一两个星期之后,气味就闻不到了。

而这时人们才开始真正为她感到难过。镇上的人想起爱米丽小姐的姑奶奶韦亚特老太太终于变成了十足疯子的事,都相信格里尔生一家人自视过高,不了解自己所处的地位。爱米丽小姐和像她一样的女子对什么年轻男子都看不上眼。长久以来,我们把这家人一直看作一幅画中的人物:身段苗条、穿着白衣的爱米丽小姐立在背后,她父亲叉开双脚的侧影在前面,背对爱米丽,手执一根马鞭,一扇向后开的前门恰好嵌住了他们俩的身影。因此当她年近三十,尚未婚配时,我们实在没有喜幸的心理,只是觉得先前的看法得到了证实。即令她家有着疯癫的血液吧,如果真有一切机会摆在她面前,她也不至于断然放过。

父亲死后,传说留给她的全部财产就是那座房子;人们倒也有点感到高兴。到头来,他们可以对爱米丽表示怜悯之情了。单身独处,贫苦无告,她变得懂人情了。如今她也体会到多一便士就激动喜悦、少一便士便痛苦失望的那种人皆有之的心情了。

她父亲死后的第二天,所有的妇女们都准备到她家拜望,表示哀悼和愿意接济的心意,这是我们的习俗。爱米丽小姐在家门口接待她们,衣着和平日一样,脸上没有一丝哀愁。她告诉她们,她的父亲并未死。一连三天她都是这样,不论是教会牧师访问她也好,还是医生想劝她让他们把尸体处理掉也好。正当他们要诉诸法律和武力时,她垮下来了,于是他们很快地埋葬了她的父亲。

当时我们还没有说她发疯。我们相信她这样做是控制不了自己。我们还记得她父亲赶走了所有的青年男子,我们也知道她现在已经一无所有,只好像人们常常所做的一样,死死拖住抢走了她一切的那个人。

三

她病了好长一个时期。再见到她时,她的头发已经剪短,看上去像个姑娘,和教堂里彩色玻璃窗上的天使像不无相似之处——有几分悲怆肃穆。

行政当局已订好合同,要铺设人行道,就在她父亲去世的那年夏天开始动工。建筑公司带着一批黑人、骡子和机器来了,工头是个北方佬,名叫荷默·伯隆,个子高大,皮肤黝黑,精明强干,声音宏亮,双眼比脸色浅淡。一群群孩子跟在他身后听他用不堪入耳的话责骂黑人,而黑人则随着铁镐的上下起落有节奏地哼着劳动号子。没有多少时候,全镇的人他都认识了。随便什么时候人们要是在广场上的什么地方听见呵呵大笑的声音,荷默·伯隆肯定是在人群的中心。过了不久,逢到礼拜天的下午我们就看到他和爱米丽小姐一齐驾着轻便马车出游了。那辆黄轮车配上从马房中挑出的栗色辕马,十分相称。起初我们都高兴地看到爱米丽小姐多少有了一点寄托,因为妇女们都说:"格里尔生家的人绝对不会真的看中一个北方佬,一个拿日工资的人。"不过也有别人,一些年纪大的人说就是悲伤也不会叫一个真正高贵的妇女忘记"贵人举止",尽管口头上不把它叫做"贵人举止"。他们只是说:"可怜的爱米丽,她的亲属应该来到她的身边。"她有亲属在亚拉巴马；但多年以前，她的父亲为了疯婆子韦亚特老太太的产权问题跟他们闹翻了，以后两家就没有来往。他们连丧礼也没派人参加。

老人们一说到"可怜的爱米丽"，就交头接耳开了。他们彼此说："你当真认为是那么回事吗？""当然是罗。还能是别的什么事？……"而这句话他们是用手捂住嘴轻轻地说的；轻快的马蹄得得驶去的时候，关上了遮挡星期日午后骄阳的百叶窗，还可听出绸缎的窸窣声："可怜的爱米丽。"

她把头抬得高高——甚至当我们深信她已经堕落了的时候也是如此，仿佛她比历来都更要求人们承认她作为格里尔生家族末代人物的尊严，仿佛她的尊严就需要同世俗的接触来重新肯定她不受任何影响的性格。比如说，她那次买老鼠药、砒霜的情况。那是在人们已开始说"可怜的爱米丽"之后一年多，她的两个堂姐妹也正在那时来看望她。

"我要买点毒药，"她跟药剂师说。她当时已三十出头，依然是个削肩细腰的女人，只是比往常更加清瘦了，一双黑眼冷酷高傲，脸上的肉在两边的太阳穴和眼窝处绷得很紧，那副面部表情是你想象中的灯塔守望人所应有的。"我要买点毒药。"她说道。

"知道了，爱米丽小姐。要买哪一种？是毒老鼠之类的吗？那么我介……"

"我要你们店里最有效的毒药，种类我不管。"

药剂师一口说出好几种。"它们什么都毒得死，哪怕是大象。可是你要的是……"

"砒霜，"爱米丽小姐说，"砒霜灵不灵？"

"是……砒霜？知道了，小姐。可是你要的是……"

"我要的是砒霜。"

药剂师朝下望了她一眼。她回看他一眼，身子挺直，面孔像一面拉紧了的旗子。"噢噢，当然有，"药剂师说，"如果你要的是这种毒药。不过，法律规定你得说明做什么用途。"

爱米丽小姐只是瞪着他，头向后仰了仰，以便双眼好正视他的双眼，一直看到他把目光移开了，走进去拿砒霜包好。黑人送货员把那包药送出来给她；药剂师却没有再露面。她回家打开药包，盒子上骷髅骨标记下注明："毒鼠用药"。

四

于是，第二天我们大家都说："她要自杀了。"我们也都说这是再好没有的事。我们第一次看到她和荷默·伯隆在一块儿时,我们都说:"她要嫁给他了。"后来又说:"她还得说服他呢。"因为荷默自己说他喜欢和男人来往,大家知道他和年轻人在麋鹿俱乐部一道喝酒,他本人说过,他是无意于成家的人。以后每逢礼拜天下午他们乘着漂亮的轻便马车驰过:爱米丽小姐昂着头,荷默歪戴着帽子,嘴里叼着雪茄烟,戴着黄手套的手握着马缰和马鞭。我们在百叶窗背后都不禁要说一声:"可怜的爱米丽。"

后来有些妇女开始说,这是全镇的羞辱,也是青年的坏榜样。男子汉不想干涉,但妇女们终于迫使浸礼会牧师——爱米丽小姐一家人都是属于圣公会的——去拜访她。访问经过他从未透露,但他再也不愿去第二趟了。下个礼拜天他们又驾着马车出现在街上,于是第二天牧师夫人就写信告知爱米丽住在亚拉巴马的亲属。

原来她家里还有近亲,于是我们坐待事态的发展。起先没有动静,随后我们得到确讯,他们即将结婚。我们还听说爱米丽小姐去过首饰店,订购了一套银质男人盥洗用具,每件上面刻着"荷·伯"。两天之后人家又告诉我们她买了全套男人服装,包括睡衣在内,因此我们说,"他们已经结婚了。"我们着实高兴。我们高兴的是两位堂姐妹比起爱米丽小姐来,更有格里尔生家族的风度。

因此当荷默·伯隆离开本城——街道铺路工程已经竣工好一阵子了——时,我们一点也不感到惊异。我们倒因为缺少一番送行告别的热闹,不无失望之感。不过我们都相信他此去是为了迎接爱米丽小姐作一番准备,或者是让她有个机会打发走两个堂姐妹(这时已经形成了一个秘密小集团,我们都站在爱米丽小姐一边,帮她踢开这一对堂姐妹)。一点也不差,一星期后她们就走了。而且,正如我们一直所期待的那样,荷默·伯隆又回到镇上来了。一位邻居亲眼看见那个黑人在一天黄昏时分打开厨房门让他进去了。

这就是我们最后一次看到荷默·伯隆。至于爱米丽小姐呢,我们则有一段时间没有见到过她。黑人拿着购货篮进进出出,可是前门却总是关着。偶尔可以看到她的身影在窗口晃过,就像人们在撒石灰那天夜晚曾经见到过的那样,但却有整整六个月的时间,她没有出现在大街上。我们明白这也并非出乎意料;她父亲的性格三番五次地使她那作为女性的一生平添波折,而这种性格仿佛太恶毒,太狂暴,还不肯消失似的。

等到我们再见到爱米丽小姐时,她已经发胖了,头发也已灰白了。以后数年中,头发越变越灰,变得像胡椒盐似的铁灰色,颜色就不再变了。直到她七十四岁去世之日为止,还是保持着那旺盛的铁灰色,像是一个活跃的男子的头发。

打那时起,她的前门就一直关闭着,除了她四十左右的那段约有六七年的时间之外。在那段时期,她开授瓷器彩绘课。在楼下的一间房里,她临时布置了一个画室,沙多里斯上校的同时代人全都把女儿、孙女儿送到她那里学画,那样的按时按刻,那样的认真精神,简直同礼拜天把她们送到教堂去,还给她们二角伍分钱的硬币准备放在捐献盆子里的情况一模一样。这时,她的捐税已经被豁免了。

后来,新的一代成了全镇的骨干和精神,学画的学生们也长大成人,渐次离开了,她们没有让她们自己的女孩子带着颜色盒、令人生厌的画笔和从妇女杂志上剪下来的画片到爱米丽小姐那里去学画。最后一个学生离开后,前门关上了,而且永远关上了。全镇实行免费邮递制度之后,只有爱米丽小姐一个拒绝在她门口钉上金属门牌号,附设一个邮件箱。她怎样也不理睬他们。

日复一日,月复一月,年复一年,我们眼看着那黑人的头发变白了,背也驼了,还照旧提着购货篮进进出出。每年十二月我们都寄给她一张纳税通知单,但一星期后又由邮局退还了,无人收信。不时我们在楼底下的一个窗口——她显然是把楼上封闭起来了——见到她的身影,像神龛中的一个偶像的雕塑躯干,我们说不上她是不是在看着我们。她就这样度过了一代又一代——高贵,宁静,无法逃避,无法接近,怪僻乖张。

她就这样与世长辞了。在一栋尘埃遍地、鬼影憧憧的屋子里得了病,侍候她的只有一个老态龙钟的黑人。我们甚至连她病了也不知道;也早已不想从黑人那里去打听什么消息。他跟谁也不说话,恐怕对她也是如此,他的嗓子似乎由于长久不用变得嘶哑了。

她死在楼下一间屋子里,笨重的胡桃木床上还挂着床帷,她那长满铁灰头发的头枕着的枕头由于用了多年而又不见阳光,已经黄得发霉了。

五

黑人在前门口迎接第一批妇女,把她们请进来,她们话音低沉,发出咝咝声响,以好奇的目光迅速扫视着一切。黑人随即不见了,他穿过屋子,走出后门,从此就不见踪影了。

两位堂姐妹也随即赶到,他们第二天就举行了丧礼,全镇的人都跑来看看覆盖着鲜花的爱米丽小姐的尸体。停尸架上方悬挂着她父亲的炭笔画像,一脸深刻沉思的表情,妇女们唧唧喳喳地谈论着死亡,而老年男子呢——有些人还穿上了刷得很干净的南方同盟军制服——则在走廊上、草坪上纷纷谈论着爱米丽小姐的一生,仿佛她是他们的同时代人,而且还相信和她跳过舞,甚至向她求过爱,他们把按数学级数向前推进的时间给搅乱了。这是老年人常有的情形。在他们看来,过去的岁月不是一条越来越窄的路,而是一片广袤的连冬天也对它无所影响的大草地,只是近十年来才像窄小的瓶口一样,把他们同过去隔断了。

我们已经知道,楼上那块地方有一个房间,四十年来从没有人见到过,要进去得把门撬开。他们等到爱米丽小姐安葬之后,才设法去开门。

门猛烈地打开,震得屋里灰尘弥漫。这间布置得像新房的屋子,仿佛到处都笼罩着墓室一般的淡淡的阴惨惨的氛围;败了色的玫瑰色窗帘,玫瑰色的灯罩,梳妆台,一排精细的水晶制品和白银做底的男人盥洗用具,但白银已毫无光泽,连刻制的姓名字母图案都已无法辨认了。杂物中有一条硬领和领带,仿佛刚从身上取下来似的,把它们拿起来时,在台面上堆积的尘埃中留下淡淡的月牙痕。椅子上放着一套衣服,折叠得好好的;椅子底下有两只寂寞无声的鞋和一双扔了不要的袜子。

那男人躺在床上。

我们在那里立了好久,俯视着那没有肉的脸上令人莫测的龇牙咧嘴的样子。那尸体躺在那里,显出一度是拥抱的姿势,但那比爱情更能持久、那战胜了爱情的熬煎的永恒的长眠已经使他驯服了。他所遗留下来的肉体已在破烂的睡衣下腐烂,跟他躺着的木床粘在一起,难分难解了。在他身上和他身旁的枕上,均匀地覆盖着一层长年累月积下来的灰尘。

后来我们才注意到旁边那只枕头上有人头压过的痕迹。我们当中有一个人从那上面拿起了什么东西,大家凑近一看——这时一股淡淡的干燥发臭的气味钻进了鼻孔——原来是一绺长长的铁灰色头发。

(选自《福克纳中篇小说选》,杨岂深译,中国文联出版公司1985年版。)

【思考题】

1. 根据小说的实际描写,你能想象在这个名叫杰弗生的小镇上,孤立无援的老小姐爱米丽和全镇居民之间究竟存在着怎样一种紧张关系?问题的关键何在?仅仅是爱米丽小姐拒交税款吗?试以一百字左右的篇幅,向你的朋友转述福克纳笔下这个小镇的特殊气氛。

2. 爱米丽小姐是怎样一个人?她为什么要把自己封闭起来?她对全镇的敌意和不屑从何而来?她到底拒绝什么?她最后杀死那个男人并把他藏

在楼上,又为了什么?试猜想她一生的精神变化。

3. 全篇采取第三人称叙述模式,交叉运用全知视角和人物视角,严格回避爱米丽小姐本人的视角,你觉得这种写法有什么特殊用意?如果抛开全知视角和次要人物的视角,变第三人称叙述为第一人称叙述,自始至终由爱米丽小姐一人来讲述,这篇小说该怎样写?你有兴趣一试吗?

【拓展阅读】

李文俊编选:《福克纳评论集》,中国社会科学出版社1980年版。

第十四章　芥川龙之介

芥川龙之介(1892—1927)，日本现代作家，在东京大学求学时便写出《罗生门》(1915)，一年后又发表了《鼻子》《山药粥》等短篇，深得夏目漱石赞赏。鲁迅1921年译介了《罗生门》与《鼻子》，使中国一般读者很早就结识了这位日本文坛的"鬼才"。

《罗生门》揭露弱肉强食的社会中人性的黑暗。实际上这也是芥川大多数小说的主题。就寓意的深刻、手法的别致、技巧的完善而言，《竹林中》堪称杰作。小说以七段口供连缀而成，每人说法不一，其中三个当事人的口供最为关键，但他们必有人将真相隐去，把不可告人之处瞒住。作者意在说明：人总是要用谎言来掩盖真相。日本当代著名导演黑泽明曾将《罗生门》与《竹林中》合编为电影《罗生门》，创作了世界影坛的奇观。

芥川曾言，为了写出"非凡的作品，有时难免要把灵魂出卖给魔鬼"。他对艺术的追求，确实非同一般。代表作之一《地狱变》折射了他这种创作态度，另有《戏作三昧》也是表现艺术创作的甘苦，多少流露了芥川本人的心境。

芥川只活了三十五年，创作生涯不过十二三年，却写出一百四十多篇短篇小说和大量小品、随笔、评论、诗歌。他的小说始终探讨人性问题，结果觉得"人生比地狱还地狱"，鲁迅说芥川"多用旧材料"，"老手的气息太浓厚"，"所用的主题最多的是希望之后的不安，或者不安时之心情"，确实是目光锐利的见解。1927年，芥川本人终于也在"不安"中服安眠药自杀身亡。

芥川的短篇精巧别致，显出从容、幽婉、淡漠、柔媚而奇崛的特别的东方情味，对后世日本文学有极大的影响。

地狱变

一

像堀川大公那种人物,不但过去没有,恐怕到了后世,也是独一无二的了。据说在他诞生以前,他母亲曾梦见大威德的神灵,出现在她的床头。可见出世以后,一定不是一位常人。他的一生行事,没一件不出人意外。先看看堀川府的气派,那个宏伟呀、豪华呀,究竟不是咱们这种人想象得出的。外面不少议论,把大公的性格比之秦始皇、隋炀帝,那也不过如俗话所说"瞎子摸象",照他本人的想法,像那样的荣华富贵,才不在他的心上呢。他还什么鸡毛蒜皮的事都关心,有一种所谓"与民同乐"的度量。

因此,遇到二条大宫的百鬼夜行,他也全不害怕。甚至据说,那位画陆奥盐灶风景的鼎鼎有名的融左大臣的幽灵,夜夜在东三条河原院出现,只要大公一声大喝,立刻就消隐了。因为他有那么大的威光,难怪那时京师男女老幼,一提到这位大公,便肃然起敬,好像见到了大神显灵。有一次,大公参加了大内的梅花宴回府,拉车的牛在路上发性子,撞翻了一位过路的老人。那老人却双手合十,喃喃地说,被大公的牛撞伤,真是多么大的荣幸。

所以在大公一生之间,给后代留下的遗闻逸事,是相当多的。例如在宫廷大宴上,一高兴,就赏人白马三十匹;叫宠爱的童子,立在长良桥的桥柱顶;叫一位有华陀术的震旦僧,给他的腿疮开刀,——像这样的逸事,真是屈指难数。在许多逸事中,再也没有一件比那至今为止,还一直在他府里当宝物传下来的《地狱变》屏风的故事更吓人的了。甚至平时对什么都满不在乎的大公,只有在那一回,毕竟也大大吃惊了,不消说,像我们这种人,当然一个个都吓得魂飞胆战了。其中比方是我,给大公奉职二十年来,也从来没见到过这样凄厉的场面。

二

不过,要讲这故事,先得讲一讲那位画《地狱变》屏风的,名叫良秀的画师。讲起良秀,直到今天,大概也还有人记得。那时人家都说,拿画笔的人,没一个出于良秀之上,他就是那样一位大名鼎鼎的画师。发生那事的时候,他已过了五十大关,有年纪了。模样是一个矮小的、瘦得皮包骨头的、脾气很坏的老头儿。他上大公府来,总穿一件丁香色的猎衣,戴一顶软乌帽,形容卑婆。他有一张不像老人该有的血红的嘴,显得特别难看,好像什么野兽。有人说,那是因为舔画笔的缘故,可不知是不是这么回事。特别是那些贫嘴的人,说良秀的模样像一只猴子,给他起了个诨名叫猿秀。

起这个诨名也有一段故事。那时大公府有良秀的一个十五岁的独生女,是当小女侍的。她可不像老子,是一位很娇美的姑娘,可能因为早年丧母,年纪虽小,却特别懂事、伶俐,对世事很关心。大公夫人和所有女侍都喜欢她。

有一次,丹波国献上了一只养熟了的猴子。顽皮的小公子,给起了个名字叫良秀,因为模样可笑,所以起了这名字,府里没一个人见了不乐。为了好玩,大家见它趴在大院松树上,或躺在宫殿席地上,便叫着良秀良秀,逗它玩乐,故意作弄它。

有一天,良秀的女儿给主人送一封系有梅枝的书信①,走过长廊,只见廊门外逃来那只小猴良秀,大概腿给打伤了,爬不上廊柱去,一拐一拐地跑着。在它后面,小公子扬起一条棍子赶上来,嘴里嚷着,"偷橘子的小贼,看你往哪儿逃。"良秀女儿见了,略一踌躇,这时逃过来的小猴抓住她的裙边,呜呜地直叫——她心里不忍,一手提着梅枝,一手将紫香色的大袖轻轻一甩,把猴儿抱了起来,向小公子弯了弯腰,柔和地说:"饶了它吧,它是畜生嘛!"

小公子正追得起劲,马上脸孔一板,顿起脚来:

"不行,它偷了我的橘子!"

"畜生呀,不懂事嘛……"

女儿又求着情,轻轻地一笑:

"它叫良秀,是我父亲的名字,父亲遭难,做女儿的怎能不管呢。"既然这样说了,迫得小公子也只好罢手了。

"呵呵,给老子求情,那就饶了它吧。"

勉勉强强说了一声,便把棍子扔掉,走向廊门回去了。

三

从此以后,良秀女儿便和小猴亲热起来。女儿把公主给她的金铃,用红绸绦系在猴儿脖子上。猴儿依恋着她,不管遇到什么总绕在她的身边不肯离开。有一次女儿得了感冒躺在床上,小猴就守在她枕边,愁容满面地咬自

---

① 日本古代贵族在传递书信时,在信上系一花枝。

己的爪子。

奇怪的是，从此也没人再欺侮小猴了，最后连小公子也对它和好了，不但常常喂它栗子，有时哪个武士踢了它一脚，小公子便大大生气。到后来，大公还特地叫良秀女儿抱着猴子到自己跟前来，可能听到了小公子追猴的事，对良秀女儿同猴发生了好感。

"看不出还是一个孝女哩，值得夸奖呀！"大公当场赏了她一方红帕，那猴儿见女儿捧着红帕谢恩，也依样对大公恭恭敬敬地鞠了一躬，逗得大公都乐了。因此大公分外宠爱良秀的闺女，是为了喜欢她爱护猴儿的一片孝心，并不是世上所说的出于好色。当然闲言闲语也不是没有，这到后来再慢慢讲。这儿先说明，大公对画师女儿，并非别有用心。

却说良秀女儿挣到很大面子，从大公跟前退出来。因为本来是一位灵巧的姑娘，也没引起其他女侍的嫉妒。反而从此以后，跟猴儿一起，总是不离公主的身边，每次公主乘车出外游览，也缺不了她的陪从。

话分两头，现在把女儿的事搁在一边，再谈谈父亲良秀。从那以后，猴儿良秀虽讨得了大家的欢喜，可是本人的良秀，仍被人家憎厌，依然叫他猿秀。不但在府里，连横川的那位方丈，一谈起良秀，也好像遇见了魔鬼，脸色就变了。（也有人说，良秀画过方丈的漫画。可能这是无稽的谣言，不确实的。）总之，不问在哪里，他的名声都是不妙的。不说他坏话的，只是在少数画师之间，或只见过他的画，没见过他本人的那些人。

事实是，良秀不但其貌不扬，而且还有叫人惹厌的坏脾气，所以那坏名声，也不过是自己招来的，怨不得别人。

四

他的脾气，就是吝啬、贪心、不顾面子、懒得要命、唯利是图——其中特别厉害的，是霸道、傲慢，把本朝第一大画师的招牌挂在鼻子上。如果单在画道上，倒还可原，可他就是骄傲得对世上一切习惯常规，全都不放在眼里。据他一位多年的弟子说，有一次府里请来一位大名鼎鼎的桧垣的女巫，降起神来，口里宣着神意。可他听也不听，随手抓起笔墨，仔细画出女巫那张吓人的鬼脸。大概在他的眼里，什么神道附体，不过是骗小孩子的玩意儿。

因为他是这样的人，画吉祥天神时，画成一张卑鄙的小丑脸，画不动明王时，画成一幅流氓无赖相，故意做出那种怪僻的行径。人家当面责备他时，他便大声嚷嚷："我良秀画的神佛，要是会给我降灾，那才怪呢！"因此连他的弟子们都害怕将来会受他牵连，有不少人就半途同他分手了。——反正一句话，就是放荡不羁，自以为老子天下第一。

因此不管良秀画法怎样高明，也只是到此为止了。特别是他的绘画，甚至用笔、着色，全跟别的画师不一样，许多同他不对劲的画师中，有不少人说他就是邪门歪道。据他们说，对川成、金冈和此外古代名画师的画，都有种种奇异的评品，比方画在板门上的梅花，每到月夜便会放出一阵阵的清香，画在屏风上的宫女，会发出吹笛子的声音。可是对良秀的画却另有阴森森的怪评，比如说，他画在龙盖寺大门上的《五趣生死图》，有人深夜走过门前，能听到天神叹气和哭泣的声音。不但如此，甚至说，还可以闻到图中尸体腐烂的臭气。又说，大公叫他画那些女侍的肖像，被画的人，不出三年，都得疯疯死了。照那些恶评的人说，这是良秀堕入邪道的证据。

如上所说，他那么蛮不讲理，反而还因此得意。有一次，大公在闲谈时对他说："你这个人就是喜欢丑恶的东西。"他便张开那张不似老人的红嘴，傲然回答："正是这样，现在这班画师，全不懂丑中的美嘛！"尽管是本朝第一的大画师吧，居然当着大公的面，也敢放言高论。难怪他那些弟子，背地给他起一个诨名，叫"智罗永寿"，讽刺他的傲慢。大家也许知道，所谓"智罗永寿"，那是古代从震旦传来的天狗的名字。

可是，甚至这个良秀——这样目空一切的良秀，惟独对一个人怀着极为深厚的情爱。

五

原来良秀对独生女的小女侍，爱得简直跟发疯似的。前面说过，女儿是性情温和的孝女，可是他对女儿的爱，也不下于女儿对他的爱。寺庙向他化缘，他向来一毛不拔，可是对女儿，身上的衣衫，头上的首饰，却毫不吝惜金钱，都备办得周周到到，慷慨得叫人不能相信。

良秀对女儿光是爱，可做梦也想不到给女儿找个好女婿。倘有人讲他女儿一句坏话，他就不难雇几个街头的流氓，把人家暗地里揍一顿。因此大公把他女儿提拔为小女侍时，老头子大为不服，当场向大公诉苦。所以外边流言：大公看中他女儿的美貌，不管她老子情不情愿，硬要收房，大半是从这里来的。

这流言是不确的，可是溺爱女儿的良秀一直在求大公放还他的女儿，倒是事实。有一次大公叫一个宠爱的童儿作模特儿，命良秀画一张幼年的文殊像，画得很逼真，大公大为满意，便向他表示好意说："你要什么赏赐，尽管说吧！"

"请你放还我的女儿吧!"他就老实不客气地提出了请求。别的府邸不说,侍奉堀川大公的人,不管你当老子的多么疼爱,居然请求放还,这是任何一国都没有的规矩。这位宽宏大量的大公,听了这个请求,脸色就难看了,沉默了一会儿,低头瞧着良秀的脸,马上喝了一声:"这不行!"站起身来就进去了。这类事有过四五次,后来回想起来,每经一次,大公对良秀的眼光,就一次比一次地冷淡了。和这同时,女儿也可能因担心父亲的际遇,每从殿上下来,常咬着衫袖低声哭泣。于是,大公爱上良秀女儿的流言也多起来了。其中有人说,画《地狱变》屏风的事,起因就是女儿不肯顺从大公,当然这种事是不会有的。

在我们看来,大公不肯放还良秀的女儿,倒是为了爱护她,以为她去跟那怪老子一起,还不如在府里过得舒服。本来是对这女子的好意嘛,好色的那种说法,不过是牵强附会、无影无踪的谣言。

总而言之,就为了女儿的事,大公对良秀开始不快了。正在这时候,大公突然命令良秀画一座《地狱变》的屏风。

六

说到《地狱变》屏风,画面上骇人的景象,立刻出现在我的眼前。

同样的《地狱变》,良秀画的同别的画师所画,气象全不一样。屏风的一角,画着小型的十殿阎王和他们的下属,以后满画面都跟大红莲小红莲一般,一片连刀山剑树都会烧得融化的熊熊火海。除掉捕人的冥司服装上着的黄色蓝色以外,到处是烈焰漫天的色彩。空顶上,飞舞着卍字形墨点的黑烟和金色的火花。

这笔法已够惊人,再加上中间在烈火中烧身,正在痛苦挣扎的罪魂,那种可怕的形象,在通常的地狱图里是看不到的。在良秀所画的罪魂中,有上至公卿大夫,下至乞丐贱人,包括各种身份的人物。既有峨冠博带的宫殿人,也有浓妆艳抹的仕女,挂佛珠的和尚,曳高齿屐的文官、武士,穿细长宫袍的女童,端供品的阴阳师——简直数不胜数。正是这些人物,被卷在火烟里,受牛头马面鬼卒们的酷虐,像秋风扫落叶,正在四散奔逃,走投无路。一个女人,头发挂在钢叉上,手脚像蜘蛛似的缩为一团,大概是女巫。一个男子,被长矛刺穿胸膛,像蝙蝠似的倒拴着身体,大概是新上任的国司[1]。此外,有遭钢鞭痛打的,有压在千斤石下的,有的吊在怪鸟的尖喙上,有的叼在

---

[1] 地方行政长官。

毒龙的大嘴里——按照罪行不同,受着各种各样的折磨。

其中最触目惊心的,是半空中落下一辆牛车,已有一半跌落到野兽牙齿似的尖刀山上。(这刀山上已有累累的尸体,五体刺穿了刀尖。)被地狱的狂风吹起的车帘里,有一个形似嫔妃、满身绫罗的宫女,在火焰中披散着长发,扭歪了雪白的脖子,显出万分痛苦的神情。从这宫女的形象到正在燃烧的牛车,无一不令人切身体会火焰地狱的苦难。整个画面的恐怖气氛,可说几乎全集中在这人物的身上了。它画得这样出神入化,看着看着,耳里好似听见凄厉的疾叫。

唉唉,就是这,就为了画这场面,发生了骇人的惨剧。如没有这场惨剧,良秀又怎能画出这活生生的地狱苦难呢。他为画这屏风,遭受了最悲惨的命运,结果连命也送掉了。这画中的地狱,也正可说是本朝第一大画师良秀自己有一天也将落进去的地狱。

我急着讲这珍贵的《地狱变》屏风,把讲的次序颠倒了。接下去讲良秀奉命绘画的事吧。

七

却说良秀自从奉命以后,五六个月都没上府,一心一意在画那座屏风,平时那么惦着的女儿,一拿起了画笔,硬连面也不想见了。真怪,据刚才那位弟子说,他一动手作画,便好像被狐仙迷了心窍。不,事实那时就有人说,良秀能在画道上成名,是向福德大神①许过愿的,那证据是,每当他作画时,只要偷偷地去张望,便能看见好几只阴沉沉的狐狸围绕在他的身边。所以他一提起画笔,除了画好画以外,世界上的什么事都忘了,白天黑夜躲在见不到阳光的黑屋子里——特别是这次画《地狱变》屏风,那种狂热的劲头,显得更加厉害。

据说他在四面挂上蒲席的屋子里,点上许多灯台,调制着秘传的颜料,把弟子们叫进去,让他们穿上礼服、猎装等等各式衣服,做出各种姿态,一一写生——不但如此,这种写生即使不画《地狱变》屏风,也是常有的。比方那回画龙盖寺的《五趣生死图》,他就不画眼前的活人,却静坐在街头的死尸前,仔细观察半腐的手脸,一丝不苟地写生下来。可这一回,他新兴了一些怪名堂,简直叫人想也想不出来的。此刻没工夫详细讲说,单听听最主要的一点,就可以想象全部的模样了。

---

① 狐仙。

良秀的一个弟子(这人上面已说起过),有一天正在调颜料,忽然师傅走过来对他说：

"我想睡会儿午觉,可是最近老是做噩梦。"这话也平常,弟子仍旧调着颜料,慢然地应了一声：

"是么?"可是良秀显出悄然的神色,那是平时没有过的,很郑重地托付他：

"在我睡午觉时,请你坐在我头旁边。"弟子想不到师傅这回为什么怕起做梦来,但也不以为怪,便信口答道：

"好吧。"

师傅却还担心地说：

"那你马上到里屋来,往后见到别的弟子,别让他们进我的卧室。"他迟迟疑疑地做好了嘱咐。那里屋也是他的画室,白天黑夜都关着门,点着朦胧的灯火,周围竖立起那座仅用木炭构好了底图的屏风。他一进里屋,便躺下来,拿手臂当枕头,好像已经很困倦,一下便呼呼地睡着了。还不到半刻时间,坐在他枕边的弟子,忽然听见他发出模糊的叫唤,不像说话,声音很难听。

八

开头只发声,渐渐地变成断续的言语,好像掉在水里,咕噜咕噜地说着：

"什么,叫我来……来哪里……到哪里来?到地狱来,到火焰地狱来……谁?你是……你是谁?……我当是谁呢?"

弟子不觉停下调颜料的手,望望师傅那张骇人的脸。满脸的皱纹,一片苍白,暴出大颗大颗的汗珠。干巴巴的嘴唇,缺了牙的口张得很大。口中有个什么东西好像被线牵着骨碌碌地动,那不是舌头么?断断续续的声音便是从这条舌头上发出来的。

"我当是谁……哼,是你吗?我想,大概是你。什么,你是来接我的么?来啊,到地狱来啊。地狱里……我的闺女在地狱里等着我。"

这时候,弟子好像看见一个朦胧的怪影,从屏风的画面上蠕蠕地走下来,感到一阵异样的恐怖。当然,他马上用手使劲地去摇良秀的身体。师傅还在说梦话,没有很快醒过来。弟子只好拿笔洗里的水泼到他脸上。

"她在等,坐上这个车子来啊……坐上这个车子到地狱里来啊……"说到这里,已变成抑住嗓子的怪声,好不容易才睁开了眼睛,比给人刺了一针还慌张地一下子跳起身来,好像还留着梦中的怪样,睁着恐怖的圆眼,张开大口,向空中望着,好一会儿才清醒过来。

"现在行了,你出去吧!"这才好像没事似的,叫弟子出去。弟子平时被他吆喝惯了,也不敢违抗,赶紧走出师傅的屋子,望见外边的阳光,不禁透了一口大气,倒像自己也做了一场噩梦。

这一次也还罢了。后来又过了一月光景,他把另一个弟子叫进屋去,自己仍在幽暗的油灯下咬着画笔,忽然回过头来命令弟子:

"劳驾,把你的衣服全脱下来。"听了师傅的命令,那弟子急忙脱去自己身上的衣服,赤裸了身子。他奇怪地皱皱眉头,全无怜惜的神气,冷冰冰地说:"我想瞧瞧铁索缠身的人,麻烦你,你得照我的吩咐,装出那样子来。"原来这弟子是拿画笔还不如拿大刀更合适的结实汉子,可是听了师傅的吩咐,也不免大吃一惊。后来他对人说起这事说:"那时候我以为师傅发精神病要把我杀死哩。"原来良秀见弟子迟迟疑疑,已经冒起火来,不知从哪儿拿出一副铁索,在手里晃着,突然扑到弟子的背上,扭转他的胳臂,用铁索捆绑起来,使劲拉紧铁索头,把捆着的铁索深深勒紧在弟子的肌肉里。当啷一声,把他整个身体推到地板上了。

九

那时这弟子像酒桶似的滚在地上,手脚都被捆成一团,只有脑袋还能活动。肥胖的身体被铁索抑住了血液的循环,头脸和全身的皮肤都憋得通红。良秀却泰然自若地从这边瞅瞅,从那边望望,打量这酒桶似的身体,画了好几张不同的速写。那时弟子的痛苦,当然是不消说了。

要不是中途发生了变故,这罪还不知要受到几时才完。幸而(也可说是不幸)过了一阵,屋角落的坛子后面,好像流出一道黑油,蜿蜒地流了过来。开头只是慢慢移动,渐渐地快起来,发出一道闪烁的光亮,一直流到弟子的鼻尖边,一看,才吓坏了:

"蛇!……蛇!"弟子惊叫了,全身的血液好似突然冻结,原来蛇的舌头已经舐到他被铁索捆着的脖子上了。发生了这意外事故,尽管良秀很倔,也不禁惊慌起来,连忙扔下画笔,弯下腰去,一把抓住蛇尾巴,倒提起来。被倒提的蛇昂起头来,蜷缩自己的身体,只是还够不到他手上。

"这畜生,害我出了一个败笔。"

良秀狠狠地嘟哝着,将蛇放进屋角的坛子里,才勉强解开弟子身上的铁索,也不对弟子说声慰劳话。在他看来,让弟子被蛇咬伤,还不如在画上出一笔败笔更使他冒火……后来听说,这蛇也是他特地豢养了作写生用的。

外国文学经典读本 | 224

听了这故事，大概可以了解良秀这种像发疯做梦似的怪现象了。可是最后，还有一个只有十三四岁的小弟子，为这《地狱变》屏风遇了一场险，差一点送了命。这弟子生得特别白皙，像个姑娘，有一天晚上，被叫到师傅屋里。良秀正坐在灯台旁，手里托着一块血淋淋的生肉，在喂一只怪鸟。这鸟跟普通猫儿那么大小，头上长两撮毛，像一对耳朵，两只琥珀似的大圆眼，像一只猫。

十

原来良秀这人，自己干的事，不愿别人来插手。像刚才说的那条蛇以及他屋子里其它的东西，从不告诉弟子。所以有时桌子上放一个骷髅，有时放着银碗、漆器的高脚杯，常有些意想不到的东西用来绘画。平时这些东西藏在哪里也没人知道。人家说他有福德大神保佑，原因之一，大概也是由这种事引起来的。

那弟子见了桌上的怪鸟，心里估量，大概也是为画《地狱变》使用的。他走到师傅跟前，恭恭敬敬问道：″师傅有什么吩咐？″良秀好像没听见，伸出舌头舔舔红嘴唇，用下颌往鸟儿一指：

″看看，样子很老实吧。″

″这是什么鸟，我没有见过呀！″

弟子细细打量这只长耳朵的猫样的怪鸟，这样问了。良秀照例带着嘲笑的口气：

″从来没有见过？难怪啦，在城里长大的孩子。这鸟儿叫枭，也叫猫头鹰，是前几天鞍马的猎人送给我的，只是这么老实的还不多。″

说着，举手抚抚刚吃完肉的猫头鹰的背脊。这时鸟儿忽地一声尖叫，从桌上飞起来，张开爪子，扑向弟子的脸上来。那时弟子要不连忙举起袖管掩住面孔，早被它抓破了脸皮。正当弟子一声疾叫，举手赶开鸟儿的时候，猫头鹰又威吓地叫着再一次扑过来——弟子忘了在师傅跟前，一会儿站住了防御，一会儿坐下来赶它，在狭窄的屋子里被逼得走投无路。那怪鸟还是盯着不放，忽高忽低地飞着，找空子一次次向他扑去，想啄他的眼睛。每次大翅膀拍出可怕的声响，像一阵横扫的落叶，像瀑布的飞沫。似乎有猴儿藏在树洞里发烂的果实味在诱惑着怪鸟，形势十分惊人。这弟子在油灯光中，好像落进朦胧的月夜，师傅的屋子变成了深山里喷吐着妖雾的幽谷，骇得连魂都掉了。

害怕的还不仅是猫头鹰的袭击，更使他毛骨悚然的，是那位良秀师傅，他在一边冷静地旁观这场吵闹,慢慢地摊开纸,拿起笔,写生这个姑娘似的少年被怪鸟迫胁的恐怖模样。弟子一见师傅那神气,更恐怖得要命。事后他对别人说,那时候他心里想,这回一定会被师傅送命了。

十一

被师傅送命的可能不是完全没有。像这晚上,他就是把弟子叫进去,特地让猫头鹰去袭击,然后观察弟子逃命的模样,进行他的写生。所以弟子一见师傅的样子,立即两手护住了脑袋,发出一声绝叫,逃到屋角落门口墙根前蹲下身体。这时,忽闻良秀一声惊呼,慌张地跳起身来。猫头鹰大翅膀扇动得更猛烈了,同时地下啪嚓一声,是打破东西的声响。吓得弟子又一次失魂落魄,抬起护着的脑袋,只见屋子里已一片漆黑,听到师傅在焦急地叫唤外边的弟子。

一会儿,便有一个弟子在屋外答应,提着一盏灯匆匆跑来。在油灯的烟火中,一看,屋里的灯台已经跌翻,灯油流了一地。那猫头鹰只有一只翅膀痛苦地扇动,身子已落在地上了。良秀在桌子的那边,伸出了半个身体,居然也在发愣,嘴里咕咕地呢喃着别人听不懂的话。——原来一条黑蛇把猫头鹰缠上了,紧紧地用身子绞住了猫头鹰的脖子同一边的翅膀。大概是弟子蹲下身去的时候,碰倒了那里的坛子,坛子里的蛇又游出来了,猫头鹰去抓蛇,蛇便缠住了猫头鹰,引起了这场大吵闹。两个弟子你望望我,我望望你,茫然瞧着这奇异的场面,然后向师傅默默地行了一个注目礼,跑出屋外去了。至于那蛇和猫头鹰后来怎样,那可没有人知道了。

这类的事以后还发生过几次。上面还说漏了一点,画《地狱变》屏风是秋初开始的,以后直到冬尽,良秀的弟子们一直受师傅怪僻行径的折磨。可是一到冬尽时候,似乎良秀对绘事的进展,遇到了困难,神情显得更加阴郁,说起话来也变得气势汹汹了。屏风上的画,画到约莫八成的时候,便画不下去了。不,看那光景,似乎也可能会把画好的全部抹掉。

可是,发生了什么困难呢,这是没有人了解的,同时也没有人想去了解。弟子们遭过以前几次灾难,谁都提心吊胆地过日子,尽可能离开师傅远一点。

十二

这期间,别无什么可讲的事情。倘一定要讲,那么这倔老头不知什么缘故,忽然变得感情脆弱起来,常常独自掉眼泪。特别是有一天,一个弟子有事上院子里去,看见师傅站在廊下,望着快到春天的天空,眼睛里含着满眶泪水。弟子见了觉得不好意思,急忙默默退回身去。他心里感到奇怪,这位高傲的画师,画《五趣生死图》时连路边的死尸都能去写生,这次画屏风不顺利,却会像孩子似的哭起鼻子,这可不是怪事么。

可是一边良秀发狂似的一心画屏风,另一边,他那位闺女,也不知为了何事,渐渐地变得忧郁起来。连我们这些下人,也看出来她那忍泪含悲的样子。原来便带着愁容的这位白皙腼腆的姑娘,更变得睫毛低垂,眼圈黯黑,显出分外忧伤的神情了。开头,大家估量她是想念父亲,或是受了爱情的烦恼。这期间,有一种说法,说是大公要收她上房,她不肯依从。从此以后,大家似乎忘记了她,再也没人讲她闲话了。

就在这时候,有一天晚上,已经夜深了,我一个人独自走过廊下,那只名叫良秀的猴儿,忽然不知从哪里跳出来,使劲拉住我的衣边。这是一个梅花吐放清香的暖和的月夜,月光下,只见猴儿露出雪白的牙齿,紧紧撅起鼻子尖,发狂似的啼叫着。我感到三分惊异,七分生气,怕它扯破我的新裤子。开头打算把猴儿踢开,向前走去,后来想起这猴儿受小公子折磨的事,看样子可能出了什么事,便朝它拉我去的方向走了约三四丈路。

走到长廊的一个拐角,已望见夜色中池水发光,松枝横斜的地方。这时候,邻近一间屋子里,似乎有人挣扎似的,有一种慌乱而奇特的轻微的声响,吹进我的耳朵。四周寂静,月色皎洁,天无片云,除了游鱼跃水,并听不到人语。我觉察到那儿的声响,不禁停下脚来,心想,倘若进来了小偷,这回可得显一番身手了。于是憋住了喘息,轻轻地走到屋外。

十三

那猴儿见我行动迟缓,可能着急了,老在我脚边转来转去,忽然憋紧了嗓门大声啼叫,一下子跳上我的肩头,我马上回过头去,不让它的爪子抓住我的身子。可猴儿还是紧紧扯住我蓝绸衫的袖管,硬是不肯离开——这时候,我两腿摇晃几下,向门边退去。忽然一个跌跄,背部狠狠地撞在门上。已经没法躲开,便大胆推开了门,跳进月光照不到的屋内,这时出现在我眼前的——不,我才一步跨进去,立刻从屋子里像弹丸似的冲出来一位姑娘,把我吓了一跳。姑娘差一点正撞到我的身上,一下子蹿到门外去了,不知为了什么,她达一边喘气,一边跪倒地上,抬起头来,害怕地望着我,身体还在发抖。

不用说,这姑娘正是良秀的闺女。今晚这姑娘完全变了样,两眼射出光来,脸色通红通红,衣衫凌乱,同平时小姑娘的样子完全不同,而且看起来显得分外艳丽。难道这真是弱不禁风楚楚可怜的良秀的闺女么?——我靠在门上,一边在月光中望着这美丽的女子,一边听到另一个人的脚音,正急急忙忙向远处跑去,心里估量着这个人究竟是谁呐。

闺女咬紧嘴唇,默然低头,显得十分懊丧。

我弯下身去,把嘴靠在她耳边小声地问:"这个人是谁?"闺女摇摇头,什么也不回答。同时在她的长睫毛上,已积满泪水,把嘴闭得更紧了。

我是笨蛋,向来除了一目了然的事,都是不能了解的。我不知再对她说什么好,便听着她心头急跳的声音,呆呆地站了一会儿,觉得这件事不好再过问了。

也不知经过了多少时候,我关上身后的门,回头看看脸色已转成苍白的闺女,尽可能低声地对她说:"回自己房里去吧。"我觉得我见到了不该见到的事,心里十分不安,带着见不得人的心情,走向原来的方向。走了不到十来步,我的裤脚管又在后面被悄悄拉住,我吃了一惊,回头一看,你猜,拉我的是谁?

原来还是那只猴子,它像人一样跪倒在我的脚边,脖子上金铃玎玲做声,正朝我连连叩头。

十四

那晚的事约莫过了半月。有一天,良秀突然到府里来,请求会见大公。他虽地位低微,但一向受特别知遇,任何人都不能轻易拜见的大公,这天很快就召见了。良秀还是穿那件丁香色猎衣,戴那顶皱瘪的乌软帽,脸色比平时显得更阴气,恭恭敬敬跪伏在大公座前,然后嗄声地说:

"自奉大公严命,制作《地狱变》屏风,一直在无日无夜专心执笔,已有一点成绩,大体可以告成了。"

"这很好,我高兴。"

不知为什么,在大公俨然的口气中,有一种随声附和没有劲儿的样子。

"不过,还不成。"良秀不快地低下了眼睑,说,"大体虽已完成,但有一处还画不出来。"

"什么地方画不出来?"

"是的,我一向绘画,遇到没亲眼见过的事物便画不出来,即使画出来了,也总是不满意,跟不画一样。"

大公带讽刺地说:

"那你画《地狱变》,也得落到地狱里去瞧瞧吗?"

"是,前年遭大火那回,我便亲眼瞧见火焰地狱猛火中火花飞溅的景色。后来我画不动天尊的火焰,正因为见过这场火灾,这画您是知道的。"

"那里画的地狱的罪魂、鬼卒,难道你也见过吗?"大公不听良秀的话,又继续问了。

"我瞧见过铁索捆着的人,也写生过被怪鸟追袭的人,这不能说我没见过罪魂,还有那些鬼卒……"良秀现出难看的苦笑,又说,"那些鬼卒嘛,我常常在梦中瞧见的。牛头马面、三头六臂的鬼王,不出声的拍手、不出声的张开的大口,几乎每天都在梦里折磨我——我想画而画不出的,倒不是这个。"

大公听了惊异起来,狠狠地注视着良秀有好一会,然后蹙紧眉头叱问到:

"那你究竟要画什么啊?"

十五

"我准备在屏风正当中,画一辆槟榔毛车①正从空中掉下来。"

良秀说着,抬头注视大公的脸色。平常他一谈到作画总像发疯一般,这回他的眼光更显得怕人。

"在车里乘一位华贵的嫔妃,正在烈火中披散着乱发,显出万分痛苦的神情,脸上熏着蒙蒙的黑烟,紧蹙着眉头,望着头顶上的车篷,一手抓住车帘,好像在抵御暴雨一般落下来的火星。车边有一二十只猛禽,张大尖喙,围着车子——可是,我画不出这车子里的嫔妃。"

"那……你准备怎么样?"

大公好像听得有点兴趣了,催问了良秀。良秀也像上了火似的,抖索着红红的嘴唇,又像说梦话似的重复了一遍。

"我画不出这个场面。"然后,又咬一咬牙,说,"我请求一辆槟榔毛车,在我眼前用火来烧,要是可以的话……"

大公脸色一沉,突然哈哈大笑,然后一边忍住笑,一边说:

"啊,就照你的办,没有什么可以不可以。"

那时我正在大公身边伺候,觉得大公的话里带一股杀气,口里吐着白沫,太阳穴索索跳动,似乎传染了良秀的疯狂,不像平时的样子。他说完话,

---

① 一种以蒲席作篷的牛车,为贵族专用。

马上又像爆炸似的,嗓门里发出格格的声音,笑起来了。

"一辆槟榔毛车,被火烧着,车上一位华贵的女人,穿着嫔妃的服装,四周包围着火焰和黑烟,快将烧死这车中的女子……你想象出这样一个场面,真不愧是本朝第一大画师,了不起啊,真了不起!"

良秀听着大公的话,忽然脸色苍白,像喘息似的抖索着嘴唇,身体一软,忙把双手撑在地上。

"感谢大人的鸿恩。"他用仅能听见的低声说着,深深地行了个礼。可能因为自己设想出来的场面,由大公一说,便出现在他眼前来。站在一旁的我,一辈子第一次觉得良秀是一个可怜的人。

十六

几天后的一个晚上,大公依照诺言,把良秀召来,让他观看火烧槟榔毛车的场面。可不是在堀川府,地点是挑了一个叫化雪庄的地方,那里是一座在京师郊外的山庄,从前是大公妹子住的。就在这山庄里,布置了火烧的场面。

这化雪山庄已不能住人,广大的庭园,显得一片荒凉,大概是特地选这种无人的场所的吧。关于已经去世的大公妹子,也有一些流言蜚语,据说每当没有月亮的黑夜,这里常有鬼魂出现,穿着绯红裙子,足不履地地在廊上移动——这儿连白天也是静悄悄的,流水声都带一股阴气,偶然像流星似的,掠过几只鹭鸶鸟,同怪鸟一般,令人毛骨悚然,也难怪会有这样的流言。

恰巧那晚也没有月亮,天空漆黑,在大殿的油灯光中,大公在檐下台阶上,身穿淡黄色绣紫花镶白缎边的大袍,高高坐在围椅上,前后左右,簇拥着五六个侍从,恭恭敬敬地侍候着。这些侍从中有一个据说几年前在陆奥战事中吃过人肉,双手能扳下鹿角。他腰围肚兜,身上挂一把大刀,威风凛凛地站在檐下——灯火在夜风中摇晃,忽明忽暗,犹如梦境,充满着恐怖的气氛。

院子里放着一辆槟榔毛车,高高的车篷顶上压着深深的黑暗。车子没有驾牛,车辕倒向一边,铜铰链像星星似的闪光。时候虽在春天,还冷得彻骨。车上有流苏边的蓝色帘子蒙得严严的,不知里面有什么。车子周周一群下人,人人手执松明,小心地高擎着,留意不使松烟吹到檐下去。

那良秀面对台阶,跪在稍远一点的地上,依然穿那件丁香色猎衣,戴那顶皱瘪的乌软帽,在星空的高压下,显得特别瘦小。在他身后,还蹲着一个乌帽猎衣的人,可能是他的一个弟子。两人匍匐在暗中,从我所站的檐中远远望去,连衣服的颜色也分辨不清了。

十七

时候已近午夜,在四围林泉的黑暗中,万籁无声,大家憋住气注视着这场面,只听见一阵阵夜风吹来,送来油烟的气味。大公无言地坐了一会,眼望着这奇异的景象,然后膝头向前移动了一下:

"良秀!"一声厉声的叫唤。

良秀不知说了什么,在我耳里只听到喃喃的声响。

"良秀,现在依照你的请求,给你观看放火烧车的场面。"

大公说着,向四周扫了一眼,那时大公身边,每个人互相会心地一笑。不过,也许这只是我的感觉。良秀战战兢兢地抬起头来,望着台阶,似乎要说话,却又克制了。

"好好看吧,这是我日常乘用的车子,你认识吧。……现在我准备将车烧毁,使你亲眼观看火焰地狱的景象。"

大公说到这里,向旁边的人递过一个眼色,然后换成阴郁的口气说:"车子里捆着一个犯罪的女子,车子一烧,她就得皮焦肉烂,化成灰烬,受最后的苦难,一命归阴。这对你画屏风,是最好的样板啊。你得仔细观看,看她的雪肤花容,在火中焦烂,满头青丝,化成一蓬火炬,在空中飞扬。"

大公第三次停下嘴来,不知想着什么,只是摇晃着肩头,无声地笑着:

"这种场面几辈子也难得见到的,好吧,把帘子打开,叫良秀看看车中的女子。"

这时便有一个下人,高举松明火炬,走到车旁,伸手撩开车帘。爆着火星的松明,显得更红亮了,赫然照进车内。在窄狭的车厢里,用铁索残酷地锁着一个女子……啊哟,谁都不相信自己的眼睛了。绣着樱花的灿烂夺目的宫袍,垂着光泽的黑发,斜插着黄金的簪子,发出美丽的金光。服装虽已改变,但那娇小的身材,白净的颈项,沉静娴淑的脸容,这不是良秀的闺女么?我差一点叫出声来。

这时站在我对面的武士,连忙跳起身子,一手按住刀把,盯住良秀的动静。良秀见了这景象可能已经昏迷了,只见他蹲着的身体突然跳起来,伸出两臂,向车子跑去。上面说过,相离得比较远,所以还看不清他脸部的表情。一刹那间,陡然失色的良秀的脸,似乎有一种冥冥之力使他突然跳起身来,在深深的暗色中出现在我的眼前。这时候,只听到大公一声号令:

"点火!"那辆锁着闺女的槟榔毛车,已在下人们纷纷抛去的火炬中,融融燃烧起来了。

十八

　　火焰逐渐包围了车篷,篷门上紫色的流苏被风火吹起,篷下冒起在黑夜中也显出白色的浓烟。车帘子、靠手,和顶篷上的铜铰链,炸裂开来,火星像雨似的飞腾……景象十分凄厉。更骇人的,是沿着车子靠手,吐出万道红舌、烈烈升腾的火焰,像落在地上的红太阳,像突然迸爆的天火。刚才差一点叫出声来的我,现在已只能木然地张开大口,注视这恐怖的场面。可是作为父亲的良秀呢……

　　良秀那时的脸色,我至今还不能忘记。当他茫然向车子奔去,忽然望见火焰升起,马上停下脚来,两臂依然伸向前面,眼睛好像要把当前的景象一下子吞进去似的,紧紧注视着包卷在火烟中的车子,满身映在红红的火光中,连胡子渣也看得很清楚,睁圆的眼,吓歪的嘴,和索索发抖的脸上的肌肉,历历如画地写出了他心头的恐怖、悲哀、惊慌,即使在刑场上要砍头的强盗,即使是拉上阎王殿的十恶不赦的罪魂,也不会有这样吓人的颜色。甚至那个力大无穷的武士,这时候也骇然失色,战战栗栗地望着大公。

　　可是大公却紧紧咬着嘴唇,不时恶狠狠地笑着,眼睛一眨不眨地盯着这个场景。在车子里——啊,这时候我看到车中的闺女的情形,即使到了今天,也实在没有勇气讲下去了。她仰起被浓烟闷住的苍白的脸,披着被火焰燃烧的长发,一下子变成了一支火炬,绣着樱花的美丽的宫袍——多惨厉的景象啊! 特别是夜风吹散浓烟时,只见在火花缤纷的烈焰中,现出口咬黑发,在铁索中使劲挣扎的身子,活活地画出了地狱的苦难,从我到那位大力武士,都感到全身的毫毛一条条竖立起来了。

　　又一阵风吹过庭园的树梢,——谁也意想不到:漆黑的暗空中突然发出一声响,一个黑魆魆的物体平空而下,像一个大皮球似的,从房顶一条直线跳进火烧的车中。在朱漆的车靠手的迸裂声中,从后面抱住了闺女的肩头。烟雾里,发出一声裂帛的惨叫,接着又是第二声、第三声——所有我们这些观众,全都异口同声地一声尖叫。在四面火墙的烈焰中抱住闺女肩头的,正是被系在崛川府里的那只诨名良秀的猴儿。谁也不知道它已偷偷地找到这儿来了。只要跟这位平时最亲密的姑娘在一起,它不惜跳进大火里去。

十九

　　但大家看见这猴只不过一刹那的工夫。一阵像黄金果似的火星,又一次向空中飞腾的时候,猴儿和闺女的身影却已埋进黑烟深处,再也见不到了。庭院里只有一辆火烧着的车子,发出哄哄的骇人声响,在那里燃烧。不,它已经不是一辆燃烧的车,它已成了一支火柱,直向星空冲去。只有这样说时,才能说明这骇人的火景。

最奇怪的,是在火柱前木然站着的良秀,刚才还同落入地狱般在受罪的良秀,现在在他皱瘪的脸上,却发出了一种不能形容的光辉,这好像是一种神情恍惚的法悦①的光。大概他已忘记身在大公的座前,两臂紧紧抱住胸口,昂然地站着,似乎在他眼中已不见婉转就死的闺女,而只有美丽的烈火,和火中殉难的美女,正感到无限的兴趣似地——观看着当前的一切。

奇怪的是这人似乎还十分高兴见到自己亲闺女临死的惨痛。不但如此,似乎这时候,他已不是一个凡人,样子极其威猛,像梦中所见的怒狮。骇得连无数被火焰惊起在四周飞鸣的夜鸟,也不敢飞近他的头边。可能那些无知的鸟,看见他头上有一圈圆光,犹如庄严的神。

鸟犹如此,又何况我们这些下人哩。大家憋住呼吸,战战兢兢地,一眼不瞬地,望着这个心中充满法悦的良秀,好像瞻仰开眼大佛一般。天空中,是一片销魂落魄的大火的怒吼,屹立不动的良秀,竟然是一种庄严而欢悦的气派。而坐在檐下的大公,却又像换了一个人似的,脸色一阵青一阵白,口角流出泡沫,两手抓紧盖着紫花绣袍的膝盖,嗓子里,像一匹口渴的野兽,呼呼地喘着粗气……

二十

这一夜,大公在化雪庄火烧车子的事,后来不知从谁口里泄漏到外边,外人便有不少议论。首先,大公为什么要烧死良秀的闺女?最多的一种说法,是大公想这女子想不到手,出于对女子的报复。可是我从大公口气中了解,好像大公烧车杀人,是作为对屏风画师怪脾气的一种惩罚。

此外,那良秀死心眼儿为画这屏风,不惜让闺女在自己眼前活活烧死,这铁石心肠也遭到世间的物议。有人骂他只知道绘画,连一点点父女之情都没有,是个人面兽心的坏蛋。那位横川的方丈,就是发此种议论的一人,他常说:"不管艺道多高明,作为一个人,违反人伦五常,就该落入阿鼻地狱。"

后来又经过一月光景,《地狱变》屏风画成了,良秀马上送到府上,请大

---

① 佛家语,意思是从信仰中得到的内心喜悦。

公鉴赏。这时候,恰巧那位方丈僧也在座,一看屏风上的图画,果然狂风烈火,漫天盖地,不觉大吃一惊。然后扮了一个苦脸,斜睨着身边的良秀,突然把膝盖一拍:"闹出大事来了!"大公听了这话时,脸上的一副苦相,我到现在还没忘记。

以后,至少在堀川府里,再没有人说良秀的坏话了。无论谁,凡见到过这座屏风的,即使平时最嫌恶良秀的人,也受到他严格精神的影响,深深感受到火焰地狱的大苦难。

不过,到那时候,良秀已不是此世之人了。画好屏风的第二天晚上,他在自己屋子里悬梁自尽了。失掉了独生女,可能他已无法安心地活下去了。他的尸体埋在他那所屋子的遗址上,特别是那块小小的墓碑,经过数十年风吹雨淋,已经长满了苍苔,成为不知墓主的荒冢了。

一九一八年四月作

(选自《芥川龙之介小说选》,楼适夷译,人民文学出版社1981年版。)

【思考题】

1. 芥川在这篇小说中既将美好、善良写到极致,也将丑陋、邪恶写到极致,但他始终将极丑和极美、极善和极恶并列甚至糅合在一起,你觉得他用意何在?或者说,这其中包含了作者对美、丑、善、恶怎样的理解?

2. 小说详细地描写了良秀如何残忍地折磨徒弟,逼迫他们做模特儿,从容镇定地画出他们在面临极度恐慌和遭受极度磨难时的表情体态,然而当爱女身陷烈火,出现一个他本来认为非常有利于他作画的场面时,作者只通过他的眼神,写了他发乎人性的痛苦和出于其追求完美的艺术家痴迷病态心理的亢奋,并没有说《地狱变》的最后一笔是他当场画出的。可以想象他是在这件事情过去之后,慢慢完成《地狱变》的,但作者将这一层省略了。你是如何理解这种处理办法的?

3. 作者"我"有意将自己写成卑琐、无能、势利之人。对声名显赫其实位列家奴的画师良秀,"我"毫无保留地表示轻蔑和厌恶,但对"大公"却曲为辩解,甚至津津有味地渲染其"威光",虽然最后不难看出这其实是另一种讥刺——"我"用这种方式从背面写出了"大公"的好色与残忍——然而自始至终,"我"的卑琐形象并没有丝毫改变。"我"对"大公"的讥刺,正如"我"对良秀的轻蔑,都没有使"我"现身为一个正气凛然的旁观者和批判者;毋宁说,"我"和良秀一样也是奴才一个。请仔细玩味叙述者"我"的卑琐口吻,并讨论芥川为什么要把小说叙述者塑造成这样一种形象?

【拓展阅读】

1. 鲁迅:《〈鼻子〉译者附记》,《鲁迅全集》第 10 卷,人民文学出版社 1981 年版。

2. 鲁迅:《〈罗生门〉译者附记》,《鲁迅全集》第 10 卷,人民文学出版社 1981 年版。

第十五章　博尔赫斯

豪尔斯·路易斯·博尔赫斯(1899—1986)，阿根廷诗人、小说家兼翻译家，生于布宜诺斯艾利斯一个有英国血统的律师家庭。重要作品有诗集《布宜诺斯艾利斯的激情》(1923)、《面前的月亮》(1925)、《圣马丁牌练习簿》(1929)、《阴影颂》(1969)、《老虎的金黄》(1972)、《深沉的玫瑰》(1975)，短篇小说集《恶棍列传》(1931)、《小径分叉的花园》(1941)、《阿莱夫》(1949)、《死亡与罗盘》(1951)、《布罗迪埃的报告》(1970)等。译有卡夫卡、福克纳等人的作品。其文笔洗练，构思奇崛，往往并不指向某个确定的现实，特别善于在叙述上制造迷宫效应，带有浓重的神秘色彩。有人认为他是"拉美魔幻现实主义"的宗师之一，有人认为他是"后现代"文学的开创者，他对当代世界小说观念和叙述艺术的发展起了巨大的推动作用。

小径分叉的花园

在利德尔·哈特所著的《欧战史》①第二十二页上，可以读到这样一段记载：十三个团的英军(配备着一千四百门大炮)，原计划于一九一六年七月二十四日向塞勒—蒙陶朋②一线发动进攻，后来却不得不延期到二十九日上午。倾盆大雨(利德尔·哈特上尉指出)是使这次进攻推迟的原因。当然，这看来并没有什么特殊之处。可是下面这一段由俞琛博士口述，经过他复核并且签名的声明，却给这个事件投上了一线值得怀疑的光芒。俞琛博士担任过青岛市 Hochschule③ 的英语教员。他的声明的开头两页已经遗失。

---

① 利德尔·哈特(Basil Henry Liddell Hart, 1895—?)，英国军事学家、作家，其《欧战史》(*A History of the World War*)于1934年出版。
② 法国地名。
③ 德语，意即"高等学校"。

……我挂上了电话。我立刻记起了这个用德语对我说话的人。他是理查·马登上尉。马登竟然在维克托·鲁纳贝格的公寓里！这意思就是说：我们的工作完蛋了，而且——不过这似乎是次要的，或者对我来说是次要的——我们的生命也完蛋了。这意思就是说：鲁纳贝格已经被捕，或者被杀。(编者按：这是毫无根据的恶意的胡说八道。真相是：普鲁士间谍汉斯·拉比纳，又名维克托·鲁纳贝格，向前来执行逮捕令的理查·马登上尉拔出自动手枪，后者为了自卫，开枪打伤鲁纳贝格，因而使其伤重致死。)这一天太阳落山之前，我也处在同样的危险之中。马登是冷酷无情的，或者最好是说，不得不装得冷酷无情。他是一个爱尔兰人，为英国服务；人家说他脾气不冷不热，而且为人也许还有点儿不忠诚。为什么他不抓紧而且充分利用这么一个奇迹似的好机会，发现，逮捕，或者杀死两个日耳曼帝国的间谍呢？我上楼到了我的房间里，可笑地锁上了门，仰天躺在狭窄的铁床上。窗外仍然是那么些屋顶，还有那六点钟时的朦胧的太阳。我觉得难以相信：这一天，既没有预兆，也没有征象，竟然会是我难以逃脱的死期。尽管我父亲已去世，尽管我是在海奉①一个整齐对称的花园里长大的孩子，难道我就得去死？后来，我想想，一切事情都会恰恰发生在一个人身上，而且恰恰是在现在。一个世纪一个世纪接连地过去，只是到了现在，事情才发生；空中，地下，海上，生活着无数的人，然而一切真正发生的事情，却就发生在我的身上……一想起马登那张使人无法忍受的马脸，反而使我撇开了这些胡思乱想。在忿恨和恐惧之中(现在我说恐惧，已经毫不在乎，因为现在我是在嘲笑理查·马登，现在我的脖子在渴望绞索)，我心里想，这个爱吵爱闹而且无疑是很幸福的军人，根本没有怀疑我掌握着这个秘密：在安克雷②的英国大炮新阵地的确切名字。一只鸟在灰暗的天空上飞过，我在昏乱之中把它变成了一架飞机，这架飞机又变成了许多飞机(在法国的天空中)以直接命中的炸弹，夷平了英国的大炮阵地。要是我的嘴巴，在一颗子弹把它打烂之前，能够喊出这个地名，喊得德国都听得见就好了……我这人类的声音是很渺小的，怎么能够使它让我的首领听见呢？可非得让这个可厌的有病的人听见不可；这人既不认识鲁纳贝格，也不认识我，只知道我们是在司塔福

---

① 小说中一个虚构的中国地名。
② 法国地名，即阿尔贝。

郡①。他在柏林死气沉沉的办公室里坐着,翻阅无穷无尽的报纸,徒然等待着我们的情报……我高声地说:我应该逃走。我在毫无意义的完全的静默中不声不响地起了床,仿佛马登已经在侦察我。有一种什么念头——也许仅仅是想证实一下我身边确是一无所有——促使我检查我的口袋。我找到的都是我知道会找到的东西:一只美国怀表,一条镍表链,一枚方形硬币,一个钥匙圈,圈上挂着鲁纳贝格那个公寓的倒霉的钥匙,一个笔记本,一封我想立刻销毁的信(结果并没有销毁),一个克朗,两个先令,几个便士,一支红蓝铅笔,一条手帕,一支只剩一颗子弹的左轮手枪。我很滑稽地把手枪握在手里掂了掂,鼓鼓自己的勇气。我模模糊糊地想到,手枪的响声可能传到很远的地方。不过十分钟,我已经想好了我的计划。我在电话簿上查到了那个唯一能够帮助我传递情报的人的名字。他住在范顿②的郊区,坐火车用不了半个小时。

我是一个胆小的人。现在我可以这样说了;现在我已经在实现一个谁也不敢说没有危险的计划。我知道,要把它实现,是相当可怕的。我不是为了德国才干的,不是。这个野蛮的国家,跟我毫无关系,是它,迫使我堕落到了当一名间谍。另外,我认识了一个英国人——一个朴实的人,在我看来,他不比歌德差。我跟他谈过不到一小时的话,然而在这不到一小时里,他就是歌德。我就这么干了,因为我觉得,我的首领有点怕我这个民族的人,怕我身上汇集着的我们的无数祖先。我要向他证明,一个黄种人能够拯救他的军队。何况,我还得逃开那个上尉,他的手随时会敲我的门,他的声音随时会来叫我。我不声不响地穿好衣服,向镜子里的我告别,下了楼,察看一下宁静的街道,就走了出去。车站离我家不远,但是我觉得最好还是坐一辆街车。我自己认为,这样可以减少被人认出的危险。事实上却未必如此,在这冷落的街道上,我总觉得有人会看见我,伤害我。我记得,我叫司机在离车站大门不远的地方就停车。我缓慢地几乎是痛苦地下了车。我是到阿希格罗夫去,但是我却买了张到远一站的票。火车八点半开,只有几分钟了。下一班车要九点半开。我急忙进去。月台上几乎没有人。我走过一节节车厢;我记得车厢内有几个农民,一个服丧的妇女,一个专心地读着塔西佗③《编年史》的青年,还有一个快活的伤兵。火车终于开了。有一个人拼命地

---

① 英国郡名。
② 英国地名,在司塔福郡。
③ 塔西佗,公元 1 世纪古罗马作家。

向月台尽头跑来。那是理查·马登上尉。我惊慌失措,颤栗着缩到座位的一角,远离那个可怕的车窗。

我这种惊慌失措逐渐转变为一种几乎是落魄的快乐。我对自己说:决斗已经开始,我已经赢得了第一个回合。也许是这四十分钟,也许是好运气,使我躲开了对方的进攻。我给自己解释:这个小小的胜利,预示着最后彻底的胜利。我又给自己解释:这个胜利并不是那么渺小,要不是我的火车正点开出,只要迟延一点点,我就已经在监狱里或者死了。我又给自己解释(并不是没有点儿作假):我的快乐的怯懦,正好证明我是一个有能耐把这场冒险搞出一个好结果来的人。从这种软弱之中,我取得了力量,而且这种力量决不会消失。我预见到:人们越来越在投身于最凶暴的事业,很快就会都成为兵士和强盗。我愿意给他们这样的忠告:从事于暴力事业的人,应该想象自己已经完成事业,应该给自己一个象过去那样无法改变的未来。我一边这样想着,一边以一个死去的人的眼睛回顾着这一个流逝了的白天和延长着的夜晚。说不定,这是最后的一天了。火车轻快地在白杨树中间行驶。然后,几乎就在田野的中央停住了。没有人报车站的名字。"是阿希格罗夫吗?"我问月台上的几个孩子。"是阿希格罗夫。"他们回答。我就下了火车。月台上亮着一盏灯,但是那些孩子们的脸仍然是在阴影里。他们有一个问我:"您是到史蒂芬·阿尔贝博士家去吗?"不等我回答,另一个又说:"他的家离这里远着呢,不过您不会找不到。您只要从左边的路走,在每一个十字路口向左拐弯。"我扔给他们一枚硬币(最后的一枚了),走下几步石阶,踏上了那条冷落的路。这是一条土路,缓缓地向下倾斜,路的上空,交叉着树木的枝叶,低低的圆月似乎在陪伴着我。

有一忽儿,我想理查·马登已经用某种方式看透了我这绝望的意图。但是,很快我就明白,这是不可能的。教我始终向左转的忠告,使我想起:这是发现某种迷宫的中心院子的通常方法。我对于迷宫还是有点儿懂得的。我不愧是那位崔朋的曾孙。崔朋原是云南总督,他辞去官职,写了一部小说,其中的人物比《红楼梦》还要多,还建造了一座迷宫,任何人进去了都会迷失。他花了十三年的时间,从事这两项不同性质的工作。但是有个来历不明的人暗杀了他,他的小说变得毫无意义,他的迷宫也找不到了。我在英国的树荫之下,思索着这个失去的迷宫。我想象它没有遭到破坏,而是完整无损地坐落在一座山的神秘的顶巅;我想象它是埋在稻田里或沉到了水底下;我想象它是无限的,并非用八角亭和曲折的小径构成的,而就是河流、州县、国家……我想着一个迷宫中的迷宫,想着一个曲曲折折、千变万化的不断地增大的迷宫，它包含着过去和未来，甚至以某种方式囊括了星辰。我沉浸在这些想象的幻景中，忘掉了我所追求的目标。在一段无法确定的时间里，我觉得我成了这个世界的抽象的观察者。周围朦胧而活跃的田野，天空的明月，逐渐浓重的暮色，都在我的身上起了作用。甚至这条不可能使我有任何疲劳感觉的下坡路，也是如此。这暮色是亲切的，无穷无尽的。道路向下坡伸展，分成岔路，穿过迷惘的草地。一阵尖锐的几乎是分着音节的音乐，随着阵阵的微风，忽儿近来，忽而远去，因为叶簇阻挡和距离遥远而模糊不清。我想，一个人可能成为别人的敌人，到了另一个时候，又成为另一些人的敌人，然而不可能成为一个国家，即萤火虫、语言、花园、流水、西风的敌人。就这样，我到了一座高大的铁门前面。从铁栅中，可以看见一条杨树成荫的道路，一座凉棚之类的房子。忽然，我明白了两件事情：第一件微不足道，第二件几乎难以相信：这音乐来自凉棚，而且是中国音乐。由于这个原因，所以我完全接受了它，没有加以注意。我不记得那里是否有门铃、小钟，或者只是拍拍手招呼开门。那火花飞溅的音乐还在继续。

然而从里面房子的深处，有一盏灯笼逐渐移近。这盏灯笼在树干之间忽儿放光，忽儿消失。这是盏纸做的灯笼，形状象鼓，色彩象圆月。一个高身材的人提着它。我看不见他的脸，因为灯光使我的眼睛发花。他开了大门，用我家乡的语言慢慢地说：

"原来是郗本仁兄光临，来解我的孤寂了。毫无疑问，您是想观赏一下花园吧？"

我记起来，郗本是我们一位领事的名字；我莫名其妙地重复着说：

"花园？"

"交叉小径的花园。"

什么东西触动了我的记忆，我不知怎的，满有把握地说：

"那是我祖先崔朋的花园。"

"您的祖先？您的著名的祖先？请进来。"

潮湿的小径曲曲弯弯，跟我小时候一模一样。我们来到一间书房，里面满是东方和西方的书籍。我认出了一些用黄绢面装订的大本子，那是明朝第三代皇帝命令编纂的手抄百科全书，从来没有印刷过。留声机的唱片在一只铜铸的凤凰旁边旋转。我也记得有一只玫瑰色的大花瓶，还有一只几个世纪以前的古瓶，它的那种蓝颜色，是我们的手艺师傅从波斯的陶工那里学来的……

史蒂芬·阿尔贝微笑地观察着我。他（我已经说过）个子很高，脸上有深刻的皱纹,灰色的眼睛,灰色的胡子。他身上既有教士的那种模样,也有水手的那种气概。后来,他对我说,他"在渴望成为一个中国通之前",曾经在天津当过传教士。

我们坐了下来;我坐在一张低矮的榻上,他背向着窗户和一只高高的圆形座钟。我计算了一下,我的追逐者理查·马登,要一个小时以后才到得了。我以无可改变的决心等待着。

"崔朋的命运真是令人惊讶,"史蒂芬·阿尔贝说,"他是他家乡那个省的总督,既谙天文,又知星相,并且精通经史,擅长弈棋、诗词、书画。但是他却抛弃了这一切,从事于写小说,造迷宫。他拒绝了宦途、吏治、房闱、宴饮,甚至学问的乐趣,把自己幽闭在明寂阁之中达十三年之久。他死的时候,他的继承者只发现一大堆乱七八糟的手稿。他的家属,大概您不会不知道,准备把它付之一炬,但是他的遗嘱执行人——一个道士或和尚——坚持予以出版。"

"我们崔朋家的血缘亲属,"我回答,"至今还在咒骂这个和尚,出版这些手稿其实毫无意义。这本书不过是一大堆矛盾百出、体例混乱的材料。我有一次把它翻了一遍:主人公在第三章死了,到第四章又活了过来。至于崔朋的第二项事业:他的那个迷宫……"

"那个迷宫就在这里。"他把一座高高的漆得光溜溜的写字台指给我看。

"一座象牙的迷宫!"我喊起来,"一座小型的迷宫……"

"一座象征的迷宫,"他纠正我说,"一座看不见的时间的迷宫。我,一个蛮夷之邦的英国人,得到了揭示这个透彻的秘密的能力。经过了一百多年之后,那些细节已经无法复原,然而还不难揣测当时是怎么回事。有一个时候,崔朋说:我要隐居,去写一本小说。另一个时候,他说:我要隐居,去造一座迷宫。所有的人都以为这是两项工作,谁也没有想到写小说和造迷宫是一回事。明寂阁矗立在一个大概是很曲折的花园中央,这个事实可能给人们暗示,确实有一座迷宫。崔朋死后,在你们家宽广的土地上,没有人能找到什么迷宫。这部小说的复杂混乱,却给了我暗示:它本身就是迷宫。有两种情况,使我直截了当地解决了这个问题。第一种是:根据传说,崔朋意图建造的是一座严密的无限的迷宫。另一种是:我发现了他的一封残简。"

阿尔贝站了起来,有一会儿,他背向着我;他打开了这座金碧辉煌的黑漆写字台的一只抽屉,拿着一张纸,转过身来。这是一张原来猩红色的纸,现在已经变成玫瑰色,质地脆而薄,印着方格。崔朋的书法真是名不虚传。

我热切地然而费劲地念着下面的字,这是我的一位血缘祖先用毛笔写下来的:"我将我的交叉小径的花园,遗给各种不同的(并非全部的)未来。"

我默默地把纸还给他。阿尔贝接着说:

"在发现这封信之前,我曾经自己问自己,一本小说怎么才能是无限的。我没有别的方式可以想象,只能想象一本循环的书,兜圈子的书,它的最后一页与第一页完全一样,具有无限地继续读下去的可能。我记起来,在《一千零一夜》的正中间,有一夜,写的是莎赫拉萨德王后(由于抄写者魔术般的错乱)冒着重新回到她正在讲的这一夜的危险,原原本本地从头开始讲一千零一夜的故事,这就直到无限了。我也想象一部柏拉图式的世袭作品,从上一辈传给下一辈,每一个后辈总是给它增加一章,或者以孝顺的谨慎修改前一辈的作品。这种猜想使我很高兴,但是哪一种猜想,即使以最渺茫的方式,看来都不符合崔朋的这些矛盾百出的篇章。我正处在这样的困恼之中,从牛津给我寄来了您刚才看过的那张纸。很自然地,我在这句话上停住了:'我将我的交叉小径的花园,遗给各种不同的(并非全部的)未来。'我几乎当时就明白,'交叉小径的花园'就是这部混乱的小说。'各种不同的(并非全部的)未来'这句话,使我想到:这是时间上,而不是空间上的交叉的形象。我把这部作品重新看了一遍,证实了这个理论。在其他所有的小说里,人们每当面临各种选择的可能性的时候,总是选择一种,排除其他。但是这一位几乎无法解释的崔朋,他却——同时地——选择了一切。他就这样创造了各种的未来,各种的时间,它们各自分开,又互相交叉。小说的矛盾就是这样产生的。譬如我们说:范生有一个秘密,有一个陌生人来敲他的门,范生决定把他杀死。当然,有各种可能的解决办法:范生可能杀死闯来的人,闯来的人也可能杀死范生;两个人都可能活命,两个人都可能死去,如此等等。在崔朋的作品里,所有的各种解决办法都发生了,每一个办法都是与其他办法交叉的出发点。有时候,这座迷宫的小径集中到了一起,例如:您到这所房子里来了,然而在从前的某个时候,您可能是我的敌人,在另一个时候,又可能是我的朋友。如果您不在意我的无可救药的发音,我们可以念几段听听。"

他的脸容,在灯光的明亮圆圈里,无疑地象个老人,然而有着某种坚决的甚至不朽的神色。他缓慢地正确地把这史诗作品中同一章的两种不同写法,都念了一遍。在第一种写法里,一支军队,行军经过荒凉的山地,出发去打仗。嶙峋的怪石,阴沉的山谷,使他们觉得生命毫无意义,于是他们轻而易举地取得了胜利。在第二种写法里,同一支军队行军经过一座宫殿,里面正在举行宴会。这场光辉的战斗,在他们看来,仿佛就是盛会的继续,于是他们取得了胜利。我以恰如其分的尊敬,听着这段古老的故事,也许并不是由于赞赏小说本身,而是由于它是我的一位祖先的创作,由这遥远帝国的一个臣民,在西方的一个岛上,在一场出生入死的冒险之中,把它重新归还给我了。我记得末尾的几句话,在两种写法里都一样,仿佛是一条神秘的戒律:"英雄们以宁静的心、凶猛的剑,奋勇战斗,委身于杀伐和死亡。"

从这个时刻起,我觉得在我的周围和我的阴暗的身体中,有一种看不见、触不着的东西在发芽生长。这并非是两支分开的,平行的,最后合并的军队,而是他们以某种方式预示的一种最难以捉摸的,并且最内在的骚动。史蒂芬·阿尔贝继续说:

"我不相信您的有名望的祖先会无所事事地玩弄这种千变万化的把戏。我并不认为他真会花费十三年的光阴,去从事一项无穷无尽的修辞试验。在您的祖国,小说是一种低微的学业,在那个时代是受轻视的。崔朋是一位天才的小说家,然而也是一位博学之士,无疑的,他不会认为自己仅仅是一个写小说的人。他同时代人的言论——已足以证实他的一生——说明他对道学和神学的爱好。哲理的论辩篡占了他小说的大部分篇幅。我知道,所有的问题,没有一个会使他不安,没有一个会使他费力,除了'时间'这个深渊一样的问题。好吧,这就是在《花园》的篇章中没有描写的唯一的问题。他甚至不愿意用含有'时间'意义的字眼。您对这种有意的回避怎么解释?"

我提出了好几种说法,但是都不足以说明这个问题。我们讨论了一会儿。最后,史蒂芬·阿尔贝对我说:

"有一个谜语,它的谜底是棋;在这个谜语中,禁止使用哪个字?"

我想了想,回答说:

"就是棋这个字。"

"对了,"阿尔贝说,"《交叉小径的花园》本身就是一局巨大的棋,或者说是寓言,它的主题是时间。这种缜密的游戏,禁止提到它本身的名字。始终不把这句话说出来,只用不确切的譬喻,明显的拐弯抹角来提到它,这些也许是一种指明它的最着重的方式。这是走了邪路的崔朋在他孜孜不倦地写成的小说里,逢到每一个曲折之处所爱用的迂回方式。我翻阅了几百页的手稿,改正了抄写人粗心大意的错误,猜出了一团混乱中的构思,我恢复了,或者我认为我恢复了它原来的面貌,我全部翻译好了这部作品。我清清楚楚明明白白地知道,他没有一次使用过'时间'这个字。这解释很明显:

《交叉小径的花园》是崔朋所设想的一幅宇宙的图画,它没有完成,然而并非虚假。您的祖先跟牛顿和叔本华不同,他不相信时间的一致,时间的绝对。他相信时间的无限连续,相信正在扩展着、正在变化着的分散、集中、平行的时间的网。这张时间的网,它的网线互相接近,交叉,隔断,或者几个世纪各不相干,包含了一切的可能性。我们并不存在于这种时间的大多数里;在某一些里,您存在,而我不存在;在另一些里,我存在,而您不存在;在再一些里,您我都存在。在这一个时间里,我得到了一个好机缘,所以您来到了我的这所房子;在另一个时间里,您走过花园,会发现我死了;在再一个时间里,我说了同样这些话,然而我却是个错误,是个幽魂。"

"对于这一切,"我带点儿颤抖地说,"我向您表示感谢和敬意;您重建了崔朋的花园。"

"并不是一切,"他微笑着喃喃地说,"时间是永远交叉着的,直到无可数计的将来。在其中的一个交叉里,我是您的敌人。"

我重新又感觉到我刚才说过的那种发芽生长。我觉得房子周围潮湿的花园里充满着看不见的人物,直到无限。这些人物就是阿尔贝和我,正在时间的其他范围内暗暗地劳碌着,变换着形体。我抬起眼睛,这微不足道的梦就消失了。黄黑色的花园里只有孤零零的一个人,然而这个人却象塑像那样坚实,然而这个人正在小径上走来,他就是理查·马登上尉。

"将来已经存在,"我回答,"不过我是您的朋友。我能再看看那封信吗?"

阿尔贝站了起来。他高高的个子,伸手打开高高的写字台的抽屉;有一忽儿,他背向着我。我已经准备好左轮手枪。我十分仔细地开了枪。阿尔贝立刻倒了下来,一声都没有吭。我敢发誓,他是当场毙命的:象一下雷击。

其余的都是不真实的,不足道的了。马登冲了进来,把我逮捕。我被判绞刑。可厌的是,我竟然胜利了;我已经把他们预定袭击的城市名称这个秘密,通知了柏林。昨天,他们果然对它进行了轰炸。在同一天的报纸上,我看到:博学的中国通史蒂芬·阿尔贝被一个来历不明的叫俞琛的人所暗杀,这件事,对全体英国人来说,是一个谜。然而,我的首领已经破了这个谜。他知道,我的问题是如何(在战争的喧闹声中)指明那个城市的名称就是阿尔贝。他知道我没有别的办法,只好杀掉一个叫阿尔贝的人。可是他不知道(谁也不可能知道)我的无限的悔恨和厌倦。

(选自《外国现代派作品选》第3册,王央乐译,上海文艺出版社1984年版。)

【思考题】

1. 小说假托为"二战"中在英国为德国从事间谍活动的前青岛大学英

语教师、中国人余琛的"证言"(也许是余被捕后的"口供"),主体部分是余琛为逃避显然已经发现其真实身份的英军上尉马登的拒捕(这种逃避成功的可能性很小),而去一个从电话号码簿上查到的名叫史蒂芬·阿尔贝的英国人家里,没想到此人曾经在天津当传教士,后成为渊博的汉学家,对余琛的祖上了如指掌,两人一见如故,大谈余琛的曾祖父、著名学者、曾任云南总督的崔朋的长篇小说和一个名为"小径分叉的花园"的迷宫,并从小说和迷宫出发(阿尔贝认为二者其实是一回事),广泛涉及人生、宇宙、时间、空间诸如此类的哲学问题(也可以说是神秘学问题),可当花园里出现尾追而来的马登上尉时,余琛果断地杀死了滔滔不绝的阿尔贝,巧妙地通知德国方面英国军队即将轰炸的德国城市的名字(与阿尔贝同名),可见余琛来见素昧平生的阿尔贝并且当场杀死他乃是事先筹划好了的。这个写实的而且戏剧性极强的结局只用了很不经意的寥寥数语,但如果无此结局,整篇小说就会完全沦为一篇抽象而无法收拾的玄谈。许多人喜欢谈论博尔赫斯的迷宫小说、时间哲学等等诸如此类玄学问题,有意无意地回避了其小说不可或缺的写实性和情节性因素,你觉得合理吗?是否一切玄妙的思想都必须拥有某个坚固的现实基点,否则就会落入虚妄的空洞?你是如何理解博尔赫斯小说中玄妙哲理与现实描写的关系的?你觉得博尔赫斯小说与经典现实主义作品的主要差别在哪里?

2. 余琛最后提到他的谁也不知道的"无限悔恨和厌倦",实际上作为读者,我们恐怕也难以确凿地感受到他这种情感,因为就像博尔赫斯大部分小说一样,《小径分叉的花园》主要也是诉诸读者的理智而非情感。你觉得小说可以这样写吗?如果仅仅诉诸读者的理智,那么除了迷宫般的智力游戏之外,它和单纯的哲学、逻辑或其他形式的理论著作以及一般所说的推理、侦探小说有什么区别?博尔赫斯小说的魅力(如果存在的话)究竟在哪里?

【拓展阅读】

1. 余华:《博尔赫斯的现实》,《温暖和百感交集的旅程》,上海文艺出版社2004年版。

2. 博尔赫斯:《博尔赫斯和我》,王永年译,《大家》2001年第1期。

第十六章　乔治·奥威尔

乔治·奥威尔(1903—1950)，英国现代作家。1903年生于印度彭加尔省摩坦赫利英殖民地，真名艾瑞克·亚瑟·布奈尔，其父当时任职于印度总督府鸦片局。1905年回国，1917—1921年在伊顿公学读书期间受到自由主义和社会主义思想的影响，毕业后未上大学，而是赴缅甸担任印度帝国的警官，后因不满英帝国的殖民政策而辞职，并决心为国家赎罪。到30年代初，一直过着漂泊的生活，1933年开始以"乔治·奥威尔"的笔名发表作品。1936年参加西班牙内战，深悉政治的复杂多变，1943年开始写作著名的寓言小说《动物农庄》，因既不满西欧资本主义体制，又激烈讽刺斯大林统治下的苏联，迟至二战结束才出版。1946年开始构思政治预言小说《1984》，该书于1949年出版。除小说外，还有《射象》等随笔、评论、书信和报章文章多部。《射象》寥寥五千字，巧妙地揭示了欧洲殖民者在殖民地的尴尬处境，文章写得清晰、智慧而真诚，是奥威尔著名的随笔之一。

射　象

我曾经遭到很多人的憎恨，在我一生之中，我居然这样的受到注目，也就是屈指可数的一次而已。那是在缅甸的毛坦棉地区，我当时担任该市的分区警官，那里的排欧情绪非常强烈，但是毫无目标，只是在小事情上发泄发泄。没有人胆敢去制造一场暴乱，但是要是有一个欧洲妇女单身经过市场，就有人会对她的衣服大吐槟榔汁。我作为一个警官，自然也就成了明显的目标，在保证安全的前提下，他们总要捉弄我。在足球场上，会有个手脚灵巧的缅甸球员把我绊倒，而缅甸裁判会装着视而不见，于是观众就轰然地爆发出一阵幸灾乐祸地狂笑。这样的事发生了不止一次。到了最后，我走到哪里，哪里就有年轻人的不怀好意的黄脸迎接我，待我走远了，他们就在后面起哄叫嚷，这真叫我受够了。闹得最凶的是年轻的和尚，这座城市的几千个和尚似乎都没有别的事可做,只是站在街上无聊地嘲弄我们。

那时我已认清帝国主义是桩邪恶的事,下定决心要尽早辞职滚回老家。从理论上来说,我完全站在缅甸人一边,反对他们的压迫者英国人。至于我所干的工作,并非出自我的本心,这种不情愿的心情非我言语所能表达。这样的工作岗位可以直接让人发现帝国主义的肮脏卑鄙。给关在臭气熏天的笼子里的犯人,长期监禁的囚徒面黄肌瘦的脸,他们被竹杖鞭打后伤痕累累的屁股,这一切压迫得我无法忍受,都使我有犯罪的感觉。但是我无法认识到这一切。我当时很年轻,教育程度很低,我不得不独自思索这些问题,在东方的英国人都进行着这种思索。我当时甚至不知道大英帝国已日暮途穷,更不知道即使这样它比将要代替它的一些新帝国还是要好得多。我只知道处于两难境地,我一边服务于我所憎恶的帝国,一方面又受那些存心不良的敌对者的气,他们总是想方设法破坏我的工作。我一方面认为英国统治是不折不扣的暴政、一种长期压在被制服的人民身上的重负;另一方面我又认为世界上最大的乐事莫过于把刺刀捅入一个缅甸和尚的肚子。这样的感情是帝国主义制度的副产品,随便哪个英属印度的官员都会这么回答你,要是你能在只有你们两个人的时候问他。

有一天发生了一件颇具象征意味的事。这本是一件微不足道的小事,但它使我更清楚地看清了帝国主义的真正本质——政府以暴虐政策处事的真正动机。有一天清早,镇上的一个派出所的副督察打电话给我,说是有一头象在市场上撒野,问我能不能去处理一下。我不知道该怎么办,但是我想一睹究竟,就骑马挎枪出发了。我的武器是一支老式的0.44口径温彻斯特步枪,要打死一头象有点不够用,不过我想枪声可以起到震慑作用。一路上有各种各样的缅甸人抓住马头告诉我那头象干了些什么。这不是野象,而是一头发了情的人工驯养的象。它本来是因为处于发情期而被用铁链锁起来的,但在头一天晚上它挣脱锁链逃跑了。唯一能在发情期制服它的驯象人出来追赶,但搞错方向南辕北辙,已到了十二小时的路程之外,而这头象又突然在清晨杀了回马枪。缅甸人赤手空拳,对付它简直毫无办法。它已经踩塌了一所竹屋,踩死了一头母牛,撞翻了几个水果摊,饱餐了一顿。它还掀翻了市里的垃圾车,司机跳车逃跑,车子被踩了个面目全非。

几名印度警察和那个给我打电话的缅甸副督察在发现那头象的贫民区等我。这个地方在一个陡峭的山边,破烂的竹屋子挤在一起,屋顶铺的是棕榈叶。这天清晨仿佛要下雨,天空阴云密布,空气沉闷。我们开始问大家那头象到哪里去了,像平常一样,仍旧得不到确切的情报。在东方,情况总是这样：在远处的时候，事情总是很清楚，可是你离发生地越近，事情就越模糊。有的人指了一个方向，有的人马上又指了相反的方向，有人甚至说根本没有什么大象逃跑的事。我几乎觉得整个事情可能都是缅甸人的又一次捉弄我们的行动。这时忽然听到不远的地方有人在大声吵吵。我听到有人在惊恐地喊着"走开！孩子！马上走开！"一个老妇人手中拿着一根树枝从一所竹屋的后面出来，死命地赶着一群赤身露体的孩童。后面跟着另外一些妇女，嘴上发出表示惊恐的啧啧声，显然那里有什么东西不能让孩子们见到。我绕到竹屋的后边，看到一个男人的尸体趴在泥中。一看便知死者是个印度人，一个黑皮肤的苦力，刚死去不大工夫，身上几乎一丝不挂。他们说那头象在室外突然向这个人袭来，用鼻子把他捉住，一脚踩在他背上，把他踏进了地里。当时正好是雨季，地上泥土很软，他的脸在地上划出了一条一尺深，几尺长的深槽。他俯扑在地上，双手张开，脑袋扭向一边，脸上尽是泥，眼睛瞪得很大，龇牙咧嘴，一脸剧痛难熬的样子。我所见到的尸体中，大多数是惨不忍睹的，这又是一个例子。大象的巨足撕破了他背上的皮，像人剥兔皮一样干净利落。我一见到尸体，就马上派人到附近去借一支打象的步枪来。我已经把我的马让人牵走，免得它嗅到象的气味，受惊之下把我从它背上扔下来。

　　几分钟后，派去的人便带着打象用的步枪和五颗子弹回来了，其间又有几个缅甸人来到，说那头象就在下面几百码远的稻田里。我边走边回头看，几乎全区的人都跟在我后面。他们看到了步枪，都兴奋地叫喊说我要去射杀那头象了。在那头象撞倒踩塌他们的竹屋时，他们对它并没有多大的兴趣，可是如今它要给开枪射杀了，情况忽然之间就大为改变了。他们觉得实在好玩，英国群众大抵也会如此。此外，他们还想弄到象肉。这使我隐隐约约地感到一点忐忑不安。我派人去把那支枪取来只不过是在必要时进行自卫而已，我其实并不想杀死那头大象。这一大群人跟在我后面总是令我神经紧张。我肩上扛着那支步枪大步下山，后面紧紧跟随着一群越来越多的人，我自己看上去一定像个傻瓜，心中也感到自己就是一个傻瓜。到了山脚下，绕过了那些竹屋子，走完那条铺了碎石子的路，再过去，就是一片到处都是泥浆的稻田。稻田有一千码宽，还没有犁过，因为下过雨，田里水汪汪的，零零星星地长着一些杂草。那头象站在路边八码远的地方，侧身站着。它一点也没有注意到人们正在靠近。它把成捆的野草拔下来，在双膝上拍打干净，然后送进嘴里。我一见到那头象就完全知道不应该打死它。把一头驯养得能劳动的象打死是桩严重的罪行，这等于是捣毁一台昂贵的能量巨大的机器,事情很明显,只要能避免就要尽量避免。在如此近的距离之外,那头象在安详地嚼草,看上去像一头母牛一样安全。我当时想它的发情大概已经过去了,因此它顶多就是漫无目的地在这一带游游荡荡,等它的主人回来逮住它。何况,我当初根本不想开枪打它。因此我决定在边上看看,看它不再撒野了,我就回去。

但是我身后的人群却越聚越多,至少已经有两千人,把马路两头都紧紧地堵死了。我看着花花绿绿的衣服丛中一张张黄色的脸,这些脸上都因为看热闹的乐趣而浮现着高兴和盼望的神情,大家都认定这头象是死定了。他们就像看魔术师变戏法一样看着我。他们并不喜欢我,但是由于我手中有那支神奇的枪,我就值得一观了。我突然意识到,我非得射杀那头大象不可。大家都这么期待着我,我非这么做不可。我可以感觉得到两千个人的意志形成一股巨大的力量把我推向前。就在这个时候,就在我手中握着那支步枪傻乎乎地站在那儿的时候,我第一次意识到了白人在东方世界里空虚和无用的统治。我这个持着武器的白人,站在没有任何武装的本地群众面前,表面看来似乎是一出戏的主角,但在实际上,我不过是身后这些黄脸看客的集体意志所操控的一个可笑的玩偶。我看到,一旦一个白人开始变成一个暴君,他就毁了自己的选择权力。他成了一个空虚的、装模做样的空壳,常见的"白人老爷"的角色。因为正是他的暴政使得他一辈子要尽力镇住"土著",因此在每一次紧急时刻,他非得做"土著"期望他做的事不可。他开始只是戴着面具,日子长了以后,他的脸按照面具长了起来,与面具紧密地长在了一起。我非得射杀那头象不可,我在派人去取枪时就似乎已经表示要这样做了。"白人老爷"的行为必须像个"白人老爷"。他必须表现出态度坚决,做事果断。如果他手里握着枪,背后又有两千人跟着,到了这里又临阵退缩,甩手不干,这可不行。大家都会笑话我,我的一生,在东方的每一个白人的一生,都是自我奋斗的一生,是绝不能给人留下任何笑柄的。

但是我真的不想杀死那头大象。我看着它卷起一束草在膝头甩着,神情专注,像一个安详的老奶奶。我觉得朝它开枪无异是谋杀。按我当时的年龄,杀死几个动物我是没有什么顾忌或不安的,但是我从来没有开枪打过大象,我也不想这么做。何况,还得替象主人考虑考虑。这头活象至少可值100镑,死了,也许只能卖5镑的象牙钱。不过我得马上行动。我转身向几个一直跟在我后面的看起来颇有经验的缅甸人,问他们那头象老实不老实。他们都异口同声:如果你轰它走,它很老实;如果你走得太近,它就不老实。

我知道我应该如何做,我应该走近一些,大约25码左右,去试试它的脾气。要是它冲过来,我就开枪;要是它不理我,我也就不理它,等驯象人回来再说。但是我也知道,这事我恐怕办不到。我的枪法不好,田里的泥又湿又软,走一步会陷很深。要是大象冲过来而我又没有射中它,我的命运就像推土机下的蛤蟆一样危险。不过即使在这时,我也很少想自己的性命,而是身后那些看热闹的黄脸。因为在那时候,有这么多人瞧着我,我不能像只有我自己一个人那样害怕。在"土著"面前,白人不能表现出害怕。因此,一般来说,他是感觉不到害怕的。我心中唯一的想法是:要是稍有差池,那两千个缅甸人就会看到我被大象追赶、逮住、踩成肉酱,就像刚才那个龇牙咧嘴的印度人尸体一样。要是发生这样的事情,他们中间有些人很可能会笑话我一辈子。我不能让他们笑话,我只有一个办法。我把子弹上了膛,趴在地上开始瞄准。

人群忽然停止了喧闹,十分的寂静,许许多多人的喉咙里终于可以叹出一口低沉、高兴的气,好象看戏的观众终于看到帷幕拉开,终于等到好戏上演了。那支造型优美的德国步枪上有十字刻线。我当时根本不知道,要射杀一头象得瞄准它双耳之间的那块区域,然后开枪命中即可。因此,如今这头象侧面对着我,我就应该直射它的一只耳孔就行了。实际上,我却把枪口瞄准了耳孔前面的几英寸处,以为象脑在这前面。

我扣扳机时,没有听到枪声,也没有感到后坐力,但是我听到了群众轰地爆发出高兴的欢呼声。当子弹在非常短的时间内飞到那里以后,那头象一下子变了样,神秘而又可怕地变了样。它没有动,也没有倒下,但是它身上所有的线条都变了。大象一下子变老了,全身萎缩,好象那颗子弹的可怕威力使它僵死在那里了。我估计大约有 5 秒之久,它终于四腿发软跪了下来。它的嘴巴淌着口水。全身出现了老态龙钟的样子。你觉得这头大象仿佛已有好几千岁了。我朝原来的地方又开了一枪。它中了第二枪后还不肯就此死掉,虽然很迟缓,它还是努力着站起来,四腿发软,脑袋耷拉。我开了第三枪。这一枪终于放倒了它。你可以看到这一枪的痛苦使它全身一震,把它四条腿剩下的一点点力气都打掉了。大象在倒下的时候好象还要站起来,因为它两条后腿瘫在它身下时,它上身却抬了起来,长鼻冲天,像棵大树。它长吼一声,这是它第一声吼叫,也是最后的一声吼叫。最后它肚子朝着我这一边倒了下来,地面一颤,甚至在我趴着的地方也感觉到猛地一震。

还没等我回过味来,那些缅甸人民早已抢在前面跑到田里去了。显然那头象已经彻底倒下,但它还没有死,还在有节奏地呼噜呼噜地喘着气。它的身子痛苦地一起一伏。它的嘴巴张得很大,我可以一直看到它喉咙的深处。我在边上守了很久等它死去,但它的呼吸并未停止。我把剩下的子弹射进了我估计是它心脏的位置。象血喷涌而出,好象红色的天鹅绒一般,可是它还不肯死。它中枪时身子一动不动,痛苦的呻吟仍连绵不断。它在慢慢地、极其痛苦地死去,但是它已到了一个遥远的世界,子弹已经不能够再伤害它了。我觉得我必须制止这折磨人的喘息声。看着那头没法动弹、又不能马上死去的巨兽躺在那里,很不是滋味。我又把我的小口径步枪取来,朝它的心脏和喉咙里开了一枪又一枪。但似乎一点影响也没有。大象痛苦的喘息声就像钟表声一样,永无尽头。

我再也受不了这种折磨,就离开了那里。后来听说过了半个小时它才完全死去。缅甸人还没有等我离开就提着桶和篮子来了。据说到了下午他们已把它剥得片甲不留了。

关于射象的事,当然众说纷纭。主人很生气,但他没有一点办法。何况,站在法律的角度来说,如果主人无法控制的话,发狂的象是必须打死的,就像疯狗一样。我并没有做错。至于在欧洲人中间,大家各持自己的观点。年纪大的人说我做得对,年纪轻的人说为了一个被踩死的苦力而开枪打死一头象太不像话了,因为象比那苦力值钱。事后我心中暗喜,那个苦力死得好,正好给了我一个体面地杀死那头象的借口。我常常在想,别人也许永远不会知道我射死那头象只是为了不想在期待的人们面前显得像个傻瓜罢了。

(选自《奥威尔经典文集》,黄磊译,中国华侨出版社2000年版。)

【思考题】

1. 本文所表达的对于欧洲殖民者在东方殖民地尴尬处境的认识,是一种事后的反思,这种反思的内容相当丰富而有层次感,它甚至扩大开来,指向一切白人统治者,而且作者批判的锋芒也没有放过当地的被殖民者。从理论上讲,事后的反思因为高于事发当时自己的认识水平,追忆起来,自然可以比较自如地运笔。但是,因为作者要把他作为一个不满自己国家殖民政策的人在殖民地的复杂体验通过一个象征性的事件表达出来,其笔墨就多少受到一种限制,即他必须随着故事的展开,按照适当的秩序,将事后反思得来的认识渐次说出来,每说出一种认识,都必须和当时的实际情境相匹配。显然,作者在这方面是成功的,所以整篇文章显得自然、流畅、层层递进,秩序井然。试分析作者是怎样做到这一点的。

2. "我"在周围群众的围观中,意识到有"两千人的意志形成一股巨大的力量把我推向前",以至于"我"感到必须按照这种意志的指引,对那头已经安静下来的大象做些什么才合适;反之,如果自己一无所为,就会很不合适。鲁迅在《野草·复仇》中写两个手捏利刃、裸立于旷野的人,在希望他们有所行动的路人们的围观中始终静止着,"也不拥抱,也不杀戮",他们就以这种方式,对那些"戏剧的看客"展开自己独特的"复仇",即不给他们看戏,让他们觉得无聊,乃至干枯。鲁迅和奥威尔的构思,有什么异同?

3.《新约圣经·约翰福音》第十九章一至十六节,记犹太人逮捕耶稣,因他们没有杀人的权利,遂将耶稣押解到统治犹太人的罗马总督本丢·彼拉多那里,借刀杀人。彼拉多审问不出耶稣有什么罪名,不想加害于他,但犹太人说耶稣自称是"犹太人的王",这就意味着他不服罗马统治,你彼拉多既是罗马官员,如不将他定罪,"就不是凯撒的忠臣"。"于是彼拉多将耶稣交给他们去钉十字架。"试解释《射象》和这段经文的渊源关系——如果你觉得确实存在的话。

【参考文献】

1. 鲁迅:《复仇》,《鲁迅全集》第2卷,人民文学出版社1981年版。
2.《新约圣经·约翰福音》第十九章一至十六节。

第十七章　艾萨克·辛格

艾萨克·巴什维斯·辛格(1904—1991),美籍犹太裔作家。生于当时受俄国统治的波兰,祖父和父亲都是犹太教拉比,从小接受正统犹太教教育,1927年开始发表用意第绪语写作的作品,1935年定居美国。其作品大多发表于美国犹太人报刊上,再由别人翻译成其他语言,主要作品有长篇《莫斯特卡家族》(1950)、《卢布林的魔术师》(1960)等。短篇成就更高,《傻瓜吉姆佩尔》和《市场街的斯宾诺莎》最为著名,先后有9部短篇小说集。1978年,他因"洋溢着激情的叙事艺术,不仅是从波兰犹太人的文化传统中汲取了滋养,而且还重视人类的普遍处境"获诺贝尔文学奖。辛格小说多取材于犹太人生活,主题往往与犹太人世俗生活与宗教信仰的脱节、紧张和对立有关。

傻瓜吉姆佩尔

1

我是傻瓜吉姆佩尔。我不认为自己是个傻瓜。恰恰相反。可是人家叫我傻瓜。我在学校里的时候,他们就给我起了这个绰号。我一共有七个绰号:低能儿、蠢驴、亚麻头、呆子、苦人儿、笨蛋和傻瓜。最后一个绰号就固定了。我究竟傻些什么呢?我容易受骗。他们说:"吉姆佩尔,你知道拉比的老婆养孩子了吗?"于是我就逃了一次学。唉,原来是说谎。我怎么会知道呢?她肚子也没有大。可是我从来没有注意过她的肚子。我真的是那么傻吗?这帮人,又是笑,又是叫,又是顿脚又是跳舞,唱起晚安的祈祷义来。一个女人分娩的时候,他们不给我葡萄干,而在我手里塞满了羊粪。我不是弱者。要是我打人一拳,就会把他打到克拉科夫去。不过我生性的确不爱揍人。我暗自想:算了吧。于是他们就捉弄我。

我从学校回家,听到一只狗在叫,我不怕狗,当然我从来不想去惊动它们。也许其中有一只疯狗,如果它咬了你,那么世上无论哪个鞑靼人都帮不了你的忙。所以,我溜之大吉。接着我回头四顾,看见整个市场的人都在哈哈大笑。根本没有狗,而是小偷沃尔夫-莱布。我怎么知道这就是他呢?他的声音象一只嚎叫的母狗。

当那些恶作剧和捉弄人的人发觉我易于受骗的时候,他们每个人都想在我身上试试他的运气。"吉姆佩尔,沙皇快要到弗拉姆波尔来了;吉姆佩尔,月亮掉到托尔平去了;吉姆佩尔,小霍台尔·弗比斯在澡堂后面找到了一个宝藏。"我象一个机器人一样相信每一个人。第一,凡事都有可能,正如《先人的智慧》里所写的一样,可我已经忘记书上是怎样说的。第二,全镇的人都对我这样,使我不得不相信!如果我敢说一句,"嘿,你们在骗我!"那就麻烦了。人们全都会勃然大怒。"你这是什么意思?你要把大家都看作是说谎的?"我怎么办呢?我相信他们说的话,我希望至少这样对他们有点好处。

我是一个孤儿。抚养我长大的祖父眼看快要入土了。因此他们把我交给了一个面包师傅,我在那儿过的是什么日子啊!每一个来烤一炉烙饼的女人或姑娘都至少要耍弄我一次。"吉姆佩尔,天上有一个市集;吉姆佩尔,拉比在第七个月养了一只小牛;吉姆佩尔,一只母牛飞上屋顶,下了许多铜蛋。"一个犹太教学堂的学生有一次来买面包,他说:"吉姆佩尔,当你用你那面包师傅的铲子在刮锅的时候,救世主来了。死人已经站起来了。""你在说什么?"我说,"我可没有听见谁在吹羊角!"他说,"你是聋子吗?"于是大家都叫起来,"我们听到的,我们听到的!"接着蜡烛工人里兹进来,用她嘶哑的嗓门喊道:"吉姆佩尔,你的父母已经从坟墓里站起来了。他们在找你。"

说真的,我十分明白,这类事一件都没有发生;但是,在人们谈论的时候,我仍然匆匆穿上羊毛背心出去。也许发生了什么事情。我去看看会有什么损失呢?唔,大伙儿都笑坏了!于是我发誓不再相信什么了,但是这也不行。他们把我搞糊涂了,因此我连粗细大小都分不清了。

我到拉比那儿去请教。他说:"圣书上写着,做一生傻瓜也比作恶一小时强。你不是傻瓜。他们是傻瓜。因为使他的邻人感到羞辱的人,自己要失去天堂。"然而拉比家的女儿叫我上当。当我离开拉比的圣坛时,她说:"你已经吻过墙壁了吗?"我说:"没有,做什么?"她回答道:"这是规矩;你每次来以后都必须吻墙壁。"好吧,这似乎也没有什么害处。于是她突然大笑起来。这个恶作剧很高明,她骗得很成功,不错。

我要离开这儿到另外一个城市去。可是这时候,大家都忙于给我做媒,跟在我后面,几乎把我外套的下摆都要撕下来了。他们钉住我谈呀谈的,把口水都溅到我的耳朵上。女方不是一个贞洁的姑娘,可是他们告诉我她是一个纯洁的处女。她走路有点一瘸一拐,他们说这是因为她怕羞,故意这样的。她有一个私生子,他们告诉我,这孩子是她的小弟弟。我叫道:"你们是在浪费时间,我永远不会娶那个婊子。"但是他们义愤填膺地说:"你这算是什么谈话态度!难道你自己不害羞吗?我们可以把你带到拉比那里去,你败坏她的名声,你得罚款。"于是我看出来,我已经不能轻易摆脱他们。我想他们决心要把我当作他们的笑柄。不过结了婚,丈夫就是主人,如果这样对她说来是很好的话,那么在我也是愉快的。再说,你不可能毫无损伤地过一生,这种事想也不必想。

我上她那间建筑在沙地上的泥房子走去;那一帮人又是叫,又是唱,都跟在我后面。他们的举动象耍狗熊的一样。到了井边,他们一齐停下来了,他们怕跟埃尔卡打交道。她的嘴象装在铰链上一样,能说会道,词锋犀利。我走进屋子,一条条绳子从这面墙拉到那面墙,绳子上晾着衣服。她赤脚站在木盆旁边,在洗衣服。她穿着一件破破烂烂的旧长毛绒长袍。她的头发编成辫子,交叉别在头顶上。她头发上的臭气几乎熏得我气也喘不过来。

显然她知道我是谁,她朝我看了一下,说:"瞧,谁来啦!他来啦,这个讨厌鬼。坐吧。"

我把一切都告诉她了,什么也没有否认。"把真情实话告诉我吧,"我说,"你真的是一个处女,那个调皮的耶契尔的确是你的小兄弟吗?不要骗我,因为我是个孤儿。"

"我自己也是个孤儿,"她回答,"谁要是想捉弄你,谁的鼻子尖就会弄歪。他们别想占我的便宜。我要一笔五十盾的嫁妆,另外还要他们给我募一笔款子。否则,让他们来吻我的那个玩意儿。"她倒是非常坦率的。我说:"出嫁妆的是新娘,不是新郎。"于是她说:"别跟我讨价还价。干脆说'行',或者'不行'——否则你哪里来就回哪里去。"

我想:用"这个"面团是烤不出面包来的。不过我们的市镇不是穷地方。人们件件答应,准备婚礼。碰巧当时痢疾流行。结婚的仪式在公墓入门口举行,在小小的洗尸房的旁边。人们都喝醉了。当签订婚书的时候,最高贵、虔诚的拉比问:"新娘是个寡妇还是离婚了的女人?"会堂执事的老婆代她回答:"既是寡妇又是离婚了的。"这对我是个倒霉的时刻。可是我怎么办呢,难道从婚礼的华盖之下逃走吗?

唱啊,跳啊,有一个老太太在我对面紧抱着一只奶油白面包。喜事的主持人唱了一出《仁慈的上帝》以纪念新娘的双亲。男学生们象在圣殿节①一样扔刺果。在致贺词之后有大批礼物:一块擀面板、一只揉面槽、一个水桶、扫帚、汤勺以及许多家用什物。后来我一眼看见两个魁梧的青年抬着一张儿童床进来。"我们要这干吗?"我问。于是他们说道:"你别为这个伤脑筋了。这东西很好,迟早要用的。"我认识到我是在受人欺骗。然而,从另一方面看来,我损失点什么呢?我沉思着:且看它结果如何吧。整个市镇不可能全都发狂。

2

晚上我到我妻子睡的地方,可是她不让我进去。"唷,得了,要是这样,他们干吗让我们结婚呢?"我说。于是她说:"我月经来了。""可是昨天他们还带你去行婚前沐浴仪式,那么月经是以后来的罗,是这样吗?""今天不是昨天,"她说,"昨天也不是今天。如果你不高兴,你可以滚。"总而言之,我等着。

过了不到四个月,她要养孩子了。镇上的人都捂住嘴窃笑。可是我怎么办?她痛得不能忍受,乱抓墙壁。"吉姆佩尔,"她叫道,"我要死了,饶恕我!"屋子里挤满女人。一锅锅开水。尖叫声直冲霄汉。

需要做的是到会堂里去背赞美诗,这就是我做的事。

镇上的人喜欢我这样做,那很好。我站在一个角落里念赞美诗和祈祷文,他们对着我摇头。"祈祷,祈祷!"他们告诉我,"祈祷文永远不会使任何女人怀孕的。"一个教徒在我嘴里放一根稻草,说:"干草是给母牛的。"另外还有些类似的事情。上帝作证!

她养了一个男孩。星期五,在会堂里,会堂执事站在经书柜前面,敲着读经台,宣布道:"富裕的吉姆佩尔先生为了庆祝他养了个儿子,邀请全体教友赴宴。"整个教堂响起一片笑声。我的脸上象发烧一样。可是我当时毫无办法。归根到底,我是要负责为孩子举行割礼仪式的。

半个镇上的人奔跑而来。挤得你别想另外再插进一个人来。女人拿着加过胡椒粉的鹰嘴豆,从菜馆里买来一桶啤酒。我象任何人一样吃啊,喝啊,他们全都祝贺我。然后举行割礼,我用我父亲的名字给孩子取名,愿我

---

① 圣殿节在阿莆月(犹太历十一月)九日,纪念古代耶路撒冷圣殿的毁灭。

父亲安息。大家都走了以后,只剩下我和我老婆两人。她从帐子里伸出头来,叫我过去。

"吉姆佩尔,"她说,"你为什么一声不响？你丢钱了？"

"我还能说什么呢？"我回答。"你对我干的好事！如果我的母亲知道这件事,她会再死一次。"

她说:"你疯了,还是怎么的？"

我说:"你怎么能这样愚弄一家之主？"

"你怎么啦？"她说,"你脑子里想到什么啦？"

我看我得公开地、直截了当地说出来。"你以为这是对待一个孤儿的办法吗？"我说。"你养了一个私生子。"

她回答:"把你这种愚蠢的想法从头脑里赶出去吧。这个孩子是你的。"

"他怎么可能是我的呢？"我争辩说,"他是结婚后才十七个星期就养下来的。"

她告诉我孩子是早产的。我说:"他是不是产得太早了？"她说,她曾经有一个祖母,怀孕也是这么些时间,她类似她的这位祖母,好象这一滴水同那一滴水一样。她对此起的誓赌的咒,如果一个农民在市集上这样做了,你也会相信他的。坦白地说句老实话,我不相信她。不过第二天我跟校长说起这件事,他告诉我,亚当和夏娃也发生过一模一样的事情。他们两个人睡到床上去,等到他们下床时,已经是四个人了。

"世上的女人没有一个不是夏娃的孙女,"他说。

这就是事情的原原本本。他们证明我愚蠢。但是谁真正知道这些事情的原由呢？

我开始忘记我的烦恼。我着迷地爱这个孩子,他也喜欢我。他一看见我就挥动他的小手,要我把他抱起来。如果他肚子痛,我是唯一能使他平静下来的人。我给他买了一个小小的骨环①和一顶涂金的小帽子。他总是受到某个人的毒眼②,于是我就得赶快去为他求取一张符箓,给他祛邪。我象一只牛一样做工。你知道家里有个婴儿要增加多少开支啊。关于这个婴儿的事我不想说谎。我也没有为此而厌恶埃尔卡。她对我又发誓又诅咒,我没有对她感到腻烦。她有何等的力量！她只要看你一眼,就能夺去你说话

---

① 骨环是给婴儿长牙齿时咬嚼的。
② 按照迷信说法,有一种毒眼能使人遭殃。

的能力。还有她的演说！油嘴滑舌，出口伤人，不知怎么的还充满了魅力。我喜欢她的每一句话，纵然她的话刺得我遍体鳞伤。

　　晚上我带给她我亲自烤的一只白面包，还有一只黑面包以及几只罂粟籽面包卷。为了她，每一样能抓到手的东西我都要偷，都要扒：杏仁饼、葡萄干、杏仁、蛋糕。我希望我能得到饶恕，因为我从罐子里偷了安息日的食物，那是妇女们拿到面包铺的炉灶里来烤烤热的。我还偷肉片，偷一大块布丁，一只鸡腿或鸡头，一片牛肚，凡是我能很快地夹起来的我都偷。她吃了，变得又胖又漂亮。

　　整个星期我都得离家住在面包房里。每逢星期五晚上，我回家来，她总要找一点借口，不是说胃痛，就是说肋痛，或者打呃，或者头痛。你也知道这些女人的借口到底是怎么回事。我有一段痛苦的经验。真叫人受不了。再说，她的那个小兄弟——私生子，渐渐长大了。他打得我一块块肿起来，等到我要还手打他时，她就开口了，狠狠地咒骂，使我只觉得一阵绿雾在我眼前飘荡。一天有十来次，她以离婚来威胁我。换一个人处在我的地位就要不告而别，不再回家。但是我却是忍受这种处境而一声不吭的人。一个人要干点什么？肩膀是上帝造的，负担也是上帝给的。

　　有一天晚上，面包铺发生了一桩灾难。炉灶炸了，我们铺子里几乎起火。大家没事可干，只得回家。于是我也回家了。我想，让我也尝尝不是在安息日前夜躺在床上的乐趣。我不想惊醒睡熟了的小东西，踮着脚走进屋子。到了里面，我听到的似乎不是一个人的鼾声，而仿佛是两个人在打鼾，一种是相当微弱的鼾声，而另一种仿佛是快要宰的公牛鼾声。唉，我讨厌这种鼾声！我讨厌透了。我走到床边，事情忽然变得不妙了。埃尔卡身旁躺着一个男人模样的人。另外一个人处在我的地位就要嚷叫起来，闹声足够把全镇的人都吵醒。可是我想到了，那样会把孩子惊醒。我想，象这样一点点小事情为什么要使一只小燕子受惊呢。那么，好吧，我就回到面包房去，躺在一只面粉袋上。一直到早晨不曾闭眼。我直打哆嗦，好象患了疟疾。"我蠢驴当够了，"我对自己说，"吉姆佩尔不会终身做一个笨蛋的。即使象吉姆佩尔这样的傻瓜，他的愚蠢也有个限度。"

　　早晨，我到拉比那里去求教。这事在镇上引起很大的骚乱。他们立刻派会堂执事去找埃尔卡。她来了，带着孩子。你猜她怎么样？她不承认这件事，什么都不承认，语气硬得象骨头和石头！"他神经错乱了，"她说，"我是不懂梦里的事情的，不懂见神见鬼的。"他们对她叫嚷，警告她，拍桌子，但是她却开她的炮：「这是诬告。」她说。

屠夫和马贩子站在她一边。屠宰场的小伙子走过来对我说:"我们一直在注意你,你是一个可疑的人。"这时候孩子把屎拉在身上了。拉比的圣坛①那儿有约柜,那是不准亵渎的,因此他们把埃尔卡送走了。

我问拉比说:"我该怎么办?"

"你得立刻跟她离婚,"他说。

"如果她不答应怎么办?"我问。

他说:"你务必和她离婚,这就是你必须做的一切。"

我说:"呃,好吧,拉比,让我考虑考虑。"

"没有什么要考虑的,"他说,"你不能再和她同住一间房了。"

"如果我要去看孩子呢?"我问。

"别管她,这个婊子,"他说,"别管那一窝跟她在一起的杂种。"

他作的决定是我连她的门槛都不可跨进去——在我这一生中永远不能再进去。

白天我还不感到怎么烦恼。我想该发生的事情必定要发生,疮必定要出脓。可是到了晚上,当我躺在面粉袋上的时候,我觉得这一切人伤心了。我难以抑制地渴念着她,渴念着孩子。我需要的是发怒,可是那恰恰是我的不幸,我不能使这件事在我心里产生真正的愤怒。首先——我就是这样想的——谁也免不了有时候会犯错误。在你的生活中不可能没有错误。大概和她在一起的那个小伙子引诱她,送她礼物等等。而女人是头发长见识短的,所以他哄得她同意了。不过后来她既然否认这件事,也许我看到的只是一些幻象?幻觉是有的。明明看见一个人影,或者一个侏儒,或者什么东西,但是等你走近了,却没有了,什么东西也没有。要是真的这样,我对她太不公正了。当我想到这里,我就开始哭了。我啜泣着,眼泪流湿了我睡的面粉袋。早晨我到拉比那里去,告诉他我弄错了。拉比用羽毛笔写下来,他说,如果事情是这样,他必须重新审理整个案子。在他结案之前,我不能去接近我的老婆,但是我可以请人给她送面包和钱去。

3

九个月过去了,所有的拉比才达成协议。信件来来往往。我没有想到,关于这样一件事情,需要那么多的学问。

在这期间,埃尔卡另外还养了一个孩子,这次是一个女孩。安息日我到

---

① 圣坛是会堂里信徒座位前的地方。拉比就在那里主持宗教仪式。

会堂里祈求上帝赐福给她。他们叫我走到《摩西五书》①跟前,我给这孩子取了我岳母的名字——愿她安息。镇上那些爱开玩笑的人和多嘴的人,到面包房来臭骂了我一顿。由于我有了烦恼和悲伤,全弗拉姆波尔镇的人都兴高采烈。但是我决心永远相信人家对我说的话。不相信又有什么好处?今天你不相信你的老婆,明天你就会不相信上帝。

我们铺子里有一个学徒是她的邻居,我请他每天带给她一只面包或者玉米面包,或者一块蛋糕,或者一些圆面包或者烤面包圈,只要有机会,就给她一块布丁、一片蜜糕,或者是结婚用的果子卷——凡是我能搞到的就给。学徒是一个好心的小伙子,有好几次他自己加上一些东西。他过去惹我生很大的气,拉我的鼻子,戳我的肋骨,但是他到我家里去了以后,他变得又和气又友好了。"好啊,吉姆佩尔,"他对我说,"你有一个非常体面的娇小的老婆,还有两个漂亮的孩子。你不配跟他们在一起。"

"可是人家说她有一些事儿呢。"我说。

"哦,他们就是喜欢多嘴多舌,"他说,"他们除了胡说乱道就没有别的事可干了。你别去理它,就象别理上一个冬天有多冷一样。"

有一天,拉比派人来叫我去,他说:"吉姆佩尔,关于你老婆的事情,你肯定是你搞错了?"

我说:"我肯定。"

"哦,不过你要注意!你是亲眼看见的。"

"一定是个影子。"我说。

"什么影子?"

"我想,就是一根横梁的影子。"

"那么你可以回家了。你得谢谢扬诺弗拉比,他在迈莫尼迪兹②著作中找到了对你有利的冷僻的资料。"

我抓住拉比的手,吻它。

我要立刻跑回家去。和老婆孩子分离了这样长一段时间可不是一件小事情。后来我考虑:现在我还是先回去工作,到晚上再回家。我对什么人也不说,然而在我心里却把这一天当作一个节日。女人们照例地取笑我,挖苦我,她们每天都是如此的。可是我心里想:你们这些饶舌的人,尽管去胡说

---

① 《摩西五书》即《圣经·旧约》开头五卷《创世记》《出埃及记》《利未记》《民数记》和《申命记》。
② 迈莫尼迪兹(1135—1204),犹太血统的西班牙人,拉比、医生、哲学家。

吧。已经真相大白了,就象油浮在水面上。迈莫尼迪兹说过这是对的,那么这就是对的了!

晚上,我盖好面团让它发酵,带着我那一份面包和一小袋面粉,就向家里走去。月亮很圆,群星闪烁,不知道什么事使人感到毛骨悚然。我急急向前走着,在我前面有一道长长的影子。这是冬天,刚刚下过雪。我想唱只歌,但是时间已经晚了,我不想惊醒居民们。于是我想吹口哨,不过我记起一句老话:你在晚上不要吹口哨,它会把精灵引出来。因此我悄悄地尽快走着。

当我走过那些基督徒的院子时,里面的狗对我吠了起来。但是我想:你们叫吧,叫掉你们的牙!你们算什么东西,不过是狗!而我是一个人,一个漂亮妻子的丈夫,两个有出息的孩子的父亲。

当我走近我老婆的房子时,我的心开始剧烈地跳动,好象一个犯罪的人的心一样。我不怕什么,可是我的心却怦怦地跳着!跳着!嘿,不能往回走。我悄悄地抬起门闩,走进屋去。埃尔卡睡得很熟。我瞧着婴儿的摇篮,百叶窗关着,但是月亮光从裂缝里穿进来。我看见新生婴儿的脸,我看到她,立即就爱上她,她身上的每一部分我都爱。

随后我走近床边。我看到的只是睡在埃尔卡旁边的学徒。月光一下子没有了。房间里一片漆黑。我哆嗦着,我的牙齿直打战。面包从我手中落下来,我的老婆醒了,问:"是谁呀?"

我喃喃地说:"是我。"

"吉姆佩尔?"她问,"你怎么会在这儿的?我想你是禁止到这儿来的。"

"拉比说过了,"我回答,象发烧一样抖着。

"听我说,吉姆佩尔,"她说,"出去到羊棚里看看羊好不好,它恐怕是病了。"我忘记说了,我们是有一只山羊。当我听说山羊有病时,我就走到院子里,这只母山羊是一只很好的小生物。我对它几乎有一种对人的感情。我犹豫地举步走到羊棚前,打开小门,山羊四脚直立在那里。我把它浑身摸遍了,拉拉它的角,检查了它的乳房,没有找到任何毛病,它大概是树皮吃得太多了,"晚安,小山羊,"我说,"保重。"这个小小的牲畜用一声"咩"来回答,仿佛感谢我的好意。

我回到房里,学徒已经不见了。

"小伙子在哪儿?"我问。

"什么小伙子?"我老婆回答。

"你是什么意思?"我说,"学徒。刚才你和他睡在一起的。"

"今天晚上、昨天晚上我都梦见过精灵，"她说，"他们会显灵，把你杀死，连肉体带灵魂！一个恶鬼附在你身上了，使你眼花缭乱。"她叫道："你这个讨厌的畜生！你这个白痴！你这个幽魂！你这个野人！滚出去，否则我要把全弗拉姆波尔镇上的人都从床上叫起来！"

我还没有移动一步，她的弟弟就从炉灶后面跳出来，在我后脑上打一拳。我以为他已经把我的脖子打断了。我觉得我身上有个地方被打坏了，于是我说："不要吵架。这样吵会让人家怪我把幽魂和鬼都引来了。"她就是要达到这个目的。"没有人愿意再碰我烘的面包了。"

总之，我好歹使她安静下来了。

"好吧，"她说，"够了。你躺下来，让车轮把你碾碎吧。"

第二天早晨，我把学徒叫到一边。"你听我说，小兄弟！"我说。我把他的事情揭穿。"你说什么？"他两眼盯着我，好象我是从屋顶或者什么东西上掉下来似的。

"我发誓，"他说，"你最好还是去找个草药医生或者找个巫医。我怕你脑子出毛病了，不过我给你瞒着。"事情就这样过去了。

长话短说，我和我老婆过了二十年。她给我养了六个孩子，四女两男。各种各样的事情都发生过，但是我既没有听到过，也没有看见过。我相信她，这就完啦。拉比最近对我说："信仰本身是有益的，书上写着，好人靠信念生活。"

我老婆突然生病了。开始时是一个小东西，乳房上有一个小肿瘤。但是显然她是注定活不长的，她没有寿命。我在她身上花了很大一笔钱。我忘记说了，这时候，我自己开了一家面包房。在弗拉姆波尔镇上也算是个富翁。巫医每天来，邻近地区所有的女巫医也都请来过。他们决定用水蛭吸血，随后试用拔火罐。他们甚至从卢布林请了一个医生来，但是已经太晚了。在她死以前，她把我叫到她床边，说："饶恕我，吉姆佩尔。"

我说："有什么要饶恕的？你是一个忠诚的好妻子。"

"唉，吉姆佩尔！"她说，"想到所有这些年来，我是怎样欺骗你的，我感到自己是多么丑啊。我要干干净净去见我的上帝，因此我必须告诉你这些孩子都不是你的。"

她的话使我迷惑不解，不亚于挨了当头一棒。

"他们是哪个的呢？"我问。

"我不知道，"她说，"我有一大批……不过孩子，都不是你的。"她说时，她的头往旁边一倒，她的眼睛失去神采，埃尔卡就此结束生命。在她变白了的嘴唇上留着一丝微笑。

我想,她虽然死了,仿佛还在说:"我欺骗了吉姆佩尔,这就是我短短一生的意义。"

4

埃尔卡的丧事完毕以后,一天晚上,当我躺在面粉袋上做梦的时候,恶魔自己来了,对我说:"吉姆佩尔,你为什么醒了?"

我说:"我该做什么呢?吃肉包子吗?"

"全世界都欺骗你,"他说,"所以你应该欺骗全世界了。"

"我怎么能欺骗全世界呢?"我问他。

他回答:"你可以每天积一桶尿,晚上把它倒在面团里,让弗拉姆波尔的圣人们吃些脏东西。"

"将来的世界要审判我怎么办呢?"我说。

"没有将来的世界,"他说,"他们用花言巧语来欺骗你,说得你相信你自己肚子里有一只猫。尽是胡说八道!"

"那么,好吧,"我说,"不是还有一个上帝吗?"

他回答:"根本没有上帝。"

"那么,"我说,"那儿是什么呢?"

"粘糊糊的泥沼。"

他站在我的眼前,长着山羊胡子和角,长长的牙齿,还有一条尾巴。我听了这些话,要去抓他的尾巴,但是我从面粉袋上摔下来,几乎摔断肋骨。现在我得对造化的召唤作出答复,我走过去,看见发好的面粉团,它似乎在对我说:"干吧!"简单地说,我让自己被魔鬼引诱了。

黎明时,学徒进来。我们做面包,撒上香菜籽,放到炉灶上烘。于是学徒走了,我留着,坐在炉灶前小沟内的一堆破布上。好啦,吉姆佩尔,我想,对于他们加在你身上的全部羞辱,你已经报了仇。外面浓霜闪烁,然而在炉灶旁是温暖的,熊熊的火焰使我的脸感到热呼呼的。我垂着头,打起瞌睡来。

忽然我在梦中看见埃尔卡,她穿着尸衣。她叫我:"你干了什么,吉姆佩尔?"

我对她说:"这都是你的过错,"接着就哭起来。

"你这傻瓜!"她说。"你这傻瓜!因为我弄虚作假,难道所有的东西也都是假的吗?我从来骗不了什么人,只骗了自己。我为此付出了一切代价,吉姆佩尔。他们在这儿什么都不会饶恕你的。"我瞧着她的脸,她的脸是黑的;我一吓,就醒了,依然默默地坐着。我意识到一切都处于成败关头。眼前踏错一步,我就会失去永久的生命。但是上帝保佑我。我抓起一柄长铲,把面包从炉灶里取了出来,拿到院子里,开始在冰冻的土地上掘一个洞。

当我正在掘洞的时候,我的学徒转来了。"你在干什么,老板?"他问,脸色变得灰白,象一具死尸。

"我的事,我自己知道,"我说,我当着他的面,把面包全部埋掉。

然后我回到家里,从隐藏的地方取出我的积蓄,分给我的孩子们。"我今天晚上见到你们妈,"我说,"她变黑了,可怜的家伙。"

他们惊讶得说不出一句话来。

"好吧,"我说,"忘记一个叫吉姆佩尔的人曾经存在过。"我披上我的短大衣,穿上靴子,一只手拿着装祈祷披巾的袋子,一只手拿着我的手杖,吻了一下门柱圣卷。① 人们在街上看见我时,感到万分诧异。

"你要去哪里?"他们问。

我回答道:"去见见世面。"我就这样离开了弗拉姆波尔。

我漫游各地,好人没有一个不理我。过了好多年,我老了,白发苍苍;我听到了大量的故事、许多谎言和弄虚作假的事情,但是随着年岁的增长,我越来越懂得实际上是没有谎言的。现实中没有的事情晚上会在梦中遇见。这个人遇到的事,也许另一个人不会遇到;今天不遇到,也许明天遇到;如果来年不遇到,也许过了一世纪会遇到。这有什么区别呢?我常常听到一些故事,我会说:"这种事情是不会发生的。"然而不到一年,我会听到那种事情竟然在某处发生。

从这个地方到那个地方,在陌生的桌子上吃饭,我常常讲些永远不会发生的、不可信的故事:关于魔鬼,魔术师,风车之类。孩子们跟在我后面,叫道:"爷爷,给我们讲个故事。"有时他们指名要我讲一些故事,我尽可能使他们满意。一个胖小子有次对我说:"这就是你以前对我们讲过的故事。"这个小淘气,他说得对。

梦里的事情也是跟以前一样的。我离开弗拉姆波尔已经好多年了,但是我一闭上眼睛,我就到了那儿。你想我看见谁了?埃尔卡。她站在洗衣

---

① 门柱圣卷:一块长方的小羊皮卷,一面记有《圣经·旧约·申命记》第九章四至九句和第十一章十三至二十一句,另一面写着上帝名字,纸卷盛在小匣内,挂于门柱上,作为一种避祸的辟邪物。犹太教徒进出大门时,用右手手指按一按圣卷,然后吻一吻手指。

盆旁边,象我们初次见面时一样。但是她容光焕发,她那双眼睛象圣徒的眼睛一样神采奕奕。她对我说些稀奇古怪的话,讲些奇异的事情。我一醒过来,就完全忘记了。但是只要梦不断做下去,我就感到安慰,她回答我全部疑问,她的话结果都是对的。我哭着恳求她:"让我和你在一起。"她安慰我,告诉我要忍耐。这日子不会太远了。有时她抚摩我,吻我,贴着我的脸哭泣。当我醒来时,我还感觉到她的嘴唇,尝到她的眼泪的咸味。

毫无疑问,这世界完全是一个幻想的世界,但是它同真实世界只有咫尺之遥。我躺在我的茅屋里,门口有块搬运尸体的木板。掘墓的犹太人已经准备好铲子。坟墓在等待我,蛆虫肚子饿了;寿衣已准备好了——我放在讨饭袋里,带在身边。另一个要饭的等着继承我的草垫。时间一到,我就会高高兴兴地动身。这将会变成现实,那儿没有任何纠纷,没有嘲弄,没有欺骗。赞美上帝:在那儿,连吉姆佩尔都不会受欺骗。

(选自《辛格短篇小说集》,万紫译,外国文学出版社1980年版。)

【思考题】

1. 具有正常理性的人,在反复受人愚弄之后,肯定会懂得怀疑和防范,所谓"吃一堑,长一智",但为什么自称"并不傻"的吉姆佩尔却一生一世死心塌地地相信别人,从而一再被人愚弄?究竟是什么原因、什么理由,使他好像无原则、无条件地相信别人?他的相信,显然超出了应有的范围,即不是建立在趋利避害的世俗经验的基础上,而是为相信而相信,就像拉比对他说的:"信仰本身是有益的。书上写着,好人靠信念生活。"在他的字典里,适应于世俗经验领域的"相信"和超越性的"信仰"是一样的,这是他和周围喜欢作弄他的人最大的不同。那么,他的这种取代了相信的"信仰"究竟是什么?作为一个中国读者,你认为理解这种"信仰"的困难何在?

2. 小说第三节,当拉比告诉他不必离婚,可以回家和背叛他的妻子一起生活时,吉姆佩尔快乐得不能自已,这种快乐来自他对于妻子的原谅和宽恕,事实上他正是从自己善于宽恕的心灵里不断汲取力量的,也因此才有如此惊人的忍耐心。他对于天国的盼望也极其虔诚,他盼望在天国他的妻子已经全然改悔,甚至反过来帮助他不要相信魔鬼的话,他盼望在天国不再有人欺骗他。但当他妻子临死前亲口告诉他自己对他的不忠、孩子"都不是你的"时(他其实比谁都明白这一点),为什么他还要说"这话简直比打我一闷棍还厉害呢"?在那个场合,伤害吉姆佩尔的,除了妻子的坦白之外,是否还有别的什么?

3. 吉姆佩尔漫游世界,进入老境之后,领悟到一个道理,就是这世界上原来"的确无所谓谎言","实际没有的事,晚上梦里会有;这个人没有遇到的事,另一个人会遇到;今天没有的事,明天会有;明年没有的事,百年之后会有。这有什么区别呢?我常常听到一些故事,听了我就说,'啊,这种事不会有。'但是,不出一年,我就听到什么地方确实发生了这种事"。这显然是吉姆佩尔事后为自己一生轻信别人的谎言所作的辩解,你是如何理解他的这种辩解的?

4. 和大多数具有强烈宗教倾向的作家一样,辛格小说艺术的特点也是局部写实与整体寓言性结构交相为用,但最后,你能分清《傻瓜吉姆佩尔》里面,哪些内容是囿于世俗经验的写实,哪些内容是指向宗教信仰的寓言吗?

【拓展阅读】

理查德·伯金:《辛格访谈录》,见辛格《魔术师·原野王》,陆煜泰译,漓江出版社1992年版。

第十八章　塞林格

塞林格(1919—),美国当代小说家。20 世纪 40 年代开始写作,最著名的小说是 1951 年出版的长篇《麦田守望者》,此后的十年里只有少量作品发表——据说他完成的作品数量很可观,但不肯发表。除《麦田守望者》外,有短篇故事集《九故事》(1953)和中篇集《弗兰妮与卓埃》(1961)、《木匠们,把屋梁升高;西摩:一个介绍》(1963)。这些小说主要描写"格拉斯一家"的年轻人,西摩是这个虚构的上层中产阶级家庭的长子,弗兰妮是最小的女儿,卓埃和布迪是弗兰妮的哥哥。西摩头脑清醒,意志坚强,他教诲弟妹们"不仅要爱这个世界,宽恕这个世界,而且要在这个世界上努力尽自己的责任",但他有一天在海滨与一个天真的小姑娘谈话回来后忽然开枪自杀,据布迪解释,是因为他大彻大悟后,决定用自杀来解脱。这些小说融入了东方哲学和佛教禅宗的思想。自从《麦田守望者》畅销、风靡美国之后,塞林格本人也变得神秘而怪僻。他退隐到新罕布什尔州乡间,深居简出,极少在公共场合露面,有人甚至认为他的声誉有一部分就是由于他的故弄玄虚。

《麦田守望者》主人公霍尔顿·考尔菲德是个中学生,出身中产阶级家庭,整日穿风雨衣,戴鸭舌帽,满嘴脏话,四处游荡。他不想学习,对学校腻烦透了,多次被开除而转学。小说开始时,他又因五门功课有四门不及格而被新进的潘西中学开除。他并不难受,在和同学打了一架之后,深夜离校,回到纽约。他不敢回家,住进一家小旅馆,但那里面的人使他感到恶心、无聊,只好去夜总会厮混。回旅馆后还是烦闷之极,叫来妓女后又意兴索然。次日是星期天,他上街游荡,遇见两个修女,稀里糊涂捐了十块钱。后来又把女友萨丽叫出来玩,因为不满萨丽的假模假式,吵了一架后分手。接着独自去看电影,又到酒吧里和一个老同学喝得酩酊人醉。他忽然想到自己也许会患肺炎死去,于是决定冒险回家和妹妹菲苾诀别。幸好父母都出去了,他叫醒菲苾,诉说自己的苦闷,并说他将来想当一名"麦田里的守望者"。父母回来后他趁机溜掉,到一个昔日尊敬的老师家中借宿。半夜里他发现这个老师原来是个同性恋者,只好又逃出来到候车室过夜。他决定去西部谋生,做一个又聋又哑的人,临走想再见妹妹一面。菲苾来了,她要跟哥哥一起去西部。劝说无效,霍尔顿只好放弃西部之行,带她去公园和动物园玩了一阵。回家后霍尔顿大病一场,进了一家疗养院,对于前途,他一无打算。哥哥经常来探视,小说就是以回忆的口气,由他向哥哥讲述"去年圣诞节前后所过的那段荒唐生活"。

麦田守望者(节选)

师生对谈①

他们各有各的房间。他们都有七十左右年纪,或者甚至已过了七十。他们都还自得其乐——当然是傻里傻气的。我知道这话听起来有点混,可我并不是有意要说混话。我的意思只是说我想老斯宾塞想得太多了,想他想得太多之后,就难免会想到象他这样活着究竟有什么意思。我是说他的背已经完全驼了,身体的姿势十分难看,上课的时候在黑板边掉了粉笔,总要坐在第一排的学生走上去拾起来递给他。真是可怕极了,在我看来。不过你要是想他想得恰到好处,不是想得太多,你就会觉得他的日子还不算太难过。举例来说,有一个星期天我跟另外几个人在他家喝热巧克力,他还拿出一条破旧的纳瓦霍毯子来给我们看,那是他跟斯宾塞太太,在黄石公园向一个印第安人买的。你想象得出老斯宾塞买了那条毯子心里该有多高兴。这就是我要说的意思。有些人老得快死了,就象老斯宾塞那样,可是买了条毯子却会高兴得要命。

他的房门开着,可我还是轻轻敲了下门,表示礼貌。我望得见他坐的地方。他坐在一把大皮椅上,用我上面说过的那条毯子把全身裹得严严的。他听见我敲门,就抬起头来看了看。"谁?"他大声嚷道。"考尔菲德?进来吧,孩子。"除了在教室里,他总是大声嚷嚷。有时候你听了真会起鸡皮疙瘩。

我一进去,马上有点儿后悔自己不该来。他正在看《大西洋月刊》,房间里到处是丸药和药水,鼻子里只闻到一股维克斯滴鼻药水的味道。这实

---

① 题目为编者所加。

在叫人泄气。我对生病的人反正没多大好感。还有更叫人泄气的,是老斯宾塞穿着件破烂不堪的旧浴衣,大概是他出生那天就裹在身上的。我最不喜欢老人穿着睡衣或者浴衣。他们那瘦骨嶙峋的胸脯老是露在外面。还有他们的腿。老人的腿,常常在海滨之类的地方见到,总是那么白,没什么毛。

"哈罗,先生,"我说。"我接到您的便条啦。多谢您关怀。"他曾写了张便条给我,要我在放假之前抽空到他家去道别,因为我这一走,是再也不回来了。"您真是太费心了。我反正总会来向您道别的。"

"坐在那上面吧,孩子,"老斯宾塞说。他意思要我坐在床上。

我坐下了。"您的感冒好些吗,先生?"

"我的孩子,我要是觉得好些,早就去请大夫了,"老斯宾塞说。说完这话,他得意的了不得,马上象个疯子似的吃吃笑起来。最后他总算恢复了平静,说道:"你怎么不去看球?我本来以为今天有隆重的球赛呢。"

"今天倒是有球赛。我也去看了会儿。只是我刚跟击剑队从纽约回来,"我说。嘿,他的床真象岩石一样。

他变得严肃起来。我知道他会的。"那么说来,你要离开我们了,呃?"他说。

"是的,先生。我想是的。"

他开始老毛病发作,一个劲儿点起头来。你这一辈子再也没见过还有谁比他更会点头。你也没法知道他一个劲儿点头是由于他在动脑筋思考呢,还是由于他只是个挺不错的老家伙,糊涂得都不知道哪儿是自己的屁股哪儿是自己的胳膊弯儿了。

"绥摩博士跟你说什么来着,孩子?我知道你们好好谈过一阵。"

"不错,我们谈过。我们的确谈过。我在他的办公室里呆了约莫两个钟头,我揣摩。"

"他跟你说了些什么?"

"哦……呃,说什么人生是场球赛。你得按照规则进行比赛。他说得挺和蔼。我是说他没有蹦得碰到天花板什么的。他只是一个劲儿谈着什么人生是场球赛。您知道。"

"人生的确是场球赛,孩子。人生的确是场大家按照规则进行比赛的球赛。"

"是的,先生。我知道是场球赛。我知道。"

球赛,屁的球赛。对某些人说是球赛。你要是参加了实力雄厚的那一边,那倒可以说是场球赛,不错——我愿意承认这一点。可你要是参加了另外那一边,一点实力也没有,那么还赛得了什么球?什么也赛不成。根本谈不上什么球赛。"绥摩博士已经写信给你父母了吗?"老斯宾塞问我。

"他说他打算在星期一写信给他们。"

"你自己写信告诉他们没有?"

"没有,先生,我没写信告诉他们,因为我星期三就要回家,大概在晚上就可以见到他们了。"

"你想他们听了这个消息会怎么样?"

"呃,……他们听了会觉得烦恼,"我说。"他们一定会的。这已是我第四次换学校了。"我摇了摇头。我经常摇头。"嘿!"我说。我经常说"嘿"!这一方面是由于我的词汇少得可怜,另一方面也是由于我的行为举止有时很幼稚。我那时十六岁,现在十七岁,可有时候我的行为举止却象十三岁。说来确实很可笑,因为我身高六英尺二英寸半,头上还有白头发。我真有白头发。在头上的一边——右边,有千百万根白头发,从小就有。可我有时候一举一动,却象还只有十二岁。谁都这样说,尤其是我父亲。这么说有点儿对,可并不完全对。人们总是以为某些事情是完全对的。我压根儿就不理这个碴儿,除非有时候人们说我,要我老成些,我才冒起火来。有时候我的一举一动要比我的年龄老得多——确是这样——可人们却视而不见。他们是什么也看不见的。

老斯宾塞又点起头来了。他还开始掏起鼻子来。他装作只是捏一捏鼻子,其实他早将那只大拇指伸进去了。我揣摩他大概认为这样做没有什么不对,因为当时房里只有我一个。我倒也不怎么在乎,只是眼巴巴看着一个人掏鼻子,总不免有点恶心。

接着他说:"你爸爸和妈妈几个星期前跟绥摩博士谈话的时候,我有幸跟他们见了面。他们都是再好没有的人。"

再好没有,我打心眼里讨厌这个词儿。完全是假模假式。我每次听见这个词儿,心里就作呕。

一霎时,老斯宾塞好象有什么十分妙、十分尖锐——尖锐得象针一样——的话要跟我说。他在椅子上微微坐直身子,稍稍转过身来。可这只是一场虚惊。他仅仅从膝上拿起那本《大西洋月刊》,想扔到我旁边的床上。他没扔到。只差那么两英寸光景,可他没扔到。我站起来从地上拾起杂志,把它搁在床上。突然间,我想离开这个混帐房间了。我感觉得出有一席可怕的训话马上要来了。我倒不怎么在乎听训话,不过我不乐意一边听训话一边闻维克斯滴鼻药水的味道,一边还得望着穿了睡裤和浴衣的老斯宾塞。我真的不乐意。

训话终于来了。"你这是怎么回事呢,孩子?"老斯宾塞说,口气还相当严厉。"这个学期你念了几门功课?"

"五门,先生。"

"五门。你有几门不及格?"

"四门。"我在床上微微挪动一下屁股。这是我有生以来坐过的最硬的床。"英文我考得不错,"我说,"因为《贝沃尔夫》①和'兰德尔我的儿子'②这类玩艺儿,我在胡敦中学时候都念过了。我是说念英文这一门我用不着费多大劲儿,除了偶尔写写作文。"

他甚至不在听。只要是别人说话,他总不肯好好听。

"历史这一门我没让你及格,因为你简直什么也不知道。"

"我明白,先生。嘿,我完全明白。您也是没有办法。"

"简直什么也不知道,"他重复了一遍。就是这个最叫我受不了。我都已承认了,他却还要重复说一遍。然而他又说了第三遍。"可简直什么也不知道。我十分十分怀疑,整整一个学期不知你可曾把课本翻开过哪怕一回。到底翻开过没有?老实说,孩子。"

"呃,我约略看过那么一两次,"我告诉他说。我不愿伤他的心。他对历史简直着了迷。

"你约略看过,嗯?"他说——讽刺得厉害。"你的,啊,那份试卷就在我的小衣柜顶上。最最上面的那份就是。请拿来给我。"

来这套非常下流,可我还是过去把那份试卷拿给他了——此外没有其他办法。随后我又坐到他那张象是水泥做的床上。嘿,你想象不出我心里有多懊丧,深悔自己不该来向他道别。

他拿起我的试卷来,那样子就象拿着臭屎什么的。"我们从十一月四日到十二月二日上关于埃及人的课。在自由选择的论文题里,你选了写埃及人,你想听听你说了些什么吗?"

"不,先生,不怎么想听,"我说。

可他照样念了出来。老师想干什么,你很难阻止他。他是非干不可的。

　　埃及人是一个属于高加索人种的古民族,住在非洲北部一带。我们全都知道,非洲是东半球上最大的大陆。

---

① 英国著名史诗。
② 指英国民谣《兰德尔》(*Lord Randal*),这民谣在美国特别流行。

我只好坐在那里倾听这类废话。来这一套确实下流。

我们今天对埃及人极感兴趣,原因很多。现代科学仍想知道埃及人到底用什么秘密药料敷在他们所包裹的死人身上,能使他们的脸经无数世纪而不腐烂。这一有趣的谜仍是对二十世纪现代科学的一个挑战。

他不念了,随手把试卷放下。我开始有点恨他了。"你的大作,我们可以这么说,写到这儿就完了,"他用十分讽刺的口吻说。你真想不到象他这样的老家伙说话竟能这么讽刺。"可是,你在试卷底下还写给我一封短信,"他说。

"我知道我写了封短信,"我说。我说得非常快,因为我想拦住他,不让他把那玩艺儿大声读出来。可你没法拦住他。他热得象个着了火的炮仗。

亲爱的斯宾塞先生[他大声念道]。我对埃及人只知道这一些。虽然您讲课讲得极好,我却对他们不怎么感兴趣。您尽管可以不让我及格,反正我除了英文一门以外,哪门功课也不可能及格。极敬爱您的学生霍尔顿·考尔菲德敬上。

他放下那份混账试卷,拿眼望着我,那样子就象他妈的在比赛乒乓球或者其他什么球的时候把我打得一败涂地似的,他这么把那封短信大声念出来,这件事我一辈子也不能原谅他。要是他写了那短信,我是决不会大声念给他听的——我真的不会。尤其是,我他妈的写那信只是为了安慰他,好让他不给我及格的时候不至于太难受。

"你怪我没让你及格吗,孩子?"他说。

"不,先生!我当然不怪你,"我说。我他妈的真希望他别老这么一个劲儿管我叫"孩子"。

他念完试卷,也想把它扔到床上。只是他又没有扔到,自然罗。我不得不再一次起身把它拾起来,放在那本《大西洋月刊》上面。每两分钟起身给他拾一次东西,实在叫人腻烦。

"你要是在我的地位,会怎么做呢?"他说。"老实说吧,孩子。"

呃,你看得出他给了我不及格,心里确实很不安。我于是信口跟他胡扯起来。我告诉他说我真是个窝囊废,诸如此类的话。我跟他说我要是换了他的地位,也不得不那么做,还说大多数人都体会不到当老师的处境有多困难。反正是那一套老话。

但奇怪的是,我一边在信口开河,一边却在想别的事。我住在纽约,当时不知怎的竟想起中央公园靠南边的那个小湖来了。我在琢磨,到我回家时候,湖里的水大概已经结冰了,要是结了冰,那些野鸭都到哪里去了呢?我一个劲儿琢磨,湖水冻严以后,那些野鸭到底上哪儿去了。我在琢磨是不是会有人开了辆卡车来,捉住它们送到动物园里去。或者竟是它们自己飞走了?

我倒是很幸运。我是说我竟能一边跟老斯宾塞胡扯,一边想那些鸭子。奇怪的是,你跟老师聊天的时候,竟用不着动什么脑筋。可我正在胡扯的时候,他突然打断了我的话。他老喜欢打断别人的话。

"你对这一切是怎么个感觉呢,孩子?我对这很感兴趣。感兴趣极了。"

"您是说我给开除出潘西这件事?"我说,我真希望他能把自己瘦骨嶙峋的胸脯遮盖起来。这可不是太悦目的景色。

"要是我记得不错的话,我相信你在胡敦中学和爱尔克敦·希尔斯也遇到过困难。"他说这话时不仅带着讽刺,而且带着点儿恶意了。

"我在爱尔克敦·希尔斯倒没什么困难,"我对他说。"我不完全是给开除出来的。我只是自动退学,可以这么说。"

"为什么呢,请问?"

"为什么?嗳呀,这事说来话长,先生。我是说问题极其复杂。"我不想跟他细谈。他听了也不会理解。这不是他在行的学问。我离开爱尔敦·希尔斯最大的原因之一,是因为我的四周围全都是伪君子。就是那么回事。到处都是他妈的伪君子。举例说,学校里的校长哈斯先生就是我生平见到的最最假仁假义的杂种。比老绥摩还要坏十倍。比如说,到了星期天,有些学生的家长开了汽车来接自己的孩子,老哈斯就跑来跑去跟他们每个人握手。还象个娼妇似的巴结人。除非见了某些模样儿有点古怪的家长。你真该看看他怎样对待跟我同房的那个学生的父母。我是说要是学生的母亲显得太胖或者粗野,或者学生的父亲凑巧是那种穿着宽肩膀衣服和粗俗的黑白两色鞋的人,那时候老哈斯就只跟他们握一下手,假惺惺地朝着他们微微一笑。然后就一径去跟别的学生的父母讲话,一谈也许就是半个小时。我受不了这类事情。它会逼得我发疯,会让我烦恼得神经错乱起来。我痛恨那个混帐中学爱尔克敦·希尔斯。

老斯宾塞这时又问了我什么话,可我没听清楚。我正在想老哈斯的事呢。"什么,先生?"我说。

"你离开潘西,有什么特别不安的感觉吗?"

"哦,倒是有一些不安的感觉。当然啦……可并不太多。至少现在还没有。我揣摩这桩事目前还没真正击中我的要害。不管什么事,总要过一些时候才能击中我的要害。我这会儿心里只想着星期三回家的事。我是窝囊废。"

"你难道一点也不关心你自己的前途,孩子?"

"哦,我对自己的前途是关心的,没错儿。当然啦。我当然关心。"我约莫考虑了一分钟。"不过并不太关心,我揣摩。并不太关心,我揣摩。"

"你会的,"老斯宾塞说。"你会关心的,孩子。到了后悔莫及的时候,你会关心的。"

我不爱听他说这样的话。听上去好象我就要死了似的,令人十分懊丧。"我揣摩我会这样的。"我说。

"我很想让你的头脑恢复些理智,孩子。我想给你些帮助。我想给你些帮助,只要我做得到。"

他倒是的确想给我些帮助。你看得出来。但问题是我们俩一个在南极一个在北极,相距太远;就是么回事。"我知道您是想给我帮助,先生。"我说。"非常感谢。一点不假。我感谢您的好意。我真的感谢。"说着,我就从床边站起身来。嘿,哪怕要了我的命,也不能让我在那儿再坐十分钟了。"问题是,咳,我现在得走了。体育馆里还有不少东西等我去收拾,好带回家去。我真有不少东西得收拾呢。"他抬起头来望着我,又开始点起头来,脸上带着极其严肃的神情。突然间,我真为他难受得要命。可我实在没法再在那儿逗留了,象这样一个在南极一个在北极,他呢,还不住地往床上扔东西,可又老是半路掉下,他又穿着那件破旧的浴衣,还裸露出他的胸膛,房间里又弥漫着一股象征流行性感冒的维克斯滴鼻药水气味——在这情况下,我实在呆不下去了。"听我说,先生。别为我担心,"我说。"我是说老实话。我会改过来的。我现在只是在过年轻人的一关。谁都有一些关要过的,是不是呢?"

"我不知道,孩子。我不知道。"

我最讨厌人家这样回答问题。"当然啦。当然谁都有关要过,"我说。"我说的是实话,先生。请别为我担心。"我几乎把我的一只手搁在他的肩膀上了。"成吗?"我说。

找个女孩随便聊聊①

我到那儿的时候还很早,所以我就在休息室钟旁的皮榻上坐下,看那些姑娘。许多学校都已放假,这儿总有一百万个姑娘或坐或立,在等她们的男朋友。有的姑娘交叉着腿,有的姑娘并不交叉着腿,有的姑娘大腿好看得要命,有的姑娘大腿难看得要命,有的姑娘看去为人很不错,有的姑娘看去很可能是只母狗,如果你对她有进一步了解的话。这委实是一片绝好的景色,你要是懂得我意思的话。可是说起来,这景色看了也有点叫人泄气,因为你老会嘀咕着所有这些姑娘将来会有他妈的什么遭遇。我是说在她们离开中学或大学以后。你可以料到她们绝大多数都会嫁给无聊的男人。这类男人有的老是谈着他们的混帐汽车一加仑汽油可以行驶多少英里。有的要是打高尔夫球输了,或者甚至在乒乓球之类的无聊球赛中输了,就会难过得要命,变得非常孩子气。有的非常卑鄙。有的从来不看书。有的很讨人厌——不过在这一点上,我得小心一些。我是说在说别人讨人厌这一点上。我不了解讨人厌的家伙。我真的不了解。我在爱尔克敦·希尔斯的时候,跟一个叫哈里斯·梅克林的家伙同屋住了两个月。他这人非常聪明,可又是我所遇到的最最讨人厌的家伙。他说话的声音极其刺耳,可又一天到晚讲个不停,简直没完没了。更可怕的是,他从来不讲任何你听得入耳的话。可他有一个长处。这个婊子养的吹起口哨来,可比谁都好。他一边铺床,或是一边往壁橱里挂着什么——他老是往壁橱里挂着什么——真叫我受不了——他一边干着这类玩艺儿,一边就吹着口哨,只要他不是在用刺耳的声音讲话。他连古典歌曲都能吹,可他绝大部分时间只吹着爵士歌曲。他都能吹最地道的爵士歌曲,象《白铁屋顶忧伤曲》之类,而且吹得那么好听,那么轻松愉快——就在他往壁橱里挂什么东西的时候——你听了都会灵魂儿出窍。自然啦,我从来没告诉他我认为他的口哨吹的好得了不得。我是说你决不会走到什么人身边直截了当地说:"你的口哨吹的好得了不得。"可我还是跟他同屋住了差不多整整两个月,尽管我把他讨厌得要命,原因是,他的口哨吹得真是好极了,是我听到过的最最好的。所以说我不了解讨人厌的家伙。也许你瞧见哪个挺不错的姑娘嫁给他们的时候心里不应该太难受。他们中间绝大多数并不害人,再说他们私下里也许都是了不得的口哨家什么的。他妈的谁知道?至少我不知道。

---

① 题目为编者所加。

最后,老萨丽上楼来了,我就立刻下楼迎接她,她看去真是漂亮极了。一点不假。她身穿一件黑大衣,头戴一顶黑色法国帽。她平时很少戴帽子,可这顶法国帽戴在她头上的确漂亮。好笑的是,我一看见她,简直想跟她结婚了。我真是疯了。我甚至都不怎么喜欢她,可突然间我竟觉得自己爱上了她,想跟她结婚了。我可以对天发誓我的确疯了。我承认这一点。

"霍尔顿!"她说。"见到你真是高兴!咱们好象有几世纪没见面啦!"你跟她在外面相见,她说话的声音总是那么响,很叫人不好意思。她因为长得他妈的实在漂亮,所以谁都会原谅她,可我心里总有点儿作呕。

"见到你也真高兴,"我说。我说的也是心里话。"你好吗?"

"好得不能再好啦。我来迟了没有?"

我对她说没有,可事实上她来迟了约莫十分钟。我倒是一点也不介意。《星期六晚报》上所登的那些漫画,一些在街头等着的男人因为女朋友来迟了,都气得要命——这是骗人的玩艺儿。要是一个姑娘跟你见面的时候看去极漂亮,谁还他妈的在乎她来得是不是迟了?谁也不会在乎。"咱们最好快走,"我说。"戏在二点四十开演。"我们于是下楼向停出租汽车的地方走去。

"咱们今天看什么戏?"她说。

"我不知道。伦特夫妇演的。我只买到这个票。"

"伦特夫妇!哦,真太好了!"

我已经跟你说过,她只要听见是伦特夫妇演的,就会高兴得连命都不要。

在去戏院的路上,我们在汽车里胡搞了一会儿。最初她不肯,因为她搽着口红什么的,可我真是他妈的猴急得要命,她简直拿我没办法。有两次,汽车在红灯前突然停住,我都他妈的差点儿从座上摔了下来。这些混帐司机从来不注意自己的汽车在往哪儿开,我敢发誓他们从来不注意。现在,我再来告诉你我究竟疯狂到了什么地步,当我们在这次热烈的拥抱中清醒过来的时候,我竟对她说我爱她。这当然是撒谎,不过问题是,我说的时候,倒真是说的心里话。我真是疯了。我可以对天发誓我真是疯了。

"哦,亲爱的,我也爱你,"她说。接着她还一口气往下说:"答应我把你的头发留起来。水手式的平头已经不时兴了。再说你的头发又那么可爱。"

可爱个屁。

这戏倒不象我过去看过的某些戏那么糟。可也不怎么好。故事讲的是一对夫妇一生中约莫五十万年里的事。开始时候他们都很年轻,姑娘的父母不答应她跟那个小伙子结婚,可她最后还是跟他结婚了。接着他们的年纪越来越大。丈夫出征了,妻子有个弟弟是个醉鬼。我看了实在不感兴趣。我是说我对他们家里有人死了什么的毫不关心。他们不过是一嘟噜演员罢了。那丈夫和妻子倒是一对挺不错的夫妇——很有点儿鬼聪明——可我对他们并不太感兴趣。特别是,他们在整场戏里老是在喝着茶或者其他混帐玩艺儿。你每次看见他们,总有个佣人拿茶端到他们面前,或是那妻子在倒茶给什么人喝。还有戏里不住有人进进出出——你光是看着人们坐下站起都会看得头昏眼花。阿尔法莱德·伦特和琳·封丹演那对夫妇,他们演得非常好,可我不怎么喜欢他们。不过凭良心说,他们确是与众不同。他们演得不象真人,也不象演员。简直很难解释。他们演的时候,很象他们知道自己是名演员什么的。我是说他们演得很好,不过他们演得太好了。比如说,他们一个刚说完话,另一个马上接口很快地说了什么。这是在学真实生活中人们说话时彼此打断对方说话的情形。他们的表演艺术很有点儿象格林威治村的老欧尼弹钢琴。你不管做什么事,如果做得太好了,一不警惕,就会在无意中卖弄起来。那样的话,你就不再那么好了。可是不管怎样,戏里就只他们两个——我是说伦特夫妇——看去象是真正有头脑的人。我得承认这一点。

　　演完第一幕,我们就跟其他那些傻瓜蛋一起出去抽烟。这真是个盛举。你这一辈子从未见过有这么多的伪君子聚在一起,每个人都拼命抽烟,大声谈论戏,让别人能听见他们的声音,知道他们有多么了不起。有个傻里傻气的电影演员站在我们附近抽烟。我不知道他的名字,可他老是在战争片里担任胆小鬼的角色。他跟一个极漂亮的金发姑娘在一起,他们两个都装出很厌倦的样子,好象甚至都不知道周围有人在看他们似的。真是谦虚得要命。我看了倒是十分开心。老萨丽除了夸奖伦特夫妇外,简直很少说话,因为她正忙着伸长脖子东张西望,装出一副迷人的样子。接着她突然看见休息室的另一头有一个她认识的傻瓜蛋。那家伙穿了套深灰色的法兰绒衣服,一件格子衬衫,是个地道的名牌大学生。真了不起。他靠墙站着,只顾没命地抽烟,一副腻烦极了的样子。老萨丽不住地说:"我认识那小伙子。"不管你带她去什么地方,她总认识什么人,或者她自以为认识什么人。她说了又说,后来我腻烦透了,就对她说:"你既然认识他,干吗不过去亲亲热热地吻他一下呢?他准会高兴。"她听了这话很生气。最后,那傻瓜蛋终于看见了她,就过来跟她打招呼。你真该看见他们打招呼时的样子。你准以为他们有二十年没见面了。你还会以为他们小时候都在一个澡盆里洗澡什么的。是一对老得不能再老的朋友。真正叫人作呕。好笑的是,他们也许只见过一面,在某个假模假式的舞会里。最后,他们假客气完了,老萨丽就给我们两个介绍。他的名字叫乔治什么的——我都记不得了——是安多佛大学的学生。真——真了不起。可惜你没看见老萨丽问他喜不喜欢这戏时他的那副样子。他正是那种假得不能再假的伪君子,回答别人问题的时候,还得给自己腾出地方来。他往后退了一步,正好一脚踩在一位站在他后面的太太的脚上。他大概把她的那几个脚趾全都踩断了。他说那戏本身不怎么样,可是伦特夫妇,当然啦,完完全全是天仙下凡。天仙下凡。老天爷,天仙下凡。我听了差点儿笑死。接着他和老萨丽开始聊起他们两个都认识的许多熟人来。这是你一辈子从来没听到过的最假模假式的谈话。他们以最快的速度不断想出一些地方来,然后再想出一些住在那地方的人,说出他们的名字。等到我回到座位上的时候,我都快要呕出来了。一点不假。接着,等到下一幕戏演完的时候,他们又继续了他们那令人厌烦的混帐谈话,他们不断想出更多的地方,说出住在那地方的更多人的名字。最糟糕的是,那傻瓜蛋有那种假极了的名牌大学声音,就是那种极其疲倦、极其势利的声音。那声音听去简直象个女人。他竟毫不犹豫地来夹三,那杂种。戏演完后,我一时还以为他要坐进混帐的出租汽车跟我们一起走呢,因为他都跟着我们穿过了约莫两条街,不过他还得跟一嘟噜伪君子碰头喝鸡尾酒去,他说。我都想象得出他们怎样全都坐在一个酒吧里,穿着格子衬衫,用那种疲倦的、势利的声音批评着戏、书和女人。他们真让我差点儿笑死,那班家伙。

我听那个假模假式的安多佛杂种讲了约莫十个钟头的话,最后跟老萨丽一块儿坐进出租汽车的时候,简直恨死她了。我已准备好要送她回家——我的确准备好了——可是她说:"我想起了个妙极了的主意!"她老是想起什么妙极了的主意。"听着,"她说。"你得什么时候回家吃晚饭?我是说你是不是急于回家?你是不是得限定时间回家?"

"我?不。不限定时间,"我说,这话真是再老实也没有了,嘿。"干吗?"

"咱们到无线电城冰场溜冰去吧!"

她出的总是这一类的主意。

"到无线电城冰场上去溜冰?你是说马上就去?"

"去溜那么个把钟头。你想不想去?你要是不想去的话——"

"我没说我不想去,"我说。"我当然去。要是你想去的话。"

"你真是这个意思吗?要不是这个意思就别这么说。我是说去也好不去也好,我都无所谓。"

她会无所谓才怪哩。

"你可以租到那种可爱的小溜冰裙,"老萨丽说。"琴妮特·古尔兹上星期就租了一条。"

这就是她急于要去溜冰的原因。她想看看自己穿着那种只遮住屁股的短裙时的样子。

我们于是去了,他们给了我们冰鞋以后,还给了萨丽一条只遮住屁股的蓝色短裙。她穿上以后,倒是真他妈的好看。我得承认这一点。你也别以为她自己不知道。她老是走在我前头,好让我看看她的小屁股有多漂亮。那屁股看去也的确漂亮。我得承认这一点。

可是好笑的是,整个混帐冰场上就数我们两个溜得最糟。我是说最糟。而冰场上也有几个溜得真正棒的。老萨丽的脚脖子一个劲儿往里弯,差点儿都碰到了冰上。这不仅看上去难看得要命,恐怕也疼得要命。我自己很有这个体会。我的脚脖子疼得都要了我的命。我们的样子大概很值得一看。更糟糕的是,至少有那么一两百人没事可做,都站在那儿伸长了脖子看热闹,看每个人摔倒了又爬起来。

"你想不想进去找张桌子,喝点儿什么?"我最后对她说。

"你今天一天就是这个主意想得最妙,"她说。她简直是在跟自己拼命。真是太残忍了。我倒真有点儿替她难受。

我们脱下了我们的混帐冰鞋,进了那家酒吧,你可以光穿着袜子在里面喝点儿什么,看别人溜冰。我们刚一坐下,老萨丽就脱下了她的手套,我就递给她一支烟。看她的样子并不快活。侍者过来了,我给她要了杯可口可乐——她不喝酒——给我自己要了杯威士忌和苏打水,可那婊子养的不肯卖酒给我,所以我也只好要了杯可口可乐。接着我开始划起火柴来。我在某种心情下老爱玩这个。我让火柴一直烧到手握不住为止,随后扔进了烟灰缸。这是种神经质的习惯。

一霎时,在光天化日之下,老萨丽竟说:"瞧。我得知道一下。在圣诞前夕你到底来不来我家帮我修剪圣诞树?我得知道一下。"她大概是溜冰的时候弄疼了脚脖子,那股子气还没消下去。

"我已经写信告诉你说我要来。你问过我总有二十遍了。我当然来。"

"我意思是我得事先知道一下,"她说完,又开始在这个混帐房间里东张西望起来。

一霎时,我停止划火柴,从桌上探过身去离她更近些。我脑子里倒有不少话题。"嗨,萨丽,"我说。

"什么?"她说。她正在看房间那头的一个姑娘。

"你可曾觉得腻烦透顶?"我说。"我是说你可曾觉得心里打鼓,生怕一切事情会越来越糟,除非你想出什么办法来加以补救?我是说你喜不喜欢学校,以及所有这一类的玩艺儿?"

"学校简直叫人腻烦透了。"

"我是说你是不是痛恨它?我知道它腻烦透了,可你是不是痛恨它?我要问的是这个。"

"呃,我倒说不上痛恨它。你总得——"

"呃,我可痛恨它。嘿,我才痛恨它哩,"我说。"不过不仅仅是学校。我痛恨一切。我痛恨住在纽约这地方。出租汽车,梅迪逊路上的公共汽车,那些司机什么的老是冲着你大声吆喝,要你打后门下车;还有被人介绍给一些假模假式的家伙,说什么伦特夫妇是天仙下凡;还有出门的时候得上上下下乘电梯;还有一天到晚得上布鲁克斯让人给你量裤子;还有人们老是——"

"别嚷嚷,劳驾啦,"老萨丽说。这话实在好笑,因为我根本没嚷。

"拿汽车说吧,"我说,说的时候声音极其平静。"拿绝大多数人说吧,他们都把汽车当宝贝看待。要是车上划了道痕迹,就心疼得要命;他们老是谈一加仑汽油可以行驶多少英里;要是他们已经有了一辆崭新的汽车,就马上想到怎样去换一辆更新的。我甚至都不喜欢汽车这玩艺儿。我是说我对汽车甚至都不感兴趣。我宁可买一匹混帐的马。马至少是动物,老天爷。对马你至少能——"

"我甚至都不知道你在说些什么,"老萨丽说。"你一会儿谈这,一会儿——"

"你知不知道?"我说。"我这会儿还在纽约或是纽约附近,大概完全是为了你。要不是你在这儿,我大概不知道到他妈的什么地方去了。在山林里,或者在什么混帐地方。我这会儿还在这里,简直完全是为你。"

"你真好,"她说。可你看得出她很希望换个混帐话题。

"你几时最好到男校去念书试试。你几时去试试,"我说。"里面全是些伪君子。要你干的就是读书,求学问,出人头地,以便将来可以买辆混帐凯迪拉克;遇到橄榄球队比赛输了的时候,你还得装出挺在乎的样子,你一天到晚干的,就是谈女人、酒和性;再说人人还在搞下流的小集团,打篮球的抱成一团,天主教徒抱成一团,那班混帐的书呆子抱成一团,打桥牌的抱成一团。连那些参加他妈的什么混帐读书会的家伙也抱成一团。你要是聪明点儿——"

"嗳,听我说,"老萨丽说。"有不少小伙子在学校里学到更多的东西。"

"我同意!我同意有些人学到更多的东西!可我就只能学到这一些。明白不?我说的就是他妈的这个意思,"我说。"我简直学什么都学不成。我不是什么好料。我是块朽木。"

"你当然是。"

接着我突然想起了这么个主意。

"瞧,"我说。"我想起了这么个主意。我在格林威治村有个熟人,咱们可以借他的汽车用一两个星期。他过去跟我在一个学校念书,到现在还欠我十块钱没还。咱们可以在明天早上乘汽车到马萨诸塞和凡蒙特兜一圈,你瞧。那儿的风景美丽极了。一点不假。"我越想越兴奋,不由得伸手过去,握住了老萨丽一只混帐的手。我真是个混帐傻瓜蛋。"不开玩笑,"我说。"我约莫有一百八十块钱存在银行里。早晨银行一开门,我就可以把钱取出来,然后我就去向那家伙借汽车。不开玩笑。咱们可以住在林中小屋里,直到咱们的钱用完为止。等到钱用完了,我可以在哪儿找个工作做,咱们可以在溪边什么地方住着。过些日子咱们还可以结婚。到冬天我可以亲自出去打柴。老天爷,我们能过多美好的生活!你看呢?说吧!你看呢?你愿不愿意跟我一块儿去?劳驾啦!"

"你怎么可以干这样的事呢,"老萨丽说,听她的口气,真好象憋着一肚子气。

"干吗不可以?他妈的干吗不可以?"

"别冲着我吆喝,劳驾啦,"她说。她这当然是胡说八道,因为我压根儿没冲着她吆喝。

"你说干吗不可以?干吗不?"

"因为你不可以,就是这么回事。第一,咱们两个简直还都是孩子。再说,你可曾想过,万一你把钱花光了,可又找不到工作,那时你怎么办?咱们都会活活饿死。这简直是异想天开,连一点儿——"

"一点不是异想天开,我能找到工作。别为这担心。你不必为这担心。怎么啦?你是不是不愿意跟我一块儿去?要是不愿意去,就说出来好了。"

"不是愿意不愿意的问题。完全不是这个问题,"老萨丽说。我开始有点儿恨她了,嗯。"咱们有的是时间干这一类事——所有这一类事。我是说在你进大学以后,以及咱俩真打算结婚的话。咱们有的是好地方可以去。

你还只是——""不,不会的。不会有那么多地方可以去。到那时候情况就完全不一样啦,"我说。我心里又沮丧得要命了。

"什么?"她说。"我听不清你的话。一会儿你朝着我吆喝,一会儿又——"

"我说不,在我进大学以后,就不会有什么好地方可以去了。你仔细听着。到那时候情况就完全不一样啦。我们得拿着手提箱之类的玩艺儿乘电梯下楼。我们得打电话给每个人,跟他们道别,还得从旅馆里寄明信片给他们。我得去坐办公室,挣许许多多钱,乘出租汽车或者梅迪逊路上的公共汽车去上班,看报纸,天天打桥牌,上电影院,看许许多多混帐的短片、广告和新闻片。新闻片,我的老天爷。老是什么混帐的赛马啦,哪个太太小姐给一艘船行下水礼啦,还有一只黑猩猩穿着裤子骑混帐的自行车啦。到那时候情况就根本不会一样了。你只是一点不明白我的意思。"

"也许我不明白!也许你自己也不明白,"老萨丽说。这时我们都成了冤家对头啦。你看得出跟她好好谈会儿心简直是浪费时间。我真他妈的懊悔自己不该跟她谈起心来。

"喂,咱们走吧,"我说。"你真是讨人厌极了,我老实告诉你说。"

嘿,我一说这话,她蹦得都碰着屋顶了。我知道我本不应该说这话,换了平常时候我大概也不会说这话,可当时她实在惹得我心里烦极了。平常我从来不跟姑娘们说这种粗话。嘿,她真蹦得碰着屋顶了。我象疯子似的直向她道歉,可她不肯接受。她甚至都气得哭了。我见了倒是有点儿害怕,因为我有点儿怕她回家告诉她父亲,说我骂她讨人厌。她父亲是那种沉默寡言的大杂种,对我可没什么好感。他曾经告诉老萨丽说我有点儿他妈的太胡闹。

"我不骗你。我很抱歉,"我不住地对她说。

"你很抱歉。你很抱歉。真是笑话,"她说。她还在那儿哭,一时间我真有点儿懊悔自己不该跟她说这话。

"喂,我送你回家吧。不骗你。"

"我可以自己回家,谢谢你。你要是以为我会让你送我回家,那你准是疯啦。我活到这么大,从来没有一个男人跟我说过这样的话。"

你要是仔细想来,就会觉得整个事情确实很好笑,所以我突然做了桩我很不应该做的事情。我放声大笑起来,我的笑声又响又傻。我是说我要是坐在自己背后看电影什么的,我大概会弯过腰去跟我自己说,请劳驾别笑啦。我这一笑,可更把老萨丽气疯啦。我逗留了一会儿,一个劲儿向她道歉,请她原谅我,可她不肯。她口口声声叫我走开,别打扰她。所以我最后也就照着她的话做了。我进去取出我的鞋子和别的东西,就离开她独自走了。我本来不应该这样做的,可我当时对一切的一切实在他妈的厌倦透了。

你如果要我说老实话,那我可以告诉你说我甚至都不知道我为什么要跟她来这一套。我是说一块儿到马萨诸塞和凡蒙特去什么的。即便她答应同我去,我大概也不会带她去。她不是那种值得带着去的人。不过可怕的是,我要求带她去的时候却真有这个意思。就是这一点可怕。我可以对天发誓我真是个疯子。

和妹妹告别①

最后,过了那么一个钟头以后,我终于走到了老菲苾的房间。可她不在。我把这事给忘了。我忘了在 D. B. 到好莱坞或者什么别的地方去的时候,菲苾总是睡在他的房间里。她喜欢这房间,因为家里就数这房间最大。还因为房间里有一张疯子用的特大书桌,是 D. B. 向费拉特费亚的某个酒鬼太太买来的,还有那张其大无比的床,总有十英里长十英里宽。我不知道这张床他是从哪里买来的。不管怎样,老菲苾就喜欢趁 D. B. 不在家的时候睡在他的房间里,他也让她睡。你真该瞧瞧她在那张混帐书桌上做功课时的情景。那书桌简直就跟那张床一样大。她做功课的时候你简直连看都看不见她。可她就是喜欢这类玩艺儿。她不喜欢自己的房间,因为那房间太小,她说。她说她喜欢铺张。我听了差点儿笑死。老菲苾有什么可铺张的?什么也没有。

嗯,我就这样轻手轻脚走进 D. B. 的房间,开亮了书桌上的灯。老菲苾甚至都没醒。灯亮后,我还看了她一会儿。她躺在床上睡得挺香,她的脸侧向枕头的一边。她的嘴还张的挺大。说来好笑。那些成年人要是睡着了把嘴张得挺大,那简直难看极了,可孩子就不一样。孩子张大了嘴睡,看上去仍挺不错。他们甚至可以把口水流一枕头,可他们的样儿看上去仍挺不错。

我在房间里绕了一圈,走得极轻极轻,观看房里的一切。我的心情改变了,心里觉得挺舒服。我甚至都不再怕自己会染上肺炎什么的了。我只觉得心里挺好过。老菲苾的衣服搁在紧靠着床的一把椅子上。她是个挺爱干净的孩子。我是说她并不跟别的孩子一样把自己的东西到处乱扔。她不是那种邋遢鬼。她穿的那套黄褐色衣服是我母亲给她在加拿大买的,她就把

---

① 题目为编者所加。

上装挂在椅背上。她的衬衫什么的全都放在椅子上。她的鞋子和袜子都放在地板上,就在椅子底下,整整齐齐地并排放在一起。这双鞋我过去从未见过,是一双崭新的深褐色鹿皮鞋,就跟我自己穿的这双一样,跟我母亲在加拿大给她买的那套衣服配在一起,真是漂亮极了。我母亲把她打扮得很漂亮,一点不假。我母亲对某些东西很有鉴赏能力。她买冰鞋之类的玩艺儿不成,可是在衣饰方面,她真是个行家。我是说菲苾身上穿的衣服老是能让你吐舌。拿一般的小孩子来说,尽管他们的父母非常有钱,他们身上的衣服却往往难看得没法形容。我真希望你能看见老菲苾穿着我母亲在加拿大给她买的那套衣服时的样子。我不骗你。

我坐在老 D. B. 的书桌上,看了看桌上的那些玩艺儿。它们多半是菲苾的学习用具。极大部分是书。最上面的一本叫做《算术真好玩!》。我打开头一页一看,只见老菲苾在上面写着:

菲苾·威塞菲尔·考尔菲德

4B-1

我见了差点儿笑死。她中间的那个名字本来叫约瑟芬,老天爷,并不是威塞菲尔。可她不喜欢那名字。我每次看见她,总见她给自己找了个新的名字。

算术书下面是地理书,地理书下面是拼法书。她的拼法好极了。她的每门功课都极好,可她的拼法特别好。在拼法书下面是一大堆笔记本。她总有五千本笔记本。你再也没有见过一个小孩子会有那么多笔记本。我把最上面的那本打开一看,只见头一页上写着:

贝妮丝,请你在休息时候来找我,我有一些极重要、极重要的话要跟你说

那一页上就写着这些。下一页上写着:

阿拉斯加东南部为什么会有那么多罐头厂?
因为那儿有那么多的萨门鱼。
那儿怎么会有宝贵的森林?
因为那儿的气候合适。
为了改善阿拉斯加的爱斯基摩人的生活,我们政府做了些什么?
好好查一下应付明天的功课!!!
菲苾·威塞菲尔·考尔菲德

菲苾·威塞菲尔·考尔菲德
菲苾·威塞菲尔·考尔菲德
菲苾·威·考尔菲德
菲苾·威塞菲尔·考尔菲德女士
请你传给舍丽！！！
舍丽你说你是人马星座
可是你唯一的金牛星座在你到我家
来的时候给你送冰鞋来了

我就坐在 D. B. 的书桌上把那本笔记本全看完了。我没费多大功夫，再说我也爱看这类玩艺儿——孩子的笔记本，不管是菲苾的还是别的孩子的——我可以整天整夜地看下去。孩子的笔记本我真是百看不厌。随后我又点了一支烟——这是我最后一支烟了。那一天我约莫抽了整整三条烟。最后我把她叫醒了。我是说我不能就在那书桌上坐那么一辈子，再说我也害怕我父母会突然撞进来，我至少要在他们进来之前跟她说声哈罗。因此我把她叫醒了。

她很警醒。我是说你用不着向她大声嚷嚷什么的。你简直只要往她床上一坐，说声："醒来吧，菲苾，"她就醒来了。

"霍尔顿，"她立刻说，她还用两臂搂住我的脖子。她十分热情。我是说就她那么个年龄的孩子来说，算是热情的了。有时候她简直是太热情了。我吻了她一下，她就说："你什么时候回家的？"她见了我真是高兴得要命。你看得出来。

"别说得这么响。你好吗？"

"我挺好。你收到了我的信没有？我给你写了封五页的——"

"不错——别这么响。谢谢。"

她给我写了封信。我却来不及回复她。信里谈的全是她要在学校里演戏的事。她叫我别在星期五那天跟人订约会，好让我去看她演出。

"你的戏怎样了？"我问她。"你说那戏叫什么名字来着？"

"《给美国人演出的一场圣诞节好戏》。那剧本真是糟透了，可我演班纳迪克特·阿诺德。我演的简直是最重要的角色，"她说。嘿，她可不是完全清醒了。她跟你谈这类玩艺儿的时候总是十分兴奋。"戏开始的时候，我已经快死了。那鬼魂在圣诞前夕进来问我心里是不是觉得惭愧。你知道。为了我出卖自己的国家什么的。你来不来看？"她都直挺挺地坐在床上了。"我写信给你就是为了这个。你来不来？"

"我当然来。我一定来。"

"爸爸不能来。他要乘飞机到加利福尼亚去,"她说。嘿,她可不是完全清醒了。她只要两秒钟工夫就能完全清醒过来。她坐在——也可以说是跪在——床上,握住了我一只手。"听着。母亲说你要在星期三才回家。"她说。"她说的是星期三。"

"我提前离校了。别说得这么响。你该把每个人都吵醒啦。"

"现在几点钟啦?他们要到很晚才回来,母亲说的。他们到康涅狄格州的诺沃克参加舞会去了,"老菲苾说。"猜猜我今天中午干了什么啦!看了什么电影!猜猜看!"

"我不知道——听着。他们可曾说他们打算在什么时候——"

"《大夫》,"老菲苾说。"这是里斯特基金会放映的特别电影。他们只放映一天——只是今天一天。讲的是肯塔基州的一个大夫,在一个不能走路的瘸子的脸上盖了条毯子什么的。后来他们就把他关进了监牢。那电影真是好极了。"

"听我一秒钟。他们可曾说他们打算在什么时候——"

"他很替那孩子难受,那个大夫。就是为了这个缘故,他才在她脸上盖了条毯子,把她闷死。后来他们把他关进了监牢,判了他无期徒刑,可那个被他闷死的孩子老来看他,为他所做的事向他道谢。他原是出于好心才杀人的。不过他知道自己应该坐牢。因为一个当大夫的没有资格夺走上帝创造的东西。是我同班的一个同学的母亲带我们去看这电影的。她叫爱丽丝·霍尔姆保,是我最要好的朋友。整个班上就她一个人——"

"等一秒钟,好不好?"我说。"我要问你一句话。他们可曾说过他们打算在什么时候回来?"

"没有,不过要在很晚才回来。爸爸把汽车开走了,说这样可以用不着为火车的班次担心。我们这会儿在汽车里装了收音机啦!只是母亲说汽车在路上行驶的时候,谁也没法听收音机。"

我开始放下心来。我是说我终于不再担心他们会在家里撞见我什么的。我已经打定主意。万一真被他们撞见,那就撞见好了。

你真应该看见老菲苾当时的样儿。她穿着那套蓝色睡衣裤,衣领上还绣着红色大象。她是个大象迷。

"那么说来这电影挺不错,是不是?"我说。

"好极了,只是爱丽丝感冒了,她母亲老问她身上好不好过。就在电影演到一半的时候。每次总是演到节骨眼上,她母亲就弯过腰来伏在她身上,问她好过不好过。真让我受不了。"

接着我把那唱片的事告诉了她。"听着,我给你买了张唱片,"我对她说。"只是我在回家的路上把它跌碎了。"我把那些碎片从我的大衣袋里拿出来给她看。"我喝醉啦,"我说。

"把碎片给我,"她说。"我在收集碎唱片呢。"她就从我手里接过那些碎片,放进床头柜的抽屉里。她真是讨人喜欢。

"D. B. 回家来过圣诞节吗?"我问她。

"他也许来,也许不来,母亲说。得看当时的情形决定。他也许得呆在好莱坞写一个关于安纳波利斯的电影剧本。"

"安纳波利斯,老天爷!"

"写的是个恋爱故事什么的。猜猜看,这个电影将由谁主演?哪一个电影明星?猜猜看!"

"我对这不感兴趣。安纳波利斯,老天爷。D.B 对安纳波利斯知道些什么,老天爷?那跟他要写的故事又有什么关系?"我说。嘿,那玩艺儿真让我发疯。那个混帐好莱坞。"你的胳膊怎么啦?"我问她。我注意到她的一个胳膊肘上贴着一大块胶布。我之所以注意到,是因为她的睡衣没有袖子。

"我班上那个叫寇铁斯·温特劳伯的男孩子在我走下公园楼梯的时候推了我一把,"她说。"你要看看吗?"她开始撕起胳膊上的那块混帐胶布来。

"别去撕它。他干吗要推你?"

"我不知道。我揣摩他恨我,"老菲苾说。"我跟另外一个叫西尔玛·阿特伯雷的姑娘在他的皮上衣上涂满了墨水什么的。"

"那可不好。你这是怎么啦——成了个小孩子啦,老天爷?"

"不,可每次我到公园里,我走到哪儿他总是跟到哪儿。他老是跟着我。他真让我受不了。"

"也许他喜欢你。你不能因此就把墨水什么的——"

"我不要他喜欢我,"她说。接着她开始用一种异样的目光瞅着我。"霍尔顿,"她说,"你怎么不等到星期三就回家了?"

"什么?"

嘿,你得时刻留心她。你要是不把她看成机灵鬼,那你准是个疯子。

"你怎么不等到星期三就回家了?"她问我。"你不要是给开除了吧,是不是呢?"

"我刚才已经跟你说啦。学校提前放假。他们让全体——"

"你真的给开除了！真的！"老菲苾说着，还在我的腿上打了一拳。她只要一时高兴，就会拿拳头打人。"你真的给开除了！哦，霍尔顿！"她用一只手捂住了嘴。她的感情非常容易激动，我可以对天发誓。

"谁说我给开除了？谁也没说我——"

"你真的给开除了。真的，"她说。接着又打了我一拳。你要是认为这一拳打着不疼，那你准是疯子。"爸爸会要你的命！"她说着，就啪的一下子合扑着躺在床上，还把那个混帐枕头盖在头上。她常常爱这样做。有时候，她确确实实是个疯子。

"别闹啦，喂，"我说。"谁也不会要我的命。谁也不会——好啦，菲苾，把那混帐玩艺儿打你头上拿掉。谁也不会要我的命。"

可她不肯把枕头拿掉。你没法让她做一件她自己不愿做的事。她只是口口声声说："爸爸会要你的命。"她头上盖了那么个混帐枕头，你简直听不出她说的什么。

"谁也不会要我的命。你好好想想吧。尤其是，我就要走了。我也许先在农场之类的地方找个工作。我认识个家伙，他爷爷在科罗拉多有一个农场。我也许就在那儿找个工作，"我说。"我要是真的走，那我走了以后会跟你们联系的。好啦。把那玩艺儿打你头上拿掉。好啦，嗨，菲苾。劳驾啦。劳驾啦，成不成？"

可她怎么也不肯拿掉。我想把枕头拉掉，可她的劲儿大得要命。你简直没法跟她打架。嘿，她要是想把一个枕头盖在头上，那她死也不肯松手。"菲苾，劳驾啦。好啦，松手吧，"我不住地说。"好啦，嗨……嗨，威塞菲尔。松手吧。"

她怎么也不肯松手。有时候她简直不可理喻。

最后，我起身出去到客厅里；从桌上的烟盒里拿了些香烟放进我的衣袋。我的烟一支也不剩了。

我回来的时候，她倒是把枕头从头上拿掉了——我知道她会的——可她尽管仰卧着，却依旧不肯拿眼看我。等我走到床边坐下的时候，她竟把她的混帐脸儿转到另一边去了。她真跟我他妈的绝交了。就象潘西击剑队那样对待我，在我把所有那些混帐圆头剑丢在地铁上以后。

"老海士尔·威塞菲尔怎样啦？"我说。"你写了什么关于她的新故事没有？你上次寄给我的那个就放在我的手提箱里。手提箱寄存在车站里。

那故事写的挺不错。"

"爸爸会要你的命。"

嘿,她有了什么念头,真是念念不忘。

"不,他不会的。他至多再痛骂我一顿,然后把我送到那个混帐的军事学校里去。他至多这样对付我。可是首先,我甚至都不会在家。我早就到外地去了。我会到——我大概到科罗拉多的农场上去了。"

"别让我笑你了。你连马都不会骑。"

"谁不会?我当然会骑。我确实会骑。他们在约莫两分钟之内就可以把你教会,"我说。"别去揭它了。"她还在揭她胳膊上的胶布。"谁给你理的发?"我问她。我刚注意到她理的头发式样混帐极了。短得要命。

"不要你管,"她说。她有时候很能怄人。她的确很能怄人。"我揣摩你又是哪门功课都不及格,"她说——非常怄人。说起来还真有点儿好笑。她有时候说起话来很象个混帐教师,而她还只是个很小的孩子哩。

"不,不是的,"我说。"我的英文及格了。"接着,我一时高兴,就用手在她的屁股上戳了一下。她侧身躺着,正好把屁股撅得老高。她的屁股还小得很哩。我戳的并不重,可她想要打我的手,只是没打着。

接着她突然说:"哦,你干吗要这样呢?"她是说我怎么又给开除了。她这么一说,又让我心里难过起来。

"哦,天哪,菲苾,别问我了。人人都问我这问题,真让我烦死啦,"我说。"有一百万个原因。这是个最最糟糕的学校,里面全是伪君子。还有卑鄙的家伙。你这一辈子再也没见过那么多卑鄙的家伙。比方说,你要是跟几个人在谁的房间里聊天,要是又有别的什么人要进来,而来的又是个傻里傻气的、王八样的家伙,那就谁也不会给他开门。人人都把自己的房门锁起来,不让别人进来。他们还有他妈的那种混帐的秘密团体,我自己也是胆子太小,不敢不加入。有个王八样的讨人厌的家伙,名叫罗伯特·阿克莱的,很想加入。他一直想加入,可他们不让。只是因为他象个王八,讨人厌。我甚至都不想谈它。那真是个糟糕透顶的学校。你相信我的话好了。"

老菲苾一声不响,可她在仔细听。我一看她的后脑勺就知道她是在仔细听。只要你跟她说些什么,她总是仔细听着。好笑的是,有一半时间她都懂得你他妈的在说些什么。她的确懂得。

我继续谈老潘西里的事。我不知怎的兴致上来了。

"教职员里虽有那么一两个好教师,可连他们也都是假模假式的伪君子,"我说。"就拿那个老家伙斯宾塞先生说吧。他太太老请你喝热巧克力什么的,他们为人的确挺不错。可他上历史课的时候,只要校长老绥摩进来在教室后面一坐下,你再瞧瞧他的那副模样儿。老绥摩总是在上课的时候进来,在教室后面坐那么半个小时左右。他大概算是微服察访什么的。过了一会儿,他就会坐在那儿打断老斯宾塞的话,说一些粗俗的笑话。老斯宾塞简直连命都不要了,马上露出满面笑容,吃吃地笑个不停,就好象绥摩是个混帐王子什么的。"

"别老是咒骂啦。"

"你见了准会呕出来,我发誓你一定会,"我说。"还有,在'返校日'那天。他们有那么个日子,叫'返校日',那天所有在一七七六年左右打潘西毕业出去的傻瓜蛋全都回到学校来了,在学校里到处走,还带着自己的老婆孩子什么的。可惜你没看见那个约莫五十岁的老家伙。你猜他干了什么,他一径来到我们房间里敲我们的门,问我们是不是能让他用一下浴室。浴室是在走廊的尽头——我真他妈的不知道他干吗要来问我们。你知道他说了些什么?他说他想看看他自己名字的缩写是不是还在一扇厕所门上。他约莫在九十年前把他妈的那个混帐傻名字的缩写刻在一扇厕所门上,现在他想看看那缩写是不是还在那儿。因此我跟我的同房间的那位一起陪着他走到浴室里,他就在一扇扇厕所门上找他名字的缩写,我们不得不站在那儿陪着他。在整个时间里他还滔滔不绝地跟我们讲着话,告诉我们说在潘西念书的那段时间怎样是他一辈子中最快乐的日子,他还给我们许许多多有关未来的忠告。嘿,他真让我心里烦极了!我倒不是说他是个坏人——他不是坏人。可是不一定是坏人才能让人心烦——你可以是个好人,却同时让人心烦。要人心烦很容易,你只要在哪扇门上找自己名字的缩写,同时给人许许多多假模假式的忠告——你只要这样做就成。我不知道。说不定他要不是那么呼噜呼噜直喘气,情形也许会好些。他刚走上楼梯,累得呼噜呼噜直喘气,他一边在门上找自己名字的缩写,一边直喘气,鼻孔那么一张一合的十分可笑,一边却还要跟我和斯特拉德莱塔讲话,要我们在潘西学到尽可能多的东西。天哪,菲芯!我解释不清楚。我就是不喜欢在潘西发生的一切。我解释不清楚。"

老菲芯这时说了句什么话,可我听不清。她把一个嘴角整个儿压在枕头上,所以我听不清她说的话。

"什么?"我说。"把你的嘴拿开。你这样把嘴压在枕头上,我听不清你说的话。"

"你不喜欢正在发生的任何事情。"

她这么一说，我心里不由得更烦了。

"我喜欢。我喜欢。我当然喜欢。别说这种话。你干吗要说这种话呢？"

"因为你不喜欢。你不喜欢任何学校。你不喜欢千百万样东西。你不喜欢。"

"我喜欢！你错就错在这里——你完完全全错在这里！你他妈的为什么非要说这种话不可？"我说。嘿，她真让我心里烦极了。

"因为你不喜欢，"她说。"说一样东西让我听听。"

"说一样东西？一样我喜欢的东西？"我说。"好吧。"

问题是，我没法集中思想。有时候简直很难集中思想。

"一样我非常喜欢的东西，你是说？"我问她。

可她没回答我。她躺在床的另一边，乜斜着眼看我。她离开我总有那么一千英里。"喂，回答我，"我说。"是一样我非常喜欢的东西呢，还光是我喜欢的东西？"

"你非常喜欢的。"

"好吧，"我说。不过问题是，我没法集中思想。我能想起的只是那两个拿着破篮子到处募捐的修女。尤其是戴着铁边眼镜的那个。还有我在爱尔克敦·希尔斯念书时认识的那个学生。爱尔克敦·希尔斯的那个学生名叫詹姆士·凯瑟尔，他说了另外一个十分自高自大的、名叫菲尔·斯戴比尔的学生一句不好听的话，却不肯收回他的话。詹姆士·凯瑟尔说他这人太自高自大，给斯戴比尔的一个混帐朋友听见了，就到斯戴比尔跟前去搬弄是非。于是斯戴比尔带了另外六个下流的杂种，走进詹姆士·凯瑟尔的房间，锁上那扇混帐房门，想叫他收回他自己所说的话，可他不肯收回。因此他们跟他动起手来。我甚至都不愿告诉你他们怎么对待他的——说出来实在太恶心了——可他依旧不肯收回他的话，那个老詹姆士·凯瑟尔。可惜你没见过他这个人，他长得又瘦又小，十分衰弱，手腕就跟笔管那么细。最后，他不但不肯收回他的话，反而打窗口跳出去了。我正在洗淋浴什么的，连我也听见他摔在外面地上的声音。可我还以为是什么东西掉在窗外了，一架收音机或者一张书桌什么的，没想到是人。接着我听见大伙儿全都涌进走廊奔下楼梯，因此我穿好浴衣也奔下楼去，看见老詹姆士·凯瑟尔直挺挺地躺在石级上面。他已经死了，到处都是牙齿和血，没有一个人甚至敢走近他。他身上还穿着我借给他的那件窄领运动衫。那些到他房间里迫害他的家伙只是给开除出学校。他们甚至没进监牢。

我当时能想到的就是这一些。那两个跟我一块儿吃早饭的修女,还有那个我在爱尔克敦·希尔斯念书时认识的学生詹姆士·凯瑟尔。好笑的是,我跟詹姆士·凯瑟尔甚至都不熟,我老实告诉你说。他是那种极沉默的人。他跟我一起上数学课,可他坐在教室的另一头,平时从来不站起来背书,或者到黑板上去做习题。学校里有些人简直从来不站起来背书或者到黑板上去做习题。我想我跟他唯一的一次谈话,就是他来向我借那件窄领运动衫。他向我开口的时候,我吃惊得差点儿倒在地板上死了。我记得我当时正在盥洗室里刷牙,他过来向我开口了。他说他的堂兄要来找他,开汽车带他出去。我甚至都不知道他知道我有一件窄领运动衫。我只知道点名时候他的名字就在我前面。凯伯尔·罗;凯伯尔·威;凯瑟尔;考尔菲德——我还记得很清楚。我老实跟你说,我当时差点儿没肯把我的运动衫借给他。原因是我跟他不太熟。

"什么?"我跟老菲苾说。她跟我说了些什么,可我没听清楚。

"你连一样东西都想不出来。"

"嗯,我想得出来。嗯,我想得出来。"

"呃,那你说出来。"

"我喜欢艾里,"我说。"我也喜欢我现在所做的事。跟你一起坐在这儿,聊聊天,想着一些玩艺儿——"

"艾里已经死啦——你老这么说的!要是一个人死了,进了天堂,那就很难说——"

"我知道他已经死啦!你以为我连这个也不知道?可我依旧可以喜欢他,对不对?不可能因为一个人死了,你就从此不再喜欢他,老天爷——尤其是那人比你认识的那些活人要好一千倍。"

老菲苾什么话也没说。她要是想不起有什么好说的,就他妈的一句话也不说。

"不管怎样,我喜欢现在这样,"我说。"我是说就象现在这样。跟你坐在一块儿,聊聊天,逗着——"

"这不是什么真正的东西!"

"这是真正的东西!当然是的!他妈的为什么不是?人们就是不把真正的东西当东西看待。我他妈的对这都腻烦透啦。"

"别咒骂啦。好吧,再说些别的。说说你将来喜欢当个什么。喜欢当一个科学家呢,还是一个律师什么的。"

"我当不了科学家。我不懂科学。"

"呃，当个律师——跟爸爸一样。"

"律师倒是不错，我揣摩——可是不合我的胃口，"我说。"我是说他们要是老出去搭救受冤枉的人的性命，那倒是不错，可你一当了律师，就不干那样的事了。你只是挣许许多多钱，打高尔夫球，打桥牌，买汽车，喝马提尼酒，摆臭架子。再说，即便你真的出去救人性命了，你怎么知道这样做到底是因为你真的要救人性命呢，还是因为你真正的动机是想当一个红律师，只等审判一结束，那些记者什么的就会全向你涌来，人人在法庭上拍你的背，向你道贺，就象那些下流电影里演出的那样？你怎么知道自己不是个伪君子？问题是，你不知道。"

我说的那些话老菲苾到底听懂了没有，我不敢十分肯定。我是说她毕竟还是个小孩子。不过她至少在好好听着。只要对方至少在好好听着，那就不错了。

"爸爸会要你的命。他会要你的命，"她说。

可我没在听她说话。我在想一些别的事——一些异想天开的事。"你知道我将来喜欢当什么吗？"我说。"你知道我将来喜欢当什么吗？我是说将来要是能他妈的让我自由选择的话？"

"什么？别咒骂啦。"

"你可知道那首歌吗，'你要是在麦田里捉到了我'？我将来喜欢——"

"是'你要是在麦田里遇到了我'！"老菲苾说。"是一首诗。罗伯特·彭斯写的。"

"我知道那是罗伯特·彭斯写的一首诗。"

她说的对。那的确是"你要是在麦田里遇到了我"。可我当时并不知道。

"我还以为是'你要是在麦田里捉到了我'呢，"我说。"不管怎样，我老是在想象，有那么一群小孩子在一大块麦田里做游戏。几千几万个小孩子，附近没有一个人——没有一个大人，我是说——除了我。我呢，就站在那混帐的悬崖边。我的职务是在那儿守望，要是有哪个孩子往悬崖边奔来，我就把他捉住——我是说孩子们都在狂奔，也不知道自己是在往哪儿跑，我得从什么地方出来，把他们捉住。我整天就干这样的事。我只想当个麦田里的守望者。我知道这有点异想天开，可我真正喜欢干的就是这个。我知道这不象话。"

老菲苾有好一会儿没吭声。后来她开口了，可她只说了句："爸爸会要你的命。"

"他要我的命就让他要好了,我才他妈的不在乎呢,"我说着,就从床上起来,因为我想打个电话给我的老师安多里尼先生,他是我在爱尔克敦·希尔斯时候的英文教师,现在已经离开了爱尔克敦·希尔斯,住在纽约,在纽约大学教英文。"我要去打个电话,"我对菲苾说,"马上就回来。你可别睡着。"我不愿意她在我去客厅的时候睡着。我知道她不会,可我还是叮嘱了一番,好更放心些。

我正朝着门边走去,忽听得老菲苾喊了声"霍尔顿!",我马上转过身去。

她直挺挺地躺在床上,看去漂亮极了。"我正在跟那个叫菲丽丝·玛格里斯的姑娘学打嗝儿,"她说。"听着。"

我仔细听着,好象听见了什么,可是听不出什么名堂来。

原形毕露①

安多里尼先生可以说是我这辈子有过的最好老师。他很年轻,比我哥哥 D. B. 大不了多少,你可以跟他一起开玩笑,却不致于失去对他的尊敬。我前面说过的那个叫詹姆士·凯瑟尔的孩子从窗口跳出来以后,最后就是他把孩子抱起来的。老安多里尼先生摸了摸他的脉搏,随后脱掉自己的大衣盖在詹姆士·凯瑟尔身上,把他一直抱到校医室。他甚至都不在乎自己的大衣上染满了血。

……

安多里尼夫妇住在苏敦广场一个十分阔气的公寓里,进客厅得下两个梯级,还有个酒吧间。我到那儿去过好几次,因为我离开爱尔克敦·希尔斯以后,安多里尼先生常常到我们家里来吃晚饭,打听我的情况。那时候他还没结婚。等他结婚以后,我常常在长岛森林山的"西区网球俱乐部"里跟他和安多里尼太太一起打网球。安多里尼太太是俱乐部的会员。她有的是钱。她比安多里尼先生约莫大六十岁,可他们在一起似乎过得挺不错。主要是,他们两个都很有学问,尤其是安多里尼先生,只是你跟他在一起的时候,他的小聪明往往胜过他的学问,有点儿象 D. B.。安多里尼太太一般很严肃。她患着很严重的哮喘病。他们两个都看过 D. B. 写的所有短篇小说——安多里尼太太也看过——D. B. 要到好莱坞去的时候,安多里尼先生

---

① 题目为编者所加。

还特地打电话给他,叫他别去。可他还是去了。安多里尼先生说象 D.B. 这样有才能的作家,不应该到好莱坞去。这话简直就跟我说的一样,一字不差。

我本来想步行到他们家去,因为我想尽可能不花菲苾过圣诞节的钱,可我到了外边,觉得头晕目眩,很不好过,就叫了辆出租汽车。我实在不想叫汽车,可我终于叫了。我费了不知他妈的多少工夫才找到了一辆出租汽车。

开电梯的好容易最后才放我上去,那个杂种。我按门铃后,安多里尼先生出来开门。他穿着浴衣,跋着拖鞋,手里拿着一杯掺苏打水的冰威士忌。他是个很懂人情世故的人,也是个酒瘾很大的人。"霍尔顿,我的孩子!"他说。"天哪,你又长高了二十英寸。见到你很高兴。"

"您好,安多里尼先生?安多里尼太太好?"

"我们两个都挺好。把大衣给我。"他从我手里接过大衣挂好。"我还以为你怀里会抱着个刚出生的娃娃哩。没地方可去。眼睫毛上还沾着雪花。"他有时候说话非常俏皮。他转身朝着厨房嚷道:"莉莉!咖啡煮好没有?"莉莉是安多里尼太太的小名。

"马上好啦,"她嚷着回答。"是霍尔顿吗?哈罗,霍尔顿!"

"哈罗,安多里尼太太!"

你到了他们家里,就得大声嚷嚷。原因是他们两个从来不同时在一间房里。说出来真有点儿好笑。"请坐,霍尔顿,"安多里尼先生说。你看得出他有点儿醉了。房间里的情景好象刚举行过晚会似的。只见杯盘狼藉,碟子里还有吃剩的花生。"请原谅房间乱得不象样,"他说,"我们在招待安多里尼太太的几个打水牛港来的朋友……事实上,也真是几只水牛。"

我笑了出来,安多里尼太太在厨房里嚷着不知跟我说了句什么话,可我没听清楚。"她说的什么?"我问安多里尼先生。

"她说她进来的时候你别看她,她刚从床上起来。抽支烟吧。你现在抽烟了吗?"

"谢谢,"我说。我在他递给我的烟匣里取了支烟。"只是偶尔抽一支。抽得不凶。"

"我相信你抽得不凶,"他说着,从桌上拿起大打火机给我点火。"那么说来,你跟潘西不再是一体啦,"他说。他老用这方式说话。我有时候听了很感兴趣,有时候并不。他说的次数未免太多了点儿。我并不是说他的话不够俏皮——那倒不——可是遇到一个人老说着"你跟潘西不再是一体啦"这类话,有时候你会觉得神经上受不了。D. B. 有时候也说的太多。

"问题出在哪儿?"安多里尼先生问我。"你的英文考得怎样？要是你这个作文好手连英文都考不及格,那我可要马上开门请你出去了。"

"哦,我英文倒及格了,虽说考的主要是文学。整个学期我只写过两篇作文,"我说。"不过'口头表达'我没及格。他们开了一门叫作'口头表达'的课程。这我没及格。"

"为什么?"

"哦,我不知道。"我实在不想细说。我还有点儿头晕目眩,同时我的头也突然痛得要命。一点不假。可你看得出他对这问题很感兴趣,因此我只好约略告诉他些。"在这门功课里,每个学生都得在课堂里站起来演讲。你知道。而且是自发的。要是演讲的学生扯到了题外,你就得尽快地冲着他喊'离题啦!'。这玩艺儿都快把我逼疯啦。我考了个'F'。"

"为什么?"

"哦,我不知道。那个离题的玩艺儿真叫我受不了。我不知道。我的问题是,我喜欢人家离题。离了题倒是更加有趣。"

"要是有人跟你说什么,你难道不喜欢他话不离题?"

"哦,当然啦！我当然喜欢他话不离题。可我不喜欢他太不离题。我不知道怎么说好。我揣摩我不喜欢人家始终话不离题。'口头表达'里得分最高的全是那些始终话不离题的学生——这一点我承认。可是有个名叫理查·金斯拉的学生,演讲的时候老是离题,他们老冲着他喊'离题啦!'。这种做法实在可怕,因为第一,他是个神经非常容易紧张的家伙——我是说他神经的确非常容易紧张——每次轮到他讲话,他的嘴唇总是哆嗦着,而且你要是坐在课堂后排,连他讲的什么都听不清楚。可是等到他嘴唇哆嗦得不那么厉害的时候,我倒觉得他讲的比别人好。不过他差点儿也没及格。他得了个 D⁺,因为他们老冲着他喊'离题啦!'。举例说,有一次他演讲的题目是他父亲在弗蒙特买下的农庄。在他演讲的时候大家一个劲儿地冲着他喊'离题啦!'。教这门课的老师文孙先生那一次给了他一个 F,因为他没有说出农庄上种的什么蔬菜,养的什么家畜。理查·金斯拉讲了些什么呢？他开始讲的是农庄——接着他突然讲起他妈妈收到他舅舅寄来的一封信,讲到他舅舅怎样在四十二岁患了脊髓炎,他怎样不愿别人到医院去看他,因为他不愿有人看见他身上绑着支架。这跟农庄没有多大关系——我承认——可是很有意思。只要有人跟你谈起自己的舅舅,这就很有意思,尤其是他开始谈的是他父亲的农庄,跟着突然对自己的舅舅更感兴趣。我是说要是他讲得很有意思,也很兴奋,那么再冲着他一个劲儿喊'离题啦',实在有点近于下流……我不知道怎么说好。实在很难解释。"事实上我也不太想解释。尤其是,我突然头痛得厉害。我真希望老安多里尼太太快送咖啡进来。这类事情最最让我恼火——我是说有人跟你说咖啡已经煮好,其实却没有煮好。

"霍尔顿……再问你一个很简短的、稍稍有点儿沉闷、还带点儿学究气的问题。你是不是认为每样东西都该有一定的时间和地点?你是不是认为要是有人跟你谈起他父亲的农庄,他应该先把这问题谈完,随后再改换话题,谈他舅舅的支架?或者,他舅舅的支架既然是他那么感兴趣的题目,那么他一开头就应该选它作讲题,不应该选他父亲的农庄?"

我实在懒得动脑筋和回答。我的头痛得厉害,心里也很不好过。甚至我的胃都还有点儿疼了,我老实告诉你说。

"嗯——我不知道。我想他应该这样。我是说我想他应该选他舅舅作演讲题目,不应该选他父亲的农庄,要是他最感兴趣的是他舅舅的话,不过我的意思是,很多时候你简直不知道自己对什么最感兴趣,除非你先谈起一些你并不太感兴趣的事情。我是说有时候你自己简直作不了主。我的想法是,演讲的人要是讲得很有趣,很激动,那你就不应该给他打岔。我很喜欢人家讲话激动。这很有意思。可惜你不熟悉那位老师,文孙先生。他有时真能逼得你发疯,他跟他那个混帐的班。我是说他老教你统一和简化。有些东西根本就没法统一和简化。我是说你总不能光是因为人家要你统一和简化,你就能做到统一和简化。可惜你不熟悉文孙先生的为人。我是说他学问倒真是有,可你看得出他没多少脑子。"

"咖啡,诸位,终于煮好啦,"安多里尼太太说。她用托盘端了咖啡和糕点进来。"霍尔顿,不许你偷看我一眼。我简直是一团糟。"

"哈罗,安多里尼太太。"我说着,开始站起来,可安多里尼先生一把攥住了我的上装,把我拉回到原处。老安多里尼太太的头发上全是那种鬈头发的铁夹子,也没搽口红什么的,看上去可不太漂亮。她显得很老。

"我就搁在这儿啦。快吃吧,你们两个,"她说着,把托盘放在茶几上,将原先放着的一些空杯子推到一旁。"你母亲好吗,霍尔顿?"

"很好,谢谢。最近我没见到她,不过我最后一次——"

"亲爱的,霍尔顿要是需要什么,就在那个搁被单的壁橱里找好了。最高一层的架子上。我去睡啦。我真累坏啦,"安多里尼太太说。看她的样子也确实是累坏啦。"你们两个自己铺一下长榻成吗?"

"我们可以照顾自己。你快去睡吧,"安多里尼先生说。他吻了安多里尼太太一下,她跟我说了声再见,就到卧室里去了。他们两个老是当着人接吻。

我倒了半杯咖啡,吃了约莫半块硬得象石头一样的饼。可是老安多里尼先生只是另外给自己调了杯加苏打水的冰威士忌。他还把水掺得很少,你看得出来。他要是再不检点,很可能变成个酒鬼的。

"两个星期前我跟你爸爸在一起吃午饭,"他突然说。"你知道不知道?"

"不,我不知道。"

"你心里明白,当然啦,他对你非常关切。"

"这我知道。我知道他对我非常关切,"我说。

"他在打电话给我之前,显然刚接到你最近的这位校长写给他的一封颇让他伤心的长信,信里说你一点不肯用功。老是旷课。每次上课从来不准备功课。一句话,由于你各方面——"

"我并没旷课,学校里是不准旷课的。我只是偶尔有一两课没上,例如我刚才跟你谈起的那个'口头表达'课,可是我并不旷课。"

我实在不想讨论下去。喝了咖啡我的胃倒是好过了些,不过我的头还是疼得厉害。

安多里尼先生又点了支香烟。他抽得凶极了。接着他说:"坦白说,我简直不知道跟你说什么好,霍尔顿。"

"我知道。很少有人跟我谈得来。我自己心里有数。"

"我仿佛觉得你是骑在马上瞎跑,总有一天会摔下来,摔得非常厉害。说老实话,我不知道你到底会摔成什么样子……你在听我说吗?"

"在听。"

你看得出他正在那里用心思索哩。

"或许到了三十岁年纪,你坐在某个酒吧间里,痛恨每个看上去象是在大学里打过橄榄球的人进来。或者,或许你受到的教育只够你痛恨一些说'这是我与他之间的秘密'的人。或者,你最后可能坐在哪家商号的办公室里,把一些文件夹朝离你最近的速记员扔去。我真不知道。可你懂不懂我说的意思呢?"

"懂。我当然懂,"我说。我确实懂。"可你说的关于痛恨的那番话并不正确。我是说关于痛恨那些橄榄球运动员什么的。你真的说得不正确。我痛恨的人并不多。有些人我也许能痛恨那么一会儿,象我在潘西认识的那个家伙斯特拉德莱塔,还有另外那个家伙罗伯特·阿克莱。我偶尔也痛恨他们——这点我承认——可我的意思是说我痛恨的时间并不太长。我要是有一阵子不见他们，要是他们不到我房里来，或者我要是在饭厅里吃饭时候有一两次没碰到他们，我反倒有点儿想念他们。我是说我反倒有点儿想念他们。"

安多里尼先生有一会儿工夫没说话。他起身又拿了块冰搁在酒杯里，重新坐了下来。你看得出他正在那里思索。不过我真希望他这会儿别说下去了，有话明天再谈，可他正在兴头上。通常都是这样，你越是不想说话，对方却越是有兴头，越是想跟你展开讨论。

"好吧。再听我说一分钟的话……我的措辞也许不够理想，可我会在一两天内就这个问题写信给你的。那时候你就可以彻底理解了。可现在先听我说吧。"他又开始用心思索起来。接着他说："我想象你这样骑马瞎跑，将来要是摔下来，可不是玩儿的——那是很特殊、很可怕的一跤。摔下来的人，都感觉不到也听不见自己着地。只是一个劲儿往下摔。这整个安排是为哪种人作出的呢？只是为某一类人，他们在一生中这一时期或那一时期，想要寻找某种他们自己的环境无法提供的东西。或者寻找只是他们认为自己的环境无法提供的东西。于是他们停止寻找。他们甚至在还未真正开始寻找之前就已停止寻找。你在听我说吗？"

"在听，先生。"

"真的吗？"

"真的。"

他站起来，又往自己的杯子里倒了些威士忌，重又坐下。他有好一会儿工夫没说话。

"我不是成心吓唬你，"他说，"不过我可以非常清楚地预见到，你将会通过这样或那样方式，为了某种微不足道的事业英勇死去。"他用异样的目光望了我一眼。"我要是给你写下什么，你肯仔细看吗？肯给我好好保存吗？"

"好的。当然啦，"我说。我也的确做到了。他给我的那张纸，我到现在还保存着呢。

他走到房间另一头的书桌边，也不坐下，在一张纸上写了些什么。随后他拿着那张纸回来坐下。"奇怪的是，写下这话的，不是个职业诗人，而是个名叫威尔罕姆·斯塔克尔的精神分析学家。他写的——你是不是在听我说话？"

"是的，当然在听。"

"他说的是：'一个不成熟男子的标志是他愿意为某种事业英勇地死去，一个成熟男子的标志是他愿意为某种事业卑贱地活着。'"

他探过身来，把纸递给了我。我接过来当场读了，谢了他，就把纸放进衣袋。他为我这样操心，真是难得。的的确确难得。可问题是，我当时实在不想用心思索。嘿，我突然觉得他妈的疲倦极了。

可你看得出他一点也不疲倦。主要是，他已经很醉了。"我想总有一天，"他说，"你得找出你想要去的地方。随后你非开步走去不可。不过你最好马上开步走。你决不能再浪费一分钟时间了。尤其是你。"

我点了点头，因为他正目不转睛地看着我，我可不太清楚他在讲些什么。我倒是挺有把握懂得他的意思，不过我当时并不太清楚他在讲些什么。我实在他妈的太疲倦了。

"我不愿意跟你说这话，"他说，"可我想，你一旦弄清楚了自己要往哪儿走，你的第一步就应该是在学校里用功。你非这样做不可。你是个学生——不管愿意也好，不愿意也好。你应该爱上学问。而且我想，你一旦经受了所有的维纳斯先生和他们的'口头表达'课的考验，你就会发现——"

"是文孙先生，"我说。他要说的是所有的文孙先生，并不是所有的维纳斯先生。可我不该打断他的话。

"好吧——所有的文孙先生。你一旦经受了所有的文孙先生的考验，你就可以学到越来越多的知识——那是说，只要你想学，肯学，有耐心学——你就可以学到一些你最最心爱的知识。其中的一门知识就是，你将发现对人类的行为感到惶惑、恐惧、甚至恶心的，你并不是第一个。在这方面你倒是一点也不孤独，你知道后一定会觉得兴奋，一定会受到鼓励。历史上有许许多多人象你现在这样，在道德上和精神上都有过彷徨的时期。幸而，他们中间有几个将自己彷徨的经过记录下来了。你可以向他们学习——只要你愿意。正如你有朝一日如果有什么贡献，别人也可以向你学习。这真是个极妙的轮回安排。而且这不是教育。这是历史。这是诗。"说到这里他停住了，从酒杯里喝了一大口酒，接着又往下说。嘿，他确确实实在兴头上。我很高兴自己没打算拦住他什么的。"我并不是想告诉你，"他说，"只有受过教育的和有学问的人才能够对这世界作出伟大的贡献。这样说当然不对。不过我的确要说，受过教育的和有学问的人如果有聪明才智和创造能力——不幸的是，这样的情况并不多——他们留给后世的记录比起那般光有聪明才智和创造能力的人来，确实要宝贵得多。他们表达自己的思想更清楚，他们通常还有热情把自己的思想贯彻到底。而且——

最最重要的一点——他们十有九个要比那种没有学问的思想家谦恭得多。你是不是在听我的话哪?"

"在听,先生。"

他有好一会儿没再吭声。我不知道你是否有过这经历,不过坐在那里等别人说话,眼看着他一个劲儿思索,实在很不好受。的确很不好受。我尽力不让自己打呵欠。倒不是我心里觉得腻烦——那倒不是——可我突然困得要命。

"学校教育还能给你带来别的好处。你受这种教育到了一定程度,就会发现自己脑子的尺寸,以及什么对它合适,什么对它不合适。过了一个时期,你就会心里有数,知道象你这样尺寸的头脑应该具有什么类型的思想。主要是,这可以让你节省不少时间,免得你去瞎试一些对你不合适、不贴切的思想。你慢慢就会知道你自己的正确尺寸,恰如其分地把你的头脑武装起来。"

接着突然间,我打了个呵欠,真是个无礼的杂种,可我实在是身不由己!不过安多里尼先生只是笑了一笑。"来吧,"他说着就站了起来。"咱们去把长榻收拾一下。"

我跟着他走到壁橱那里,他想从最高一层的架子上拿下些被单和毯子什么的,可他一手拿着酒杯,没法拿那些东西。所以他先把酒喝干,随后把杯子搁到地板上,随后把那些玩艺儿搬了下来。我帮着他把东西搬到长榻上。我们两个一起铺床。他干这个并不起劲。他把被单什么的都没塞好。可我不在乎。我实在累了,就是站着都能睡觉。

"你的那些女朋友都好?"

"她们都不错。"我的谈吐真是糟糕透了,可我当时实在没那心情。

"萨丽好吗?"他认识老萨丽·海斯。我曾向他介绍过。

"她挺好。今天下午我跟她约会了。"嘿,那好象是二十年前的事了!"我们两个的共同之点并不多。"

"漂亮极了的姑娘。还有另外那个姑娘呢?从前你跟我讲起过的那个,在缅因的?"

"哦——琴·迦拉格。她挺好。我明天大概要跟她通个电话。"

这时我们已把长榻铺好。"就当是在自己家里一样,"安多里尼先生说。"我真不知道你的两条腿往哪儿搁。"

"没关系。我睡惯了短小的床铺,"我说。"感谢你极了,先生。你和安多里尼太太今晚上真是救了我的命。"

"你知道浴室在哪儿,你要是需要什么,只顾喊好了。我还要到厨房去一会儿——你怕不怕灯光?"

"不——一点儿也不。太谢谢啦。"

"好吧。明天见,漂亮小伙子。"

"明天见,先生。谢谢您。"

他出去到厨房里,我就走进浴室,把衣服脱了。我没法刷牙,因为我身上没带牙刷。我也没睡衣裤,安多里尼先生忘了借我一套,所以我只好回到客厅,把长榻边的小灯关了,光穿着裤衩钻进了被窝。那长榻我睡起来确实太短,可我真的站着都能睡觉,连眼皮都不眨一下。我醒着躺了只几秒钟,想着安多里尼先生刚才告诉我的那些玩艺儿。关于找出你自己头脑的尺寸什么的。他的的确确是个挺聪明的家伙。可我的那两只混帐眼睛实在张不开了,所以我就睡着了。

接着发生了一件事。我甚至连谈都不愿谈。

我一下子醒了。我也不知道是什么时候,可我一下子醒了。我感觉到头上有什么东西,象是一个人的手。嘿,这真把我吓坏了。那是什么呢,原来是安多里尼先生的手。他在干什么呢,他正坐在长榻旁边的地板上,在黑暗中抚摸着或者轻轻拍着我的混帐脑袋。嘿,我敢打赌我跳得足足有一千英尺高。

"你这是他妈的干什么?"我说。

"没什么!我只是坐在这儿,欣赏——"

"你到底在干什么,嗯?"我又说了一遍。我真他妈的不知说什么好——我是说我当时窘得要命。

"你把声音放低些好不好?我只是坐在这儿——"

"我要走了,嗯,"我说——嘿,我心里可紧张极了;我开始在黑暗中穿我的那条混帐裤子。我真他妈的紧张到了极点,连裤子都穿不上了。我在学校之类的地方遇到过的性变态者要比谁都多,他们总是看见我在的时候毛病发作。

"你要上哪儿去?"安多里尼先生说。他想装出他妈的很随便、很冷静的样子,可他并不他妈的太冷静。相信我的话好了。

(选自《麦田守望者》,施咸荣译,漓江出版社1983年版。)

【思考题】

1. 从这里选取的《麦田守望者》中的四段——主人公霍尔顿和他最关心的四个人的交往——来看,一方面是他对于生活的反叛和背离,另一方面则是他对于生活的留恋和不舍,你觉得作者是如何处理霍尔顿心中这两个不同方面的微妙关系的?

2. 在小说叙述过程中,突然出现了"麦田里的守望者"这个意象——霍尔顿偷偷摸回家,向妹妹诉说自己的苦闷时,说将来想做一个麦田里的守望者:"有那么一群小孩子在一大块麦田里做游戏。几千几万个小孩子,附近没有一个人——没有一个大人,我是说——除了我。我呢,就在那混帐的悬崖边。我的职务是在那儿守望,要是有哪个孩子往悬崖边奔来,我就把他捉住——我是说孩子们都在狂奔,也不知道自己是在往哪儿跑。我得从什么地方出来,把他们捉住。我整天就干这样的事。我只想当个麦田里的守望者。"小说在这以前没有、以后也不再提及这个意象。你是如何理解"麦田里的守望者"的?你觉得作者突然插入这个意象,符合主人公心理发展的逻辑吗?

3. 《麦田守望者》感动了20世纪60到70年代美国乃至世界无数年轻的读者。它无疑是以青少年的精神归宿和心理成长问题为中心,事实上作者后来的小说也人多以青少年为主要描写对象,以至十有人将他的作品归入青少年文学的范畴。你认为《麦田守望者》的读者是否仅仅局限于青少年?一部专门讲述青少年心理成长的小说,能否触及人类普遍的价值关怀?塞林格在《麦田守望者》中竭力模仿中学生霍尔顿的口吻说话,整部小说也完全是在霍尔顿的视线之内展开,你觉得这种叙述方式会限制作家在更加深广的空间和读者进行交流吗?

【拓展阅读】

董鼎山:《一部作品的出版史》,《读书》1982年第3期。

第十九章　厄普代克

约翰·厄普代克(1932—2009)一生发表小说、诗歌、随笔、评论、戏剧和回忆录等各种体裁的大量作品,被公认为当代美国最优秀的小说家之一,影响了许多作家。他的早期创作受到 J. D. 塞林格、约翰·契佛、詹姆斯·乔伊斯和纳博科夫的影响。厄普代克担任《纽约客》杂志全职作者的两年极大地推动了他的文学事业,该杂志在 20 世纪 30 至 80 年代的广泛影响有助于他赢得更多读者。他一度陷入精神危机,为失去信仰痛苦不堪,开始大量阅读索伦·克尔凯郭尔和神学家卡尔·巴特的著作,这些在他的小说中都有反映。此后厄普代克一直是虔敬的基督徒,临死前还在创作关于圣保罗和早期基督徒的小说。厄普代克全部作品中以"兔子四部曲"最著名,尽管性描写不够节制而饱受非议,但真实记录了二战以后的美国社会生活,涉及越南战争、登陆月球、能源危机,被誉为"美国断代史"。《兔子富了》《兔子歇了》使他分别于 1982 年和 1991 年获普利策小说奖(以小说两度获普利策奖的只有三位作家,另两位是福克纳和布斯·塔金顿);1968 年和 1982 年两度登上《时代》周刊封面(现代美国文学史上只有辛克莱·刘易斯、海明威和福克纳三位获此殊荣)。

选自短篇小说集《鸽子羽毛及其他》的《大西洋—太平洋食品商场》可以归入"成长小说"范畴,但并不像同类作品那样尽量展开社会、心理和人格的诸多问题,而仅仅抓住兔起鹘落的瞬间(少年萨米的一次冲动行为),凸显成长过程的某种核心问题,并通过丰富细节的描绘,努力还原这个关键瞬间的现场真实,达到了较高的艺术境界。

大西洋—太平洋食品商场

三个只穿着游泳衣的姑娘走进了商场。我正在三号结算机台旁站着,背对着门,直到她们走了过来,到了面包柜台旁边时,才看见她们。首先引起我注意的是那个穿着绿色方格两截游泳衣的姑娘,她是个胖乎乎的姑娘,皮肤晒得黑黝黝,臀部肥大,显得柔软可爱。两弯白"月芽儿"正好位于臀部下端和腿窝的上面,那里看来是日光永远晒不着的地方。我站在三号结算机台旁,一只手放在一盒艾尔霍牌饼干盒上,一时想不起是不是已把这盒饼干的金额打在结算机上了,于是,我只得在机子上又打了一次。这一下可把那个顾客惹翻了,骂得我狼狈不堪。她就是那种整天监视着现金记录器,专爱挑毛病的顾客。这个颧骨上抹着胭脂的老妖婆,大约五十岁光景,眉毛光秃秃的,我知道她存心要找碴儿消磨时间。五十年来,她一直都在监视着现金记录器,可能以前还没有抓到过把柄呢。

  我好不容易才把她的火气压下去,并把她采购的各种可口的食品装进了口袋——她朝我哼了一声,一扭头就走了。她要是生逢其时的话,准要被活活烧死在塞勒姆市①的——就在我把她打发走的那一会儿,三个姑娘已经绕过了面包柜台,她们空着手,也没有推货篮子车,沿着一个个柜台,在结算机台和特种商品箱之间的过道上,朝我这边走了回来。她们甚至连鞋都没有穿呢。三人中就有那个身穿鲜绿色两截游泳衣的胖姑娘——她乳罩上的线缝看起来还是挺新的,裸露在两截游泳衣之间的肚皮还是这样的白,我猜想,这件游泳衣一定是她刚买不久的——就是这个姑娘,长着一张绯红的圆脸蛋儿,鼻子底下的两片嘴唇紧紧地抿在一起。另一个姑娘,长着一头乌黑的头发,只是还卷得不十分好,在她眼皮底下,正好有一颗晒斑,只是她的下巴显得太长了——不过,你知道,这类姑娘的长相常常被旁的姑娘看成是特别"惹人注目"和"妩媚动人"的,但并不真是这样想。她们很明白,正是因为这样,她们才那么喜欢她的。第三个姑娘的身材不算太高。看样子她是个领头的,是她们之中的女王。头两个姑娘老是东张西望,忸怩作态,而这位姑娘却目不斜视,她是女王嘛,她挪动着两条著名歌剧女主角那样白皙、细长的腿,慢条斯理地朝前走着,她走道时,脚跟稍稍使劲,叫人看起来她似乎不经常光着脚走路,她先用脚跟着地,接着才把全身的重量移到脚尖上,故意对地面施加一个额外的压力,仿佛每走动一步都在考验着地板的承受力。姑娘们的心是永远叫人揣摩不透的(你真的以为她们在用心思盘算着什么吗? 或者只是象一只玻璃罩里的蜜蜂那样,东闯西撞呢?),不过,你可以想象得到,一定是这位女王说服了另外两个姑娘一起到这儿来的。现在,她正在向她们作示范动作——走路时,腰板要挺得笔直,步子一定要从

---

① 塞勒姆市:美国马萨诸塞州北部的一个海港城市,是美国17世纪时审判和处决巫婆的地方。

容不迫。

她身穿一件暗红色的游泳衣——也许是米色的,我也说不准——上面满是星星点点的小结头,最使我惊讶的,是她那件游泳衣上的两根吊带已从肩膀上歪下来,松弛地挂在她冰凉的胳膊上端,我猜想,这么一来,她的那件游泳衣一定向下滑了一丁点儿。所以,在她游泳衣的上端,明显地裸露出一圈亮闪闪的边痕。要不然的话,你简直想象不到还有比这个姑娘的肩膀更白的皮肤。由于游泳衣的吊带歪下来,从游泳衣上端到她的发顶,除了她那袒露的肉体外,真是一无所有了——从肩胛骨以下,直到她胸脯的上半部,这一片赤裸白净的皮肤,看起来活象一张凹凸起伏的金属薄片,在灯光下,闪闪发亮。在我看来,这实在是太美了。

她把鬈发挽成个圆鼓鼓的发髻,看着显得有些蓬松,她的头发本是棕色的,由于日光曝晒和海水浸染,已渐渐褪色了。她板着脸,显出一本正经的样子。依我看,你穿着吊带松驰的游泳衣,来到大西洋—太平洋食品商场这种地方,自然只能是一本正经地板着脸罗。她把头扬得这么高,以致把长在她白皙的双肩上的脖子伸得格外长,不过,我可一点儿不在乎这个,脖子伸得越长,她就越显得惹人注意。

她一定从眼角上瞧见我了,越过我的肩膀,也一定看到了站在二号结算机台旁,一直张望着她们的斯托克西,而这位女王却没有理睬我们,她不停地拿眼光扫视着一排排的货架,然后停下步,不慌不忙地转过身来,这种姿态惹得我心痒难搔。只见她和另外两名伙伴低声细语了一阵,那两位姑娘因为同她挤在一起商量过,变得舒坦自如了。她们三人顺着过道,依次来到猫狗食品柜台、早点面食柜台、通心粉面食柜台、米粉食品柜台、葡萄干柜台、调味品柜台、果酱黄油柜台、细条面食柜台、果汁柜台、饼干柜台和家常小甜饼柜台,我站在三号结算机台旁边可以从她们经过的过道,一眼望到肉类柜台。我一直目不转睛地看着她们。那个皮肤黝黑的胖姑娘,捡起了一包家常小甜饼,但她迟疑了一下,又把它放回到货架上去了。这时,正好有一批推着货篮子车的顾客沿着过道走了过来——而这三位姑娘却逆着人流朝前走着(我们这儿没有设单行路标或别的什么标志)——这就在人群中引起了轰动。这当儿,顾客们开始觉察到我们这位女王的白净的肩膀了,你瞧瞧他们那副模样吧,有的人捅一下身旁的伙伴,有的人跳动一下身子,还有人故意发出打嗝的声音——不过他们很快就收回了眼光,盯着自己的货篮子,继续推着车往前走。我敢打赌,要是在我们这里爆炸一枚炸弹的话,总的说来,这些人照样还会伸手从货架上取下麦片来,然后在购货单上勾去麦片这一栏,照样还会嘟嘟囔囔地说:"让我瞧瞧,还有一样东西没有买呢,打头的字母是个'A',呃,是芦笋(Asparagus),啊,不对,是苹果酱(Applesauce)!"反正不论是什么,他们总是要唠叨一番的。不过这一次倒真的使他们大吃一惊。有几个别着卷发针的家庭主妇,甚至在把货篮子车推过去以后,还扭过头来张望一下,以便证实自己看到的景象确实没搞错。

你知道,要是在海滩上见到一位穿游泳衣的姑娘,那根本算不了什么,在那种地方,阳光那么刺眼,相互间决不会打量个没完的,可是在大西洋—太平洋食品商场这个阴凉的地方,在荧光灯的照耀下,面对着形形色色的货架,她却光着脚,在绿色和奶油色的方格橡皮弹性砖地上,大模大样地逛来逛去,那自然又当别论了。

站在我身旁的斯托克西说:"啊,我的好伙计,我可真有点晕晕乎乎了。"

"亲爱的,"我回答说,"使劲攥紧我吧。"斯托克西已经结了婚,已经有了两个跟他外貌相似的孩子,就我所知,这就是我们俩唯一的区别了。他今年二十二岁,而我呢,到今年四月才满十九岁。

"这样行吗?"这个可靠的已婚男子总算能张口说话了。我差点忘了说了,斯托克西自认为将来总有飞黄腾达的一天,也许是在一九九〇年吧,他将要成为大亚历山德罗夫—彼得洛希基食品商场或别的什么商场的经理。

我们这个城镇离海滩有五英里,在海角上有一个避暑胜地,而我们商场恰好就坐落在城镇的中心。在我们这里,妇女们从汽车中出来到街上时,总是穿着衬衫、短裤之类的东西,她们好歹都是一些已有六个孩子的女人了,腿肚子上又都布满了暴起的青筋,无论是谁,包括她们自己在内,对这些是很少介意的。正象我已经说过的,我们商场恰好就坐落在城镇中心,站在商场正门口,一眼望去,就能看到两家银行、一所公理会教堂、一个报摊和三个房产办事处,还有大约二十七名混饭吃的老杂务工,因为中心街道的下水道又坏了,他们正在那里破土抢修呢。我们又不是生活在好望角上;我们毕竟是在波士顿市北面,在这个城镇里,有的居民已有二十年没有见过大海了。这就难怪斯托克西会有这样的想法了。

姑娘们这时候已经到了肉类柜台旁,并且正在向麦克马洪打听着什么,只见麦克马洪用手指了一下,她们也跟着指了一下,然后就在堆成金字塔形的健乐牌桃子堆后面消失了。这时候,我们只见麦克马洪轻轻地拍着自己的嘴巴,他的两只眼睛死盯着她们,看样子是在对她们评头品足,可怜的孩子,我开始为她们感到惋惜了,她们有什么法子呢。

现在,让我来谈谈这个故事可悲的一面吧,至少我们一家人认为这是可悲的,不过我自己并不觉得这是那么可悲的。今天正好碰上星期四下午,食品商场里空荡荡的。我们除了守在现金记录器旁,等候姑娘们再次露面外,确实没有太多的事可干。整个食品商场就象是一个弹球机,我实在猜不中她们究竟会从哪个过道里冒出来。没一会儿,她们就从过道的那一头走了过来,只见她们围着电灯泡啦、加勒比海六人合唱队和托尼·马丁等这一类不值得制造的廉价唱片啦、六块装一盒的糖果条啦、还有连三岁小孩都不要的玻璃纸装塑料玩具啦,这些乱七八糟的玩艺儿转来转去。她们顺着过道又绕了回来,还是那位女王领头,她手里拿着一个灰色的小坛子,从二号结算机台到七号结算机台,当时正好没人值班,只见她在斯托克西和我两人间犹豫着,可是,斯托克西老是那么走运,一个穿着宽大的灰色裤的老家伙,手里拿着四大罐菠萝汁,蹒跚地朝他走去(我常常暗自纳闷,这些老瘪三要那么多菠萝汁,到底干什么使呢?),这样一来,姑娘们就朝着我这边走过来了。女王放下了那个灰色的小坛子,我用手指提起它来,这坛子还冰凉的呢。这是王鱼牌美味纯酸奶油快餐鲱鱼,总共四角九分钱;她那双光溜溜的手,既没戴戒指,也没戴手镯,就象是上帝刚刚造出来似的,我真纳闷,她把钱藏到哪儿了呢?她依然一本正经地板着脸,从她那件满是小结头的粉红色游泳衣上端的凹缝中间掏出了一张折叠的一元钞票,这时,我感到手里提着的那个小坛子变得沉甸甸的,我不由得认为,她真聪明。

然而好景不长,伦盖尔一来,大伙儿的好运气也就算完了,他为了停在停车场上的一卡车卷心菜讨价还价了一阵,走了进来,正当他急急忙忙地要钻进那个他成天藏在里面的经理室时,他突然看见了那三个姑娘。伦盖尔是个干巴巴的古板人,平时还在主日学校之类的地方兼点儿课,但是这情景偏偏没有逃过他的眼睛。他走了过来,冲着她们说:"姑娘们,这里可不是海滩。"女王的脸上泛起了一片红晕,也许只是她脸上的一块晒斑,她现在离我很近,我才头一次注意到这一点。"是我妈叫我到这儿来挑选一块快餐鲱鱼的。"她说话的声音实在叫我感到有点吃惊,先见到人,后听到她说话的声音,常常会有这种感觉。她的声音听起来是这样平淡、低沉,但是在她吐出"挑选"和"快餐"这二个话音时又显得那么优雅。就在她话音刚落的那一瞬间,我仿佛觉得自己已偷偷地溜进了她的起居室。她的父亲和另外几个男人,穿着乳白色的外衣,打着蝴蝶领结,正在起居室里围成一圈站着。穿着凉鞋的妇女们,正从一个大玻璃盘里拿牙签签着快餐鲱鱼。他们手里都举着酒杯,正在品尝着泡着橄榄和薄荷叶的酒呢。而我的父母要是请客的话,至多不过喝点儿柠檬水,即使碰上真正高兴的事,也只是用刻着漫画的大玻璃杯喝点希里兹牌的德国啤酒罢了。

"挑快餐鲱鱼当然可以。"伦盖尔说,"不过,这里可不是海滩。"他老重复这句话实在叫我感到可笑,好象他是刚知道这里不是海滩似的。这些年来,他一直以为大西洋—太平洋食品商场只是个大沙丘,他本人就是一名救生员头头,他对我的微笑感到不快——正象我曾经说过的,几乎什么也逃不过他的眼睛,但他这时候也顾不得跟我计较什么了,他俨然摆出主日学校监督人的架势,逼视着那三个姑娘。

女王脸上的红晕并不是晒斑,这一点现在是清清楚楚的,而那个穿方格游泳衣的胖姑娘——我更喜欢看到她的后背,多可爱的臀部啊——尖声地说:"我们不是来逛商场的,我们是来买样东西的。"

"那还不是一样,"伦盖尔告诉她,我从他的眼神里可以看出,他在这之前,并没有发现这位姑娘是穿着两截游泳衣的。"我们只是要你们到这儿来时穿得体面些。"

"我们有什么不体面的。"女王突然开口说,她的下唇撅了起来。很明显,她为伦盖尔的那句话而恼火了。她一下子记起了自己的地位,比起她来,经营大西洋—太平洋食品商场的这一伙人,当然是算不了什么的。她那深蓝色的眼睛里闪现出美味快餐鲱鱼的光辉。

"姑娘们,我可不想跟你们争吵,你们下次来时,可别再袒胸露臂的。这是我们的规矩。"伦盖尔说完了话就扭过身去。那只是为你们立的规矩。当老板的才需要这样的规矩。而有些人要的却是少年犯罪。

在这期间,顾客们推着货篮子车一个接一个地走了过来,不过,你可要知道,当这些绵羊似的顾客看到这幕情景时,他们把斯托克西团团围了起来,他用削桃子那样轻的动作张开一个纸口袋,生怕漏掉一句话。我在一片寂静中,感觉到人人情绪紧张,尤其是伦盖尔,他问我:"萨米,你把她们的钱数结算了没有?"

我想了想,说道:"没有。"不过说真的,我心里压根儿就没想过结账的事。我按了一下结算盘,杂货,共计四角九分——这事看起来挺简单,但做起来可复杂多了。要是你经常干这个活儿,结算盘发出来的声响就会构成一支小小的乐曲,照我的心情来领会,它仿佛是在说:"喂(嘭),你们(铿)这些快活的年轻人(咔嚓)。"装零钱的抽屉随着咔嚓一声滑了出来。你们可以想象,我以轻柔动作压平了那张一元钞票的皱折,要知道,这张钞票可是从最柔滑的香草冰激凌似的酥胸中间掏出来的啊!我把五角一分钱放到她那纤巧的粉红色的手掌里,把快餐鲱鱼轻轻地装进食品口袋,并把袋口捻在一起递给了她,我在做这些动作时,心里一直都在想着那桩事。

  姑娘们急匆匆地要离开商场,谁又能责怪她们呢?我忙冲着伦盖尔嚷道:"我辞职不干了。"为的是让她能听见我的话,希望她们能停下步来瞧瞧我——她们没料想到的一名英雄好汉。可她们却径直走到电眼跟前,店门吱的一声开了,女王、穿方格游泳衣的姑娘、还有那个相貌平庸的高个子(不过打扮一下还是满可以的)匆匆穿过停车场,一下钻进了她们的汽车,把我和眉毛皱紧的伦盖尔撇在一边。

  "你刚才说什么来着,萨米?"

  "我说我辞职不干了。"

  "我想你是这么说的。"

  "你干吗非要使她们难堪呢?"

  "她们才真的使我们难堪呢。"

  我冲口说了一句莫名其妙的话,这是我祖母常念叨的一句话,我相信,她要是听见这句话准会高兴的。

  "我认为你根本就不明白你在说些什么。"伦盖尔说。

  "我明白,"我回答说,"你才不明白呢!"我从后背解开了围裙的扣结,并把它从肩膀上抖落下来。有几个朝着我的结算机台走过来的顾客竟象猪槽里受惊的猪那样,互相碰撞起来。

  伦盖尔叹了一口气,显得很有耐心的样子,不过看起来却显得老多了,脸色严肃。他是我父母多年的老朋友了。"萨米,你这样做可对不起你的爹妈呀!"伦盖尔对我说,这倒是真的,我实在不该这样做。但是我想到,一旦开始了某种举动,要不把它一口气干到底可是要命的啊,我把围裙折叠起来,在围裙口袋上方有用线缝制的"萨米"两字,并把它放到柜台上面,同时又把蝴蝶领结解了下来,放到围裙上,这没有什么可奇怪的,这条蝴蝶领结本来就是他们的。"为了这件事你一辈子都会后悔的。"伦盖尔说道。我自己也很清楚,这话一点不假。不过,一想到他使那个漂亮的姑娘脸红这件事,我就打心底里感到别扭。我按了一下"停止售货"的键盘,机子随着咔嚓一声推出了现金屉。这件事发生在夏天倒也不坏,我可以甩甩手,一走了事,用不着费心思到处去找外衣啦、橡皮套鞋啦等这类的东西。我穿着一件头天晚上我妈给我熨平的白衬衫,漫步走到电眼跟前,店门吱的一声打开了,在商场外面,灿烂的阳光撒满了柏油马路。

  我四处张望着,一心想找到我的姑娘们,而她们当然早已无影无踪了。

街上空无一人,只有一个已婚的青年妇女,正在深蓝色的隼牌面包车门旁,冲着她的孩子在尖声地叫骂,责怪他们没有买到糖果。商场的大玻璃橱窗外的人行道上堆着一袋袋的肥料和铝制的轻便家具,我回头看去,透过玻璃看到伦盖尔正站在我原来的那台结算机旁,同顾客们算着账。他的脸色显得十分阴沉严肃,背显得很僵硬,仿佛刚刚注射过一针铁剂似的。当我想到日后艰难的处境时,我的心情不觉沉重起来。

(姜炳炘译,选自《当代美国短篇小说》,上海译文出版社1979年版。)

【思考题】

1. 这个短篇主要描写在一家食品商场打工的19岁少年萨米一时冲动,冲撞老板,愤然辞职。老板指责三个泳装少女衣着"不体面",为何会引起萨米偌大的不满?你认为萨米的辞职是少年意气的逞能,还是故意向不认识的三个美少女示好?作者描写少年成长过程中的这个冲动事件,意义何在?

2. 小说翻来覆去写萨米在观察三个走进商场买东西的泳装少女的一举一动,以及周围顾客和同事对少女们的关注,直到老板伦盖尔走进商场才出现逆转,发生了伦盖尔和少女们的争论,以及萨米一怒之下向伦盖尔辞职。前半部分节奏缓慢,后半部分明显加快了节奏。你认为作者把主要篇幅用于描写萨米对少女们的观察是否太拖沓,而很快写完萨米和伦盖尔的冲突又是否太匆忙?

3. 小说前半部分的描写很缓慢,比如萨米目不转睛地看着三个泳装少女依次穿过食品商场的十个柜台,真的把这十个柜台的名字一一交代出来,另外许多神态、动作和场景描写也都不厌其烦。作者似乎有意在追求这种效果,你觉得是为什么?

4. 除了细致入微、不厌其烦的描写(模仿少年口吻),小说的另一个技巧是大量运用视角借用和反衬来描写少女们的美妙无瑕。所谓视角借用,是通过写萨米看到的顾客和同事对少女们的好奇、赞叹、喜爱,来显示少女们实际的美好,不必直接写少女如何漂亮(这样的文字当然也有);所谓反衬,是写萨米眼中的顾客和同事如何粗俗不堪,反衬出少女们的青春美好。试一一找出这两个手法(通常是同时使用),看每次使用的实际效果究竟如何。

【拓展阅读】

《约翰·厄普代克访谈录》,《当代外国文学》1997年第2期。

声 明

本书所选中译,绝大部分已取得译者授权,少部分由于种种原因联络不上译者,请看到书后与出版社联系(具体方式见版权页),以便奉寄样书和稿费。非常感谢理解与支持!